U0540277

SULLE SPALLE DEI GIGANTI

米兰讲稿
在巨人的肩膀上

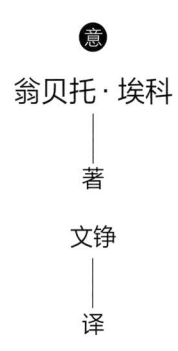

意

翁贝托·埃科
———
著

文铮
———
译

上海译文出版社

Umberto Eco
Sulle spalle dei giganti

© 2017 La nave di Teseo Editore, Milano

All rights reserved
All adaptations are forbidden.

图字：09 - 2018 - 894 号

本书系上海文化发展基金会资助项目

图书在版编目(CIP)数据

米兰讲稿 / (意)翁贝托·埃科著；文铮译. — 上海：上海译文出版社，2024.6 (2025.1 重印)
(翁贝托·埃科作品系列)
书名原文：Sulle spalle dei giganti
ISBN 978 - 7 - 5327 - 9509 - 3

Ⅰ.①米… Ⅱ.①翁… ②文… Ⅲ.①随笔—作品集—意大利—现代 Ⅳ.①I546.65

中国国家版本馆 CIP 数据核字(2024)第 102925 号

米兰讲稿	UMBERTO ECO	出版统筹　赵武平
Sulle spalle dei giganti	[意]翁贝托·埃科　著	责任编辑　张　鑫
	文铮　译	装帧设计　董茹嘉

上海译文出版社有限公司出版、发行
网址：www.yiwen.com.cn
201101　上海市闵行区号景路 159 弄 B 座
上海雅昌艺术印刷有限公司印刷

开本 787×1092　1/16　印张 24　插页 4　字数 156,000
2024 年 6 月第 1 版　2025 年 1 月第 2 次印刷

ISBN 978 - 7 - 5327 - 9509 - 3
定价：198.00 元

本书中文简体字专有出版权归本社独家所有，未经本社同意不得转载、摘编或复制
如有质量问题，请与承印厂质量科联系。T：021 - 68798999

目 录

在巨人的肩膀上　001

美　021

丑　053

绝对与相对　091

美丽的火　117

看不见　147

悖论与警句　173

假话、谎言与捏造　205

论一些不完美的艺术形式　239

揭秘　271

阴谋　303

表现"神圣"　329

参考书目　361

在巨人的肩膀上

Sulle spalle dei giganti

矮人和巨人的历史曾经一直吸引着我。然而，关于矮人和巨人的历史争议只是数千年父子斗争史中的一个章节而已，正如我们最后会看到的那样，这现在依旧与我们有着密切的关系。

没有必要麻烦精神分析学家来证实儿子都有弑父的意图——至于我这里使用了专指男性的词汇，那只是因循文学的表述方式而已，我不会不知道，弑母也是数千年保持的"良好"习惯，从尼禄皇帝和母亲阿格里皮娜交恶到新闻报道中的恶性事件。

然而问题在于，古往今来，与儿子攻击父亲相对应，父亲攻击儿子的事也屡见不鲜。俄狄浦斯，尽管师出无名，还是杀死了父亲拉伊俄斯，而农神萨图努斯则吞噬了自己的几个儿子，一所幼儿园也当然不会以美狄亚的名字来命名。我们就别提可怜的梯厄斯忒斯了，他用自己孩子的肉做了一个巨无霸汉堡却浑然不知。但相对那么多弄瞎父亲的眼睛以攫取拜占庭宝座的继承人，在君士坦丁堡也有同样多的苏丹，为保护自己不至于太快被继承者取而代之，便杀死自己头婚生下的所有儿子。

父子之间的斗争也可以表现为非暴力形式，但并不会因此而缺少悲剧性。儿子通过嘲笑父亲和他对着干，诺亚的儿子含不能容忍父亲在大洪水过后喝点小酒。因此，众所周知，诺亚以一种种族主义的排挤方式予以反击，将这个不敬的儿子流放到欠发达地区去了。只因嘲讽父亲举杯狂饮就在饥馑之地遭受奴役数千年之久，我们得承认，这样的例子比比皆是。即便人们接受了亚伯拉罕牺牲儿子以撒的做法，将其视为顺乎神意的崇高之举，我却要说，在此过程中亚伯拉罕将儿子当作供自己支配的私人财产（儿子遭割颈而死，父亲借此讨得耶和华的垂爱……告诉我这是否符合我们的道德规范）。幸好耶和华只是开了个玩笑，但亚伯拉罕事先并不知情。后来，当以撒也成为父亲之后，遭遇可谓不幸：当然，他的儿子雅各没有杀他，却利用他的眼疾，以卑劣的手段从他那里骗得了继承权，或许这样的计策比真正的弑父还要过分。

  每一场古今之争都基于一场势均力敌的较量。我们来看那场让我们效法的十七世纪的争论：夏尔·佩罗或丰特奈尔断言，他们同时代人的作品由于比古人的作品更加成熟，因此也就更为出色（所以爱情诗人和心怀好奇之人都更加青睐新式短篇小说和长篇小说），但争论已然出现并愈演愈烈，因为起来反对这些新形式的人非常权威，他们是尼古拉·布瓦洛和所有支持模仿古人的人。

  一旦出现争论，革新者总会遭到尚古之人的反对，很多时候之所以出现对新生事物和与过去决裂的赞颂，正是为了反抗泛滥的保守主义。如果说我们这个时代出现的是新新诗人的话，那么我们大家在学校里学过的两千年前的诗人就是新诗人了。在卡图卢斯的时代，"现代"这个词还不存在，而所谓的"新诗人"指的是那些呼唤希腊抒情诗、反对拉丁传统的人。奥维德在《爱的艺术》（第三卷，第一百二十一篇）中说："把过去留给其他人吧，我为出生在当下而快乐，因为这个时代适合我，它更加优雅，不像以往那样粗俗。"新诗人给那些尚古之人带来了麻烦，这使我们想起贺拉斯（《书信集》，第二卷），他没有使用"modernus（现代）"一词，而是用了"nuper（新近）"这个词，用以说明：如果一本书受到指责不是因为缺乏新近的优雅，而是因为它于昨日刚刚出版，这就太令人遗憾了。然而我们如今的态度则是在评论一位青年作家时，常会抱怨他已写不出以前那样的小说。

  当"现代"这个词登场的时候，也就是对我们而言的古代结束之时。公元五世纪，整个欧洲都禁锢在极其黑暗的数百年的缝隙中，直至加洛林王朝复兴，那似乎是我们历史上最不现代的几个世纪。正是在那些"黑暗"的世纪里，往日的辉煌记忆逐渐消退，烧毁和坍塌的古代遗迹依然存在，但革故鼎新的趋势已不可挡，即使创新者自己都没有意识到这一点。实际上，就在那时，新的欧洲语言开始站稳脚跟，这也许是两千年以来最具创新性和压倒性的文化事件。

相应地，古典拉丁语正在变成中世纪拉丁语。在这一时期出现了以新为荣的迹象。

第一桩以新为荣的事件是承认一种不同于古语的拉丁语正在被创造出来。自罗马帝国灭亡后，古老的大陆见证了农业文化的危机，大型城市、道路和古罗马引水渠遭到破坏。在森林覆盖的土地上，僧侣、诗人和细密画家将世界视为一片有怪物出没的黑森林。自公元五八〇年起，图尔主教格里高利①就宣布废止了古典拉丁语，我不记得是哪位教皇提出了在高卢进行的洗礼是否仍然有效的质疑，因为在那里人们已经开始奉圣父、圣子、圣灵之名给教徒施洗了，就连神父也已经不懂拉丁语了。但是在七世纪到十世纪之间，所谓的"海伯尼亚②美学"得到了发展，这种风格从西班牙到不列颠群岛，乃至高卢都流行了起来。古典拉丁传统曾描述（并谴责）这种风格，将其定性为"亚洲的"（继而是"非洲的"）风格，与"雅典"匀称的风格相抵触。说到亚洲风格，人们指责的是那些在古典修辞中被称为夸夸其谈或矫揉造作的东西。举个例子，公元五世纪教会的神父面对这些矫揉造作是何其愤慨，请看圣哲罗姆的痛斥（《驳约维尼亚努斯》，第一卷）：

> 现在已经有这么多的蛮族作家，他们的演讲被丑恶的文风所迷惑，以至于人们搞不清是谁在说话或到底在说什么。一切都在膨胀和坍塌，就像一条病蛇在试图盘曲身体时断裂。一切都被裹挟在无法解开的语言死结之中，在此应该重温普劳图斯的那句话："除了女巫西比尔，这里无人能懂。"但是这些词语的巫术有什么用呢？

那些对古典传统来说是"恶习"的东西却成为海伯尼亚诗学的美德。海伯尼亚风格的作品不再遵守句法和传统修辞的规律，节奏和韵律的规则被打破，以打造那些带有巴洛克味道的文字表达。会

---

① Grégoire de Tours（538—594），图尔主教、高卢-罗马史学家，著有《法兰克民族史》，为配合当时的国民教育程度选择使用通俗拉丁语写作。
② Hibernia，古典时代的爱尔兰。

被古典世界判定为不和谐之音的长串头韵现在演奏出一种新的音乐，奥德海姆①（《致希弗里德的信》）自命不凡地造了一些句子，每一句中的所有单词都以同一个字母开头："Primitus pantorum procerum praetorumque pio potissimum paternoque praesertim privilegio panegyricum poemataque passim prosatori sub polo promulgantes（首先是那些贵族和官老爷的裤子，特别是上帝宗教的特权，散文家在普天之下到处传播赞美的诗篇）"，等等。

令人不可思议的混合词丰富了词汇，借用希伯来语和古希腊语的词语，如密码一般模糊了语义。如果古典美学以明晰为理想，那么海伯尼亚美学就是以含混为理想。如果古典美学以匀称为理想，那么海伯尼亚美学就偏爱复杂、繁文缛节、庞大、怪异、无所节制、不着边际、骇人听闻。为了描述海浪，他们用 astriferus（满天星斗的）或 glaucicomus（青光眼的）这样的形容词，人们还会欣赏如下这些新词：pectoreus（胸部）、placoreus（扁骨）、sonoreus（洪亮的）、alboreus（明亮的）、propriferus（迅速的）、flammiger（炽热的）、gaudifluus（快乐的）……

六世纪的时候，这些新词发明在语法学家维吉尔·马洛内②的著作《史书概要》和《书简集》中得到了他的赞扬。这位来自图卢兹附近比戈尔的疯狂语法学家在书中大段引用西塞罗或维吉尔（那个大名鼎鼎的维吉尔③）的话，这两位作家当然不可能说过那些，后来有人发现，或者说有人猜测，它们出自一个修辞学家的小团体，其中每一位成员都为自己取了一个古典作家的名字，以这个假冒的名字进行拉丁语创作，并以此为荣，但他们用的自然不会是古典拉丁语。语法学家维吉尔创造了一个语言世界，似乎出自爱德华多·圣圭内蒂的幻想，即使结果可能事与愿违。这位语法学家维吉尔说，一共有十二种拉丁语，每一种中的"火"都可以有

---

① Aldhelm of Malmesbury（639—709），盎格鲁-撒克逊时期杰出学者、诗人，拉丁诗歌艺术的先驱。
② Virgilio Marone il Grammatico，公元七世纪（一说六世纪）拉丁作家，高卢西南部的阿基坦人。据说为了逃避雅利安西哥特人的迫害，避祸到爱尔兰，促进了当地拉丁语与本土语言融合的研究。
③ 这里指著名古罗马诗人维吉尔（Publius Vergilius Maro，前70—前19），语法学家维吉尔·马洛内与之同名。

不同的名称，例如 ignis、quoquinhabin、ardon、calax、spiridon、rusin、fragon、fumaton、ustrax、vitius、siluleus、aeneon（《史书概要》，第一卷）。"战争"被称作 praelium，因为它发生在海上，战火如大海漫无边际，具有奇迹般无与伦比的地位（《史书概要》，第四卷）。另一方面，拉丁语规则本身受到了质疑，据说修辞大师加尔本古斯和泰伦提乌斯一连用了十四个昼夜，专门争论"我"的呼格问题，这个问题至关重要，因为这关系到如何用强调的语气对自己讲话（"哦我呀，我做得好吗？"①）。

让我们再看一看通俗拉丁语的情况。到了五世纪末，人们不再说拉丁语，而是说高卢-罗曼语、意大利-罗曼语、西班牙-罗曼语或巴尔干-罗曼语。这些都是用来说而不是写的语言，然而，早在《斯特拉斯堡誓言》（八四二年）和《卡普阿法庭裁决记录》（九六○至九六三年）之前，人们就提前庆祝新语言的诞生了。正是在这几百年的时间里，面对语言的繁衍，巴别塔的故事再度上演，通常人们在这个故事中看到的是诅咒和灾祸的迹象，但已经有人敢于直面新的通俗语言的诞生，将其视为现代和进步的标志。

公元七世纪，一些爱尔兰语法学家试图确立通俗盖尔语之于拉丁语语法的优势地位。在一部名为《诗人的戒律》的作品中，他们再现了巴别塔的结构：为建此塔，使用了八九种材料（说法不一），即黏土和水、羊毛和血、木头和石灰、树脂、亚麻和沥青，因此人们也就使用名词、代词、动词、副词、分词、连词、介词、感叹词来构成盖尔语。这一对比很有启发性：我们必须等待黑格尔在巴别塔的神话中重新发现一个积极的模型。爱尔兰语法学家认为盖尔语是避免语言混乱的第一个、也是唯一的一个实例。这种语言的创造者通过今天我们所说的剪切和粘贴的操作，选择了每种语言中最好的东西，并为其他语言中没有名字的每一样东西都创造了名字，旨在表明词与物之间的同一。

几百年后，但丁秉着对自己事业和尊严与众不同的认识，认为自己是一种新的通俗语言的革新者，甚至缔造者。面对种类繁多的意大利方言，他以语言学家的精确性和诗人既恰如其分又时而轻蔑

---

① 原文为 O egone, recte feci?

的态度进行了分析,他从未怀疑自己是芸芸众生中的佼佼者。但丁得出的结论是,必须以这样一种通俗语言为目标,它应该是显赫的(照临四方的)、基本的(可以起到基本原则和规范的作用)、高贵的(有资格在意大利王国的宫殿中登堂入室,假如意大利人有自己民族的国家的话)和优雅的(作为政府语言、法律语言、智慧语言)。《论俗语》一书概述了这种唯一、真正的杰出通俗语言的构成规则,但丁自豪地认为自己是这种诗歌语言的缔造者,以此来反对各种语言混杂的现象,因为他发现这是一种与典型的亚当语言具有原始相似性的语言。但丁像在猎获"香豹"① 一样阐释了这种伊甸园语言的复归,并以此来治愈巴别塔留下的创伤。凭借他以这种完美语言修复者的身份提出的大胆构想,但丁并未责备语言的多样性,而是强调了语言近乎生物学的力量,即自我更新的能力,能够与时俱进。正是基于这种必然存在的语言创造力,但丁才可以提出发明一种完美的现代自然语言的设想,而无需去寻求失传的规范,比如原始的希伯来语。但丁成为了新(且更加完美的)亚当的人选。在骄傲的但丁面前,兰波后来宣称的"必须绝对地现代!"就显得过时了。在父与子之间的斗争中,"在我人生的中途"比《地狱一季》更加具有弑父的意味。

或许,在明确由"现代性"这个词引发的代际斗争中,第一场战役不是发生在文学领域,而是在哲学领域。如果说作为中世纪早期最主要的哲学资料,人们会倾向新柏拉图主义后期的文本、奥古斯丁以及那些被称为"旧逻辑"的亚里士多德的作品,那么到了十二世纪,亚里士多德的其他文本已逐渐进入学院文化的墙垣(例如《前分析篇》《后分析篇》《论题篇》和《辩谬篇》),后来被称为"新逻辑"。通过这样的更迭,人们从单纯的形而上学和神学话题转向对于理性所有微妙之处的探索,如今,当代逻辑学仍然将其视为中世纪思想最鲜活的遗产而加以研究,从而确立了(显然是带着对每一次创新运动的骄傲)"现代逻辑学"这一学科。

与过去的神学思想相比,"现代逻辑学"的创新体现在何处?事

---

① 香豹是自十三世纪以来西方对诗歌惯用的一种隐喻,但对于但丁来说,香豹代表他不断求索的杰出的俗语。

实上教会将安瑟尔谟、托马斯·阿奎那和波拿文都拉①都抬升到神坛之上，但他们没有一个人是现代逻辑学的拥护者。我并不是说这些人都是异端。简单地说，与过去几个世纪的神学辩论相比，他们更关心的是别的东西，今天我们会说他们关心的是我们的思想活动。他们或多或少有意识地杀死了他们的父亲，就像后来的人文主义哲学试图杀死他们一样：这些现代人已经落伍，但只有在大学的教室里接受冬眠疗法，当代大学（我是说今天的大学）才能让他们重见天日。

然而，我提到的所有事例都显现出，任何一个创新行为和否定父辈的行为，都是通过诉诸祖先的方式实现的，这位祖先会比他们试图杀死并取而代之的父亲更被世人认可。"新诗人"通过模仿希腊抒情诗的方式否定拉丁诗歌传统；海伯尼亚语诗人和语法学家维吉尔·马洛内借用凯尔特语、西哥特语、古希腊语和希伯来语的词源创造了他们的混合语言；爱尔兰语法学家鼓吹一种反对拉丁语的语言，因为这种语言是很多古老语言融合的产物；但丁需要一个像语法学家维吉尔那样非常强大的祖先；"现代逻辑学"之所以现代，要得益于对被遗忘的亚里士多德的重新发现。

中世纪一个反复出现的主题是"古人相貌更美，身量也更高"。这种观点在今天完全站不住脚，只要去看看拿破仑睡觉的床有多长就够了，但也许在当时这种观点并不是完全没有意义，不仅因为人们对古代的印象都来自那些纪念性的雕像（古人让这些被纪念的人物长高了不少），还因为随着罗马帝国的衰落，人口减少和饥荒持续了几个世纪，因此那些在当代电影中耀武扬威的十字军和圣杯骑士很可能都没有我们现代许多英姿飒爽的骑士那么高。众所周知，亚历山大大帝个子不高，而高卢王维钦托利很可能比亚瑟王高。从《圣经》开始，经过古代文化晚期，乃至后来，与这一主题相对应的另一个常见的主题是"少年老成"，一个具有年轻人特质的小伙子，却拥有老人的所有德行。表面上看，对古人地位的赞美似乎成了一种保守的积习，而阿普列乌斯（《英华集》）所推崇的"老人对年轻人的提防"才是创新的模式。然而事实并非如此。对于上古之人

---

① Saint Bonaventure（1217—1274），中世纪意大利神学家、经院哲学家。

的赞美就是创新者在为父辈所遗忘的传统中探寻其创新的理由。

把前面提到的事例放在一边，尤其是但丁引以为豪的巨作，在中世纪，人们认为事情的真实与否取决于它在多大程度上得到古代权威的支持，以至于如果有人怀疑权威不支持某种新思想，就会动手篡改证据，因为就像里尔的阿兰在十二世纪说的那样，权威都是任人摆布的。

我们必须理解这一点，因为从笛卡儿开始，哲学家就是那些要把前人的知识一扫而光的人，像雅克·马里坦所说的那样，他们希望自己呈现在世人面前的形象是"绝对的新人"。任何现代思想家（更不用说诗人、小说家或画家）都必须以某种方式表明他在说他的父辈没有说过的东西，即使没能做到，也必须假装这样做，只有这样才能让世人刮目相看。然而，学者的做法恰恰相反。也就是说，他们肯定父辈，还试图表明他们完全在重复父辈所说的话，通过这样的方式完成最具悲剧性的弑父行为。托马斯·阿奎那在他那个时代彻底改变了基督教哲学，但他已经准备好回应那些指责他的人（有些人已经尝试过），他没有做别的，只是重复了八个半世纪前圣奥古斯丁说过的话。这既不是谎言，也不是虚伪。这位中世纪思想家简单地认为，当他在前人的启发下有了更清晰的想法时，随处纠正一些前人的观点是合情合理的。我为本文命名所用的那句格言，就是关于矮人和巨人的那句，也正诞生于此。

> 沙特尔的贝尔纳说，我们就像站在巨人肩膀上的矮人，我们能比他们看得更远，不是因为我们的身高或视野的敏锐，而是因为站在他们的肩膀上，我们比他们更高。

如果你想检索这句格言的起源，关于中世纪的部分可以去看爱德华·若诺写的小册子《巨人肩膀上的矮人》（一九六九年），但更令人欣喜若狂的是当代最伟大的社会学家之一罗伯特·默顿于一九六五年写的那本《在巨人的肩膀上》。牛顿在一六七五年写给胡克的一封信中用过的这句格言让默顿很是着迷："如果我看得更远，那是因为我站在巨人的肩膀上。"于是，在追溯了这句话的起源之后，他通过一系列富于学识的漫谈来证实这句话的命运，一版接着一版，用注解和补遗来丰富它的内涵，直到后来将它翻译成意大利语（《在巨人的肩膀上》意大利语版于一九九一年问世，并邀我作序），一九九三年他还打算再出英文版，作为"后意大利语版本"。

索尔兹伯里的约翰在《逻辑论》中认为这句关于矮人与巨人的格言来自沙特尔的贝尔纳，即十二世纪。也许贝尔纳不是第一个说这句话的人，因为这个概念（如果不是矮人的意象）早在他之前六个世纪就已出现在普里西安的著作里，而普里西安和贝尔纳之间的纽带可能是孔什的威廉，他在《普里西安注疏》中谈到了矮人和巨人，比索尔兹伯里的约翰早了三十六年。但我们感兴趣的是，在索尔兹伯里的约翰之后，这句格言差不多就被到处引用了：一一六〇年在拉昂学校的一篇课文中，大约一一八五年在丹麦史学家斯文·奥格森的著作中，在康布雷的热拉尔、拉乌尔·德·隆尚、科尔贝的吉勒和奥弗涅的热拉尔的著作中，在十四世纪的亚历山大·里卡特——阿拉贡国王的医生——的著作中，两个世纪后在安布鲁瓦兹·帕雷的著作中，在丹尼尔·森纳特等十七世纪科学家的著作中，然后在牛顿的著作中。哲学家图利奥·格雷戈里指出在皮埃尔·伽桑狄的作品中出现过这句格言（《怀疑论和经验主义——伽桑狄研究》，一九六一年）。我们至少还可以继续找到奥特加·伊·加塞特那里，他在一本题为《关于伽利略》的书（一九四七年）中谈到代代相传的问题时说，人类之中"一些人踩在另一些人的肩膀上，那些高高在上之人享受着统领他人的感觉，但同时也会感到成为了他人的囚徒"。另外，在杰里米·里夫金最近出版的《熵》（一九八二年）一书中，我发现了马克斯·格鲁克曼的一句话："科学就是所有这样的学科：即使是这一代人中的傻瓜也能借此超越上一代人中的天才所能达到的高度。"在这句话和那句被归在贝尔纳名下的格言之间相隔了八个世纪，在此期间发生了什么呢？一句关于哲学和神学思想中父子关系的话变成了标志着科学进步性的名言。

这则格言从中世纪诞生开始就脍炙人口了，这是因为它显然能让我们以一种非革命的方式解决代际冲突。古人与我们相比无疑是巨人，但我们虽然是矮子，也站在了古人的肩膀上，也就是说借用了古人的智慧，因此比他们看得更清楚。这句格言原本是谦逊的还是骄傲的呢？它的意思到底是说尽管我们知道的更多，但都是拜古人赐教，还是说尽管我们欠了古人的债，但我们知道的比他们多得多呢？

由于中世纪文化的一大主题是世界的不断衰落，人们可以将贝尔纳的这句格言解释为：由于"世界的衰落"，我们这些年轻晚辈比古人更陈腐，但拜他们所赐，我们至少理解或实践了他们未及理解或实践的事。沙特尔的贝尔纳在一场关于语法的争论中提出了这句格言，争论中知识的概念和对古人风格的模仿受到责难，还是据索尔兹伯里的约翰的证实，贝尔纳责备学生们盲目抄袭古人，他说问题不在于像古人那样写作，而是在于向古人学会怎样才能写得和他们一样好，这样后人就会受到我们的启发，就像我们受到古人的启发一样。因此，虽然我们今天读到的并非原话，但总能感到他在这句格言中对自主和创新之志的召唤。

这句格言说"我们比古人看得更远"。显然，这个隐喻是空间性的，暗示着我们要勇往直前。我们不能忘记，历史作为走向未来的进步运动，从《创世记》到人类的救赎，再到基督的胜利回归，这些都是教会的神父们创造的说法——不管情愿还是不情愿，没有基督教（尽管背后是犹太人的弥赛亚主义）、没有黑格尔、没有马克思，人们也就无从谈及被莱奥帕尔迪所怀疑的"恢弘而进取的命运"。

这句格言出现在十二世纪初。在不到一个世纪的时间里，从对《启示录》的最初诠释到对千禧年的恐慌，一场横跨整个基督教世界的争论平息下来。作为群众运动，这种对千禧年的恐慌无疑具有传奇性，却出现在所有的千禧年末日论文献中，以及多多少少带有地下色彩的异端派别中。所谓千禧年末日论，确切地说就是对世界末日的焦虑等待，它在这句格言诞生时仍是许多异端运动的起源，却在正统的讨论中销声匿迹。人们去迎接最终的基督再临人间，这成了一个乐观故事的理想终点。矮人成为向未来进军的象征。

自从矮人的概念在中世纪出现，就开启了现代性的历史，这是一个理所应当的变革，因为它发现了被父辈遗忘的模式。我们以早期人文主义者和哲学家为例，比如皮科·德拉·米兰多拉或马尔西里奥·费奇诺。学校的老师告诉我们，这些人是与中世纪世界战斗的主角，"哥特式"这个词大概也出现在这个时期，而且其内涵并非完全正面。然而，文艺复兴时期的柏拉图主义又做了什么呢？将柏拉图与亚里士多德对立起来，发现了《赫尔墨斯全集》或《迦勒底神谕》，用比耶稣基督还早的古老智慧建立了新知。人文主义和文艺复兴通常被视为具有革命意义的文化运动，尽管如此，它们的革新策略还是以有史以来最反动的手段之一作为基础——如果说哲学上的反动主义是指回归永恒传统的话。因此，我们面临着一种弑父的局面，即借祖辈之手消灭父辈，试图在祖辈的肩膀上重建人类作为宇宙中心的文艺复兴愿景。

或许在十七世纪科学的帮助下，西方文化才意识到它已经让世界乾坤颠倒，因此也真正革了知识的命。但这一切的起点，哥白尼的假说，是基于对柏拉图和毕达哥拉斯的回忆。巴洛克时期的耶稣会修士试图通过重新发现远东的古代经文和文明来建立一种替代哥白尼模式的现代性。伊萨克·拉·培伊埃尔，一个彻头彻尾的异端，试图证明（通过推翻《圣经》年表）世界早在亚当之前就已经开始于中国的海洋中了，因此基督道成肉身只是我们这个星球历史上的次要事件。维柯将整个人类历史视为一个过程，这一过程将我们从曾经的巨人引向最终以纯粹的头脑思考。启蒙运动自我感觉极为现代，作为附带结果，它真的把自己的父亲杀死了，还让路易十六当替罪羊。然而即使是启蒙运动，只要读一读《百科全书》就知道，也经常求教于过去的巨人。《百科全书》中的雕版图上全是机器，以颂扬新兴的制造工业，但也并不鄙弃那些重新审视古代学问的"修正主义"文章（从某种意义上说，这是以极为活跃的矮人身份重新解读历史）。

十九世纪的伟大哥白尼革命总是召唤从前的巨人。康德需要休谟把他从独断主义的睡梦中唤醒；浪漫主义者发现了迷雾与中世纪的城堡，为迎接狂飙突进运动做好准备；黑格尔最终确立了新之于旧的优先权，将历史视为没有糟粕与怀旧的可完善运动；马克思重读了整部人类思想史，以他关于古希腊原子论者的毕业论文为起点，精心起草他自己的唯物主义；达尔文弑杀了他的《圣经》父亲，将巨大的类人猿选为巨人，在它们的肩膀上，人们从树上下来，仍然充满好奇与残暴，发现不得不执行那进化的奇迹——对向的拇指。十九世纪下半叶，兴起了一场艺术创新运动，从拉斐尔前派到颓废派，几乎是对过去完全的再次占用。一些遥远时代的父亲被重新发现，用来反抗那些被机械织布机腐蚀的眼前的父亲。卡尔杜奇凭借他的《撒旦颂》成为现代性的先驱，然而他不会停止在城市国家时期意大利的神话中寻求理性和理想。

二十世纪初的历史先锋派使现代主义弑父之举登峰造极，他们声称要摆脱对过去的一切尊重。这是赛车战胜了萨莫色雷斯的胜利女神，是对皎洁月光的杀戮，是把战争当作世界唯一的"保健品"顶礼膜拜，是立体主义对形式的分解，是从抽象到空白画布的迸发，是用噪音、静默来替代音乐或连续的音阶，是尽管不占主导地位却将周围环境据为己有的玻璃幕墙，是像石碑一样的建筑，是纯平行六面体，是极简艺术。在文学领域，是对话语流和叙事时间的破坏，是拼贴写作，是空白页。然而在这种情况下，尽管新巨人想将古代巨人的遗产归零从而拒绝承认他们，矮人对古代巨人的敬意却重新浮现。关于马里内蒂①，我无需赘言，为给杀死月光赎罪，他后来进入了意大利国家科学院，深情款款地望着皎洁的月光。毕加索基于对古典和文艺复兴艺术形象的思考使其笔下的人物面目全非，然而最终他又回过头来重新审视古希腊弥诺陶洛斯的牛头怪；杜尚为蒙娜丽莎画上胡子，但他毕竟需要蒙娜丽莎的画像才能画上他的胡子；马格里特为了否认他画的是烟斗，必须用一丝不苟的写实主义来描绘烟斗②。最后，通过再现荷马的叙事模式，乔伊斯完成了对小说历史主体的伟大弑父之举。这个全新的尤利西斯也航行在古人的肩膀或主桅之上。

就这样，我们来到了所谓的后现代。后现代当然是一个万能的术语，它可以应用于很多事物，也许过于泛滥。但是，各种被称为后现代的操作都是作为对一个共同关注的反应（也许是无意识的）而生的。尼采在《不合时宜的考察》第二部（《历史之用途与滥用》）中命名了它，批判了我们过度的历史意识。如果就连先锋派

---

① Filippo Tommaso Marinetti（1876—1944），意大利诗人、文艺批评家，一九〇九年在法国《费加罗报》发表了《未来主义宣言》，是未来主义的创始人和理论家。
② 指马格里特的作品《图像的反叛，这不是一只烟斗》。

的革命行为都无法消除这种历史意识，那么我们不妨接受这种影响的焦虑，以一种看似尊重的形式重新审视过去，而实际上是在被讽刺允许的距离内重新考察历史。

现在，我们来看看最后一个代际反叛的阶段，这是年轻的"新"人抗议成人社会的明显例子，这些年轻人发出警告：不要相信超过三十岁的人。这就是"六八运动"。除了从老马尔库塞的启示中汲取灵感的美国嬉皮士以外，意大利游行队伍中高喊的口号（"马克思万岁""列宁万岁""毛泽东万岁"）告诉我们，为了抵抗议会左翼父亲的背叛行为，反抗运动是多么需要巨人的挽救，甚至连"老男孩"也登场了——英年早逝的切·格瓦拉的画像，他的死让他变身为集一切古代美德于一身的人。

但是自"六八运动"至今也发生了一些事情，如果我们仔细研究表面上被一些人视为新"六八运动"的现象就会意识到我所说的是"反全球化运动"。媒体通常会大加宣扬其中的一些青年因素，但这并没有完整展现这场运动，即使是六十岁开外的高级教士似乎也支持了这场运动。"六八运动"的确是一个代际创举，有些"不合时宜"的成年人为了自适其中悄悄地解下领带，换上套头衫，丢掉须后水让毛发自由生长。但这场运动最初的口号之一是告诫年轻人不要相信任何超过三十岁的人。然而，我所谓的"反全球化运动"在很大程度上不是一种青年现象，其领导人是像若泽·博韦那样成熟的成年人或参加过其他革命的"老兵"。这场运动不代表代际冲突，甚至不代表传统与创新之间的冲突，相反，我们应该说（表面上）那些创新者都是全球化中的技术官僚，而那些游行示威者则都是往昔的赞美者，具有勒德主义倾向。从一九九九年西雅图事件到二〇〇一年热那亚G8峰会上所发生的事情，无疑代表了一种全新的政治对抗形式，但与代际对抗和意识形态对抗相比，这种对抗绝对是横向的。在其中有两种对立的诉求，两种对世界命运的看法，我想说这是两种力量，一种基于对生产资料的拥有，另一种基于对新通信方式的发明。然而，在全球化的支持者和"白衫党"的较量中，两个阵营中的年轻人和老人旗鼓相当，新经济中野心勃勃的三十来岁年轻人与那些身处社区中心的三十来岁年轻人针锋相对，他们各自身边都有自己的老前辈。

从"六八运动"到反 G8 斗争，在三十多年里，一个很早就开启的过程告一段落。让我们来了解一下它的内部机制。任何时代，为构建父子之间的辩证关系，都需要一个非常强大的父亲模范，它既无法容忍儿子的挑衅，也无法接受重新发现那些被遗忘的巨人。正如贺拉斯所说，新近的诗人不能被接受。通俗拉丁语对于大学里一本正经的拉丁语学家来说是不可接受的；托马斯·阿奎那和波拿文都拉进行了创新，希望没有人注意到，却被巴黎大学托钵修会的敌人逐个正着，他们设法禁止教授此二人的思想。诸如此类，直到马里内蒂的赛车，它被用来与萨莫色雷斯的胜利女神相抗衡，因为且只因为怀着正统思想的人们仍将其视为一堆令人厌恶的废铜烂铁。

可见，这些模范必须是世代相传的。父亲们必须欣赏老卢卡斯·克拉纳赫笔下患了厌食症的维纳斯，所以他们觉得鲁本斯笔下浑身橘皮组织的维纳斯是对美的侮辱。父亲们必须热爱阿尔玛-塔德玛，这样他们才能讯问孩子们，米罗的涂鸦到底是什么意思，什么是对非洲艺术的再发现。父亲们必须痴迷葛丽泰·嘉宝，这样他们才会吃惊地质问孩子们，碧姬·芭铎那只瘦猴子究竟有什么可看。

但今天的大众媒体和博物馆的媒介化使以前那些没文化的人也可以参与进来，这就造成了所有这些模范共存和相容的局面，自不必说所有的价值观了。当梅根·盖尔出现在一家电话公司的广告片中，徘徊于毕尔巴鄂的古根海姆博物馆的圆形屋顶和涡形装饰之间时，无论是作为性感模特还是艺术模范，哪一代人看了都会觉得秀色可餐，因此这家博物馆就和梅根一样性感得令人心驰神往，而梅根也成了和博物馆一样的文化对象，这是因为两者都存在于一种由电影创造的融合之中——融合了广告让人垂涎的吸引力与过去只能在艺术电影中看到的审美魄力。

在新的创意和怀旧的行动之间，电视创造了跨越世代的模范，诸如切·格瓦拉和加尔各答的特蕾莎修女，戴安娜王妃和庇护神父，丽塔·海华丝、碧姬·芭铎和朱莉娅·罗伯茨，四十年代的硬汉约翰·韦恩和六十年代的暖男达斯汀·霍夫曼。三十年代苗条的佛雷·阿斯泰尔在五十年代与粗壮的吉恩·凯利一同起舞，电视屏幕既让我们梦想女性奢华的更衣室，就像在电影《罗贝尔塔》中看到的场景，也让我们梦想可可·香奈尔中性装扮的模特。对于没有理查·基尔那种阳刚与优雅之美的人而言，还有阿尔·帕西诺纤瘦的魅力和罗伯特·德尼罗无产阶级的情怀。对于那些无法拥有一辆玛莎拉蒂而威风八面的人来说，还有优雅实惠的迷你莫里斯。

大众媒体不再呈现什么标准模范。即使在一则注定只播放一周的广告中，他们也能在复活所有的先锋派经验的同时重现一幅十九世纪的肖像画，呈现角色扮演游戏惊人的现实主义和埃舍尔令人眼花缭乱的透视法，玛丽莲·梦露的丰盈华贵和新一代"时尚女孩"的优雅别致，娜奥米·坎贝尔的异于欧洲之美和克劳迪娅·希弗的北方之美，百老汇音乐剧《歌舞线上》传统踢踏舞的优雅和电影《银翼杀手》中令人生寒的未来主义建筑，朱迪·福斯特的雌雄同体和卡梅隆·迪亚兹的清纯无瑕，约翰·兰博①和普拉蒂内特②，乔治·克鲁尼（所有父亲都想有这样一个刚从医学院毕业的儿子）与长着金属脸、头发像彩色刺丛的新生化人。

面对这种包容一切的狂欢，面对这种绝对的、势不可挡的多神论信仰，还有什么能成为父子两辈人之间的分界线，从而逼着儿子弑父（同时出于反叛和敬意）和父亲产生噬子情结呢？

我们刚刚迎来这一新趋势的曙光，但让我们用片刻时间想一想家用电脑和随后的互联网刚出现时的情况。有经济能力的父亲将电脑买回家，孩子们对此并不排斥，而且他们一旦掌握，便会在技术上超越父亲，但父子双方谁都看不出它有任何反抗或抵触的象征意义。电脑不会让两代人分裂，只可能使他们融合。没有人会因为儿子上网而咒骂他们，也没有人会以同样的理由和父亲对着干。

这其中并不缺乏创新，反而几乎总伴随着技术创新，由年长者管理的国际化生产中心赋予，创造出为年轻一代所接受的流行时尚。我们今天谈论手机和电子邮件中年轻人的语言，但不妨看看十年前人们写的文章，那些创造了这些新工具的人，或是研究它们的老社会学家和老符号学家已经预见到，这些新工具会产生它们如今已经

---

① John Rambo，电影《第一滴血》的男主角，具有代表性的电影硬汉形象。
② Platinette（1955—　），意大利男演员，著名变装电视明星。

普及的语言和表达方式。比尔·盖茨创业之初是个年轻人（现在他是一个成熟的人，正在把年轻人今后应该使用的语言赋予他们），但作为年轻人的他没有创造反抗，而是给出一个明智的提议，让父亲和儿子都津津有味地学习。

人们以为自我边缘化的年轻人借吸毒的方式来反抗家庭，但吸毒实际上是他们的父辈提出的方式，早在十九世纪的《人造天堂》①中就有了。新的一代都是从国际化的上一代毒品贩子那里进货的。

当然，我们可以说没有对立的模范，只是模范更替加快了而已。但这并不能改变什么。在极短的时间内，年轻人的某种时尚模范（从皮埃尔·保罗·帕索里尼到耐克球鞋）可能会令父亲们感到不快，但媒体传播的速度让它很快也被老年人接纳，顶多会冒些风险——在同样短暂的时间内又会被孩子们笑话。但没有人来得及关注这场接力赛，总体结果将永远是绝对的多神论和所有价值观的融合共存。新时代运动②是一代人的创造吗？就其内容而言，它是一幅千年来各种神秘主义的拼贴画。或许一开始，青年团体面对这些神秘的东西就像对待一群被重新发现的巨人一样，但很快大众传媒领域的老滑头们就操控了新时代运动典型的图像、声音和信仰的传播，及其所有唱片、出版、电影和宗教工具。如果现在有些年轻人逃去东方，那就一定是投身于某位老态龙钟的大师之怀，而这位大师定然拥有很多情人和无数辆凯迪拉克。

代沟的最后边界似乎是鼻环、舌钉或蓝色头发，甚至这些已不再是少数个体的创造，而成了一种普遍的模范，由国际时尚的老年人统治中心建议给年轻人。很快，大众传媒的影响也会将这些强加给他们的父母，除非有朝一日，无论老少都将其抛弃，因为大家都意识到，有舌钉的干扰，连吃冰淇淋都很麻烦。

那父为什么还要噬子，子为什么还要弑父呢？对于所有人来说，并不存在孰是孰非，而危险就在于，在不断创造和不断被接受的过程中，一群矮人坐到了另一群矮人的肩膀上。我们都应该现实一点。

① *Les paradis artificiels*，法国诗人波德莱尔的散文，发表于一八六〇年，描写在鸦片和哈希什影响下的状态。
② New Age Movement，二十世纪七十至八十年代西方去中心化的社会与宗教运动及灵性运动。

在一个正常的时代，是应该有代际新陈代谢的，我早已经该退休了。

那太好了，大家会说。我们正进入一个新时代，在这个时代，随着各种意识形态的落幕，左派与右派、激进与保守之间传统的分歧已经模糊，代际冲突也明显削弱。然而，当儿子们的反抗只是父亲们所提供的反抗模范的仿品，父亲们的吞噬只是为儿子们提供空间进行各种社会边缘化活动——这在生物学意义上是否值得推荐呢？当弑父原则本身陷入危机时，黑暗的时代就要来临。

每个时代最糟糕的诊断者恰恰是这个时代的人。我的巨人教导我，过渡空间是存在的，其中缺少坐标，使人们无法看清未来，也尚不理解其理性中的机巧，以及时代精神中难以察觉的阴谋。或许弑父这种正当的理想正在以不同的形式死而复生，随着未来一代又一代的出现，克隆的儿子将会以一种尚且无法预测的方式对抗其合法的父亲或精子捐赠者。

也许巨人已经在阴影中徘徊——而我们还未觉察——正准备坐在我们这些矮人的肩膀上。

二〇〇一年

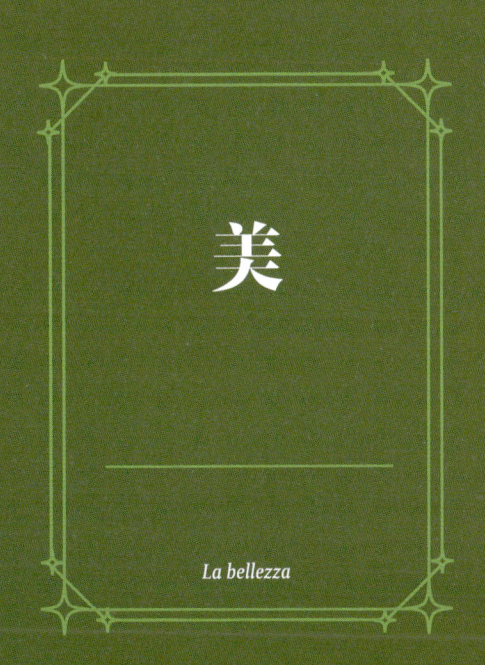

美

La bellezza

一九五四年，我以一篇关于美的问题的论文获得博士学位，然而论文仅是以不长的篇幅讨论了托马斯·阿奎那。一九六二年，我开始写一部关于美的历史的图文书，但后来出于世俗的经济原因，出版社放弃了这项计划，即使当时书稿已经完成了四分之一，或至少五分之一的样子。几年前，我重拾这项计划，先是想做成电脑光盘，后来又决定做成一本书，原因很简单，我这个人不喜欢半途而废。在这五十年的时间里，我曾反复思考美的概念，意识到无论是今天还是从前，对这个问题都可套用圣奥古斯丁就"什么是时间"做出的回答："你问我以前，我以为我知道，但是你一旦问我，我就不知道什么叫时间了！"

一九七三年，我在 ISEDI 出版社版《哲学百科》小册子上读到迪诺·福尔马焦①给艺术下的定义，于是对自己在给美下定义时犹疑不决的状态感到安慰。那本《哲学百科》竟然这么解释艺术的概念："艺术是所有那些被人们称为艺术的东西。"要是这样的话，那我也可以说："美是所有那些被人们称为美的东西。"

当然，用相对主义的方法来说，什么被认为是美，还要取决于不同的时代和文化。这并非现代人的异端邪说。古希腊哲学家色诺芬在这方面迈出了重要一步，他认为："假如牛、马和狮子都长了手，而且都能用手画画，画出像人一样的作品来，那么马描绘的神就会像马，而牛描绘的神则会像牛。""如果问一只雄蛤蟆什么是美……它会回答说是它的雌蛤蟆。"②

美从来就不是什么绝对的、静止不变的东西，相反，它要随着不同的历史时期和国家呈现出不同的面貌。这里所说的并不只是物

---

① Dino Formaggio（1914—2008），意大利哲学家、艺术评论家、学者。
② 伏尔泰语。

象之美（比如男人之美、女人之美、风景之美），还可以指上帝之美、圣人之美、思想之美……

只需要引用圭多·圭尼泽利①的一段话，就能描述一尊差不多与他同时代的哥特风格雕塑——美丽至极的瑙姆堡的乌塔②。

> 我见那熠熠生辉的狄安娜女神之星，
> 出现在黎明破晓之前，
> ……
> 如雪的面庞，泛着胭脂的颜色，
> 双眸闪烁光芒，迷人而饱含爱意；
> 我不相信这世上竟有这样的女子，
> 将美貌与才华集于一身。

然后我们看看十九世纪雷东③画笔下的这个形象。引用巴尔贝·德·奥尔维利④小说《蕾雅》（一八三二年）中的一段话："是的，我的蕾雅，你非常美丽，你是世上最美的女人，我不会放弃你，你那倦怠的双眼，你那惨白的面容，你那多病的身躯，我不会放弃，因为你有如天使一般的美丽容颜！"

诸位可以看出这两个关于美的观念之间有什么联系吗？

另一个问题是不要屈从当代的审美趣味。对于我们这个时代戴着耳钉和鼻环的年轻人而言，一个波提切利式的美女或许很有魅力，因为她好像快乐而又邪恶地陶醉在印度大麻中。对于波提切利同时代的人来说却并非如此，他们欣赏《春》中的人物形象，多半是出于其他原因。

再者，我们在谈论美的时候，到底意欲何为？我们生活在当下的人，至少是我们这些受理想主义美学熏陶的意大利人，几乎总是将美和艺术之美画上等号。然而千百年间，当人们谈到美的时候，

---

① Guido Guinizelli（约1230—1276），意大利诗人，"温柔的新体"诗派代表人物。
② Uta von Naumburg，德国瑙姆堡大教堂内竖立的十二座雕塑之一，其人物原型为教堂的捐助者之一梅森侯爵夫人乌塔。
③ Odilon Redon（1840—1916），法国画家、版画家，法国象征主义画派的领军人物。
④ Jules Barbey d'Aurevilly（1808—1889），法国作家，作品多带有唯美主义和颓废色彩。

《瑙姆堡的乌塔》雕像细节

13世纪

瑙姆堡大教堂

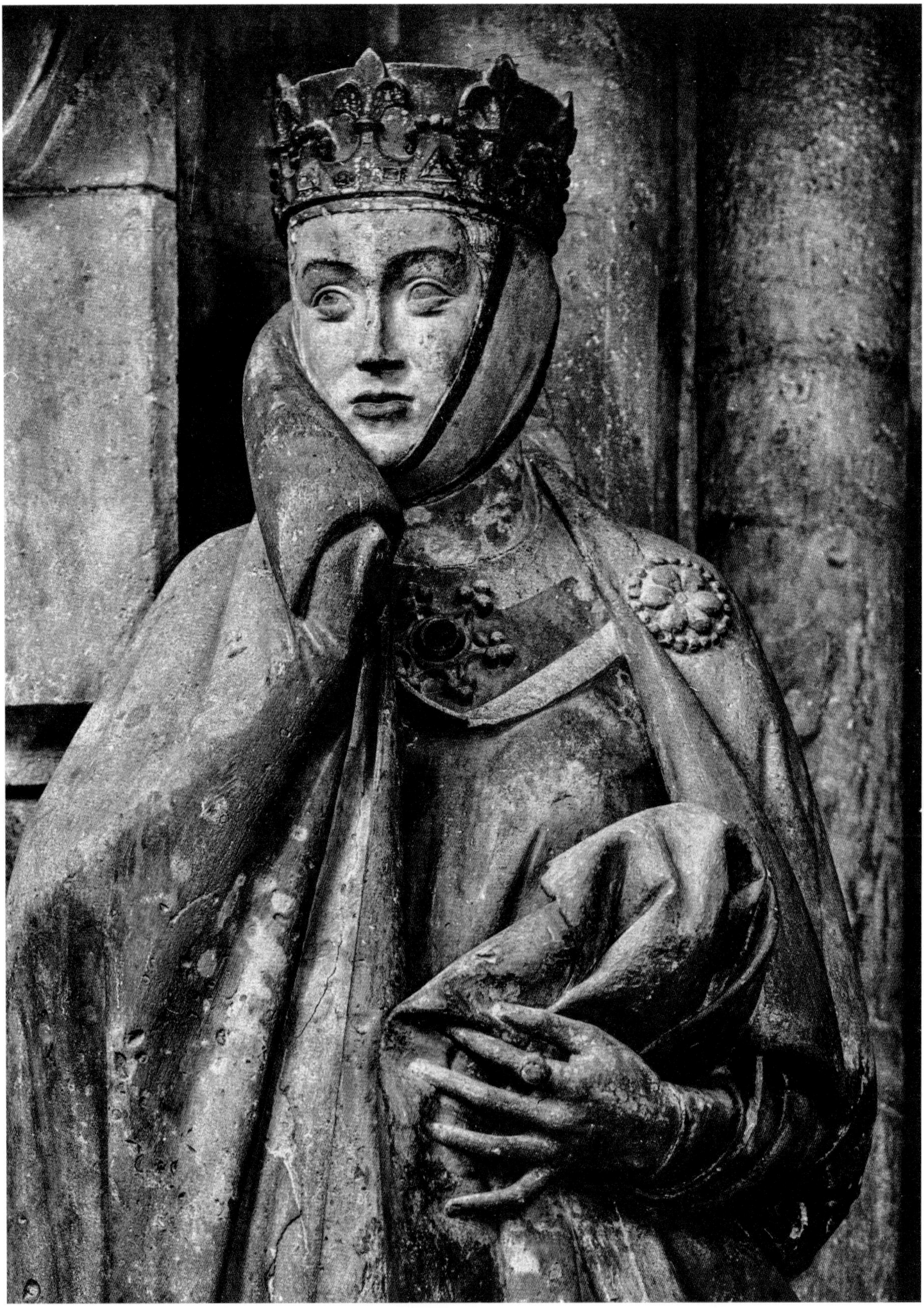

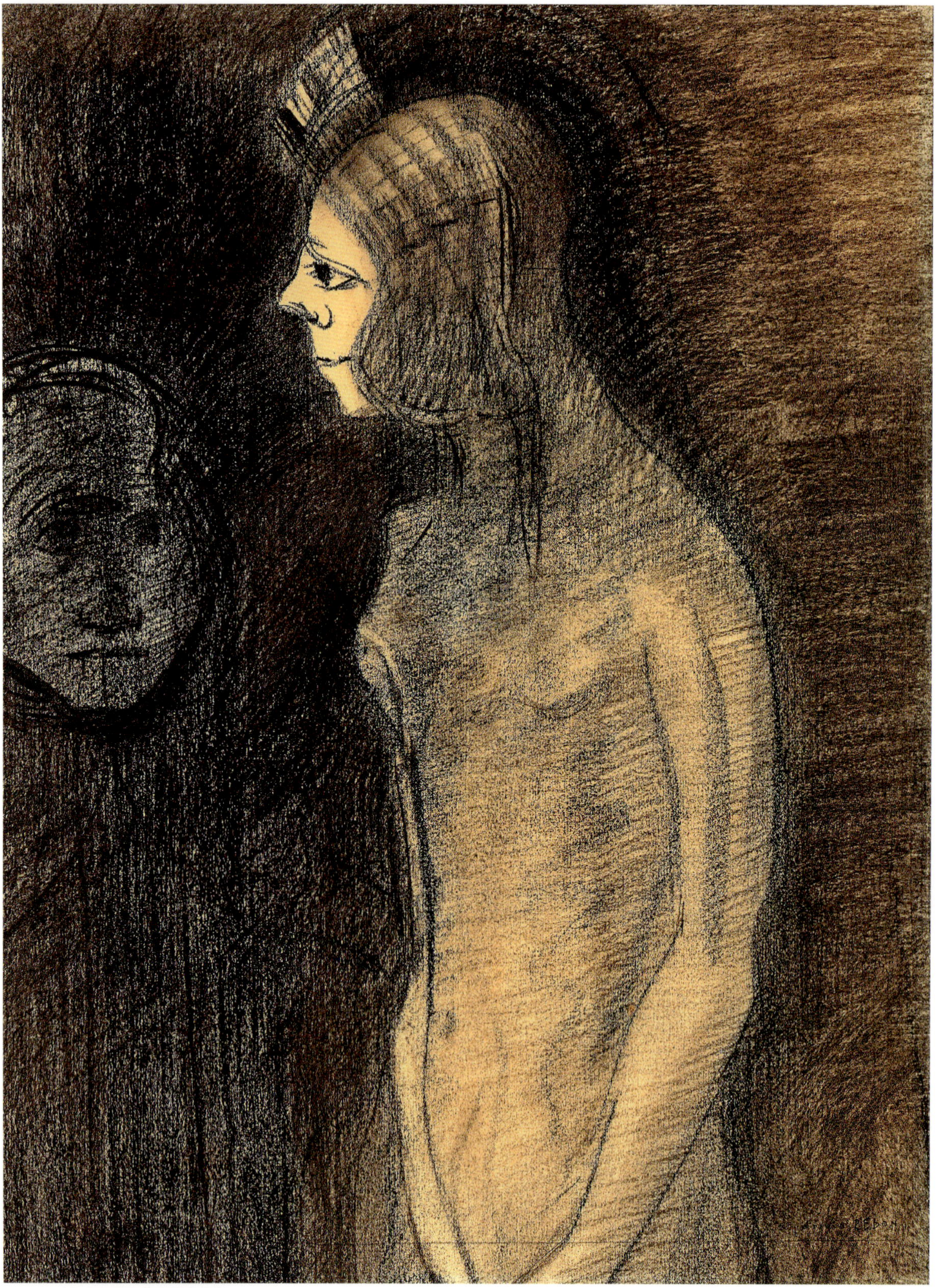

往往指的是自然之美、器物之美、人体之美或上帝之美。以前艺术曾是精确的理性技能，是一种把东西做好的方式，它曾经被称为"techne（技）"或"ars（术）"，无论是画画的，还是造船的，甚至是理发的，都属于这个范畴（事实上，直到很晚近的时候，人们才开始使用"美术"这一概念）。

然而，就某一特定历史时期的审美理想而言，我们如今只有三种方式可以印证，而所有证据都来自"文化的"资料。首先，当一个天外来客于现在或是千年以后光临地球，他可以借助电影、画报、电视节目来推断我们这个时代低级而未开化的人所偏好的人体、服饰、器物的审美类型。对于几百年前的世界而言，我们就相当于来自太空的访客，后者为了说明我们对于女性的审美理想，只能以毕加索的画为佐证。

其次，我们也可以使用文本作为证据。但同样的问题是，词语会告诉我们什么呢？在《追忆似水年华》中，普鲁斯特为我们描绘了一幅埃尔斯蒂尔①的画作，如果我们认真阅读的话，就会想到印象派画家。但是传记作家告诉我们，当十三岁的普鲁斯特被问到最喜欢哪位画家的时候，他回答说是梅索尼埃②，后来也从未放弃对这位画家的喜爱。因此，普鲁斯特讲述了埃尔斯蒂尔——一位实际上并不存在的画家——对艺术之美的概念，但他本人的想法或许与他的文字暗示给我们的并不相同。

最后，这个插曲让我们想起另一种标准（涉及仅针对专业人士的符号学，也就是说，我希望放过今天在场的各位），皮尔士称之为"诠释的标准"：一个符号的意义经常被另一个以某种方式对其加以诠释的符号所阐明。因此，我们可以将讨论美的文本与同一时代假定可以表现美好事物的图像进行比较，这样就可以为我们澄清某一时期人们对于审美理想的认识。

然而有的时候，这样的比较可能会令人大失所望。我们以欧仁·苏在《巴黎的秘密》中的一段描述为例。书中描绘了混血女奴谢西莉那令人无法抗拒、极具诱惑的美：

《幻象》
约 1250—1260 年
奥迪隆·雷东
私人收藏

① 小说《追忆似水年华》中虚构的画家。
② Jean-Louis Ernest Meissonier（1815—1891），法国画家，以军事和历史题材见长。

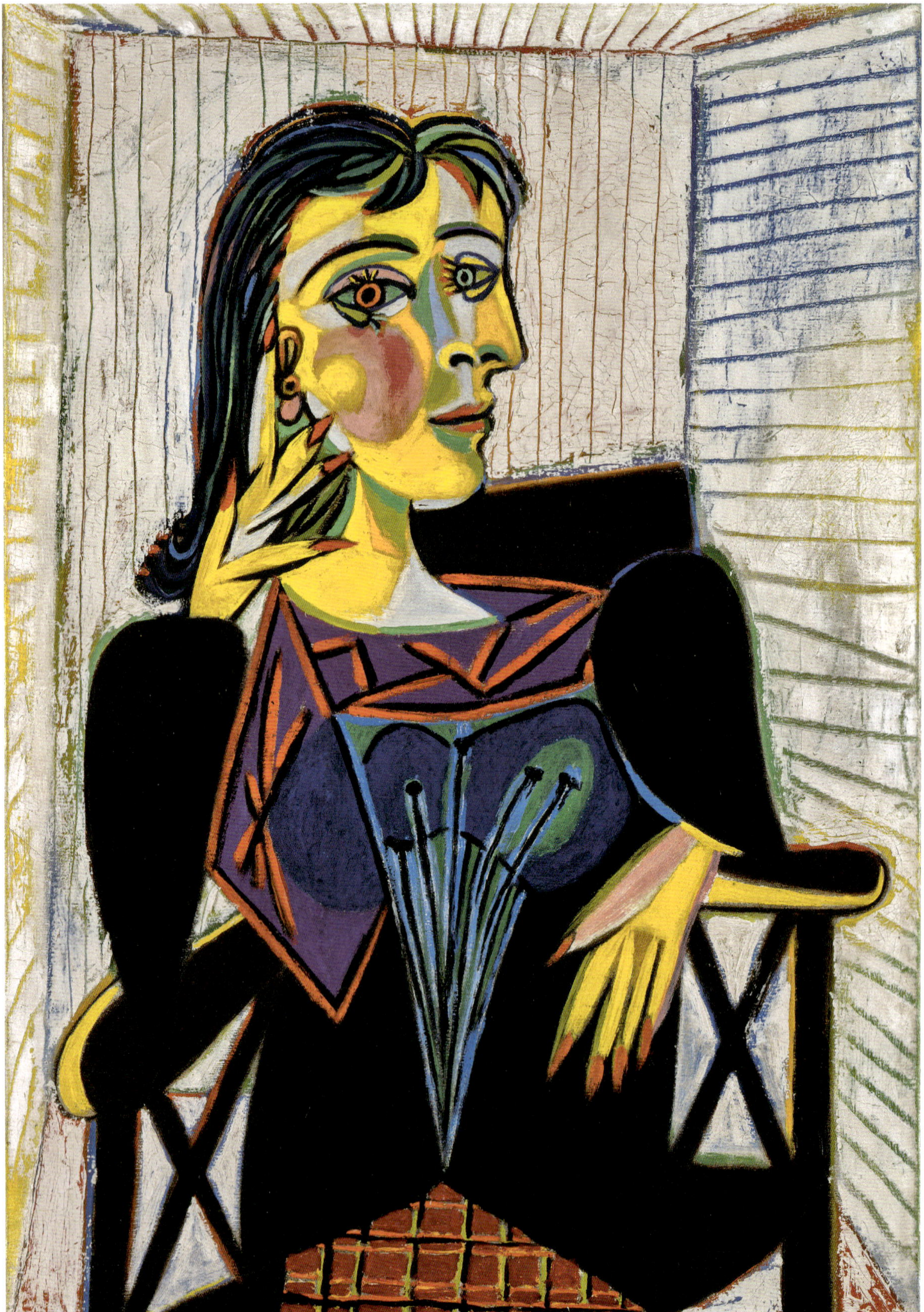

谢西莉发现，自己浓密卷曲、在前额形成中分的黑发并没有垂到颈饰以下……她脸部的轮廓一旦见过就令人永生难忘。光滑的额头……一张完美的瓜子脸；苍白的皮肤，柔软娇嫩，犹如阳光照射下的一片山茶花瓣；鼻子精致而挺拔，两个小巧灵活的鼻孔在一张一翕中传递出最细微的情绪；烈焰般的红唇透露出傲慢与多情……

今天，我们应该如何将这段文字转化成图像，从而展现风华绝代的谢西莉呢？是像碧姬·芭铎那样的女人，还是像"美好时代"①那些勾魂摄魄的女人呢？小说原创插图师（或许读者也和他一样）是这样来看谢西莉的。我们应该服从他，根据"这个"谢西莉发挥想象，借此了解在欧仁·苏和他的读者心目中美的理想是怎样的，要知道这种美可以让公证员费兰德沦落为色情狂。

将文本与图像进行比较常常会有收获，因为这样的比较可以告诉我们，某种语言的一个词语，从一个世纪到下一个世纪，甚至有时候从这一个十年到下一个十年，就会与不同的视觉或音乐理念相关联。我们举一个经典的例子，比例的问题。从古代开始，人们就认为美和比例有关。毕达哥拉斯第一个提出数是万物本原。从毕达哥拉斯那里，产生了宇宙数学之美的观点，即万物存在是因为它们遵循秩序，而它们遵循秩序是因为在它们中间确立了数学与音乐的法则，这些法则共同为存在与美提供了条件。这个比例的观念贯穿整个古代社会，随后在公元四到五世纪之间，通过波伊提乌②的作品在中世纪传播。波伊提乌书中记载，有一天，毕达哥拉斯发现，当铁匠用锤子敲打铁砧的时候，二者撞击会发出高低不同的声响，于是他意识到，铁锤发出的声音与金属的重量之间存在着比例关系。那些决定希腊神庙的规模、柱子间隙的距离及立面各部分比例关系的原则，与决定音程关系的原则是一致的。柏拉图则在《对话录》中描述了世界是怎样由规则几何体构成的。

在人文主义和文艺复兴时期，柏拉图的规则几何体被人们视为

《朵拉·玛尔画像》
1937 年
巴勃罗·毕加索
巴黎，毕加索博物馆

① Belle Époque，十九世纪末至第一次世界大战爆发法国出现的繁荣时期。
② Boethius（约480—524），古罗马学者、基督教哲学家、政治家。

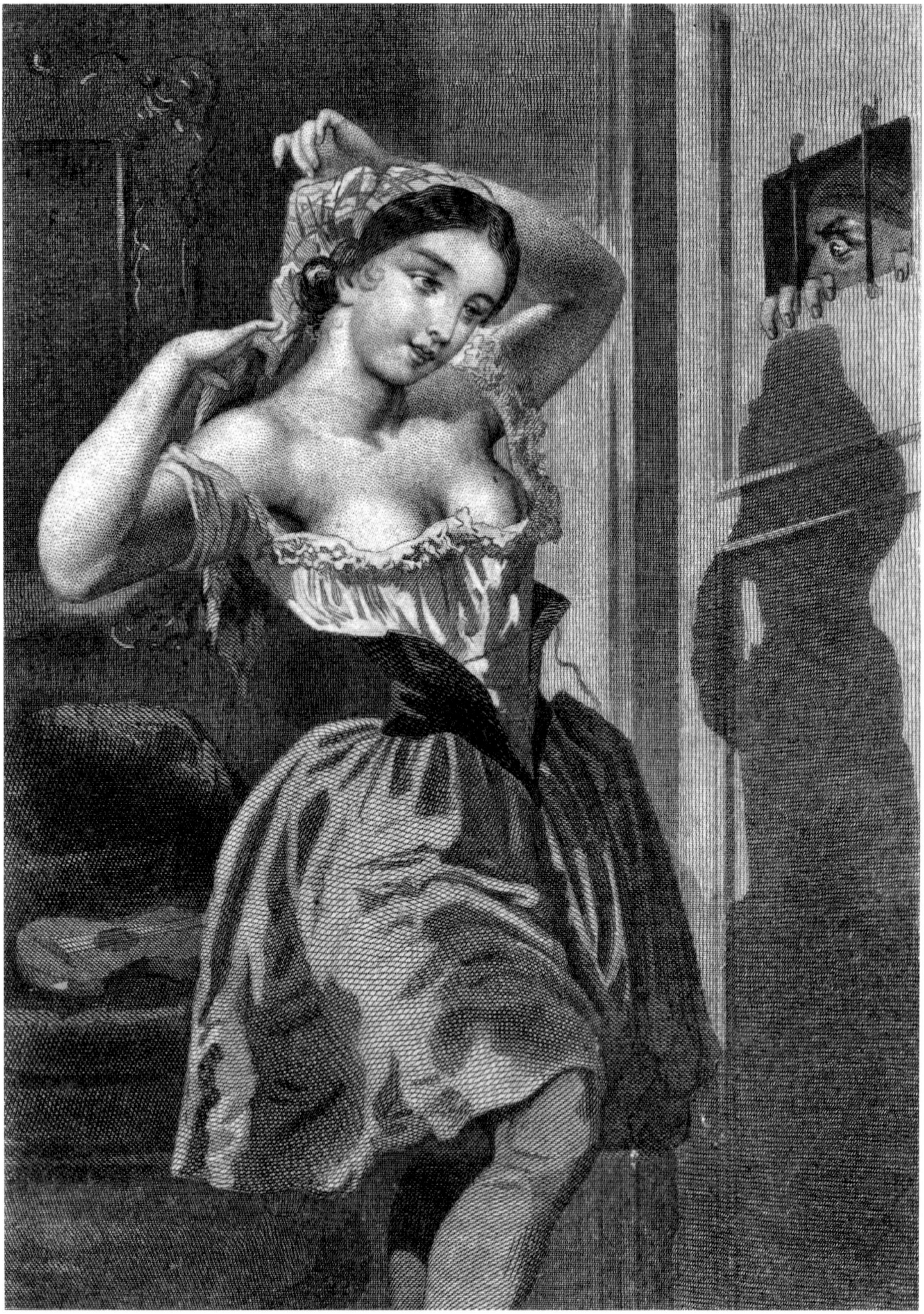

理想模式而研究和赞誉，从达·芬奇到皮耶罗·德拉·弗朗切斯卡①的《论绘画中的透视》，再到卢卡·帕乔利②的《神圣比例》（一五〇九年），尽皆如此。

帕乔利所谓的神圣比例就是黄金分割，这种比例关系通过两个矩形得以呈现，较小矩形与较大矩形的比值等于较大矩形与二者总和的比值。在皮耶罗·德拉·弗朗切斯卡的画作《鞭打耶稣》中，这种比例关系得以奇迹般地呈现。

第 30 页
《女奴谢西莉》
《巴黎的秘密》插图，1851 年
欧仁·苏

第 31 页
《鞭打耶稣》
1455 年
皮耶罗·德拉·弗朗切斯卡
乌尔比诺，马尔凯国家美术馆

① Piero della Francesca（1416—1492），意大利文艺复兴初期著名画家，代表作《鞭打基督》，曾撰写《论绘画中的透视》。
② Luca Pacioli（1445—1517），意大利数学家，近代会计之父。

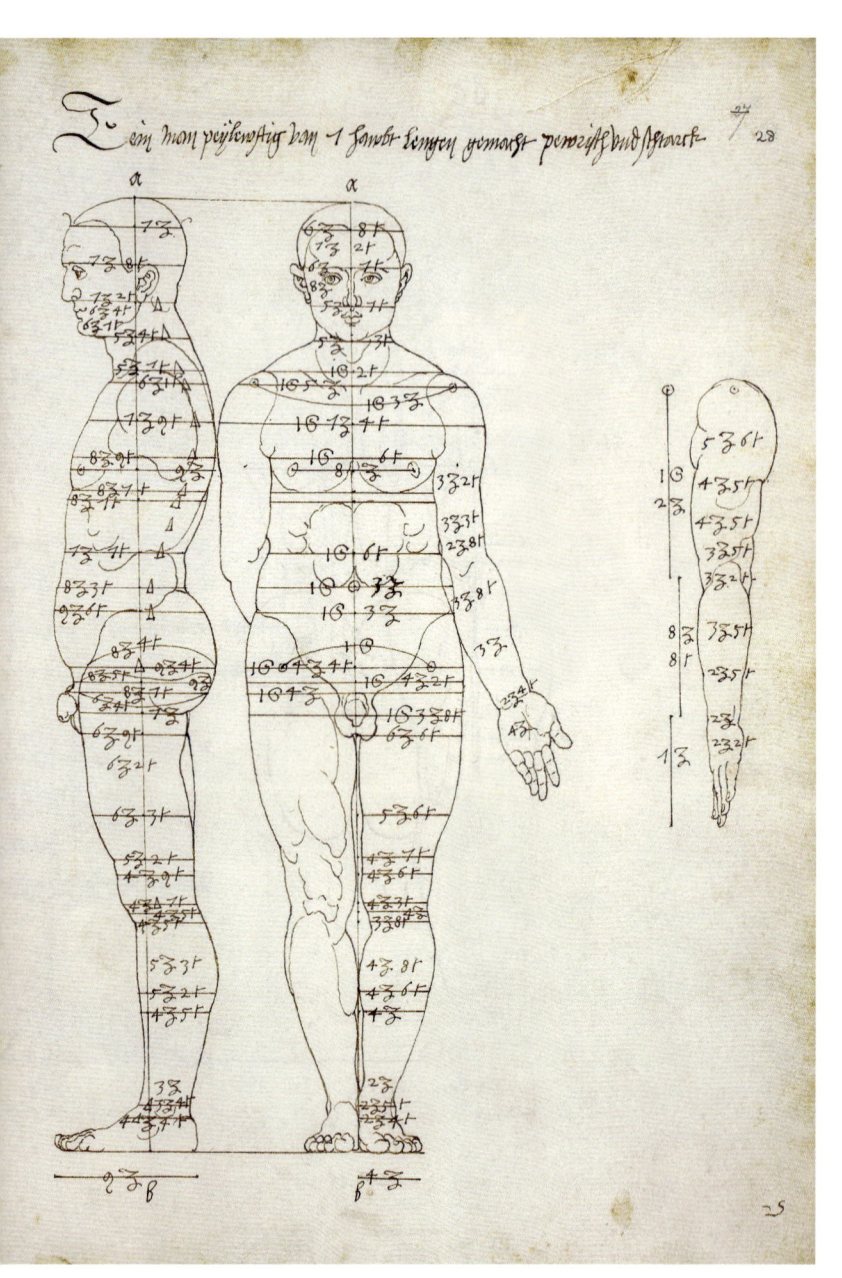

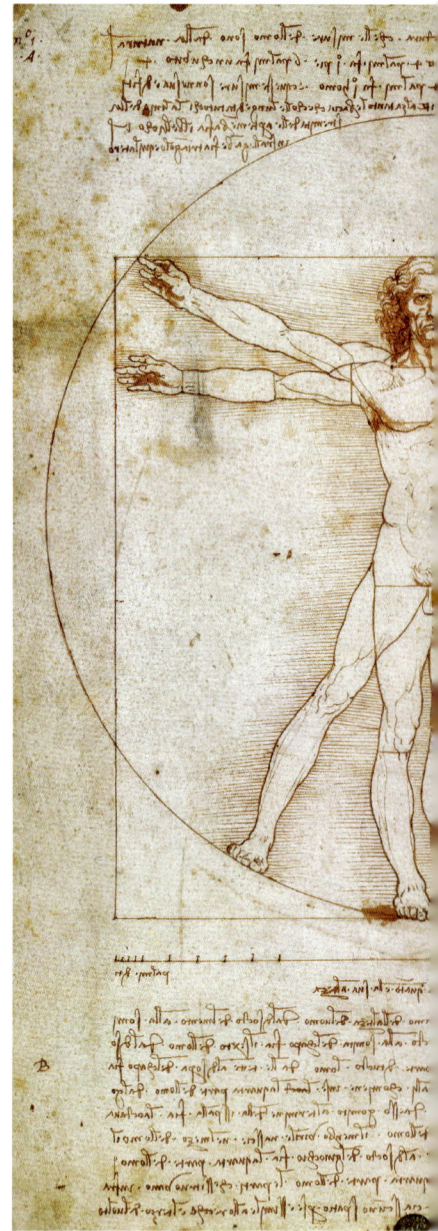

左

《人体比例研究》

收录于《阿尔布雷特·丢勒的人体比例研究四卷》，
1528 年
伦敦，不列颠画廊

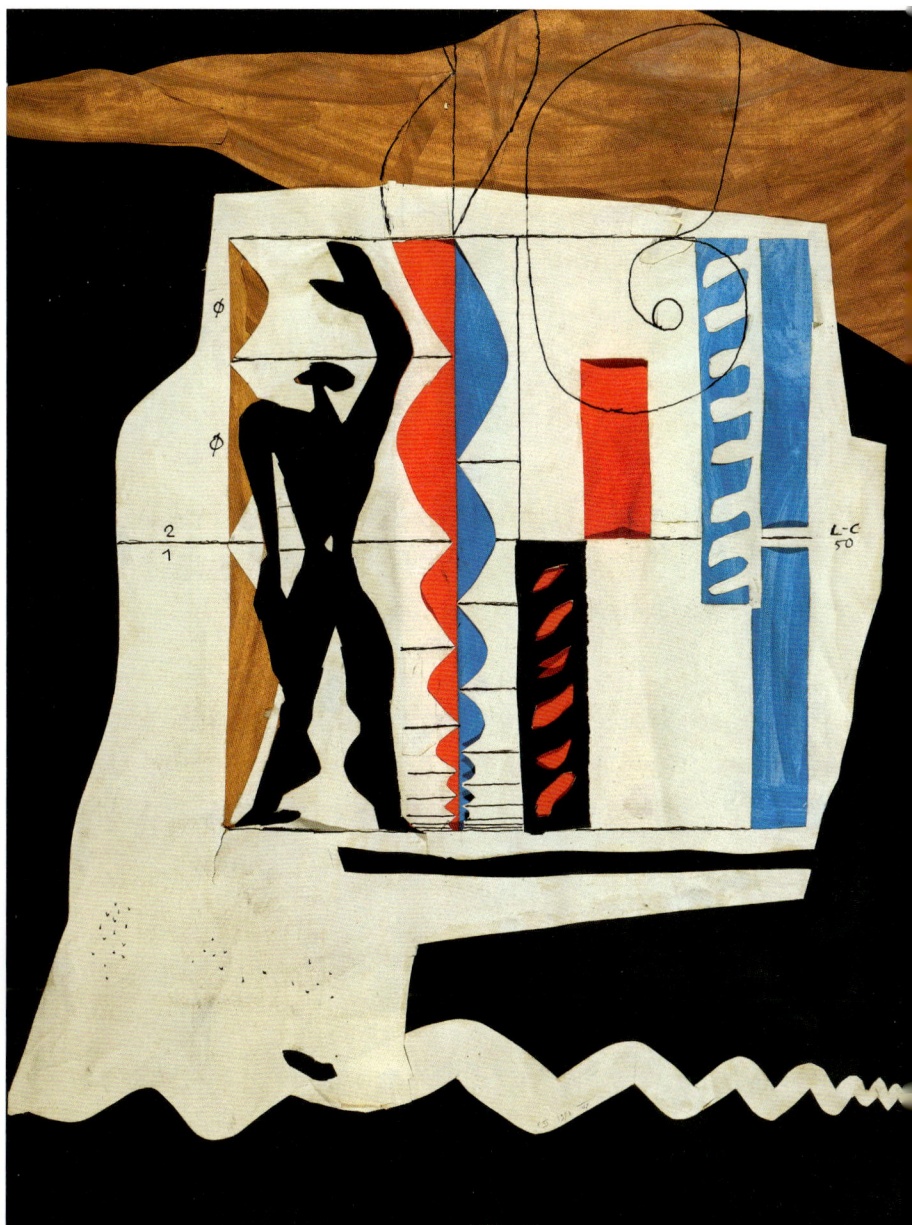

中 《维特鲁威人》
1490 年
列奥纳多·达·芬奇
威尼斯美术学院美术馆

右 《模度》
1950 年
勒·柯布西耶
巴黎,蓬皮杜国家艺术和文化中心

但问题是，在上千年的历史进程中，从波伊提乌到帕乔利，他们使用的"比例"一词讲的都是同一件事吗？根本不是。中世纪开始的几百年里，在一些评注波伊提乌的手稿中，那些绘制在书页上的所谓"比例极其完美的形象"根本不遵循黄金分割。

十三世纪，深谙素描之道的维拉尔·德·奥内库尔①为比例问题提供了非常直观和量化的规则。但这些规则与数学中更加精确的规则无关，尽管后者曾经启发波利克里托斯②雕塑作品的人体比例，后来还影响了像丢勒这样的艺术家。

在前面几页人体比例关系的代表作品中，我们能发现相通之处吗？

同样在十三世纪，当托马斯·阿奎那将"比例"作为美的三项原则之一时，他想说的就不只是数学关系了。在他看来，比例并不只是材料的正确放置，还应该是材料与形式的完美结合，也就是说，人体符合人类的理想状态就是成比例的。道德标准也是如此——依据理性的法则，道德行为在比例恰当的言行中得以实现，所以我们也必须承认存在道德之美（或道德败坏）。托马斯·阿奎那认为，事物要与其用途相符才是美的。因此在他眼里，一把用水晶打造的锯是丑的。因为就算表面上看起来再漂亮，也不符合其实际用途。事物之间能够相互配合才是美的，比如石头之间相互支持、挤压，为建筑物提供了坚固的支撑。这才是智慧与智慧可以理解的事物之间正确的关系。总之，比例可以是解读宇宙自身统一的形而上的法则。

因此，托马斯·阿奎那时代的艺术对于比例的诠释并不全面。让我们的诠释活动变得困难的是艺术与哲学发展的不平衡，或是同一时期不同艺术门类之间发展的差异。如果研究一下文艺复兴时期将比例作为数学法则的论述，那么只有在建筑和透视法中，这种理论与现实的关系才是令人满意的。然而，那些在不同艺术家眼中代表美的男男女女有没有统一的比例标准呢？

同样的问题还表现在"明亮"这个词上，用拉丁语来说是claritas，这是美的另一个传统属性。"明亮"的美学来源之一，是在为数众多的文明中，人们经常将神与光——通常是太阳——视为一

---

① Villard de Honnecourt（1225—1250），法国艺术家、建筑师。
② Polyclitus，公元前五世纪希腊著名雕塑家、艺术家，著有关于人体比例的《法则》一书，代表作有《荷矛者》《受伤的亚马孙人》等。

体。通过新柏拉图主义和伪丢尼修①的作品，这些神的形象进入了基督教传统。在伪丢尼修写于公元六世纪的著作《天阶序论》和《神名论》中，上帝被描绘成光、火以及明亮的源泉。同样的形象也出现在新柏拉图主义经典代表约翰内斯·司各图斯·爱留根纳②的理论中。

但是光与色的美在中世纪到底意味着什么呢？有一件事我们可以肯定，尽管我们经常说那是"黑暗时代"，其实黑暗指的是城堡和修道院里昏暗的楼梯、走廊，还有农人的草舍，但中世纪的人是在明亮至极的环境中观察的，至少他们在作诗或画画的时候表现出这样的状态。

中世纪用的是基本色，是排斥渐变色的明确的色块，是从整体的和谐中产生出光线效果的色彩并置，而并非让以明暗效果笼罩一切，或让超越形象本身而施以颜色的光线来决定色彩。如果我们观察巴洛克时期的绘画，比如在乔治·德·拉图尔③创作的《油灯前的抹大拉的马利亚》中，物体受光线的影响，书卷的部分明暗交错。然而在中世纪的细密画中，光似乎源自事物本身，这些事物是美的，因为它们自身在发光。

光是中世纪的至爱，那时，形象技法的精进很大程度上都得益于光与色的融合，即充满活力的简单色和透过哥特式教堂玻璃花窗与色彩融合的充满活力的光。哥特式教堂的建筑功能之一就是让光线透过花式窗格的结构长驱直入。

希尔德加德·冯·宾根④在其充满神秘主义色彩的文字中，呼唤那些光彩夺目的形象，这些形象被配合文字的细密画奇迹般地展示出来：

> 我看到一束炫目的光，其中有一个宝石蓝色的人形，他以微微泛红的火焰照亮了一切。那灿烂的光遍及耀眼的火中，而

第 36 页

《油灯前的抹大拉的马利亚》

1638 年

乔治·德·拉图尔

巴黎，卢浮宫

第 37 页

《圣父、圣子和圣灵》

《认识主道》插图，约 1150 年

希尔德加德·冯·宾根

捷克共和国，多克萨尼修道院

---

① Pseudo-Dionysius the Areopagite，中世纪神学家，基督教"神秘主义之父"，著有《天阶序论》《神名论》等。
② Johannes Scotus Eriugena（约 800—877），爱尔兰哲学家，加洛林王朝文化复兴时期最著名的学者，著有《论自然的区分》，被称作"中世纪哲学之父"。
③ Georges de La Tour（1593—1652），法国画家，以明暗对比的艺术手法闻名于世。
④ Hildegard von Bingen（1098—1179），德国神学家、作曲家、作家，天主教圣人、教会圣师。

035

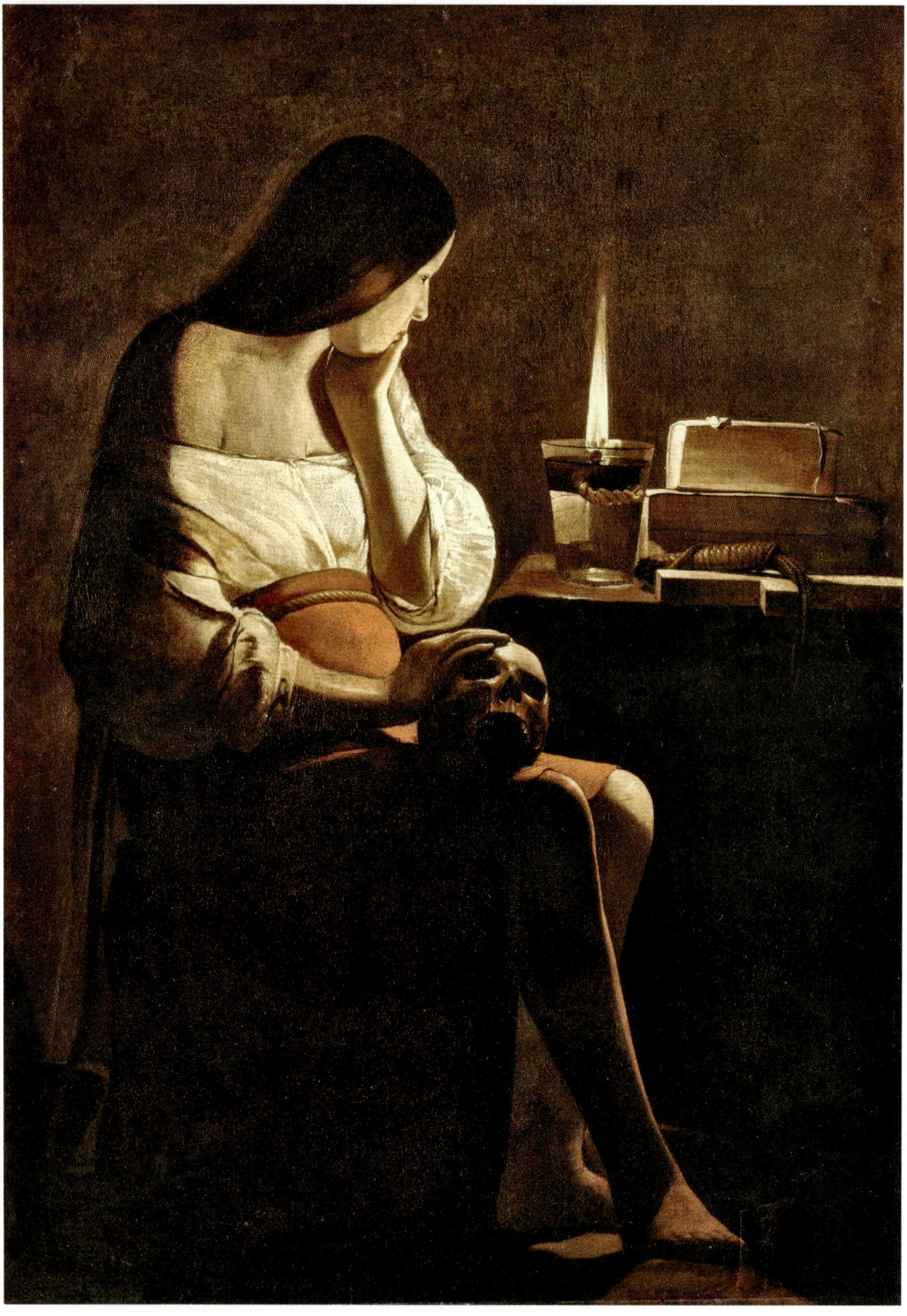

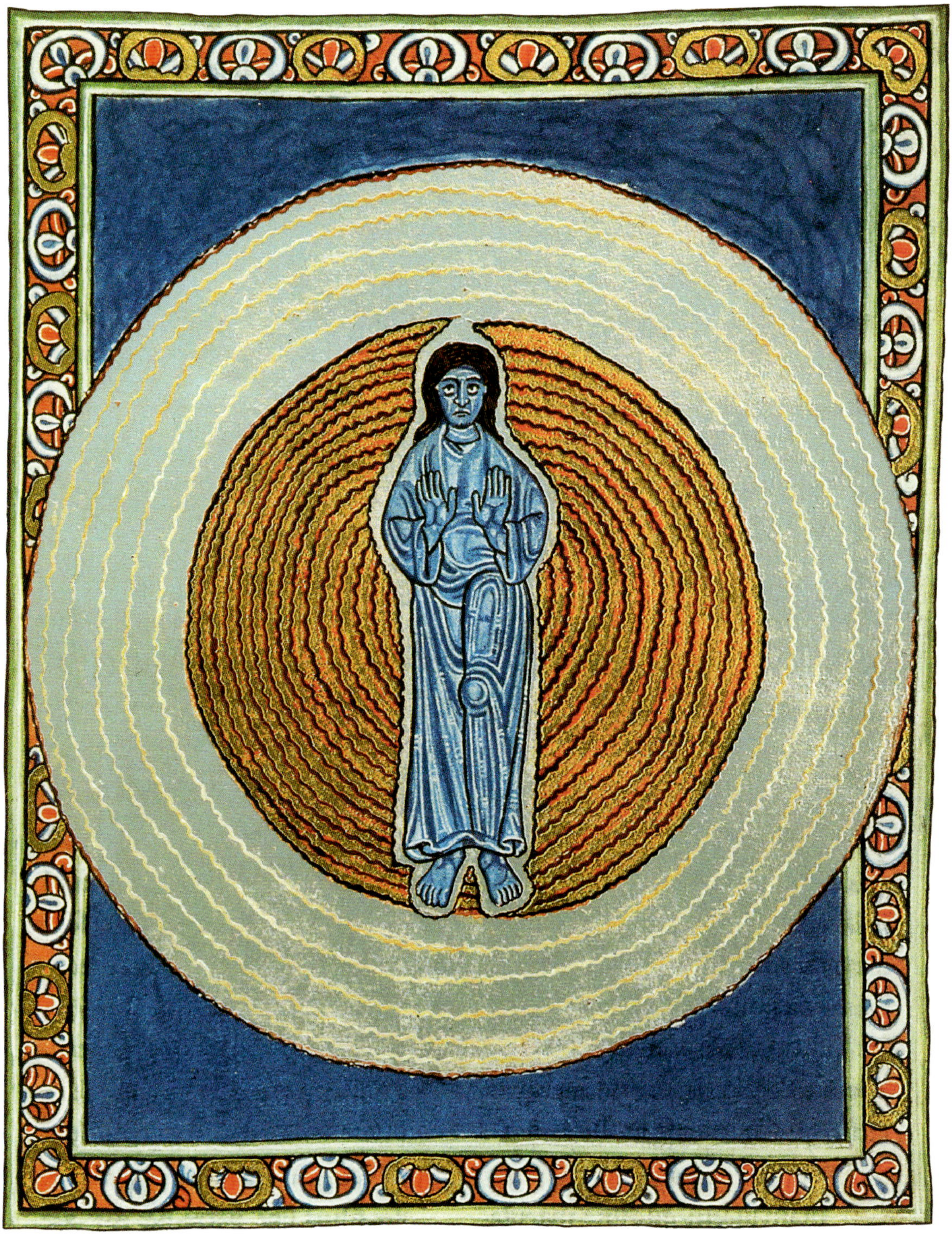

这耀眼的火也充盈着那灿烂的光。炫目的光和耀眼的火遍及人形，发出独一无二的美德与权力的光辉。

在但丁的《神曲·天堂篇》中，光照耀着天堂，呈现出耀眼夺目的景象。奇怪的是，这种景象竟是在十九世纪艺术家古斯塔夫·多雷①的画笔下得到完美的彰显。我认为，多雷在用图画诠释但丁作品的时候，似乎将其视为比但丁的创作早一两百年的东西，或者联想到许多新柏拉图主义的作品，当然他的灵感正是由后者处得来。要知道，但丁那个时代的细密画收敛得多，不会呈现给我们爆炸式的光线——那是舞台上才用的灯光效果——而是让我们看到仿佛身体自带的明亮颜色。

但丁遵循了神学传统，将光赞颂为一种神秘的宇宙现象，但他的创作在托马斯·阿奎那之后，在十二到十三世纪之间，人们对"明亮"的理解发生了深刻的变化。请看十二世纪罗伯特·格罗斯泰斯特②提出的关于光的宇宙理论，他描绘出一幅由唯一一束能量之光构成的宇宙图景。作为美和存在的本源，这束光使我们想到宇宙大爆炸。这束唯一的光通过逐渐聚散离合，产生了天体和基本元素所在的自然空间，继而出现了万物千变万化的颜色和体积。因此，世界的比例无非是光在其具有创造性的散播中，根据物质对其施加的不同阻力而物质化的数学秩序。

现在我们换个视角，看一看天堂的荣耀。我要说的是乔托③。在他笔下，光不再从高处向下照射。画面中的物体（圣像）显得明亮清晰，并且经过精心刻画，体现出一种俗世的美。与此同时，托马斯·阿奎那赋予 claritas 以"明晰"的概念。与罗伯特·格罗斯泰斯特认为"光来自宇宙大爆炸"不同，阿奎那认为，"明晰"来自低处或者物体内部，如同组成物体的形式的自然呈现。阿奎那的老师大阿尔伯特④曾经说过：美是在物质成比例的部分上引人注目的

---

① Gustave Doré（1832—1883），法国版画家、雕刻家和插图作家。凭借为《圣经》以及拉伯雷、但丁、巴尔扎克、弥尔顿、塞万提斯所作的插图闻名。
② Robert Grosseteste（约1170—1253），中世纪英格兰神学家、哲学家。
③ Giotto di Bondone（1266—1337），意大利文艺复兴时期的画家，被誉为"欧洲绘画之父"。
④ Albertus Magnus（约1200—1280），德国天主教多明我会主教、哲学家，著有《物理学》。

《神曲·天堂篇》第十二歌

插图，1885 年

古斯塔夫·多雷

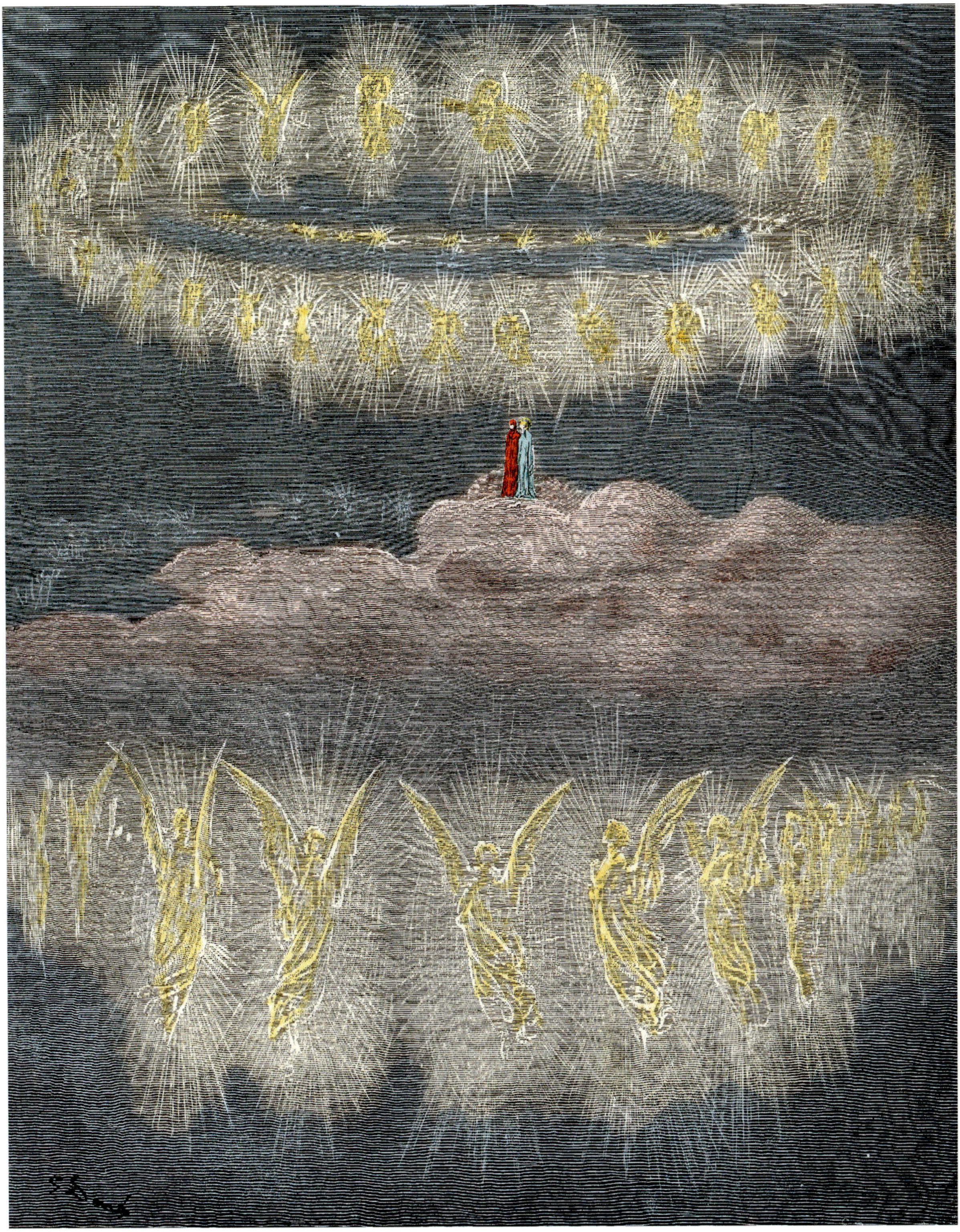

《最后的审判》

"被赐福之人"的细节，

1303—1305 年

乔托

帕多瓦，斯克罗维尼礼拜堂

形式。这里讲的形式并非柏拉图说的那种形式，而是指来自物质内部使其成为具体有机体的形式。就这样我们从新柏拉图主义转向亚里士多德主义。"被赐福之人"的"明亮"存在于他们被上帝赞美的灵魂的澄明之中，而这样的灵魂使他们的形体闪闪发光，因此在乔托的作品中我们可以看到，从人物肌体上发出的光通过更加坚实而非抽象的物质性得以展现。

千百年来，人们一直在谈论光与"明亮"的问题，但人们的世界观和审美观，这些与此息息相关的认识，从未一致过。

文本与图像的对照有助于我们回答一些极为复杂的问题。现在，我们就要面对一个棘手的问题——"丑"的美学，或者说，让我们穿越到一个绝无仅有的历史时期，看看中世纪的怪物之美。

除了比例和"明亮"以外，中世纪还有第三个审美特征——完整。一个事物如果是美的，那么它应该具备其所属类别的全部特征。因此，残缺不全的躯体不美，侏儒也不美（中世纪的人是政治不正确的）。然而，中世纪热衷于怪物。

首先我们应该承认这样的原则：即使存在丑的事物，艺术也有权用美的方式将其展现出来。我们也许会认为这是一个现代的标准，但是波拿文都拉在他那个时代就认为"当魔鬼的邪恶被艺术完美展现出来时，连魔鬼的形象也是美的"。

从古希腊时期开始，与遥远土地之间的联系就变得愈发密切，一些故事也随之传播，有时是众所周知的传说，有时则打着严谨的科学旗号，它们皆关于未知的土地与生命。从老普林尼的《自然史》（约公元七十七年）到《亚历山大罗曼史》[①]，再到中世纪的动物寓言集（始于著名的《博物学家》[②]），异国情调总是以奇形怪状的形式呈现出来。中世纪热衷于描绘嘴长在肚子上的无头人，把自己的脚当作遮阳伞的单脚怪，独眼怪，狗头人，独角兽，各种各样的恶龙，还有一些不仅用来装饰教堂柱头还用来作为手抄本书籍页边饰的怪物，即便这本书具有虔诚的宗教色彩，其内容也与装饰图案毫不相干。就像我们看到的一些关于诺亚方舟的故事讲的那样，这些

[①] *Romance of Alexander*，创作于公元三世纪，其中充满对亚历山大大帝生活的虚构和想象的描述。
[②] *Physiologus*，创作于公元二世纪的动物寓言和神话集。

怪物甚至还在大洪水中获救。

中世纪需要这些怪物。至少根据否定神学的观点，鉴于上帝具有绝对的、不可获知的先验性，所以无法以适当的名称代表上帝，因此我们应该以各种不同的名字称呼他，比如熊、蠕虫、豹，乃至怪物……这样一来，中世纪的神秘主义和神学思想就可以为这些怪物的产生做出合理的解释。有两条路径可供选择。其一，将这些怪物纳入普遍的象征主义传统中，即世间万物，无论动物、植物或石头等，都具有精神意义（即通过善恶教诲世人）或寓意（也就是说通过它们的形体或行为来象征超自然的现实）。例如，在中世纪具有"教化"意义的动物寓言中，为了抓住独角兽，人们需要在丛林中放一个少女，独角兽会被童贞的香气吸引，把头靠在少女怀中，这时猎人就可以趁机将其捕获。在这里，独角兽就象征救世主，在纯洁少女的怀抱中找到栖身之所。

其二，从圣奥古斯丁起，神秘主义者、神学家和哲学家都认为，这些怪物在某种意义上属于天命的自然秩序的一部分，并且处在宇宙和谐的伟大交响乐中，通过对照（就像绘画中的阴影和明暗对比），为整体之美做出了贡献。美，就是整体中蕴含秩序，从这个观点来看，畸形和怪异也维护了自然秩序的平衡，因此可以得到救赎。

问题是，当虔诚的教徒进入修道院或大教堂时，看到这些可笑、狰狞，甚至令人感到不安的奇怪装饰物，所想到的真的是宇宙的秩序吗？对于普通人来说，（抛开神学思考不谈）这些怪物是令人赏心悦目的，还是让人觉得讨厌、害怕并隐隐约约感到不自在呢？

我们在明谷的圣伯尔纳[①]那里间接找到了答案。作为一个严守戒规的神秘主义者，圣伯尔纳对克吕尼修会用浮夸、奢侈的风格装饰教堂十分反感。他反对把过多的怪物用作教堂柱头和回廊的装饰。尽管饱含谴责，但他对它们的描述十分迷人，好像连他本人也被这些极具诱惑力的神奇之物吸引。他的词汇在谴责，但他的描绘具有一种近乎感官的吸引力，以及道学家的伪善（为了反对脱衣舞表演，

[①] Saint Bernard de Clairvaux（1090—1153），法国教士、学者，一一一五年创立了明谷隐修院。

后者会极尽所能地描绘出脱衣舞娘姿态和动作的每个细节）：

此外，要怎样来装饰回廊呢……用那些荒唐的怪物吗？用那些奇异畸形的丰满躯体和丰满的畸形体吗？那些肮脏的猴子是干什么用的呢？还有那些凶恶的狮子呢？那些半人马呢？半身人呢？带斑纹的老虎呢？厮斗的士兵呢？带着号角的猎人呢？在这里，你可以看到一头多身或者一身多头的怪物。在那里，你可以发现一头长着蛇尾的四足兽。在更远处，你又可以看到一条长着四足兽脑袋的鱼。那里有一头马面羊身的野兽，这里又有头上长角、下身如马的动物。总之，种类如此繁多、数量如此庞大的怪物无处不在，这样人们会把时间都花在欣赏大理石上的装饰，而不是研读戒律上，会用一整天的时间一个一个地欣赏这些形象，而不是思考上帝的律法。

尽管圣伯尔纳极力反对这种非凡但邪恶的乐趣，他却不得不承认，这些怪物装饰十分引人注目，就像科幻电影里讨喜的外星人，甚至就好像对我们来说，在令人毛骨悚然的华丽场面中表现恐怖是很令人惬意的。中世纪晚期和文艺复兴时期都表现出这种审美趣味，这就是所谓的艺术中的恶魔。

事实上，在古典时期或拟古主义时期，人们背地里并不完全相信美的标准仅仅是比例和明亮。但是只有前、后浪漫主义时期的理论家和艺术家才有勇气承认，这些人还鼓吹美的嫡亲兄弟——崇高。崇高的概念，首先是与人们对自然而非对艺术的体验联系在一起的。在这种体验中，占据优势的是无定形、痛苦和畏惧。十八世纪初，沙夫茨伯里①在他的《伦理学随笔》中写道："陡峭的悬崖，青苔密布的窟穴，奇形怪状的山洞，变化无常的瀑布，它们拥有荒野本身所有的恐怖与优雅，更坦诚地展现自然，更令人心驰神往，沉浸在壮丽辉煌之中，远远超过皇家园林矫揉造作的可笑模仿。"

哥特式建筑风格由此产生，与新古典主义讲求严整和谐的法则

---

① Anthony Ashley Cooper, the third Earl of Shaftesbury（1671—1713），英国伦理学家、美学家。

相比，哥特式建筑显得既不成比例又不规则。正是这种对不规则、无定形的偏好，推动了一种新的审美——废墟美学——的产生。

埃德蒙·伯克①于一七五七年写成的《崇高与美的概念起源的哲学探究》，对"美在于恰当的比例"这一观点提出了反对意见：

> 人们都说，脖子应该与小腿的长度成比例，其长度应该是手腕周长的两倍，诸如此类的观点在诸多著作和讨论中不胜枚举。但是，小腿和脖子之间，或者脖子和手腕之间到底存在什么关系呢？不可否认，我们能从美丽的身体上发现这种比例关系，但这种关系有时也会出现在丑的身体上，任何愿意去验证的人都可以发现……你们尽可以根据自己的喜好为人体各部分指定比例，我相信一位一丝不苟按照这种比例进行创作的画家……只要他愿意，也会画出一个令人毛骨悚然的形象，而同样是这位画家，脱离这种比例规则，照样可以画出绝代美女。

在黑暗中、在深夜中、在风暴中、在黯淡中、在虚空中、在孤独与寂静中，幸而不成比例，崇高才得以彰显。

如果我们继续思考美这一概念的相对性，那么不要忘了，在诞生崇高这一现代观念的同一个世纪里，还另外孕育出一种新古典主义的风格。即使在中世纪，用怪物装饰的柱头与教堂各殿讲求比例的追求也是同时存在的，希罗尼穆斯·博斯②与安托内罗·达·梅西纳③也生在同一时代。然而，如果回顾之前的几个世纪，远远望去，会有一种感觉，每个时代都呈现出一些整体的特征，或者顶多只有一个基本矛盾。

或许来自未来的诠释者（或者还是那个二百年后来自火星的访客）也在远远观察着我们，他们发现了一些真正属于二十世纪的特色。比如，他们会赞同马里内蒂的想法，认为过去世纪的萨莫色雷

---

① Edmund Burke（1729—1797），爱尔兰政治家、作家、演说家、哲学家，英国经验主义美学的代表人物，英美保守主义的奠基者。
② Hieronymus Bosch（1450—1516），荷兰画家，画作多以恶魔、半人半兽甚至机械的形象来表现人的邪恶。
③ Antonello da Messina（1430—1479），意大利画家，其作品综合了佛兰德斯画派的细腻和意大利绘画的华丽，对威尼斯画派的发展产生了深远影响。

斯的胜利女神就相当于一辆漂亮的赛车，没准还会不知道毕加索和蒙德里安是谁。然而，我们自己不能这样从远处观察，我们只能满足于发现，在二十世纪前半叶，具有反叛性的美或者说先锋艺术，与消费主义下的审美之间，一直存在戏剧性的冲突。

先锋艺术并不关注美的问题，而是对传统美学观念的反叛。它不再推崇自然之美，也不再通过和谐的形式凝神静思从而获得内心的宁静。与此相反，先锋艺术希望教会我们用另一双眼睛看待世界，教会我们欣赏对古风和异国情调以及梦幻世界的回归，对材料的再发现，对日常之物在非常态中标新立异的再次呈现。还有抽象艺术，它似乎代表了"新毕达哥拉斯主义"对比例与数的美学的回归，与普通人对美的观念背道而驰。当代艺术中的很多流派（比如，艺术

《杰奎琳》
1963 年
安迪·沃霍尔
斯图加特，弗勒利希收藏

第 46 页
《笑》
1911 年
翁贝托·波丘尼
纽约，现代艺术博物馆

第 47 页
大提琴家兼行为艺术家夏洛特·摩尔曼身裹塑料布，将琴尖置于陌生人口中演奏
白南准
纽约，1966 年 1 月 18 日

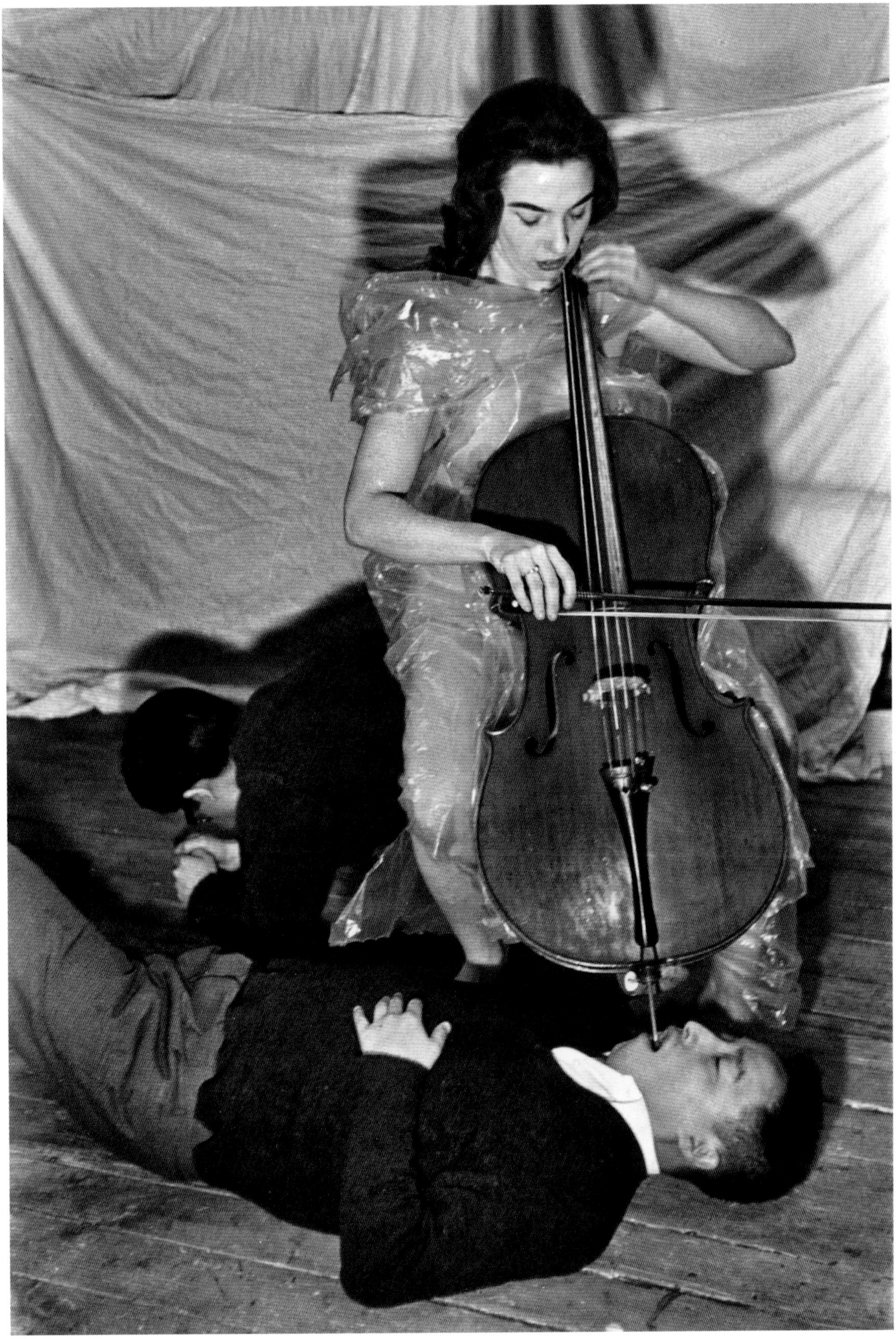

家切割或毁害自己身体的表演，或以声光效果吸引公众参与的事件）以艺术为名，开展具有仪式意味的庆典活动，与充满神秘主义色彩的古代仪式别无二致。另一个颇具神秘主义色彩的领域是与音乐有关的体验，成群结队的人在迪斯科舞厅或摇滚乐现场，伴随着频频闪烁的灯光和震耳欲聋的音响，以"在一起"的方式共同实践，让置身局外的人看上去觉得很"美"（传统意义上的马戏表演），而沉浸其中的人却难以体会。

此外，我们未来的外星访客总免不了会有其他新奇的发现。那些参观先锋艺术展的人会买一座"理解不了"的雕塑，或是亲历一次偶发艺术①，他们遵循时尚原则，穿着牛仔或名牌服装，按大众传媒推崇的审美方式装扮自己。他们追求消费主义世界提倡的审美理想，而这正是先锋艺术五十多年来一直与之斗争的世界。

这时，我们未来的访客不禁要问，大众传媒推崇的审美究竟是怎样的呢？他会发现，大众传媒热衷于葛丽泰·嘉宝或丽塔·海华丝塑造的"致命女人"形象、多丽丝·戴的"邻家女孩"形象、约翰·韦恩代表的硬汉形象，或是弗雷德·阿斯泰尔和达斯汀·霍夫曼那种"奶油小生"的形象。我们的访客还会发现，事实上大众传媒是完全民主的，如果成不了性感丰满的安妮塔·艾克伯格，也可以变身崔姬，展示出像厌食症患者那样骨感。

在所有这样或那样的可能性中，我们未来的访客能分辨出什么才是我们这个时代最典型的审美理想吗？

面对我们这个时代强大的包容性，各种形式的融合交汇，以及势不可挡、越发多元化的审美潮流，我们未来的访客将不得不做出妥协与让步。

但是在这里，我想制止这种相对主义的偏航，它只会让我们考虑多变性，以及众多美的观念之间的不可比性。但是，难道真的没有什么办法让我们在各种审美经验中，或者说是在某一特定历史时期人们对美的看法中，找到些许共性吗？哪怕是一点点也好。

我相信，如果我们编选一部文集，收录各种谈论美的文章，那

---

① Happenings，脱胎于二十世纪初达达主义和超现实主义的现场表演，主要流行于二十世纪五十年代末和六十年代初。

么总会发现至少一个共同之处。"美"经常与"优雅的""崇高的""绝妙的"这类形容词一起，用来指那些我们喜欢的东西（托马斯·阿奎那说："凡是一眼见到就使人愉悦的东西才叫作美。"），或许我们希望拥有它们，但即使得不到，我们也不会停止对它们的喜爱。在日常话语中，某些我们认为"好的"东西也被视为"美的"或"绝妙的"，这里的美可以是一次"美的"性爱体验，也可以是一次"美的"林间慢跑。然而，几百年间，"美的"事物和"好的"事物之间早已画上了一条明确的分界线。如果一件我认为是"好的"东西（比如一种美食、一座漂亮的房子、得到同仁的认可和欣赏）却不属于我，我会觉得自己少了些什么。与此相反，就美而言，喜爱美的东西似乎与它归谁所有毫不相干。比如，即使西斯廷教堂不属于我，我也觉得它很美；我会觉得蛋糕房橱窗里的婚礼奶油蛋糕塔很美，尽管我的营养师禁止我吃这些东西。

对美的体验经常会显现出非功利的因素。我可以判断一个人（女人或男人）非常美，尽管我很清楚自己与她或他今后不会有任何关联。相反，如果我对一个人有意却又不能再与他或她发生关系，即便此人相貌丑陋，我也会感到痛苦。

这自然也适用于西方传统。我们觉得阿尔塔米拉洞窟①岩壁上的野牛很美，却不知道它们为什么被刻在那里（也许是祈神的巫术），不知道人们是来此欣赏这些岩壁画，还是怀着敬畏之心将它们留在这幽暗的山洞，不知道刻画这些壁画的人是否为自己创作出这样的杰作而感到欣慰。被我们视为原始社会艺术作品的很多遗存之物都是这样。我们没有足够的文献将物与文一一进行对比研究，那时的文通常是不存在的，或者无法识读。比如，对于一个举行仪式用的面具（它常常吸引着欧洲先锋派画家和雕塑家的目光），我们很难知道它缘何被创造出来，就像中世纪装饰画中的怪物，是为了使人感到恐惧，还是为了表达喜悦？我们只知道，对于圣伯尔纳来讲，怪物并不可怕，反而看起来十分迷人，正是出于这个原因，他才指责用怪物装饰教堂的行为。此外，即便不是在缺失历史与文字的社会中冒险游历，时至今日，专家们仍然在争论印度语中的 rasa 一词

---

① Altamira，保存有旧石器时代壁画的石灰岩溶洞，位于西班牙北部的坎塔布连山区。

是否可以译作我们意大利语中 gusto① 这个词语和概念，或者它是否指代（抑或替代）其他什么我们不知道的东西。

在马里首都巴马科的人种学博物馆，我见到过一些女性人体模型，非常精致，穿着美丽的传统服饰，其中一个轻盈柔软，而另一个却胖得让人难以置信。我们在马里的向导是当地一所大学的老师，曾经在法国留学。他向我们眨了眨眼，说这个瘦的模型是为西方游客准备的，然而对他们来讲（至少是对他们并未受西方文化侵蚀的父辈来讲），那个胖的才是美女。虽然这位向导能够以他的批判意识在两种审美观念之间游刃有余，但我仍有一个疑问：在留学巴黎、看过我们的电影和电视之后，这位来自非洲的同事是否仍会认为胖的那个更美，而瘦的那个却更能引发性欲呢？还是刚好相反？

无论如何，他也能够告诉我们，什么是他希望拥有的，什么是可以让他不带任何功利观念去欣赏的。

我想总结一下，以便提醒大家，最伟大的对美的非功利的认可，似乎都出现在同样的时刻，也就是伴随着对崇高的体验，庆祝我们置身于自然现象的恐怖与庄严之中时。恐惧也能令我们愉悦，但只有当它别离我们太近的时候。崇高之美也一样，但只有那些眼可得见而又无须亲身承受的东西才是美的。最以表现崇高见长的画家当属卡斯帕·大卫·弗里德里希②，他几乎总是将人物置于前景，凝望着自然的奇观，被崇高的体验击中，借以表现崇高。

如果崇高是一个舞台，那么这个人就背对着观众，以某种方式置身戏中，他立于台口，投入表演，让我们这些在观众席的人观看。但此人又部分地代表了戏外观众，我们不得不让自己置身戏外，通过他来看戏，设身处地让自己站在他的位置上，见他所见，感觉自己像他一样是自然宏大场面中一个无足轻重的元素，却足以逃过可能威胁和毁灭我们的自然之力。

所以，我认为，千百年来我们对美的体验始终与此相似：背对

---

① 意为兴趣、品味、风格。
② Caspar David Friedrich（1774—1840），德国早期浪漫主义画家，其作品常带有冷寂虚幻的情味和神秘的宗教气息。

观众，面对某些我们不会也不想以任何代价参与其中的事物。在这样的距离之间，有一条细线将对美的体验与其他形式的热爱截然分开。

二〇〇五年于米兰艺术节

II

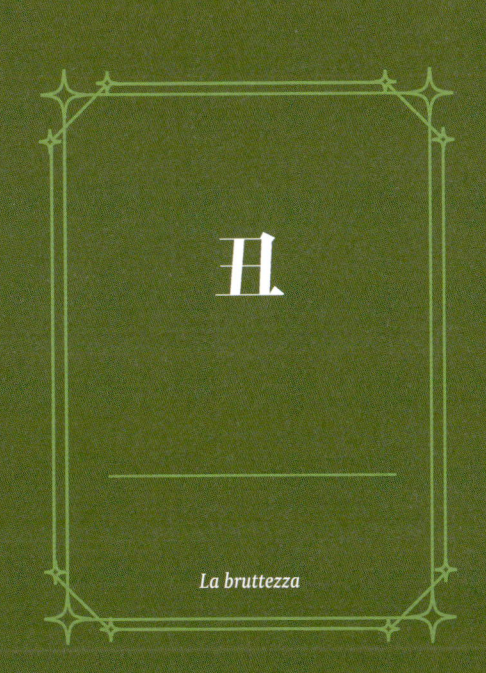

La bruttezza

几乎每个世纪，哲学家和艺术家都会写下他们对于美的看法，而关于丑，却没有什么重要的文章，除了一些像卡尔·罗森克兰茨①的《丑的美学》（一八五三年）的作品。然而，丑经常和美联系在一起，就像是各种版本的"美女与野兽"一样，也就是说美的标准一旦确定，就会自动出现与之相对的丑的标准："只有美才要求对称，与此相反，丑则破坏了对称。"② 如果说美需要三种特质，那么第一位的就是完整或完美，不完整的事物，像托马斯·阿奎那说的那样，"就是丑的"。奥弗涅的威廉③曾评论说："对于一个有三只眼或一只眼的人，我们会说他丑陋。"

就像美一样，丑也是一个相对的概念。

马克思在《一八四四年经济学哲学手稿》④中，对丑做了一个十分恰当的定义，虽然是从货币的角度，但是我们也可以解读出关乎权力的一面。

马克思说：

> 我是丑的，但是我能买到最美的女人。可见我并不丑，因为丑的作用，也就是使人丧失信心的力量，被货币化为乌有。我，就我的个人特征而言，是个跛子，可是货币给了我二十四只脚，所以我并不是跛子。我是一个邪恶的、不诚实的、没有良知且没有头脑的人，但货币是受人尊敬的，所以持有它的人也受到尊敬……我是傻瓜，但货币是万物真正的智慧，货币持有者又怎

---

① Karl Rosenkranz（1805—1879），德国美学家，著有《丑的美学》，是第一部深度探索丑的著作。
② 参见杨布里科斯《毕达哥拉斯生平》。
③ William of Auvergne（约1180—1249），中世纪法兰西哲学家、神学家。
④ *Ecomomic and philosophic manuscripts of 1844*，又称《巴黎手稿》，为马克思一八四四年四月到八月间流亡巴黎时所写。

么会是傻瓜呢？此外，货币还可以收买聪明的人（事实并非如此：很多有钱人收买的只是蠢人，但这就另当别论了）。对聪明人拥有控制权的人，难道不应该比聪明人更聪明吗？

千百年来，同美的情况一样，出现了很多关于丑的相对性的文字。在十三世纪，雅克·德·维特里①曾说："或许当独眼巨人看到像我们一样长着两只眼的巨人时，会大吃一惊……我们觉得埃塞俄比亚黑人很丑，但在他们当中，最黑的那个会被认为是最美的。"几个世纪后，伏尔泰说："如果问一只雄蛤蟆什么是美……它会回答说是它的雌蛤蟆。因为它小小的头上两只圆鼓鼓的大眼睛，又宽又扁的脖子，黄色的肚子和棕色的背……如果去问魔鬼同样的问题，它会告诉你：美就是一对犄角、四只爪子和一条尾巴。"对于达尔文来说，不同的情绪，比如厌恶、恶心，其表达方式在世界上大部分地区并无二致。"人们会用类似呕吐之前的口部动作表示极度的厌恶"，他又补充说，在火地岛，"一个当地原住民用手指触碰我正在宿营地食用的冷腌肉，因为感到黏黏糊糊而表现出极度恶心的样子。而从我的角度，尽管他的手看上去并不脏，但看到一个野蛮人用手触碰我的食物，也让我感到一阵强烈的恶心"。

关于美，有没有普遍的表达方式呢？答案是否定的，因为美意味着疏离、缺少激情。而丑却与此相反，它代表着一种激情。因此一些人认为我们无法对丑做出美学判断。让我们试着理解这个观点：审美意味着一种疏离。也就是说，我会认为一个事物是美的，即使它不属于我，由此激情被我熄灭。与之相反，丑却意味着一种激情，比如厌恶和排斥。因此，如果不能够疏离的话，又怎么能"审丑"呢？

在艺术和生活中可能都有丑存在。对丑的判断是存在的，然而这种判断并非理想美的对立面。比如，当我们说"这瓶花真丑"的时候，我们知道它出自谁之手吗？它是希特勒年轻的时候画的。面对所有我们认为肮脏的、讨厌的、吓人的、荒谬的、恐怖的、恶心的、令人反感的、卑鄙的、畸形的、猥琐的、骇人的、梦魇般的、令人作呕的、不雅的、扭曲的、变形的、猢狲似的、兽性的东西，

《静物：花》
1909 年
阿道夫·希特勒
私人收藏

---

① Jacques de Vitry（约 1160—1240），法国神学家、历史学家。

A. Hitler
1909

我们都会有一种激烈的反应。别忘了，在词典上，"丑"的同义词远比"美"的同义词要多。

柏拉图劝诫世人应避免表现丑。与他不同，自亚里士多德以降的每个时代，人们都认为，生活中丑的事物是可以以美的方式呈现的，甚至可以与美相得益彰或支持某种道德理论。正如波拿文都拉所言，"当魔鬼的邪恶被艺术完美展现出来时，连魔鬼的形象也是美的"。

因此，在展现魔鬼的丑时，艺术使出了浑身解数。但是，对"丑"的竞相展示会使我们产生怀疑：事实上，即便不愿挑明，人们也确实在丑陋之中获得了真正的乐趣，这种丑并不仅仅局限于地狱的各种景象。不要告诉我，地狱的概念只是人们构思出来吓唬虔诚教徒的，因为也有一些是构思出来让他们像疯子一样享受的。在《死神的胜利》[1]中，就连骷髅也展现出自己的美。就像在梅尔·吉布森的电影《耶稣受难记》中，人们把恐惧看作快乐的源泉。另外，席勒在一七九二年发表的《论悲剧艺术》中也写道：

> 伤心、可怕，甚至是恐怖的事物，对我们有难以抵挡的吸引力。对于苦难与恐怖的场面，我们既排斥，又为之吸引。我们热切地读着鬼故事，故事越令人毛骨悚然，我们就越手不释卷。这就像一大群人拥去刑场看犯人毙命那样。

想想众多关于酷刑的描述，如果不是为了满足人们对它的偏好，就没有必要如此大书特书，只要说一句"死有余辜"就够了。我们从尼基塔斯[2]的《记事》中看到十三世纪初拜占庭皇帝安德罗尼库斯一世[3]被施以的酷刑：

> 他像这样被带到伊萨克二世面前：别人凌辱他，扇他耳光，

---

[1] *El triunfo de la muerte*，尼德兰绘画代表人物彼得·勃鲁盖尔于一五六一年创作的木板油画。
[2] Niketas Choniates（1155—1217），中世纪拜占庭历史学家，曾任拜占庭帝国官员，目睹一二○四年君士坦丁堡陷落。
[3] Andronikos I Komnenos（1118—1185），拜占庭科穆宁王朝的最后一位皇帝，荒淫无度，后被推翻处死。

《基督降至地狱边境》

描绘魔鬼的细节,

约 1346—1379 年

安德烈·达·费伦泽

佛罗伦萨,新圣母马利亚教堂

第 60 页
《死神的胜利》
约 1446 年
加泰罗尼亚画派
巴勒莫，阿巴特利斯宫

第 61 页
雕刻着戈尔贡的陶土板
公元前 6 世纪
锡拉库萨，考古博物馆

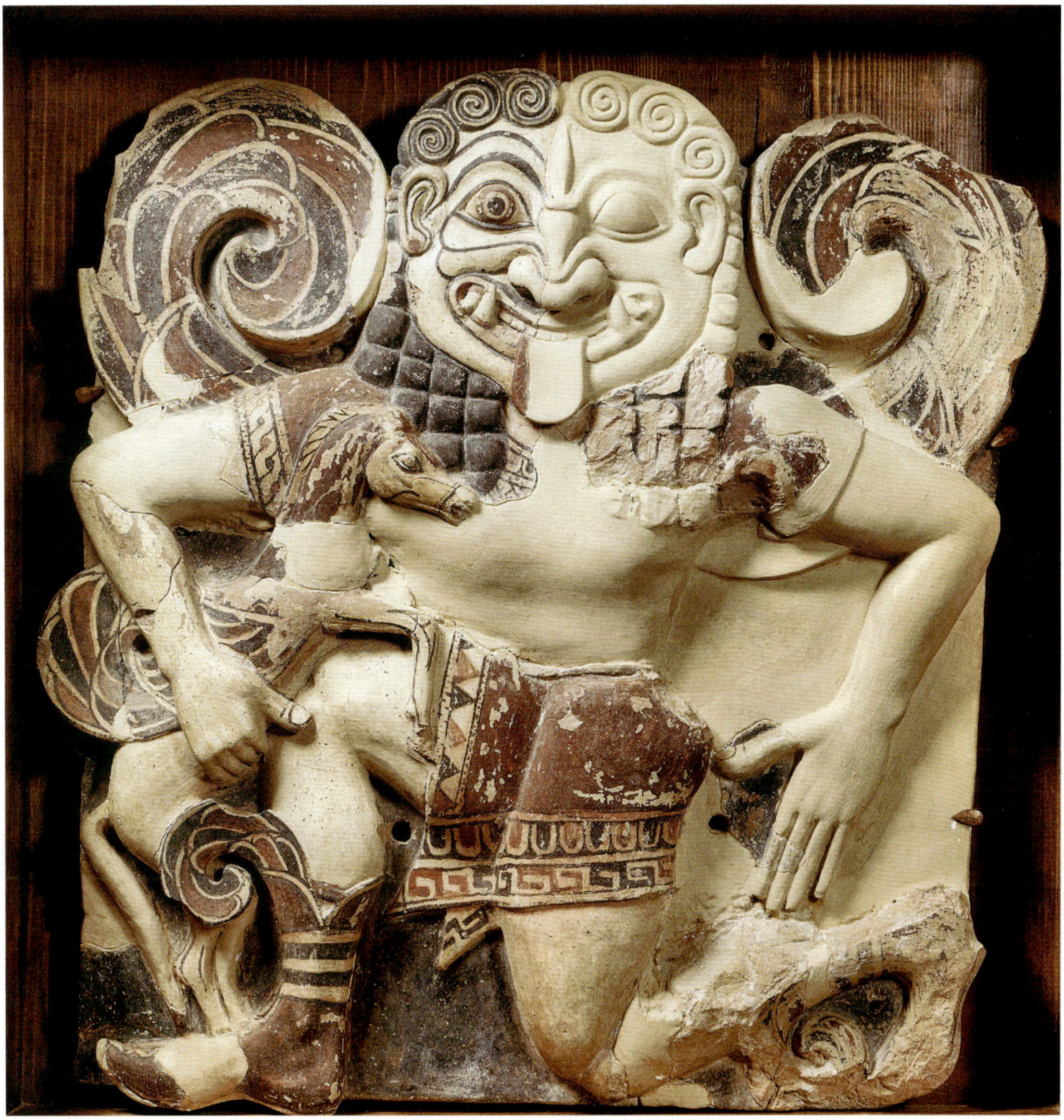

虐待他，扯他的胡子，拔掉他的牙齿，揪他的头发，让围观的众人取笑他。在被斧子砍掉右手以后，他被重新扔进监狱，没有吃的，也没有喝的。过了些天，他被挖去一只眼睛，骑在一头长满疥癣的骆驼上，被拖到广场上示众。一些人用棍子击打他的头，另一些人把牛粪塞进他的鼻孔，还有一些人把牛和人腹腔中的秽物扔到他的脸上……一些人经过他的时候往他身上吐口水……这群乌合之众在他被绞死后，并没有远远躲开或替他收尸，反而剥去他身上的衣服，割掉了他的生殖器。一个邪恶的人还用长剑穿过他的咽喉，刺入内脏；另一些人则把弯刀插进他的屁眼里。周围还有人把剑刺进他的身体，以此来试验哪一把更为锋利，并且为最有力的一击而感到自豪。

几个世纪后，米奇·斯皮兰①——冷酷派推理小说大师、麦卡锡主义的支持者——在二十世纪五十年代初写成的《悲惨之夜》中，讲述了主人公汉默是怎么杀死共产党间谍的：

> 他们听见我的喊声以及冲锋枪震耳欲聋的声响，还有子弹打碎骨头、皮开肉绽的声音，这是他们听到的最后的声音。他们倒在地上，还试图逃跑。我亲眼看见领头人的脑袋被打爆，脑浆飞溅，天空中下起了红色的雨，落在地板上。地铁里的那个家伙试图用手挡子弹，最后带着满身蓝色弹孔倒下。那个戴平顶帽的男人是唯一一个想把手伸进口袋掏枪的，于是我第一次用心瞄准，打断了他一条胳膊，整个过程干净利落，毫不拖泥带水。那条可怜的胳膊落在他身旁的地上，而我让他仔仔细细地看了好一会——他似乎并不相信正在发生的事情。

让我们回到古代。古希腊人将美与善相提并论，所谓至善至美。他们将形体之丑与道德之丑相联系，《伊利亚特》中的忒耳西忒斯就是一例，"此人是来到特洛伊的最丑的男人，身形歪斜，跛着一只

---

① Mickey Spillane（1918—2006），美国编剧、演员、硬汉派作家，曾写过一系列冷酷派推理小说。

脚，肩背佝偻，弯至胸前，头顶上毛发稀疏"，他正是一个反面角色。海妖塞壬三姐妹也一样，这些令人作呕的半人半鸟绝非后来欧洲颓废派眼中的绝世美女。同样的丑与恶，在但丁的《神曲》中继续存在：在自杀者的丛林中，有鹰身女妖哈耳庇厄。亦如丑恶的弥诺陶洛斯，亦如丑恶的美杜莎、丑恶的戈耳贡，以及丑恶的独眼巨人波吕斐摩斯。

然而到了柏拉图的时代，希腊文化面临着这样一个问题：既然苏格拉底有如此伟大的灵魂，他为什么仍然相貌丑陋呢？同样的问题也适用于伊索。根据古希腊时期的一部作品《伊索生平》记载，"伊索是一个奴隶，面目可憎，令人作呕，大肚子，脑门儿突出，塌鼻梁，驼背，皮肤黄褐，五短身材，扁平足，双臂短小，嘴大而歪，这难道是造物之误吗"？此外，他还是个结巴。好在他会写作。

对于基督教来说，似乎一切都是美的。宇宙学和基督教神学的传播都以宇宙之美为基础，因此连怪物和丑都被纳入宇宙的秩序中，就像一幅画中的阴影是为了衬托出光线。圣奥古斯丁的很多作品都体现了这种观念。但是黑格尔提醒我们，随着基督教的传播，丑进入艺术史之中，这是因为"希腊式的美无法表现耶稣受难时的场景：他头戴荆冠，背负着十字架走向刑场，奄奄一息，承受着漫长而巨大的痛苦"。因此就出现了因饱受痛苦而丑的耶稣。黑格尔还补充说："与上帝为敌的人给耶稣定罪，讥笑他，折磨他，把他钉上十字架。因此，他们被描绘成内心邪恶之人。这种内心的邪恶和对上帝的敌意外在表现为丑陋、粗鄙、野蛮、暴戾和畸形的形象。"难怪尼采（以一贯的极端）说："基督教认为世界丑陋和邪恶的决心让这个世界变得丑陋和邪恶。"

尤其是，在这个丑的世界里，以羞辱肉体赎罪具有特殊的价值。为了不让你们以为这是中世纪才有的赎罪形式，我将引用一份十七世纪的文本，塞涅里神父讲述圣依纳爵[①]的赎罪与苦修。在这里，我用老卢卡斯·克拉纳赫的画作《基督受难，鞭刑》作为佐证：

> 苦修士上半身穿着极为粗糙的苦衣，下半身则是一件刺衣。

[①] Saint Ignatius of Loyola（1491—1556），天主教耶稣会创始人。

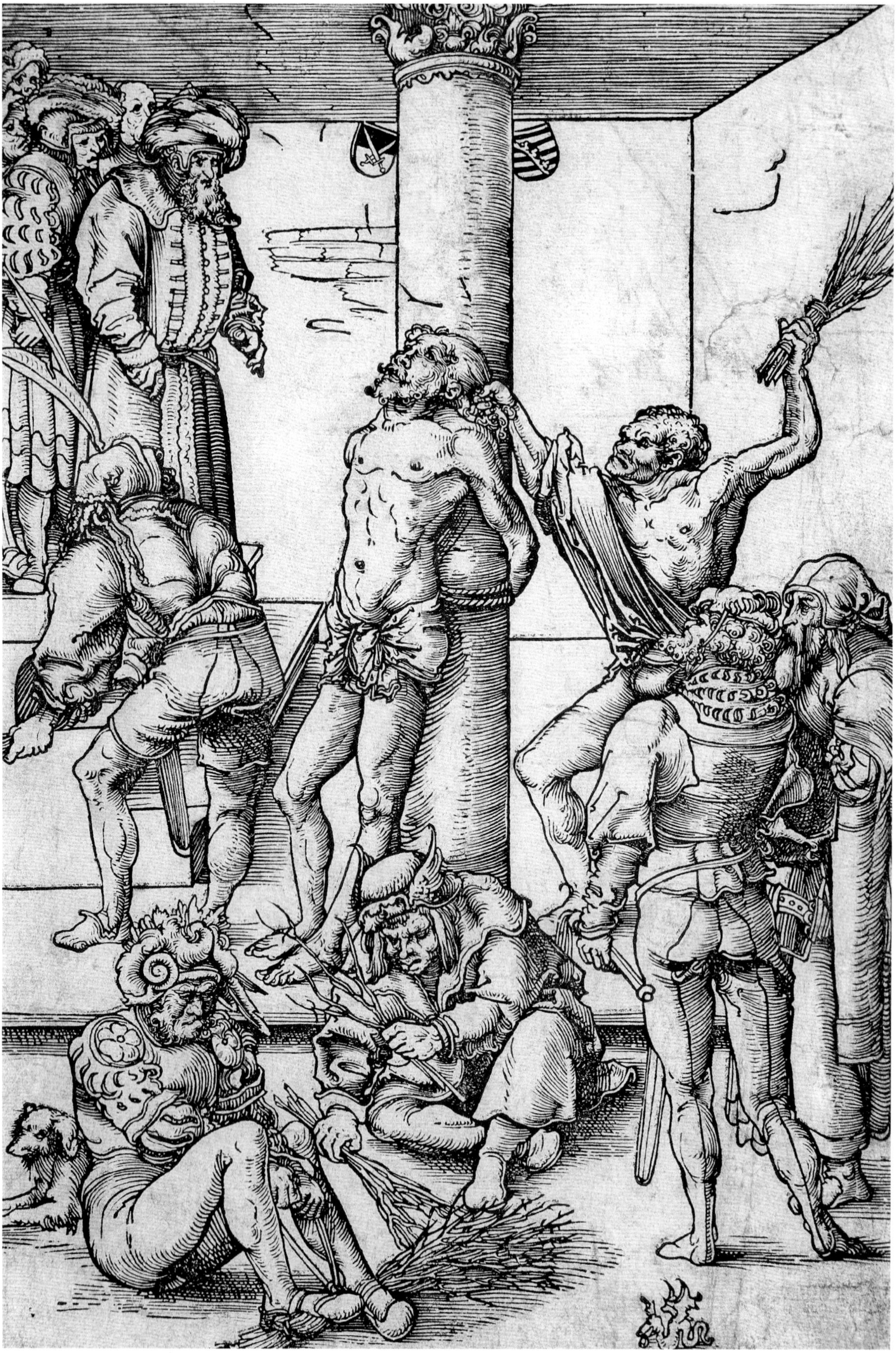

用荨麻、松树的幼枝或带刺的苦修带将身体裹住；除了周日吃面包喝水以外，每天都要斋戒；并且，周日还自愿在饭食里增加了苦草，和着灰烬或泥土；三天，六天，整整八天不吃不喝……白天和夜里要自笞五次，经常连续不停，打得血肉模糊；还会用一块石头狠狠地击打裸露的胸部……一天要跪七个小时用来深思冥想，但从不哭泣，从不停止对自己的折磨。这便是不可改变的生活方式：在曼雷萨的洞穴忏悔室里，痛苦和虚弱并不会让他减轻对自己的折磨；他很快就病倒了，疲惫不堪，浑身颤抖、痉挛、麻木，不断发烧，生命垂危。

中世纪自然不乏各种怪物，然而，正如我在《美》中所指出的，感性让我们把这些中世纪怪物看成丑的。这些怪物奇形怪状，有一只脚的，也有嘴长在胸上的，突破了正常的标准规范。尽管畸形怪异，但它们是被上帝创造的，作为超自然意义的载体，每个怪物都承载着特定的精神意义。因此，中世纪并不把怪物看得奇丑无比。可能的情况是，人们会用一种奇思妙想，饶有兴致地看待它们，将它们看成同行的旅伴。就像我们的孩子在看到恐龙时，知道哪个是霸王龙，哪个是剑龙，如数家珍。因此，即使是龙也被中世纪的人们带着这种强烈的好奇心看待，因为它象征着忠诚。在诺亚方舟上，这些怪物都被救起，与其他动物共处于甲板上。

在十六到十七世纪之间，一个有趣的科学发现为畸形学的发展开辟了道路。那时，人们开始对先天畸形产生兴趣：他们采集了骨骼和相关证据，甚至收集尸体泡在酒精溶液中。

在这样的氛围中，相面术也同时得到了长足发展。人们试图通过对人和动物相貌特征的类比——除了"狮人"和其他少数个例以外，几乎总是得到丑的结果——了解个体的性格特点。几个世纪后，相面术发展到了龙勃罗梭①的时代，在这里，我引用一段摘自《犯罪人论》（一八七六年）的文字：

《基督受难，鞭刑》

木刻画，16世纪

老卢卡斯·克拉纳赫

斯特拉斯堡，版画和绘画展室

① Cesare Lombroso（1835—1909），意大利犯罪学家，犯罪人类学派的创始人，著有《犯罪人论》。

谁能知道淋巴结核、发育不良和佝偻病会在多大程度上对人产生影响,从而造成或改变犯罪倾向呢?我们发现,在八百三十二个罪犯中有十一个驼背,他们几乎都是小偷或强奸犯。维尔吉利奥发现,在接受测试的二百六十六个犯人中,有三人患有佝偻病,一人发育不良,六人患有口吃,一人兔唇,五人患有斜视,四十五人有淋巴结核,还有二十四人有龋齿。根据他的发现,在这二百六十六人中,有一百四十三人在生理上显示出病态迹象。维多克则发现,所有落入他手中的凶残杀人犯都是罗圈腿……在所有犯人中,特别是在小偷和杀人犯之中,生殖器都显示出早熟的迹象,尤其是女性罪犯。这些女性在六到八岁时就已经有了犯罪倾向。

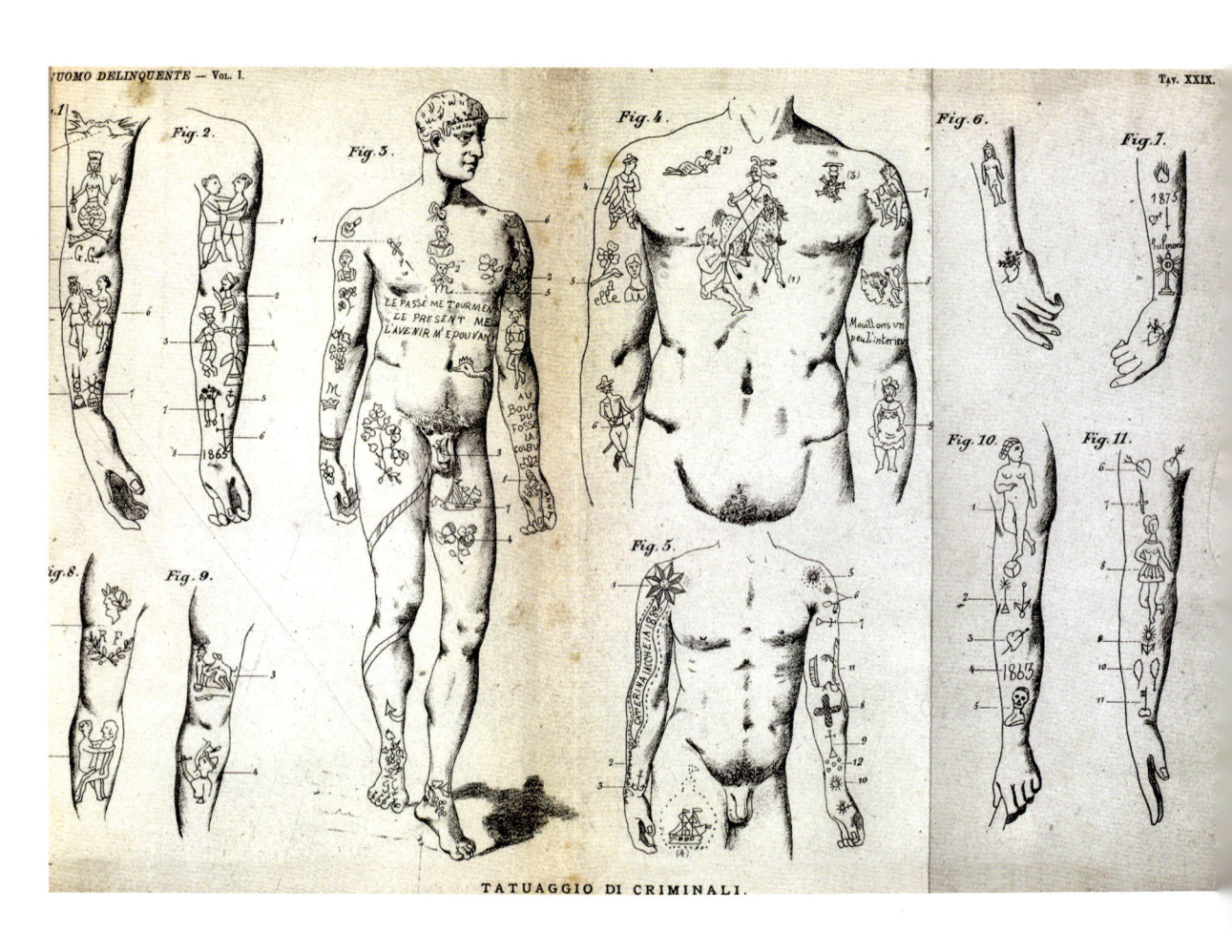

在龙勃罗梭之前的几个世纪，对敌人的相面术就已经发展起来。这里的敌人指的是精神、政治或宗教上的敌人。在一些新教书籍的装饰画上，教皇被描绘成敌基督的形象。在更早几个世纪的各种文本中——我做了一个小小的拼贴——敌基督的特征很明显："身体的右半部分好比炽热的火焰，右眼布满血丝，左眼和两只瞳孔则发出绿莹莹的幽光，眼皮发白，下嘴唇很厚，身体右侧的腿骨孱弱，双脚硕大，大拇指像被挤过而伸长了似的，从手指关节可以看出麻风病的迹象。"（《我主耶稣遗言》，公元四到五世纪的伪经）而希尔德加德·冯·宾根在十二世纪时说："灭亡之子有一双冒火的眼睛，驴子般的耳朵，一个狮子鼻和一张大嘴。当他张开血盆大口笑的时候，露出了一口恐怖的铁牙。"异族敌人、西西里木偶戏中的萨拉森人都是丑的，同样丑的还有穷人。要表现这些丑，即使雕塑也很难真正令人满意，因此我只能向你们展示亚米契斯在《爱的教育》（一八八六年）中塑造的人物——勿兰谛："我憎恨这家伙，他太坏了……额头窄窄的，让人讨厌，眼睛浑浊，几乎被油腻的布鸭舌帽完全遮住，书包、笔记本、书本都是皱皱巴巴的，又破又脏，尺子扭曲变形，钢笔上布满牙印，指甲被啃得参差不齐，油迹斑斑的衣服上布满大大小小的口子，这是他打架的时候撕的。"

当说到异族敌人时，我们可以想到二战时在法西斯的宣传下，美国黑人是什么样的。一七九八年的《大不列颠百科全书》是这样描述黑人的：

> 圆脸，颧骨突出，高耸的额头，短小、扁平的宽鼻子，厚嘴唇，小耳朵，丑陋和不规则是他们显著的外貌特征。对这个不幸的种族来说，臭名昭著的恶习似乎是与生俱来的：人们都说他们懒散、不忠、报复心强、残忍、无耻、偷盗成性、说谎、下流、淫荡、卑鄙、放纵，这些低劣的品行令他们无视自然法则，同时丝毫感受不到良心的谴责。

自然而然，后来，在文明发展更成熟的阶段，犹太人被描述成这样：

《犯罪者纹身类型》

《犯罪人论》插图

个人收藏

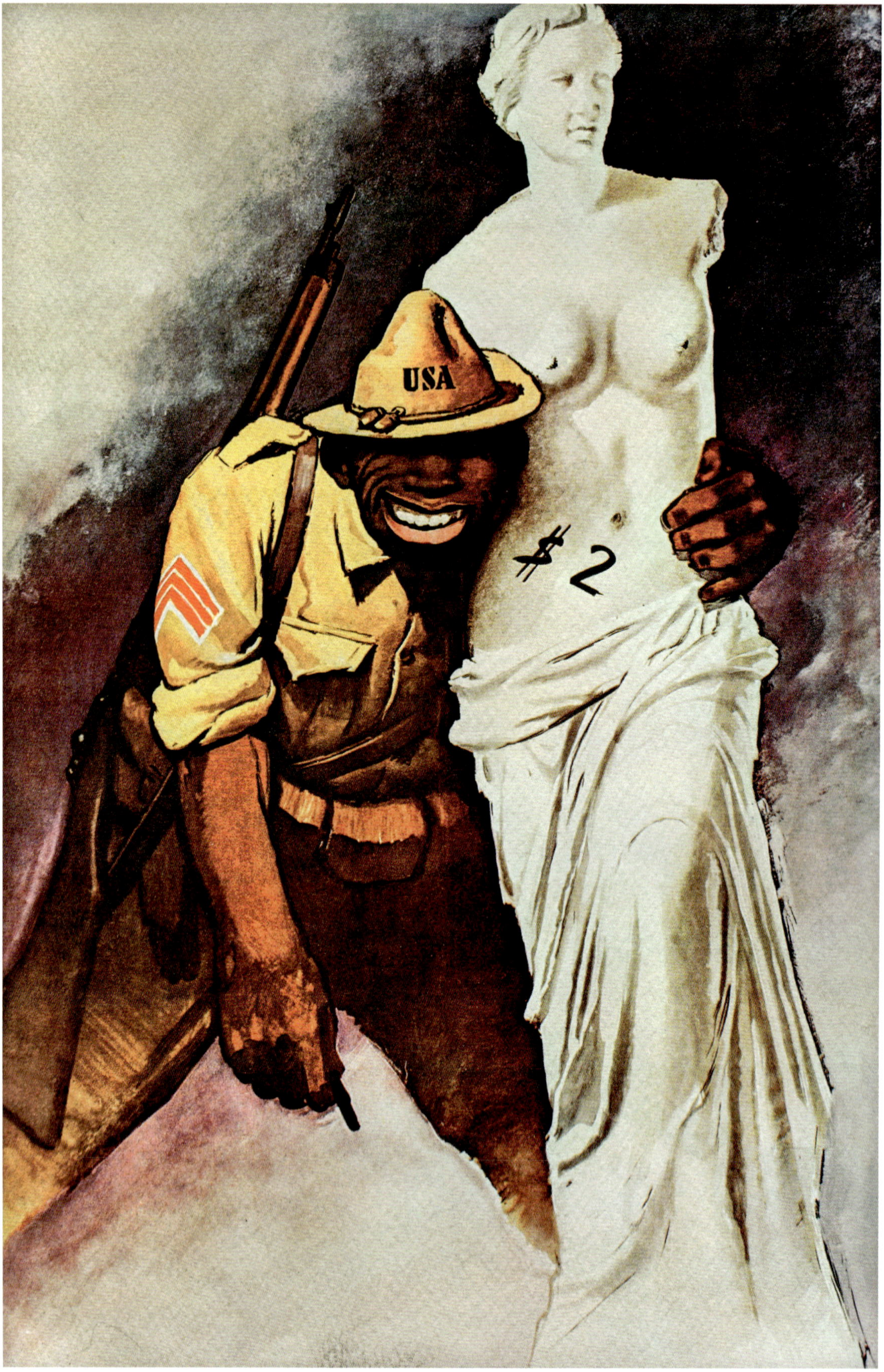
USA
$2

那暗中窥视的眼睛是如此虚伪，让你不寒而栗，印刻在脸上的笑容，鬣狗般向外突出的嘴唇，还有那瞬间飘移的眼神，阴郁、呆滞、低能……黑暗的血在全身流淌，鼻唇沟闪烁着躁动与多变，仇恨和憎恶又在上面犁出一道道皱纹，留下沟壑纵横的痕迹……这都是为你们准备的！为你们这些敌对种族卑鄙的畜生、应该被消灭的混蛋。他们的鼻子，他们那巨嘴鸟的喙，背叛与奸诈的标志，为了最为肮脏的阴谋、为了每一次背信弃义而准备，那悬在嘴上的鹰钩鼻，那丑陋的鼻孔，那只烂香蕉，那只牛角包，那犹太佬的龌龊鬼脸，那像吸血鬼一样呼吸的弯曲的鼻子……十恶不赦的恶棍！去死吧，不共戴天的畜生！

这是谁说的？希特勒吗？不，是路易-费迪南·塞利纳在《大屠杀琐事》（一九三八年）中说的。再看下面这段，字里行间认为犹太人既不能成为演员，也不能成为音乐家：

对我们来说，设想一个古代或现代的人物，比如英雄或恋人，由犹太人来扮演，这是不可能的，我们丝毫不会被他们不得体的表演打动，反而会觉得荒唐可笑。但是，最令我们反感的，莫过于他们讲话时那奇特的口音。他们的音色刺耳、尖锐，说话时发出咝咝声，冲击着我们脆弱的鼓膜。也正因如此，我们对犹太音乐才会有如此糟糕的印象。对犹太人来说，承认他们在其他领域的艺术才能也许无可厚非，但肯定不是在歌唱方面，好像连造物主也不承认这一点。

这又是谁说的呢？塞利纳吗？不，是瓦格纳在《音乐中的犹太性》（一八五〇年）中说的。

另一方面，丑也是根深蒂固、流淌在血液里的。再听听这段：

我们的种族主义必须是肉体和肌肉的种族主义……否则就会落得与杂种和犹太人为伍。犹太人改名换姓混在我们中间的例子数不胜数，甚至还要容易，不需要花很多钱或费很大力气就可以假装改变了灵魂……只有一种证明能终止杂交和犹太

第 68 页
《士兵与米洛斯的维纳斯》
反美宣传海报，1944 年
吉诺·博卡西莱

第 70 页
《捍卫种族》创刊号
泰莱西奥·因泰兰迪主编
1938 年 8 月 5 日

第 71 页
反犹宣传片《永远的犹太人》海报
该片被德国人翻译成荷兰语，在占领区播放
弗里茨·希普勒导演，1940 年

LA DIFESA DELLA RAZZA

"Sempre la confusion delle persone
principio fu del mal della cittade"
(Dante - Paradiso XVI)

ANNO I - N. 1 - SPEDIZIONE IN ABB. POSTALE - 5 AGOSTO XVI

SCIENZA DOCUMENTAZIONE POLEMICA

DIRETTORE TELESIO INTERLANDI

L. 1

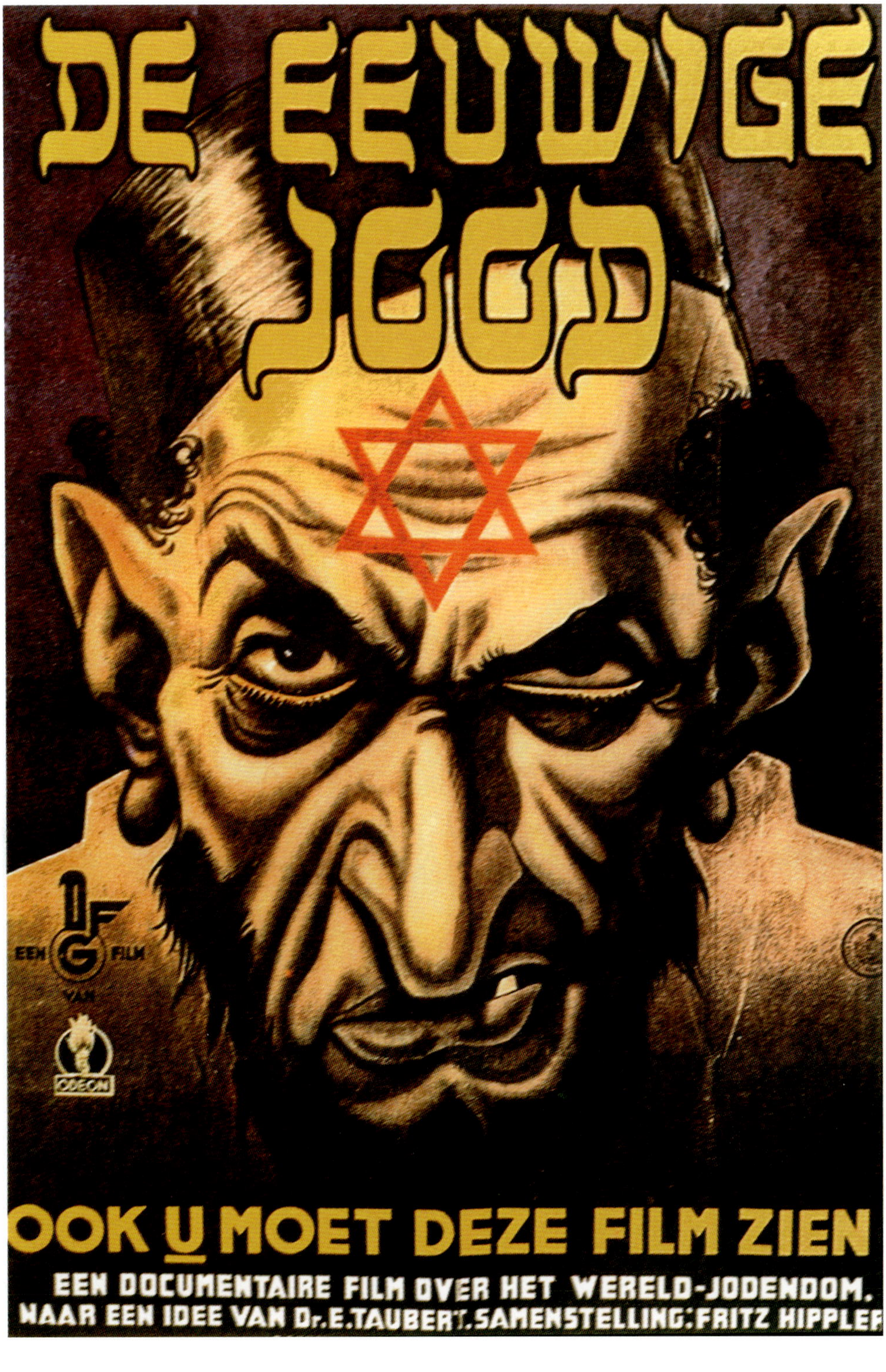
DE EEUWIGE
JOOD
OOK U MOET DEZE FILM ZIEN
EEN DOCUMENTAIRE FILM OVER HET WERELD-JODENDOM.
NAAR EEN IDEE VAN Dr. E. TAUBERT. SAMENSTELLING: FRITZ HIPPLER

主义：血统证明。

这个呢？是瓦格纳吗？不，是乔治·阿尔米兰特①说的，用于反对那些意识形态上伪种族主义的小绵羊。

然而，在历史进程中的某一个时间点——姑且不考虑贯穿各个时代的喜剧、色情作品，以及乡村史诗中的丑——随着矫饰主义开始关注丑的趣味，出现了一些文字，用以展现对丑的理解和同情。让我们想想莎士比亚戏剧中卡利班②的形象。在杜·贝莱③的诗中美丽的银发得到了热情的赞扬，在马罗④的作品里松弛的乳房变成了讴歌的对象⑤，蒙田的作品颂扬跛脚的女性，在达·芬奇的讽刺画中，对暮年的描绘几乎在某种程度上让人想起了米开朗琪罗的模样，后者在描写自己这个老头时说："眼睛浑浊暗淡，眼圈青肿，牙齿就像乐器的键盘……我有一张让人恐惧的脸。"

除了因恻隐之心而产生的理解，还有一种诱惑来自死去美人腐烂的躯体。在中世纪，描绘地狱和各种酷刑折磨具有说教意图，在这里却与此无关。在这里，腐烂就是腐烂，毫无道德说教的意义。德国巴洛克诗人格吕菲乌斯⑥在一首题为《在菲洛塞特被挖出的骸骨上》的诗中惊叹道：

> 可怖的景象啊！那金色的发丝，
> 雪白的前额，神采奕奕的面颊，
> 面颊上的血色与百合花般的洁白，究竟在何处？
> 那粉红的口唇，还有皓齿，又在何处？

---

① Giorgio Almirante（1914—1988），意大利新法西斯社会运动的创始人和领导人。
② Caliban，莎士比亚戏剧《暴风雨》中半人半怪的角色。
③ Joachim du Bellay（1522—1560），法国诗人，七星诗社重要成员，主要诗集有《罗马怀古》和《悔恨集》。
④ Clément Marot（1496—1544），法国宫廷诗人。
⑤ 十六世纪三十到五十年代间，法国爆发了赞颂乳房的热潮，马罗通过一首《美丽的乳房》掀起了"炫描派"诗歌创作狂潮。"炫描派"着重描绘女性的每个身体部位之美。
⑥ Andreas Gryphius（1616—1664），德国抒情诗人、剧作家，其作品以忧郁和悲观情绪著称。

星星消逝在何处，那双顾盼生情
的眼睛又在何处？现在一条黑蛇
盘踞在那张开的嘴上，鼻子不见了，
可它原先要比象牙还洁白。

谁能有一副铁石心肠，毫无恐惧
看着她双耳化为尘埃，双眼变为窟穴，
面对这张面孔谁能不瑟瑟发抖？

到了十七世纪，西哈诺①之丑应运而生。实际上，埃德蒙·罗斯丹②为我们呈现的这个形象并不是长鼻子，而是鹰钩鼻。此外，西哈诺并非高尚之人，因为他坑了自己的父亲；他也并不爱罗珊娜，因为他是同性恋，还患有梅毒……但这丝毫不影响他是一位诗人。然而，我们这里说的不是传统意义上的西哈诺，他是这样向朋友勒布雷倾诉心声的：

看着我的脸，然后告诉我这个隆凸之物
还能让我有什么希望！
我不会欺骗自己，不会。有时当然
我也会在晴朗的夜晚心软，
如果我走进一座花园，渴望在五月
用我这可怜的鼻子呼吸，在一束
银光里有位女郎与骑士挽臂而行
我尾随其后，我的心在胸膛中跳动，
我想，唉，我也想有人和我一起
在月光下款款漫步。
我兴奋了，我忘却了……就在刹那间
我看到自己映在墙上的侧影！

---

① Cyrano de Bergerac（1619—1655），法国军人、作家、哲学家，路易十三时代的知名人物，关于他流传着许多传奇故事。
② Edmond Rostand（1868—1918），法国剧作家，其剧本大多描写骑士与美人之间的爱情纠葛，充满幻想和离奇的情节，代表作为《西哈诺·德·贝热拉克》。

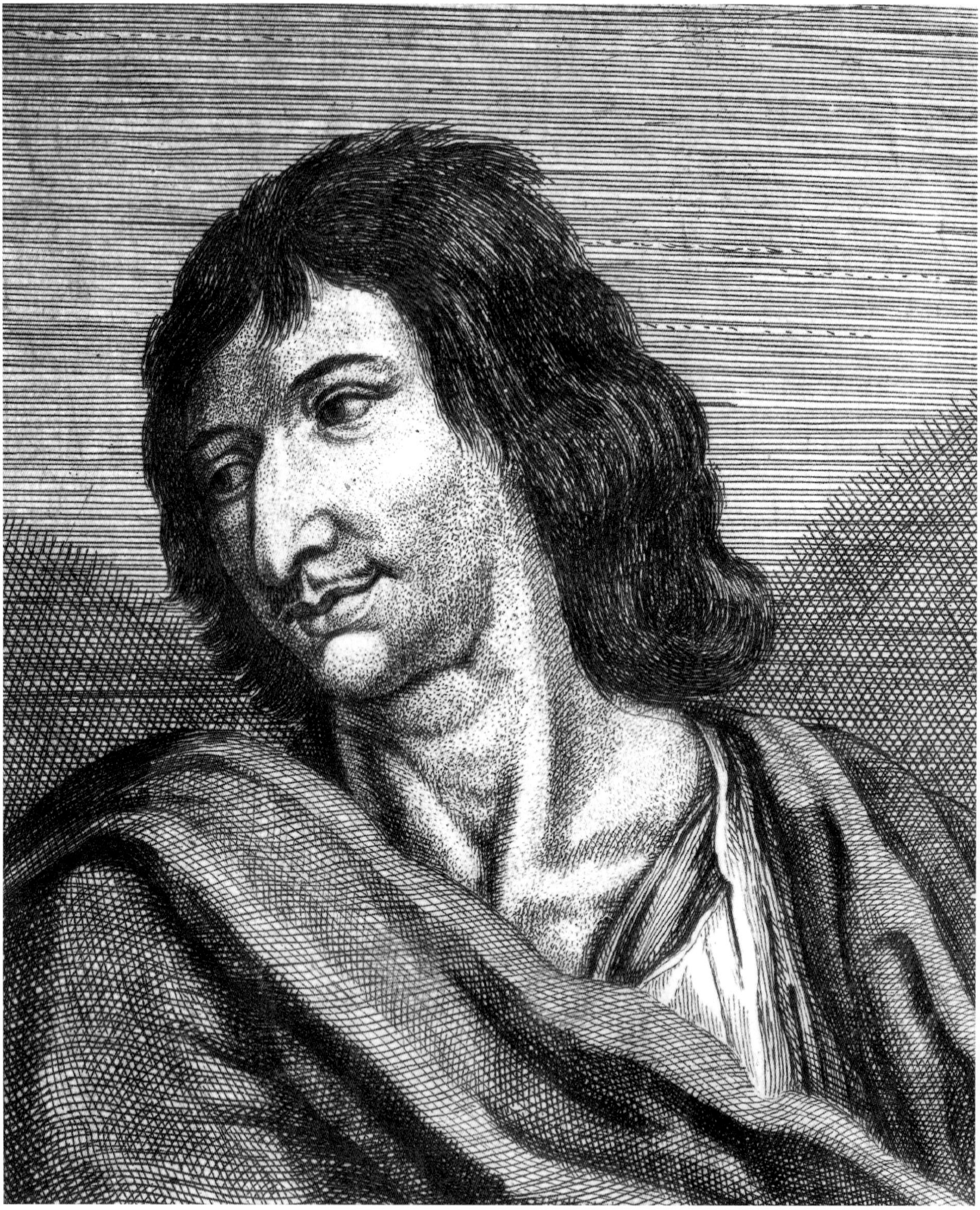

再往后，就产生了病态美的颓废感，从《茶花女》中因肺结核而殒命的薇奥莱塔到《哈姆雷特》中濒死的奥菲利娅，再到巴尔贝·德·奥尔维利为蕾娅写的诗。在玛丽·雪莱的科幻小说《弗兰肯斯坦》（一八一八年）中，科学家创造的怪物抱怨道："相信我，弗兰肯斯坦，我曾经是善良的，我的灵魂因爱和人性而炽热，但我不还是孤身一人、茕茕孑立吗？你是我的创造者，连你都不喜欢我。既然这样，我对你的同类又能抱什么希望呢……他们鄙视我，憎恨我。"

人们真正意识到丑在艺术史上具有中心地位，始于前浪漫主义对于崇高的感知，崇高表现为恐惧、暴风雨、古代废墟的伟大。能将这种浪漫主义情怀淋漓尽致表现出来的人非维克多·雨果莫属，在《〈克伦威尔〉序言》（一八二七年）中，他说道："基督教使人在面对世事沧桑时开始对人类抱有同情，并陷入对生命痛苦幻灭的深思。而在此之前，古人纯粹的史诗缪斯无情地将此排除在艺术之外，几乎所有不符合某一类型的美的东西都落此下场。"

在长篇小说《笑面人》（一八六九年）中，雨果对丑的诠释更加意味深长（这里我们可以对照老电影中的诠释）：

> 大自然毫不吝惜地赐予格温普兰许多恩典，赐予他一张跟耳朵连在一起的大嘴，两只折起来可以碰到眼睛的耳朵，一个畸形的鼻子，用来支撑摇摆不定的小丑眼镜以便做出鬼脸，还有一张谁见了都忍不住发笑的脸……但这些真的是大自然赏赐的吗？所有这些特征都让人相信，靠儿童赚钱的人曾在这张脸上下过一番功夫。这门科学擅长切割、缝合、麻醉，他们割开他的嘴，揭开他的嘴唇，露出牙龈，拉长他的耳朵，去除软骨，改变眉毛和脸颊，拉紧颧骨的肌肉，淡化伤疤和缝合的痕迹，植回创面的皮肤，同时保持脸上始终张大嬉笑的嘴巴。从这个强大而深刻的雕塑作品中产生了一个面具：格温普兰。

这段描述放在今天的许多男士身上同样合适……也许，正是因为如此丑陋，格温普兰才会被约瑟安娜女公爵那样放荡无耻的女人勾引，当她得知格温普兰的真实身份是克朗查理爵士时，便想让他

《西哈诺·德·贝热拉克》
版画，17世纪
扎沙里耶·海因斯

当自己的情人,她对格温普兰说:

"我爱你,不只是因为你畸形,还因为你下贱。一个人人轻视讥笑、滑稽、丑陋、供人取乐的情人。这一切太有味道了!尝尝地狱的,而不是天国的苹果。这就是对我的诱惑之处,这就是我这个夏娃如饥似渴的原因。地狱渊薮中的夏娃。格温普兰,我是国王的宝座,你是垫戏台的凳子。让我们平起平坐。你不丑,不过是畸形。貌丑是卑贱,畸形是伟大。丑是魔鬼在美的背后做出的鬼脸,而畸形则是崇高的另一面。你就是巨人泰坦。我爱你!"女人猛地吻了他一下。

电影《笑面人》中的玛丽·菲尔宾和康拉德·维德

保罗·莱尼导演,1928 年

自十八世纪以来，有许多关于丑和罪恶的作品问世，只是天生的腼腆迫使我删掉了萨德在《索多玛一百二十天》（一七八五年）中对最高法院院长居瓦尔先生的大部分描写：

> 放荡的生活以惊人的方式掏空了他的身体，他又高又瘦，枯干嶙峋，两只毫无生气的蓝眼睛，一张苍白病态的嘴，突出的下巴，长长的鼻子。他毛发茂密，像好色的林神，背部平坦，腰腹松垮下垂，看起来更像是肮脏的破布在大腿上边晃来晃去；拜鞭笞所赐，他腰腹的皮肤又死又硬，以至于你可以用双手抓住它揉搓而他本人却没有任何感觉。至于他身上其他的地方，也是同样龌龊……没有人会喜欢他散发着难闻的气味靠近自己……此外，海德·居瓦尔先生面色苍白，身材矮小，给人一种畸形的印象，却找不出具体的畸形部位。他的笑容令人不悦，他的表情将羞涩与无耻令人不解地混合在一处，他说话声音沙哑，窸窸窣窣，一点也不干脆。

我无法向你们展示詹姆斯·邦德的敌人到底长什么样，因为在电影中他们都被美化了，但是弗莱明在"007系列"小说中对他们的描述则非常明确："金手指给人的印象就好像把好几个人的身体碎块拼凑在一起。"但在电影中并不是这样。小说中还写道："罗莎·克列伯长着一张世界上最丑最老的娼妓的脸。"而诺博士在小说里则是这样的：

> 他的脸很长，从那又圆又秃的头骨到瘦削的下巴，给人的印象仿佛一颗倒置的雨滴，或者更确切地说是一滴油，因为他的皮肤呈深黄色，几乎是半透明的。他的眉毛细而黑，弯得很厉害，好像化着魔术师的妆容。眉毛下方，那双漆黑而闪亮的眼睛上完全没有睫毛，好像两把小左轮手枪的枪口，直勾勾的，毫无表情。诺博士走到离他们不到三米的地方停了下来。"对不起，我没和您握手，"他面无表情地说，"我没有手。"

大先生：

> 他的头像一只足球，是正常大小的两倍，几乎是浑圆的。皮肤呈灰黑色，脸肿胀发亮，就像在河里漂了一个星期的尸体。他没有头发，只在耳朵上方有一簇灰色的毛。他也没有睫毛和眉毛，两眼之间的距离格外远，让你无法同时看它们，只能一次看一只。

至少从十七世纪开始，伴随着十八、十九世纪第一批童话作家的创作，孩子们的童年噩梦不断，从《小红帽》中的大灰狼到《木偶奇遇记》中可怕的吃火人，再到神秘躁动的丛林。为了让人不得安生，后来又自然而然地诞生了吸血鬼、泥人哥连和各式各样的幽灵，成人文学作品中有之，从这时起的儿童文学中也有之。

但是，随着蒸汽时代和机械化的来临，反映现代工业城市丑陋面貌的文学作品应运而生。最初脍炙人口的作品是由英国作家狄更斯创作的，他在长篇小说《艰难时世》（一八五四年）中写道：

> 焦煤镇是事实的胜利。这是一座红砖建造的城市，或者更确切地说，如果烟雾和灰尘肯帮忙的话，这些砖本该是红色的……这是一座由不自然的红色与黑色描画的城市，就像一个野蛮人彩绘的脸；这是一座密布着机器和高大烟囱的城市，烟囱里没完没了地冒烟，像一条条无尽的蛇，不知疲倦地拖着尾巴盘旋。

从狄更斯开始，一直到唐·德里罗①及其同时代的作家，对工业世界之丑的大量描述令人印象深刻。几乎在同一时期，作为对工业之丑的反应，通过遁入纯粹的唯美主义，一种美的宗教产生了，然而这也是一种恐怖的宗教。

让我们看看波德莱尔（《腐尸》，一八五七年）：

---

① Don DeLillo（1936— ），美国作家，后现代主义文学的代表，著有《白噪音》。

《匹诺曹和吃火人》
《木偶奇遇记》插图，
1924 年
路易吉和玛丽亚·奥古斯塔·卡瓦列里

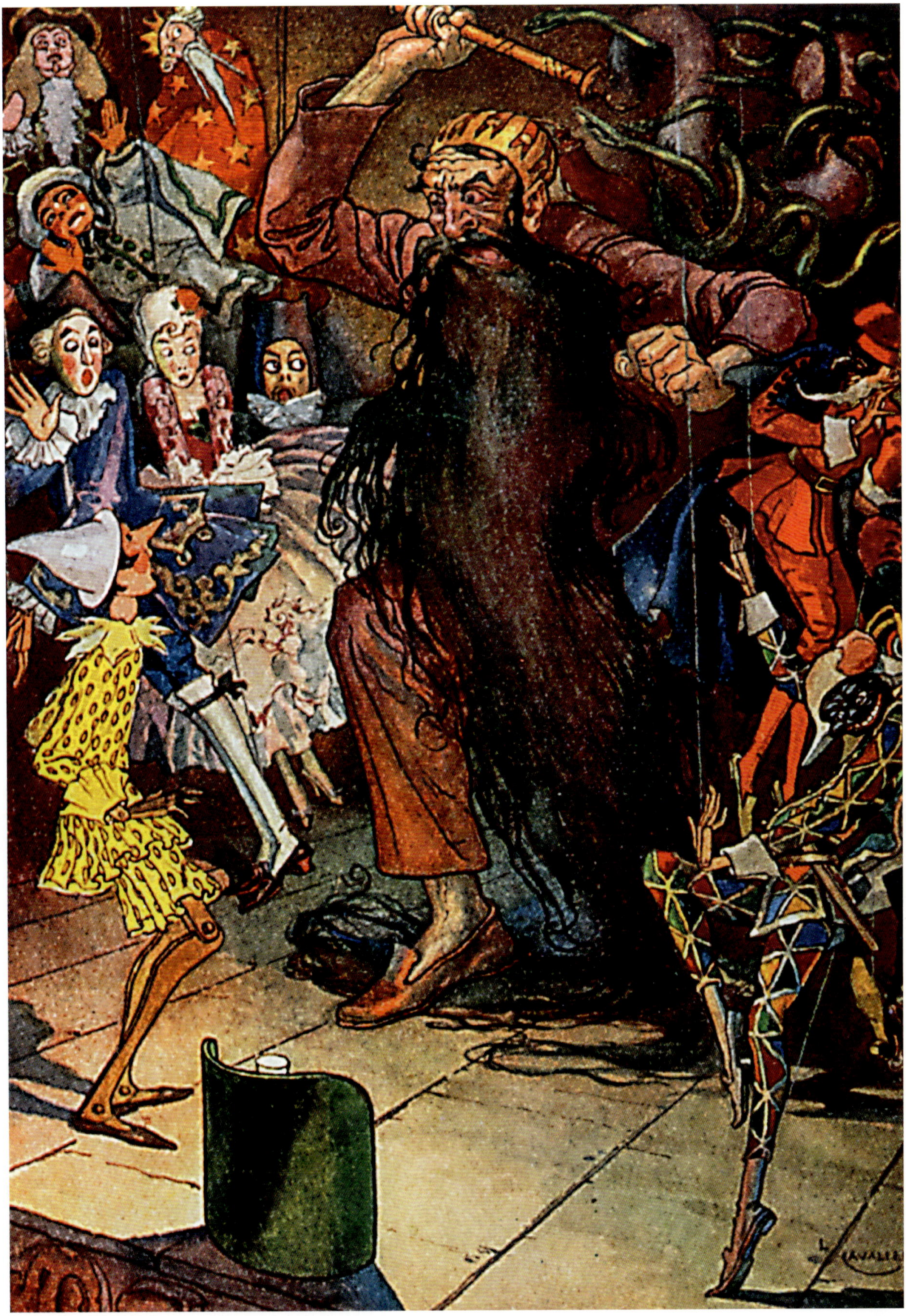

亲爱的，想想我们见过的东西，
夏日惬意的清晨：
小路拐弯处一具丑陋的腐尸，
横陈在石砾的床上，
仿佛淫荡的女人，把双腿高抬，
热热地，散发着毒气，
她满不在乎，恬不知耻地敞开
那满是腐臭的肚子。
阳光照射着那一堆污秽，
像要把它烤得熟透，
要把自然结合在一起的养分
百倍归还伟大的自然。

下面，我们回到意大利，读读奥林多·圭里尼①的《恨之歌》（一八七七年）：

当你将睡去，
被遗忘在沃土之下，
上帝的十字架将竖在
你的棺木之上，
当你的脸颊腐烂时，
在松动的牙齿间，
在腐臭空虚的眼眶里，
将爬满蛆虫，
你比别人更了解长眠的安宁，
这将是新的折磨，
而悔恨会变得冷酷、顽强，
咬噬你的大脑。
异常强烈和残酷的悔恨

---

① Olindo Guerrini（1845—1916），意大利诗人、作家，现实主义诗歌的代表。

> 将光临你的墓穴，
> 就算有上帝和他的十字架，
> 依然会啃噬你的骸骨。
> ……
> 啊，我会多么高兴地把爪子探进
> 你无耻的肚子里！
> 在你腐烂的肚子上我蜷缩着，
> 摆出永恒的姿势。
> 复仇和罪恶的幽灵。
> 地狱的恐怖。

对伤悼的赞美是先锋派作品的标志，我知道没必要把未来主义者和毕加索，或把超现实主义者和无具形艺术家放在一起比较。反正他们一致决定反对古典。这是从洛特雷阿蒙的《马尔多罗之歌》开始的：

> 我很脏。虱子在咬我。那些猪，
> 一边看着我，一边呕吐。疮疤和
> 麻风病的龟裂已经剥落，
> 我的皮肤上满是淡黄色的脓液。我
> 不知江河之水，也不知
> 云的露水。在我的脖颈上，就像
> 粪堆上，长出蘑菇，
> 巨大一朵，伞形的花梗。

随后，还有《未来主义文学技巧宣言》（一九一二年）：

> 我们就是要利用所有粗野的声音，利用我们周围所有从激烈生活中爆发出的吼叫。我们在文学中勇敢地制造出"丑"……必须每日往艺术的神坛上吐痰！

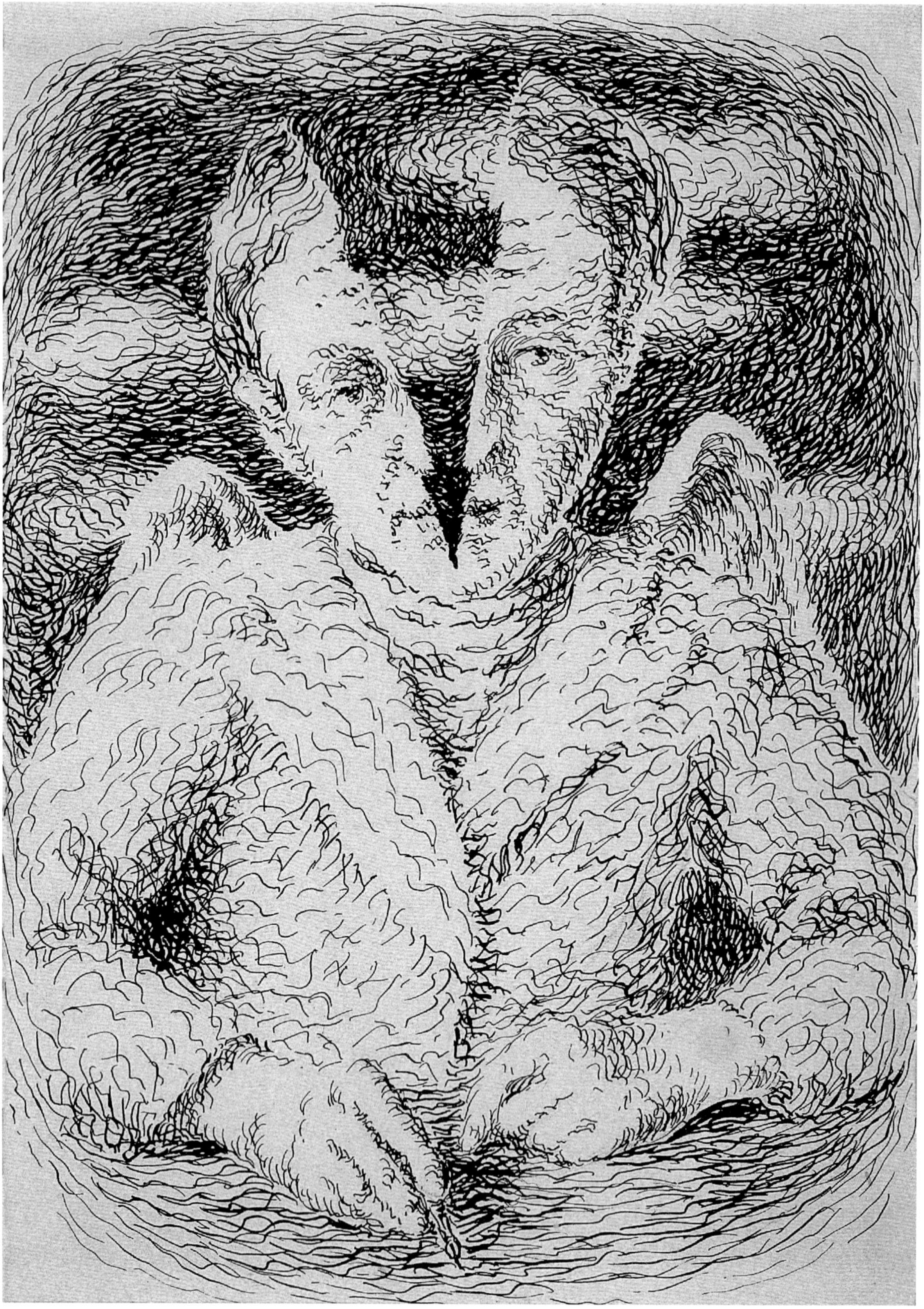

未来主义诗人阿尔多·帕拉采斯基①在《反对悲伤》（一九一三年）中说：

> 必须教会我们的孩子笑，就是那种最放肆、最狂放的笑……我们给他们提供有教育意义的玩具：驼背、瞎眼、坏疽、跛脚、肺痨和梅毒病人玩偶，它们会机械地哭泣、喊叫、抱怨，它们会患上癫痫、鼠疫、霍乱、大出血、痔疮、淋病和精神错乱，然后昏厥，奄奄一息，乃至死去。
>
> 想想看，当你看到一群小罗锅、小瞎子、小侏儒、小瘸子在你周围长大，他们都是追寻快乐的神圣探险家，该是何等幸福。
>
> 我们未来主义者希望治愈拉丁民族，尤其是我们意大利人，将我们从有意识的悲伤，从一种因积习难改的浪漫主义、怪里怪气的自作多情和可怜的多愁善感而加剧的嗜古梅毒中拯救出来，这些东西会让每个意大利人意志消沉……教我们的孩子作各种各样的鬼脸怪相，教他们呻吟、嗟叹、尖叫，用恶臭的气味取代喷香水的习惯。

当然，面对先锋艺术的挑衅，大众化的世界只能通过媚俗来进行反击，也就是通过对艺术的虚构。于是，我们用童话媚俗，用《圣经》媚俗，或者利用媚俗与先锋二者的融合——就像在法西斯时期。

媚俗分很多种。可以指没有品味的媚俗，比如花园中的小矮人，水晶球里雪花飘落在奥罗帕的圣母身上，但也可以像圭多·戈扎诺②那样，指对美好事物的糟糕品味（《斯佩兰扎奶奶的朋友》，一九一一年）：

> 鹦鹉的标本和阿尔菲耶里、拿破仑的半身像，
> 镜框中的花（对美好事物的糟糕品味！）

《马尔多罗之歌》草图
1945 年
勒内·马格里特
私人收藏

① Aldo Palazzeschi（1885—1974），意大利诗人、作家。
② Guido Gozzano（1883—1916），意大利诗人，"微暗派"诗歌代表。

略显阴暗的壁炉，没有糖果的盒子，
玻璃罩下的大理石水果，

稀奇的玩具，螺钿首饰盒，
带有警告、问候语和提醒的纪念品，椰子，

威尼斯的镶嵌画，有点呆板的水彩画，
版画，小箱子，绘有古风银莲花的图集，

一两幅马西莫·德·阿泽利奥的画作，细密画，
泛黄的银版照片：上面是梦幻般模糊的人像，
……
胭脂色的锦缎椅子
……

但也有一种媚俗是对艺术效果的探索，也就是说，如果描绘一个女人，就要激起与之同床共枕的欲望。媚俗的本质在于道德范畴与美学范畴的易位。

正如赫尔曼·布洛赫所言（《媚俗》，一九三三年）："它（媚俗）赋予艺术家的并非一项'善'的工作，而是一项'美'的工作，也就是说，对艺术家而言更为重要的是美的效果。"

对娱乐产业而言，效果绝对是至关重要的组成部分，也是其美学成分。完全存在一个艺术门类，一种属于老百姓的特殊艺术，这就是戏剧，对它而言，效果是最基本的构成因素。

但也有一种媚俗是假装艺术的状态，却根本没达到那种高度。如果媚俗这个词有意义，那并不是因为它仅仅指一种倾向于制造效果的艺术，在许多情况下，即使是伟大的艺术也为自己设定了这个目标。媚俗本身并不代表一部形式失衡的作品，因为要是那样的话，它就只能是一部丑的作品。媚俗也不代表一部借用其他语境风格的作品，因为即便如此也可能不至落到品味糟糕的地步。媚俗指的是这样的作品：为了让人认可其产生刺激效果的作用，它会大摇大摆地披上其他经验的外衣，把自己伪装成艺术推销出去。在我看来，

媚俗的一个活生生的范例就是波尔蒂尼①，他画的人物肖像自腰部以上都依据刺激效果的最佳规则：脸和肩膀，即衣物未覆盖的部分，都遵循优雅的自然主义的所有原则。他笔下的女人嘴唇丰满而润泽，肉体能够唤起观众的切肤之感，眼神温柔而又勾人心魄，调皮而又富于梦幻。但是一到该画衣服的步骤，当要从束身胸衣画到裙子襟翼的时候，波尔蒂尼就放弃了"食不厌精"的技术，轮廓失去精确性，质感在明亮的笔触中消解，画面变成色块的堆积，物象融化在强光之中。波尔蒂尼画作的下半部分让人想到印象派的作风。很明显，波尔蒂尼此刻进入先锋派的行列，引用当代绘画作品的技法。在画面的上半部分，他在寻求效果，让他笔下的女人都时髦且风情万种。面容必须让客户满意，无论是从艺术家对于女人的态度上，还是看待艺术的态度上。

媚俗是如此含混的概念，我们发现，过去曾是媚俗的作品，现在可能会变成真正的艺术。当苏珊·桑塔格提出"坎普"理论时，也考虑到了这一点。"坎普"不以什么东西美不美为衡量标准，而是以技巧和风格上模仿的程度作为标准。"新艺术运动"无疑是最好的例证，在他们的作品中，灯具被制成开花植物的形状，起居室成为岩洞或岩洞成为起居室，还有赫克托·吉马德②为巴黎地铁口设计的兰花枝铁架。林林总总的作品都成为"坎普"的标准：从蒂凡尼的灯具到比亚兹莱的插画，从《天鹅湖》和贝利尼的歌剧到维斯康蒂导演的《莎乐美》，从十九世纪末的明信片到舍德萨克的《金刚》，一直到《飞侠哥顿》连环画，还有上世纪二十年代的鸵鸟毛披肩以及装饰着流苏和珍珠的女装。"坎普"趣味感兴趣的是"固定的性格"，它对性格的发展兴味索然。因此，戏剧和芭蕾舞被认为是"坎普"取之不尽的创作来源，因为此二者都无法自如地表现人性的复杂。哪里存在性格的发展，哪里"坎普"的元素就会减少。以歌剧为例，在《茶花女》中出现了一些性格的微小发展，而在《游吟诗人》中几乎一点儿性格发展都没有，所以《茶花女》的

---

① Giovanni Boldini（1842—1931），意大利画家，旅居法国，法国美好时代最受欢迎的肖像画家之一。
② Hector Guimard（1868—1942），法国设计师，法国"新艺术运动"的主要倡导者之一。

"坎普"要少于《游吟诗人》。当某些东西仅仅是丑，但并非"坎普"时，不是因为它们的追求过于平庸，而是因为艺术家并不想去做稀奇古怪的事。"太极致了，太精彩了，简直不可思议。"这便是对"坎普"热情的典型表达方式。以超级英雄马其斯特为主人公的一系列意大利电影中有"坎普"的存在，高迪的圣家族大教堂也是"坎普"，他凭借一己之力，志在实现需要几代人共同完成的建筑。一件东西并非在老旧以后成为"坎普"，而是要在我们没那么投入的时候，当我们可以享受尝试的失败，而不是利用其结果的时候。"坎普"趣味拒绝将美与丑截然分开，拒绝这种典型的常规审美判断。但它不会颠倒黑白，不会把美硬说成丑，或把丑硬说成美，它仅限于为艺术和生活提供一系列不同的——补充性的——评判标准。想想二十世纪几乎所有重要的艺术作品，它们的目的并不是创造和谐，而是将媒介拉伸至极限，引进越来越多激烈且无法解决的题材。"坎普"认为，好品味并不只是好的品味，事实上，存在着对坏品味的好品味。"坎普"之所以美，是因为它可怕。

到了这个阶段，许多观念即便没有从生活中消失，也都从艺术中消失了，因为我们不知道那些迷人的天外来客到底是丑还是美，不知道弗雷泽塔①漫画中的人物是丑陋还是可怕，也不知道那些向罗梅罗②致敬的活死人仅仅是恐怖呢，还是像他说的，是某种政治信息的传递者？暴力电影是丑还是美呢？皮耶罗·曼佐尼③的《艺术家的粪便》（一九六一年）是想展现美吗？在互联网上，我们经常可以看到一些被恶搞的艺术杰作，我们敢说它们谁比谁美吗？此外还有艺术之丑，但是你们看这有多难站住脚，就像《麦克白》中女巫们说的那样，丑即美，美即丑。

那么在生活中呢？在生活中，美与丑似乎泾渭分明。大众传媒、电影和电视告诉我们孰美孰丑，但是我们在大街上遇到的人就不一

---

① Frank Frazetta（1928—2010），美国漫画家、插画家，曾为《泰山》《指环王》等作品创作插画。
② George Romero（1940—2017），美国导演、编剧、制片人，《活死人之夜》是他自编自导的第一部电影。
③ Piero Manzoni（1933—1964），意大利观念艺术家。他的作品《艺术家的粪便》是九十个密封的罐头，曼佐尼声称将自己的大便装到这些罐头里面，等到将来出售。每个罐头都有其亲笔签名以及独一无二的编号。

样了，他们没那么美，有时我们中的一些人会与他们结婚，或者和他们上床，在一些女性主义作家看来，这是一种对抗性别和性差异的方式。

我将以弗雷德里克·布朗①的科幻小说《哨兵》作为结尾。或许你们都知道这个故事，但在这里仍然有必要将关键的情节重述一遍：

> 他浑身湿透，身上全是泥，饥寒交迫，离家有五万光年的距离。太阳看起来陌生而冰冷，发出蓝色的光，重力是从前所习惯的两倍，因此每走一步，都让他筋疲力尽……现在，因为敌人的到来，这片土地变得神圣起来。敌人是银河系中唯一的智慧生物……残忍、可恶、令人作呕的怪物……他像个落汤鸡，浑身是泥，又冷又饿。一阵大风席卷铅灰色的天空，吹得眼睛生疼……他一直处于高度紧张之中，枪也已经上膛……这儿离家有整整五万光年……他看见它们当中的一个向他爬过来，于是将枪口对准，向那怪物发射了一颗子弹。怪物发出一声怪叫，它的同伴都愣住了，没有再向前移动。惨叫声和死尸让他毛骨悚然。随着时间的推移，一个人应该慢慢习惯这种对峙，变得见怪不怪，但他做不到。它们太恶心了，只有两只胳膊，两条腿，皮肤白得让人作呕，身上没有鳞片……

布朗的感性把我们带回最初的主题——丑的相对性。也许在未来地球的殖民者眼中，我们看起来也很可怕。但是丑的历史告诉我们，即使是丑也应该得到理解，得到认识，得到评判。看，在昆丁·马西斯②的这幅肖像画旁，是一部十七世纪非同凡响的作品——罗伯特·伯顿③的《忧郁的解剖》（一六二四年），书中写道：

> 爱无不盲目——丘比特眼盲，故其追随者亦是如此。
> ……

---

① Fredric Brown（1906—1972），美国科幻小说家。
② Quentin Metsys（1466—1530），佛兰德斯派画家，安特卫普画派的大师之一。
③ Robert Burton（1577—1640），英国学者，著有《忧郁的解剖》。

此所谓情人眼里出西施，尽管她畸形得厉害，丑陋难看，满脸的皱纹、脓包，面色也或惨白，或猩红，或蜡黄，或褐黑，或带有菜色；尽管她的脸要么肿胀得如杂耍艺人手中的盘子那么大，要么又细又瘦如纸条一样，上面挂有愁云，其形状也扭曲，且她皮干，秃顶，眼珠外凸，睡眼惺忪，又或怒目而视如一只受到挤压的猫，还总把脑袋歪着，木讷，呆滞，双眼凹陷，眼周非黑即黄，或患有斜视；尽管她嘴凸如鸟喙，鼻子怪如鹰钩，或尖如狐狸鼻，或似酒糟鼻般红彤彤的，或鼻头上翘敞着两个大鼻孔，或长得好像海岬一样；尽管她是龅牙，一口牙齿又烂又黑，七出八进，或呈深褐色；尽管她长有粗浓外垂的眉毛、巫婆的胡须，吐口气能臭倒全屋，不论冬夏都鼻涕长流，下巴上还吊着个大囊肿，下巴尖尖，耳朵宽大，脖子细长如鹭颈，和脑袋一样歪斜着；尽管她乳房下垂……尽管她手指生有冻疮，未修的指甲又脏又长，手上或腕上都长了疥疮，皮肤黝黑，躯体腐臭，背驼腰弯；尽管她弓着背，瘸着腿，又是八字脚，腰部粗壮如母牛，腿患痛风，脚踝奇大，悬于鞋外，且脚有恶臭，身上还长了虱子，实乃一丑娃、怪物、妖精，处处皆是瑕疵；尽管她整副皮囊都有臭味，声音尖厉，动作粗野，步态难看，是个大泼妇或丑陋的荡妇，也是一懒妇、肥墩墩的胖妇，或骨瘦如柴，又细又长瘦成了皮包骨、骷髅架子、鬼鬼祟祟的……尽管在你看来她就像掉在灯笼里的一坨粪便……只令人憎之，恶之，往她脸上吐口水，朝她胸口搓鼻涕；尽管对别的男人而言……她是邋遢的荡妇、孟浪的骚货、骂街的泼妇，是个龌龊、难闻、骂不停口、淫荡污秽、好似畜生般的婊子……但只要一朝爱上了她，那情令智昏者便会为这一切而对她倾慕不已。[1]

二〇〇六年于米兰艺术节

《怪诞的老妇人》
1525—1530 年
昆丁·马西斯
伦敦，国家美术馆

---

[1] 译文引自冯环译《忧郁的解剖》（增译本），金城出版社，二〇一八年。

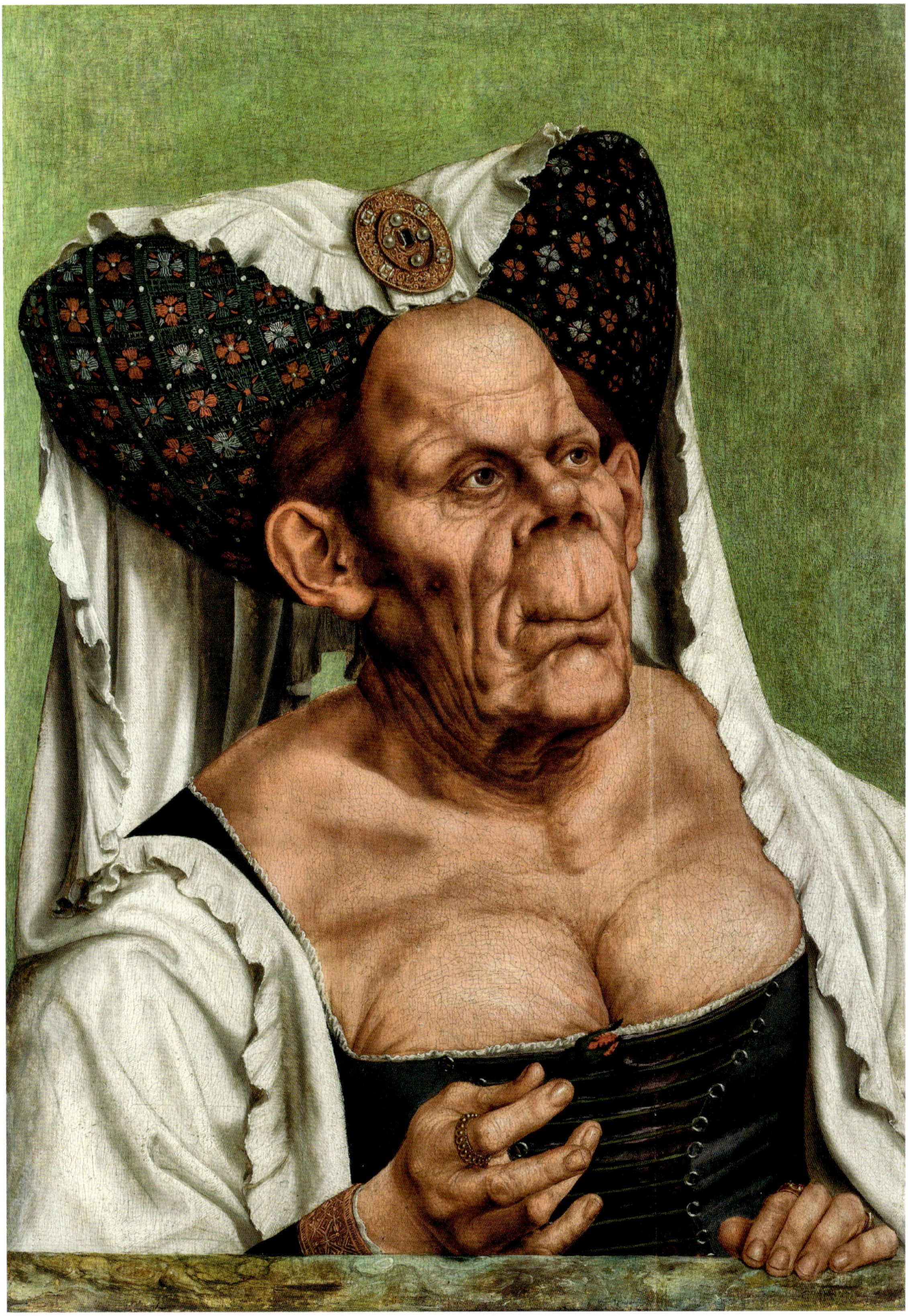

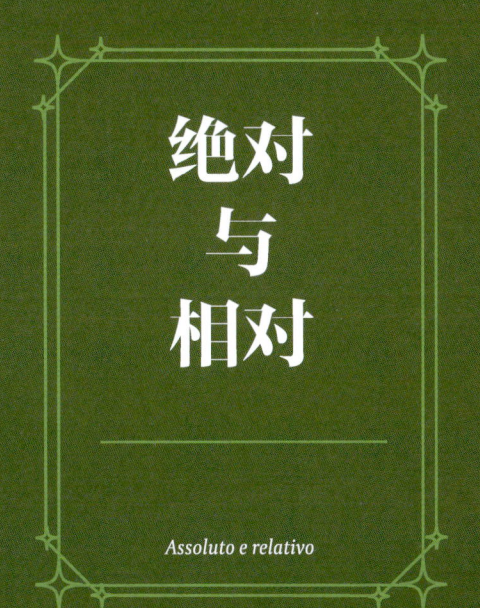

绝对与相对

Assoluto e relativo

绝对与相对

《绝对的认识》
1965年
勒内·马格里特
私人收藏

　　为了不让你们觉得无聊，我先展示一幅画。此画名叫《绝对的认识》，作者是勒内·马格里特。看完这幅画，我们就得开始严肃的讨论了，内容是"绝对与相对"。其实，对这两个概念的探讨及争论已经持续了两千五百多年。试问，人们用"绝对"这个词想说明什么？这是一个哲学家应该提出的最基本的问题。

　　我去寻找那些提及"绝对"的艺术家的作品（英俊的马格里特

在哲学上透露给我的东西很少），这就是我发现的结果：《绝对之画》《追求绝对》《寻找绝对》《绝对的徒步者》，此外还有广告业界对这个词的思考，比如华伦天奴关于"绝对"的一些广告图，以及"绝对"肉馅和"绝对"伏特加。看来"绝对"卖得都不错。

此外，绝对的概念让我想起了它的一个对立面，也就是相对的概念，自从基督教最高层教士乃至世俗思想家发起反对所谓"相对主义"的运动以来，这个词就变得相当流行，成了一个贬义词，人们几乎把它当作恐怖主义的代名词，就像贝卢斯科尼看待"共产主义"这个词一样。因此，我在此不是要厘清，反而是要混淆这两个概念，尽力告诉诸位在不同的情况和语境之下，同一个词很可能有着完全不同的含义，因此不可如挥棒球杆一样滥用。

在哲学辞典里，"绝对"就是拉丁语 ab solutus 所指的全部内容：不受任何约束和限制，是某种独立存在的东西，集存在的理由、原因和解释于一身。因此"绝对"是与上帝非常相似的概念，因为上帝自称"我是自有永有的"。与之相比，其他一切都是偶然的，也就是说，即使偶然存在，也不是因为自身的原因，完全可以不存在，或者明天就不复存在，就像在太阳系或我们每个人身上发生的一样。

作为偶然的存在，我们是注定要死的，因此我们迫切渴望将自己锚定在某种不会灭亡的东西上，也就是某种绝对的东西上。然而，这种绝对性可以像《圣经》中的神性一样是超验的，也可以是内在的。且不说斯宾诺莎或布鲁诺，依照唯心主义哲学家的观点，我们也是绝对的一部分，因为绝对是（如谢林指出的那样）一个不可分割的统一体，由其认识的主体和一度被认为与主体无关的东西构成，比如自然或世界。在绝对之中，我们与上帝成为一体，我们属于某些尚未完全完成的事物的一部分，是过程、发展、无限的成长和无限的自我定义。但如果是这样的话，我们将永远无法定义或了解绝对，因为我们是其中的一部分，试图领会其含义就像明希豪森男爵扯住自己的头发，想要将自己拉出沼泽一样。

另一种观点是将绝对视为我们不能成为的东西，在别处的东西，不依赖于我们而存在，就像亚里士多德的上帝一样——"思考正在沉思的自己"，亦如乔伊斯《青年艺术家画像》中的斯蒂芬·迪达勒斯，"在他的作品之内，也在他的作品背后，或在作品之外，抑或

《演说》
1969 年
索尔·斯坦伯格
布卢姆菲尔德，克兰布鲁克艺术博物馆

在作品之上，不可得见，细微到消失，冷漠麻木，专注于修剪他的指甲。"事实上，早在十五世纪，库萨的尼古拉在《论有学识的无知》中就已经说过："上帝是绝对的。"

尼古拉认为，由于上帝是绝对的，人永远不可能完全认识上帝。他将人与上帝的关系比作一个内接多边形与其所在的圆，随着多边形边数的增加，会越来越接近于圆，但二者永远不能等同。上帝像一个圆，其圆心无处不在，圆周却无处可寻。

那么，到底能否想象出一个圆，圆心无处不在而圆周无处可寻呢？显然答案是否定的。虽然我们能说出这样一个圆，就像我现在正在做的这样，但你们每个人都知道，我正在说的是与几何有关的问题，只不过它在几何学上是不可能的或无法理解的。因此，能否理解某种事物和能否为其命名并赋予意义是两码事。

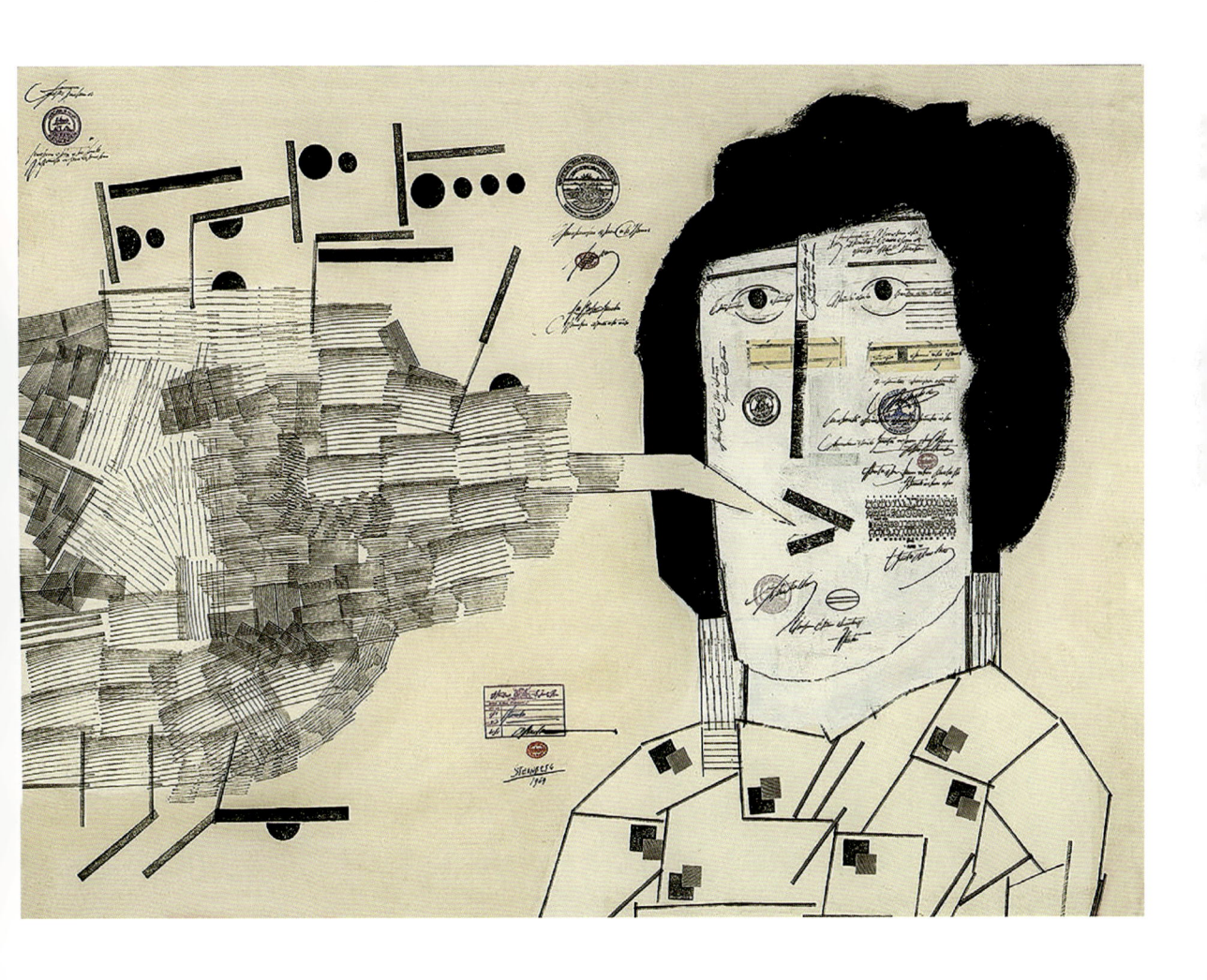

当我们使用某个词，并赋予它意义时，到底意味着什么呢？答案有很多种。

A. 掌握识别事物、情况或事件的方法。例如，"狗"和"绊脚"这两个词，它们的意义是由一系列描述构成的，甚至还可以以图像的形式展现，从而让人识别出一只狗，以区别于一只猫，或区分绊脚和跳过这两个动词。

B. 掌握某个定义和/或分类。我不仅可以对狗定义和分类，对于像过失杀人这样的事件或情况，根据定义，也可以将其与蓄意谋杀区分开来。

C. 了解特定实体的其他特征，也就是所谓"事实"特征或"百科全书"特征。例如，我知道狗是忠诚的，擅长捕猎或看家，而过失杀人，根据法典，要受到特定的惩罚等。

D. 掌握关于如何产生相应事物或制造某种事件的方法。我知道"花瓶"一词的意思，即便我不是制陶工匠，也知道如何制作花瓶，同样道理，"斩首"或"硫酸"这样的词对于我来说也是如此。然而，对于像"大脑"这样的词，我知道它 A 和 B 的含义，也知道 C 的一些属性，但我不知道如何将它造出来。

下面是一个了解上述 A、B、C、D 的完美案例，由皮尔士提供给我们，他这样给锂下了定义（CP 2.330）：

> 如果在化学教材中查找锂的定义，你们会发现，这是一种原子量大约为七的元素。如果编写教材的人逻辑足够清晰的话，他会告诉你们：如果你们发现了一种类似玻璃、半透明、呈灰色或白色、坚硬、易碎且不溶于水的物质，焰色反应呈紫红色，那么将它捣碎并加入石灰或干鼠药，然后进行溶解，它会部分溶于盐酸。如果将溶液蒸发，并在残余物中加入硫酸提纯，可通过常规方法将其转化成一种氯化物。将这种处于固态的氯化物融化，用六个大功率电池将其电解，能够得到一个银红色的金属球，它能漂浮在汽油上。这种物质就是锂的样本。这个定义，或者说比定义更实用的诠释，其特别之处在于告诉你们锂这个词是什么意思，规定要怎样做才能获得对这个词所指对象的感性认识。

不愧是一个成功的范例，完整且令人满意地再现了语义。但还有一些表达含义相当含糊和不精确，例如，"最大偶数"这个表达有其自身含义，反正我们知道它应该具有可被二整除的性质（因此我们可以将它与"最大奇数"区分开来），我们甚至还能隐约设想找到这个数字的方法：在某种意义上，我们可以想象没完没了地向上数数，找到一个尽可能大的非奇数……然而我们会发现永远数不到那里，这就好像我们在梦中感觉自己可以抓住一些东西，但根本抓不住。这样的表达就像一个圆心无处不在、圆周却无处可寻的圆，预示着某种不能产生相应事物的规则，不仅不能支撑任何定义，而且会挫败我们的一切想象，只能让人头晕目眩。关于什么是绝对，有一种完全属于同义反复的定义：非偶然者即绝对，偶然者则非绝对。但这既非描述，亦非定义和分类，我们无法借此得到任何相应的事物，也不知道它的任何属性，除非假设它具有所有属性，就像坎特伯雷的安瑟尔谟说的"无与伦比的伟大存在"（我想起了鲁宾斯坦的一句话："我信上帝吗？不，我的信仰……要大得多……"）。为了理解什么是绝对，我们能想到的最多就是那句经典论述：黑夜中所有牛皆黑。[1]

当然，我们不仅可以命名，甚至还可以从视觉上将无法理解的概念表现出来。但这些图像并不能真正代表概念本身：它们只是单纯地邀请我们对某些不可理解的概念展开想象，随后让我们的期待化为泡影。在这个过程中，我们感受到的是一种无力与渺小。但丁在《神曲·天堂篇》的最后一歌中，表达了这种感觉。他将目光定格在天堂，想告诉世人其所见之景，却发现自己无法说出万分之一，于是他便求助于"一部永远读不完的大书"这一迷人隐喻：

> 无比宽宏的天恩啊，由于你
> 我才胆敢长久仰望那永恒的光明，
> 直到我的眼力在那上面耗尽！
> 我看到了全宇宙的四散的书页，
> 完全被收集在那光明的深处，

---

[1] 参见黑格尔《精神现象学》。

> 由仁爱装订成完整的一本书卷；
> 实物和偶然物，以及其间的关系，
> 仿佛糅合和融化在一起，
> 使我所讲的只是一个简单的模样。
> 我如今以为我那时看到了
> 这混合体的宇宙的形式，
> 因为我在说时我感到更大的欢乐。
> 只一瞬间就使我陷于麻木状态中，
> 更甚于二十五个世纪使人淡忘了
> 那使海神见阿耳戈船影而吃惊的壮举。①

与但丁的这种无力感如出一辙的是当莱奥帕尔迪想要告诉我们什么是无限时的感受（"就这样在这片／无尽之中淹没了我的思绪：／我甜蜜地沉溺于这片汪洋。"②）。这让我想起浪漫主义画家卡斯帕·大卫·弗里德里希，当他试图在画中传达"崇高"的体验时——这是尘世中最能唤起"绝对"体验的东西。

伪丢尼修早就提醒我们，由于太一离我们如此遥远，以至于我们既无法认识也无法理解它。因此要谈论它，就要通过隐喻和暗示，甚至借助有贬损之意的象征和不恰当的表达，这显示出我们语言的匮乏。"最后，他们还用香膏、基石等最低等之物的名字来称呼它，甚至赋予它野兽的外形，让它符合狮子和豹子的特征，说它像一只猎豹或狂暴的熊。"③

一些天真的哲学家认为，只有诗人才能告诉我们什么是"存在"和"绝对"，但实际上诗人们只表达了不确定性。例如马拉美的诗学，他一生都在追寻对"尘凡世界的俄耳甫斯式诠释"。"我说出一朵花，在超越遗忘的地方，我的声音驱散了所有轮廓，作为与熟知的花萼不同的东西，它如音乐一般升起，同样的、温馨的印象，但

---

① 参见但丁《神曲·天堂篇》第三十三歌，译文引自朱维基译《神曲》，上海译文出版社，二〇一一年。
② 参见莱奥帕尔迪诗作《无限》的最后三行。
③ 参见伪丢尼修《天阶序论》。

《雾海上的旅行者》
1817年
卡斯帕·大卫·弗里德里希
汉堡美术馆

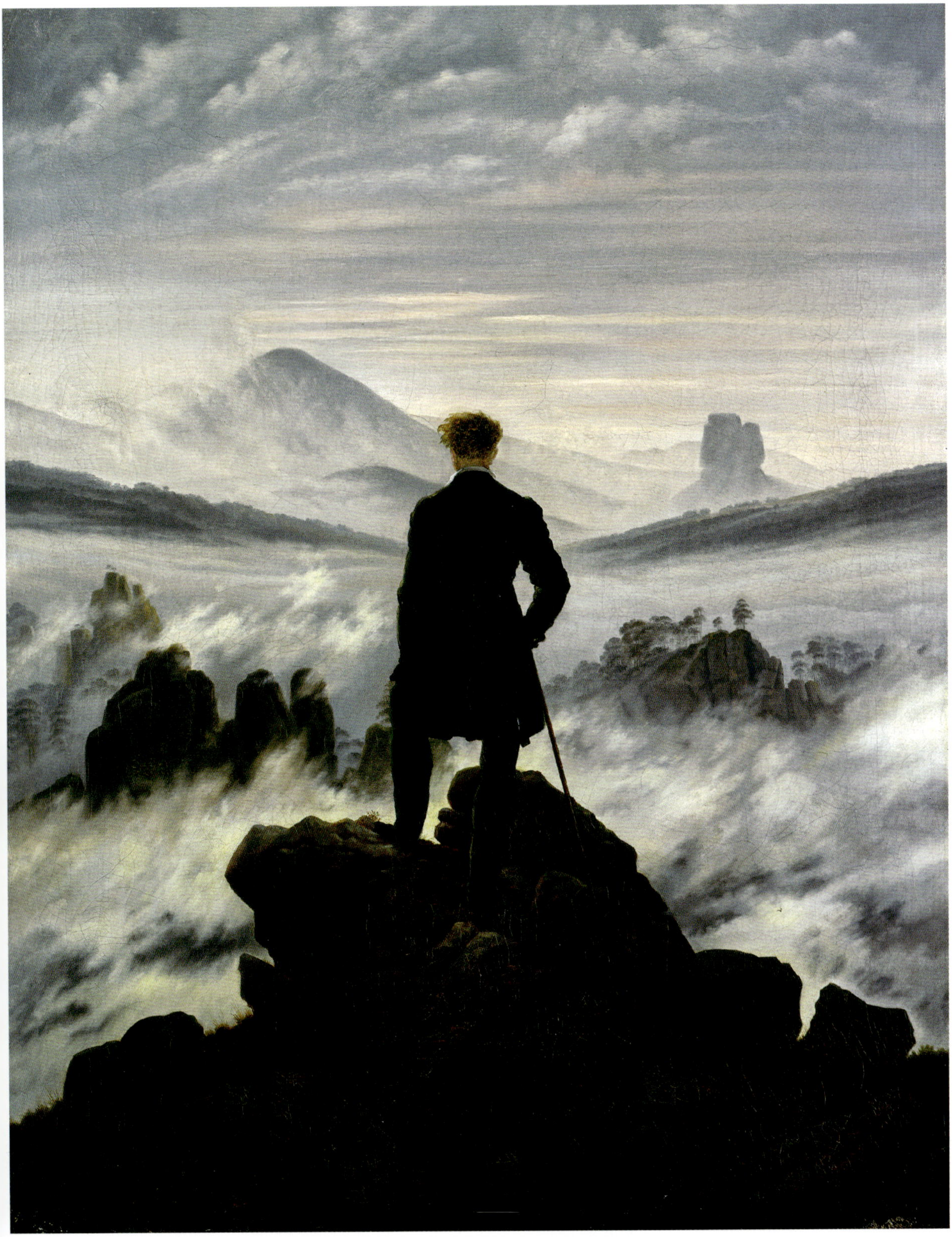

没有任何花束与芬芳。"① 事实上，这段话是不可翻译的，它只告诉我们一个词被命名了，这个词是孤立的，被周围的空白所环绕，而未能说出的一切都要从这个词中涌流出来，但只能以一种不存在的形式。"命名某一事物就意味着牺牲掉诗歌四分之三的力量，诗歌的力量来自一点一滴的猜测带来的愉悦：让人得到启发，就是诗的梦想。"② 马拉美一生都置身于这个梦想的庇护之下，但同时也是在失败的旗帜之下。但丁从一开始就接受了失败，他意识到奢望以有限的方式来表达无限是路西法式的自大，他正是通过创作失败的诗歌来避免诗歌的失败，他的诗并不想说无法言说的东西，而是要告诉我们说清楚是不可能的。

我们需要考虑到但丁与伪丢尼修及库萨的尼古拉一样都是信徒这一事实。相信一个绝对的事物，却要断言它是不可想象和不可定义的，这可能吗？当然可能，只要我接受用感受"绝对"来代替分析"绝对"，于是信仰就成为了"所望之事的实底，是未见之事的确据"③。埃利·威塞尔在本届米兰艺术节上引用了卡夫卡的话，即可以与上帝交谈，但不能言说上帝。如果对于哲学家来说，"绝对"是一个所有牛皆黑的夜晚，那么对于神秘主义者来说——比如，十六世纪的圣十字若望将"绝对"视为沉沉暗夜（"夜晚你指引了我，／夜晚比黎明更令人惬意"）——"绝对"就是无法言喻的激情的源泉。圣十字若望通过诗歌表达他的神秘体验：面对不可言说的绝对，这种得不到满足的张力可以在物质上得以完满解决，这对我们来说似乎是一种保障。这让济慈得以在他的《希腊古瓮颂》（一八一九年）中将美视为对"绝对"的体验的替代品："美即真理，真理即美：这是你在人间所知道的一切，也是你需要知道的一切。"

对于那些从美学角度理解宗教的人来说，这种观点是成立的。但是圣十字若望想要告诉我们的是，只有他那种对"绝对"的神秘体验能保证他获得唯一可能的真理。因此，许多信徒相信，那些否定认识"绝对"的可能性的哲学，也会自动否定存在评判真理的任

---

① 参见马拉美《流浪集》。
② 同上。
③ 参见但丁《神曲·天堂篇》第二十四歌，译文引自朱维基译《神曲》，上海译文出版社，二〇一一年。

《约翰·济慈之墓》

《美德》插图，1873 年
弗雷德里克·威廉·休谟

Tomb of Keats.

何标准，或者通过否定真理具有绝对标准来否定体验绝对的可能性。但是，说一种哲学否定认识绝对的可能性是一回事，而说它否定存在评判真理的任何标准——包括关于偶然世界的标准——又是另一回事。那么，真理和对"绝对"的体验就这么难以分割吗？

相信有真的东西存在是人类赖以生存的基础。如果我们不考虑别人说的话是真是假，那么社交将难以为继。但也不能别人说什么，我们就信什么，比如即便看到一个盒子上写着"阿司匹林"，我们也不能完全排除里面是士的宁的可能性。

真理的"镜子理论"说真理是认知与存在的一致，就好像我们的头脑是一面镜子，如果它功能完好，没有扭曲也没有模糊，就会忠实地呈现出事物的原貌，托马斯·阿奎那便是这一理论的拥护者。列宁在一九〇九年出版的《唯物主义与经验批判主义》中也表达了同样的观点。阿奎那不可能是列宁主义者，我们只能说列宁在哲学上是新托马斯主义者。无论如何，在大部分情况下，我们说的只能是我们的认知所反映的东西，极度兴奋时除外。因此，我们所认为的"真"或"假"，并不是事物本身，而是我们所下的结论。这不禁让人想到塔尔斯基的著名论断："雪是白的"是真的，当且仅当雪是白的。在美国拒绝在《京都议定书》上签字的当下，这个论断将变得越来越富争议性。我们再看另一个例子："在下雨"是真的，当且仅当在下雨。

第一部分，也就是加引号的"在下雨"，是陈述句，只代表句子自身。而第二部分不加引号的在下雨是事物的真实状态，但这种状态仍然需要用文字来表述。因此，为了避免陷入语言学的怪圈，我们应该说："在下雨"是真的，当"它存在"（此时我们只能用手指向落下的雨滴，而不是说话）。然而，在这个判断中我们尚可用手作为下雨的感官证据，假如换一个句子："地球围着太阳转"，就很难靠感觉完成判断了（因为我们感觉到的很可能恰好相反）。

为了确定对事物的陈述与其状态相符，需要对"下雨"这个词进行诠释，并且下一个定义。从天上掉下来几滴水，那不一定是雨，可能是有人在阳台上浇花；雨得有一定的量，不然就成了露珠或者霜；雨得是连续不断的，不然，就成了掉在地上被迅速吸收的水滴……这个定义确立之后，最终需要通过经验来验证。你要做的，

绝对与相对

是相信自己的感觉，伸出手来感受雨。

但是，证明"地球围着太阳转"要麻烦得多。你们看看下面这几句话，哪句是真的呢？

一、我肚子疼。

二、昨天晚上，庇护神父给我托梦了。

三、明天一定会下雨。

四、二五三六年是世界末日。

五、死后会获得新生。

《托勒密地心体系》
《和谐大宇宙》插图，
1708年
安德烈亚斯·塞拉里乌斯
阿姆斯特丹

103

第一和第二句话表达一种主观事实，但肚子疼的感觉是明显的、难以克制的，而前一天晚上做的梦，却不一定记得那么真切。并且，这两句话都无法由其他人立刻验证。当然了，对一个给我看病的医生来说，他有别的方法证明我得的到底是肠炎还是疑病症。但是，如果我把梦见庇护神父的事告诉心理医生，他估计要犯嘀咕了，因为我可能在撒谎。

我们再看第三、四、五句话，它们不能立马被验证。不过，"明天会下雨"可以在第二天得到验证，而二五三六年是不是世界末日却难以验证，正因如此，我们对气象播报员和一位先知的信任度会有所不同。第四和第五句话的区别在于，是不是世界末日，最起码到了二五三六年就会见分晓，然而第五句话仍将悬而未决，永永远远。

我们再看下面几句话：

六、每个直角都是九十度。
七、水到一百度会沸腾。
八、苹果属于被子植物。
九、拿破仑死于一八二一年五月五日。
十、只要跟着太阳的轨迹走，就能到达海岸线。
十一、耶稣是上帝之子。
十二、对《圣经》的正确诠释是由教会的圣师决定的。
十三、胎儿也是人，拥有灵魂。

根据现有的规则定理，我们可以判断其中几句话的真伪。在欧几里得的几何系统里，"每个直角都是九十度"才成立；在承认普世的物理法则和使用摄氏度的前提下，"水到一百度会沸腾"才成立；基于某些关于植物分类的理论，"苹果属于被子植物"才成立。

其他几句话，就有赖于我们对前人结论的信任程度了。我们相信"拿破仑死于一八二一年五月五日"是真的，因为历史课本上就是这么说的。但我们也不能排除，明天也许会解密一份英国海军档案，认为拿破仑的死亡时间另有其时。有时，受实用主义的影响，即使我们知道一些东西是假的，也会口是心非，把它看成真的。比如，为了在沙漠中不迷路，我们对"太阳东升西落"深信不疑。

《牛顿》
1795—1805 年
威廉·布莱克
伦敦，泰特美术馆

我们不能说上述有关宗教的论述没有定论。如果我们确信福音书是历史的真实见证，那么基督神性的证据甚至会得到新教徒的同意，但他们不会承认"对《圣经》的正确诠释是由教会的圣师决定的"。关于"胎儿也是人，拥有灵魂"，就要看我们对以下几个词是怎么定义的了——生命，人，灵魂。例如，阿奎那认为，胎儿像动物一样，只有觉魂，而没有理性的灵魂，因此不能被称作"人"，也无法参与肉体的复活。要是在今天，阿奎那很可能被斥为异端，但在那个极其文明的时代，人们把他奉为圣人。

因此，我们所谈的这些，实际上是说，对真理的判断取决于我们所参照的标准。

对真理的验证和接受存在不同的标准，承认这一点是包容的基础。如果有学生在试卷上写，"水到九十度沸腾"，我将有充足的理由判他不及格。但当有人宣称安拉和穆罕默德是真正的先知时，一个基督徒应该对此保持包容（而我们也希望穆斯林同样包容我们的信仰）。

然而，最近有一些争论认为，正是对不同真理标准的区分，催生了"相对主义"这一当代文化的痼疾，它否认任何真理的存在。区分不同的真理标准，这本是一种典型的现代思想，在逻辑学和科学研究中尤为如此。那么，反相对主义者们所说的"相对主义"究竟是什么呢？

一些哲学百科全书会告诉我们，在认知领域存在相对主义。也就是说，对事物的认识受人类认知能力的限制。从这个角度讲，连康德也是相对主义者，但他从未否认普世价值规律存在的可能性。除此之外，他信仰上帝，尽管只是道德伦理上的上帝。

在另一本哲学百科全书中，相对主义的定义如下：在认知和行动领域，每个概念都没有绝对的原则。但这并不意味着否认任何绝对原则。有人认为，只有在特定的价值观念下，"恋童癖是不好的"这句话才为真，因为某些文化对恋童癖是持许可或宽容态度的。然而同样是这些人，也承认毕达哥拉斯定理放之四海皆准。

任何一个严肃的人都不会给爱因斯坦的相对论贴上相对主义的标签。根据该理论，对真理的衡量取决于观察者的运动状态，从古至今、放之四海皆是如此。

"相对主义"作为哲学信条出现，要追溯到十九世纪的实证主义。这种理论认为，我们无法认识"绝对"，它最多只能被理解成一条移动的边界，是科学研究不断靠近的目标。但所有的实证主义者都无法否认，进行科学研究是可以获知真理的。

匆匆浏览一番哲学手册，我发现有一种哲学理论倒是可以被看作相对主义——"整体论"。该理论认为，只有在一个整体框架下，人们才能判断表达的真伪并赋予其意义。

一个整体论者会（正确地）认为，"空间"的概念在亚里士多德和牛顿那里是不一样的。二者构建的体系之间并不存在可比性，但只要可以解释一系列现象，二者便可等量齐观。可是，也是这些整体论者最先声称，有些体系根本无法解释任何现象。随着时间的推移，还有一些体系逐渐占据上风，因为它们可以更好地进行解释。所以，即便是表面宽容的整体论者，也要面对那些需要给出解释的现象；虽然他们嘴上不说，实际上也得遵循最基本的现实主义：事物总会以某种方式存在和变化。也许我们永远无法认识这种方式，但要是连它的存在都不相信，我们所进行的研究就不再具有任何意义，人类也就不用费尽心力尝试用新的体系来解释世界了。

整体论者常自称为"实用主义者"，不过这一点上可不能含糊。一个真正的实用主义者，比如皮尔士，认为只有当观念为真时，才能发挥作用，而不是只有当观念能够发挥作用时，它才为真。他虽然主张易谬主义，认为我们所有的知识都值得怀疑，但同时他也认定，通过对认识持续不断的纠正，人类能够把"真理的火炬"世代传承下去。

事实上，正是不同体系之间的不可通约性使得上述那些理论饱受相对主义的争议。托勒密的理论与哥白尼的理论的确不可通约，只有在托氏的理论中，本轮和均轮的概念才有意义。但是不可通约并不意味着无法比较。正是通过比较，我们才明白，哪些天体现象是托勒密通过他这两个概念向我们解释的，而哥白尼试图用另一种概念体系解释的正是同一种现象。

语言学的整体论和哲学的整体论类似。一种语言通过语义和句法结构将特定的世界观强加给说话人，使其成为"语言的囚徒"。二十世纪的美国语言学家本杰明·沃尔夫曾指出，在西方语言中，人们倾向于把"事"当作"物"来分析，比如，"三天"和"三个苹果"在语法结构上是一样的。而印第安诸语言更倾向于分析"过程"，并且把我们认为是"物"的成分当作"事"。因此，在描述一些物理现象时，霍皮语明显比英语的表达丰富。沃尔夫还指出，在因纽特语中，根据形态，"雪"有四种不同的表达，而我们的语言都称之为"雪"。因此，因纽特人能看到更多不同的事物，而我们只看到一种事物。不过这种说法也受到了质疑，我们暂且抛开其真伪不论。一个欧洲的滑雪者也能根据形态区分不同种类的雪。一个因纽特人，只需要过来和我们聊两句就会明白，我们所说的"雪"到底是他们语言中那四个不同表达中的哪一个。这就好比法国人把"冰"

"冰棍""冰淇淋""镜子"和"橱窗玻璃"用一个词 glace 表达，但他们不会成为"语言的囚徒"，因为早上起来他们不会对着冰淇淋刮胡子。

最后，不是所有当代思想家都接受整体论的观点，它只是众多支持认识多元化的理论之一。所有这些理论都认为，我们可以从不同的视角认识同一个事实，每个视角对应事实的某一个侧面，而这些侧面是无穷无尽的。但下面两种情况不能称为相对主义：一种情况是，认为任何事实都是从某一特定视角来定义的，这里的"特定"既不是主观的，也不是个人的；另一种是，认为通过（并且仅仅通过）特定描述来认识事物，会导致我们相信或者妄想呈现在面前的总是同样的东西。

除了"认知相对主义"，百科全书中也有关于"文化相对主义"的词条。不同文化之间，除了语言和神话传说上的差异，道德观念也不尽相同，而这些观念在它们内部都说得通。首先明白这一点的是蒙田和洛克，那时的欧洲已经开始与其他文化进行深入交流。譬如，直到今天，新几内亚的原始部落仍然认为吃人肉是正当合理的，但一个英国人不会这么想。此外，不同国家对待通奸者的态度也不尽相同。不过要注意，即使文化存在多样性，人们的行为举止仍会有共性和相似之处，比如母亲对孩子的爱，表达厌恶、喜悦等情绪时所做的表情。另外，不同文化之间存在道德观念上的差异，在各自的文化中，我们可以根据意愿自由行事，这并不意味着道德上的相对主义。因此，承认不同文化间存在差异，尊重文化多样性，并不意味着丢掉对自己文化的认同。

那么，相对主义的魅影是如何被构建成一种统一的意识形态，成为现代文明的痼疾的呢？

世俗的批判将矛头直指过度的文化相对主义。马切罗·佩拉[①]在与若瑟·拉青格[②]合作写成的《无根》中指出，虽然不同文化之间存在差异，但西方文化中的一些价值观比其他文化更为优越，比如民主、政教分离和自由主义等。西方文化确实有理由认为自己在

---

① Marcello Pera（1943— ），意大利哲学家、政治家。
② Joseph Ratzinger（1927—2022），教皇本笃十六世（2005—2013）。

《哥伦布到达美洲》

1886 年版《美国史》插图

泰奥多尔·德·布里

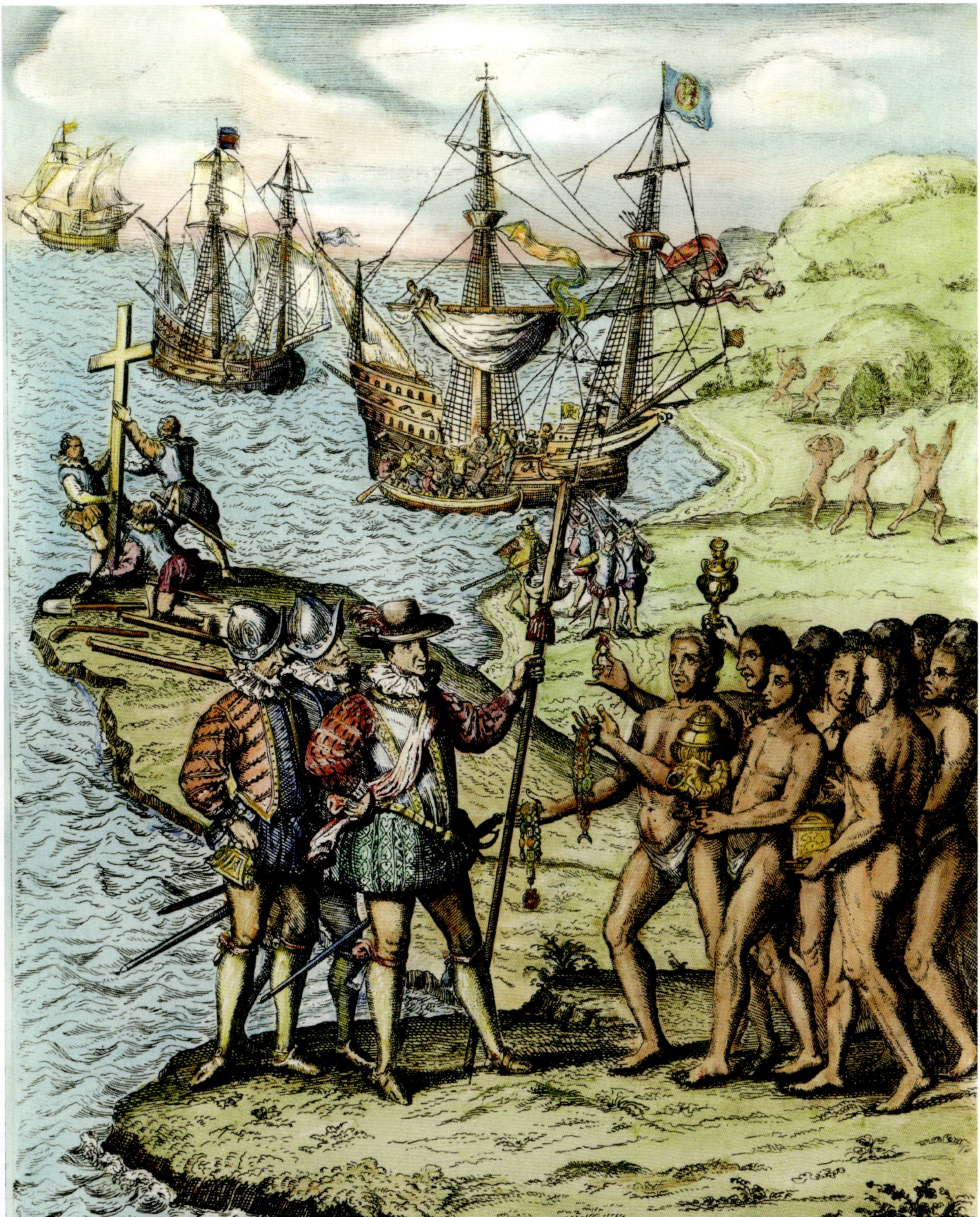
B: Bouttats fec:

这些方面优于其他文化，但为了让这种优越性得到普遍认可，佩拉提出了一个备受争议的观点：如果 B 文化里的成员更倾向于 A 文化，比如伊斯兰国家向西方移民，那么我们就可以得出结论——A 文化优于 B 文化。其实这个观点经不起推敲。比如在十九世纪，有很多爱尔兰人移民美国，这并不是因为他们更喜欢新教，而是由于在当时的爱尔兰，病害导致了马铃薯歉收，很多人死于饥荒。佩拉担心，对其他文化的包容可能会变成无原则的退让，面对移民潮，西方文化很可能被其他文化裹挟，因此他要抵制文化相对主义。佩拉的问题在于，他不是在捍卫"绝对"，而只是在保卫西方文化。

在《反相对主义》中，乔瓦尼·杰维斯描绘了一个相对主义者，在他身上，后浪漫主义、源于尼采的后现代主义和"新时代运动"产生了奇妙的聚合，因此在他看来，相对主义是以反理性主义的方式对抗科学。杰维斯抨击了文化相对主义的反动本质：声称每种社会形式都应被尊重和认可，甚至理想化，其实是在鼓吹种族隔离。不仅如此，那些文化人类学家对造成差异的生物性因素和行为常数视若无睹，反而过分强调文化的差异，其实是在间接支持精神高于物质，这样做与宗教主张并无二致。

这种观点会使那些虔诚的信徒感到困惑，他们的担心是双重的：首先，文化相对主义会催生道德相对主义，就好像承认巴布亚人可以挂鼻环，意味着允许人们在爱尔兰奸污七岁的儿童。其次，承认可以通过不同的方式验证真理会令人怀疑认识绝对真理的可能性。这当然是错的，事实证明，那些相信圣母在露德显现过的人，可以同时相信，新西兰鸸鹋只是根据分类惯例才属于普通鸸鹋。

关于文化相对主义，当时还是枢机主教的拉青格，也就是后来的教皇本笃十六世——我选择挑战枢机主教而不是教皇——在二〇〇二年的信仰教义集会上将文化相对主义和道德相对主义紧密联系起来：

> 文化相对主义……有明显理论化的倾向，它为道德多元论辩护，造成理性及自然道德法则的衰落和解体。不幸的是，这种倾向并非个例，在一些公共宣言中，有人鼓吹道德多元论是民主的条件。

若望·保禄二世在一九九八年九月十四日颁布的《信仰与理性》通谕中强调：

> 现代哲学把重点放在对人类认知的探究，却忽略了另一个十分重要的任务——对存在的探究。它不鼓励人们发展认识真理的能力，反而喜欢强调各种限制和条件。由此产生了各种形式的不可知论和相对主义，它们把哲学引入歧途，在怀疑主义的流沙中迷失。

拉青格在二〇〇三年的一次布道中说："现在，一种相对主义的独裁正在建立。它认为一切都无定论，把自我还有自我意志看作唯一的尺度。而我们有另外的尺度：上帝之子，真正的人。"

在这里，两种关于真理的概念彼此对立：一种关乎语义学，另一种关乎神学。这是因为在《圣经》中，至少在我们读到的译本中，出现了两种真理的概念。有时人们用第一种概念来表示真理，即所说与事物本身相符——"我实实在在地告诉你们"（《马可福音》第九章）；有时，真理又是神的内在属性——"我就是道路、真理、生命"（《约翰福音》第十四章）。这使得很多天主教神父也陷入怪圈，即拉青格所说的相对主义。因为他们觉得，对世界的描述是否与它本身相符无关紧要，只需关注配得上真理之名的唯一的真理——救赎的信息。圣奥古斯丁面对"地球到底是圆的还是平的"之争，似乎更倾向于前者。但他也指出，鉴于知道这个对拯救灵魂毫无用处，因此这两种理论实际上不分上下。

不过，在拉青格的诸多作品中，很难找到基督揭示和化身的真理之外的真理概念。但是，如果信仰的真理是基督所揭示的真理，那么为什么要将之与哲学和科学的真理（这个概念有着完全不同的性质和目的）相对立呢？不妨借鉴阿奎那的做法，他很清楚阿威罗伊派关于世界永恒的理论完全是异端邪说。在《论世界的永恒》中，他出于信仰接受了创世论。但同时他也认为，从宇宙学的角度来看，人们无法通过理性的方式证明世界是被创造的和永恒的。而拉青格则在《一神论》中对所有哲学和现代科学思想的本质做出如下描述：

真理是这样的：它不能被认识，但可以在不断被验证的过程中前进。现在有一种趋势，以"共识"逐渐取代"真理"。这意味着人类在逐渐远离真理，甚至丧失辨别善恶的能力，直到完全屈从于大多数……人类无原则地设计和"组装"世界，这必然导致超出人类尊严的范围，致使人权都成了问题。在这样一种"理性"和"理智"大行其道的时代，上帝已无容身之所。

从对科学真理进行不断的研究和纠正发展到人类尊严的毁灭，这个观点经不起推敲。除非所有的现代思想都断言"不存在事实，只存在诠释"，由此得出"存在无根无据"的结论，所以上帝已死，如果上帝不在了，那就没有什么是不可能的了。

不论是拉青格还是其他普通的反相对主义者，都不是空想家或阴谋家。这些反相对主义者中有一部分是温和派或批判派，他们唯一的敌人是极端相对主义，即"不存在事实，只存在诠释"。与此同时，还有一些反相对主义者是激进派，他们把问题扩大化了，认为一切现代思想都是极端相对主义的帮凶。其实他们错了，至少在我上大学的时候，这个错误会让他们在哲学史考试中挂科。

"不存在事实，只存在诠释"的观点，发源于尼采。在他的《论道德之外的真理与谎言》中，他把这一点解释得很清楚。由于自然已经丢弃了解读它的钥匙，所以人类的思想只能在被称为"真理"的假想概念之上运转。我们相信，当说出"树""颜色""雪"和"花"的时候，就是在原原本本地描述它们。但我们说的这些话其实是隐喻，它们与事物的本质并不相符。世界上有那么多不同的树叶，却并不存在一个原始的"模型"作为所有树叶的参照——"所有树叶的纹理、图案、形状、色彩、褶皱都依照它来绘制，只是因为绘制者双手的笨拙而不免走形。"一只鸟或一只虫子感知世界的方式也许和我们很不一样。但是，评判孰优孰劣并没有意义，因为根本不存在"准确感知"的判断标准。自然不承认任何形式和概念，遑论种类。它只承认一个对我们来说无法理解和定义的X。于是，真理变成了"一大堆流动的隐喻、转喻和拟人"，变成了诗意的创造。不过随后，这种创造就变得自以为是起来，被强行转化为知识，真理只不过是"忘记自己虚幻本质的幻想"。然而，尼采对两种情况避而不谈。一种是，借助我们有限且值得怀疑的知识，以某种方式应对自然。比如，当一个人被狗咬了，医生知道该给他打什么针，即使他不知道咬人的是哪一只狗。另一种是，在大自然面前，我们被迫承认自己的知识是如此虚幻，只能另择他道（这就涉及认知范式的革命）。尼采意识到，一种自然的约束，也就是一种"可怕的力量"在他面前显现。它凌驾于我们之上，反对我们所谓的"科学"真理。但尼采拒绝把它概念化，因为正是为了逃离它，我们才构建出概念的盔甲作为防御。但进行改变是可能的，这不是重构，而是永恒而诗意的革命："如果我们每个人都拥有不同的感官知觉，如果我们的视角能一会儿像鸟，一会儿像虫，一会儿像植物；对同一个刺激源，有的人看到了红色，有的人看到了蓝色，还有的人甚至把它当作声音来倾听……如果是这样的话，自然的规律也就无从谈起了。"

因此，艺术，连同神话，"不停地混淆着概念，展现颠倒、隐喻以及转喻，不断地透露出清醒的人类的'野心'，即赋予现存人类世界一个多彩、不规则、无因果关联、断裂、刺激以及常新的形象——宛若梦中的世界"。

以此为前提，逃离现实的第一种可能就是把梦当作避难所。但尼采坦言，艺术对生活的"统治"可能是个美丽的"骗局"。尼采的追随者们将下面这句话奉为圭臬：艺术想说什么都可以，因为存在本身毫无根据，它接受任何形式的定义。对尼采而言，存在的空洞与"上帝已死"不谋而合。从这个死亡宣言出发，一些人得出了陀思妥耶夫斯基式的错误结论：如果上帝不存在，或不再存在，那一切都将被允许。然而，恰恰是那些不信仰宗教的人意识到，如果不存在地狱和天堂，那么，在今世践行仁爱、包容和道德才是获得救赎的不二法门。在二〇〇六年，欧金尼奥·莱卡达诺出版了《没有上帝的道德》。书中引用了大量选集文献，认为只有把上帝放在一边，我们才能真正过道德的生活。当然，对莱卡达诺和他引用的那些作者的观点，我不想妄下结论。我只想提醒一句，这些人认为，即使上帝"不在了"也不能消除道德问题。对此，米兰大主教马丁尼已经有了清楚的认识，于是在米兰建立了非信徒布道台。但他后

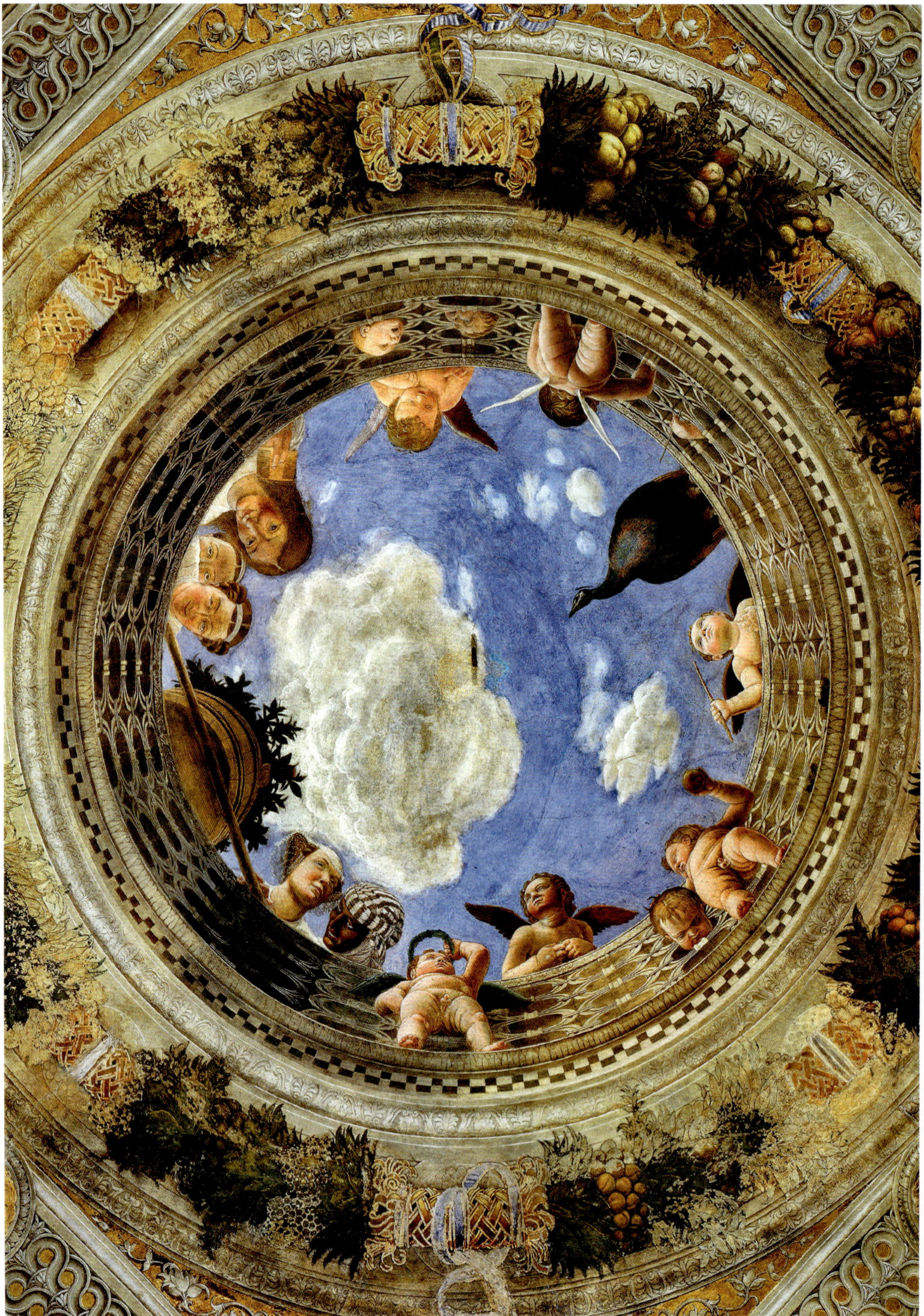

来并没有当选教皇,教皇选举会议的神启因此遭到质疑。不过,这超出了我能谈论的范围。我记得埃利·威塞尔说过,那些认为"一切都被允许"的人,倒不是"上帝已死"论者,而是觉得自己就是上帝(这是所有大大小小独裁者的通病)。

然而,"不存在事实,只存在诠释"的观点并不为所有思想流派所接受。它们大多对尼采及其追随者提出了如下反驳:一,如果不存在事实,只存在诠释的话,那诠释的对象是什么呢?二,就算人们是在对诠释进行诠释,也应该存在一个初始的事物或事件,推动我们开始诠释。三,即使"存在"不能被定义,仍要弄清以隐喻的方式谈论存在的"我们"是谁;由此,"说出真理"的问题会从认识的客体变为认识的主体。上帝也许死了,尼采却没有。那我们通过什么证实尼采的存在呢?难道说他只是一个隐喻?如果真是这样,说出这个隐喻的又是谁呢?不仅如此,即便我们总是用隐喻来描述事实,为了做出隐喻,总得使用有字面意思的词语,用以指示我们通过经验认识的东西。比如,如果没有对"人腿"非隐喻的概念,不知道其形态、功能的话,我就不能把桌子的支撑物称作"桌腿"。四,当人们断言不再有主体间的验证标准时,他们忘了那是因为存在于我们之外的因素(尼采称之为"可怕的力量")阻止我们表达、描述这样的标准,用隐喻也不行。他们还忘了,燃素理论是治不好炎症的,还得求助于抗生素,因此,不同医学理论之间还是有优劣之别的。

所以说,"绝对"可能并不存在,即便存在,也是不可想象、无法企及的。但存在一股"自然之力",它要么被我们的诠释"驯服",要么与之"针锋相对"。比如,在一面用错视法画成的墙上,我们会把假门当成真门,打算径直穿过去。但事实上,墙是穿不过去的,它将断然否定我们的诠释。

事物总是以某种方式存在和发展。证据不只是"人固有一死",还有当我试图穿过一面墙,然后碰了一鼻子灰。死亡,连同那面墙是"绝对"唯一的形式,对此我们无法质疑。

当我们试图诠释那面显而易见的墙时,它拒绝了,就好像自己不存在似的。对"绝对"的捍护者来说,这面墙作为真理的标准也

《婚礼堂》
天窗错视, 1465—1474 年
安德烈亚·曼特尼亚
曼托瓦,圣乔治城堡

许过于朴素。但正如济慈所说,这就是你们所知道,和需要知道的一切。

关于"绝对",没准还有别的可讲,但现在我还没想到。

二〇〇七年于米兰艺术节

美丽的火

La fiamma è bella

在"水、火、气、土"四元素中,我选择了"火"作为今天的主题。

为什么要选它呢?因为在四种元素中,"火"是最容易被人忽略,但对生命又至关重要的一个。我们每天都呼吸着"气",日常生活离不开"水",脚下踩的是"土",对"火"的体验却没有多少。曾经属于火的那些功能如今逐渐被看不见的能源取代。我们不再把"火"与"光"联系在一起,而只把火和"煤气"(基本上看不到)联系起来。对吸烟的人来说,"火"就是"火柴""打火机",对仍去教堂的人来说,"火"是"蜡烛"。

为数不多的幸运者家中依然保留着壁炉。我想由此出发,开始今天的话题。上世纪七十年代,我在乡下买了一幢房子,里面有个漂亮的壁炉。我的孩子们当时只有十一二岁。燃烧的木炭、烧红的炉膛、炽热的火焰,对他们来说都是全新的体验。后来我发现,只要点着壁炉,他们就不看电视了。火苗比任何节目都好看,它美丽、多样,诉说着无尽的故事,时刻变幻,并不像电视节目那样循规蹈矩地重复同一模式。

当代在诗歌、神话、心理学和精神分析学中对火钻研最深的非加斯东·巴什拉莫属。在研究从远古至今伴随人类想象的原始形象时,他发现火几乎无处不在。

火的炽热让人想到太阳,后者常被看成一个火球;火可以催眠,所以它是激发想象的首要对象和原动力;火让我们想到人类的第一个普遍禁忌(不要触摸火),由此成为法律的神圣标志;火是第一个通过吞噬掉生火的木柴而产生和壮大的事物:这种生火的方式有一种强烈的性暗示,因为火苗来源于摩擦。从另一方面来说,我们要是想继续进行更深入的精神分析,会记起弗洛伊德的理论:"想要掌控火,就要放弃以排尿的形式将其熄灭的满足感。"也就是说,

《创造光》

1913 年

加埃塔诺·普雷维亚蒂

罗马,意大利国立现代艺术美术馆

不能被原始的本能支配。

有时火也用来隐喻各种冲动的情绪，比如"怒火"和"爱火"。火以隐喻的形式出现在所有与激情相关的话题中，不仅如此，由于火与血有着同样的颜色，它也常常隐喻生命。火作为能量负责营养物质的分解，也就是我们所说的消化，和身体吸收营养的过程类似，为了生存，火也要"越添越旺"。

火还是促成物质转化的首选工具，当我们想要改变事物，往往就需要召唤"火"。为了防止火熄灭，我们要像照看婴儿那样"照顾"它。而且，通过火，生命的矛盾与对立得以显现——火，既创造生命，又带来死亡、毁灭和痛苦，它既象征纯洁、净化，又肮脏不堪，因为它产生灰烬。

火光像太阳光一样刺眼，让人无法直视，但它可以被"驯化"。当它变成柔和的烛光时，我们便可以做明与暗的游戏。在无眠的夜里，寂寞的烛光引发无尽的想象，它微弱的火焰逐渐消失在黑暗中，蜡烛同时暗示着生命的源头和逐渐消逝的残阳。火从实体中产生，然后变成更轻盈空灵的物质。从根部的红蓝色，到顶部的白色小尖，直到化为一缕轻烟，消失不见……从这个意义上讲，火的本质是上升性的。这让我们想起了"超验"。不过，也许是因为人们认识到火产生于地心，只有在火山爆发时才会喷薄而出，火也象征着地狱的万丈深渊。火象征生命，但同时也象征生命脆弱易逝的体验。

在这儿，我想引用加斯东《火的精神分析》中的一段话：

> 小锅吊在挂锅的铁钩上，放在三角支架上移至余热未尽的炉灰上。我祖母鼓起腮帮对着铁管子吹气，使闷火重新着起来。所有的食物都一齐煮上：喂猪的土豆，切成小块的人吃的土豆，还为我在炉灰中烤上一个鸡蛋。火不可用沙时计来计量：当水滴——往往是唾液般的水滴——从蛋壳上渗出时，蛋就熟了。最近，我读到戴尼·巴潘用我祖母的方式来照看他的锅，我感到惊讶。我得先吃面包、汤，然后才准吃鸡蛋。童年时，有一天我又憋气又恼怒，把一大勺汤向挂锅铁钩浇去："吃吧，铁钩！吃吧，铁钩！"但是，当我听话时，大人就拿来做松饼的铁模。长方形的铁模把菖兰花蕊一样红的火苗压住了。松饼已烤

好,放在我的围兜里,热烘烘地烤着手指而不是嘴。这时,对了,当我嘴里嚼着发烫的松饼时,我在吃火,吃火的精华,吃火的滋味,直至吃下去火的劈啪声。火总是这样,像是饭后的甜食,出自一种高雅的乐趣,显示出它的人道。①

因此,火代表着很多东西。除了是物理现象,火还是一种象征。就像所有的象征一样,火也是含义模糊、意义丰富的,根据情境可以引发不同的联想。所以,在此我不做精神分析,而是尝试做一次粗浅随性的符号学分析。探索火——这个有时温暖我们,有时又让我们死于非命的东西在我们眼中的多重意义。

火——神圣的元素

阳光、闪电以及无法控制的大火,都直接或间接地构成了对火的初体验。显然,从一开始,火就和神紧密联系在一起。并且,从向初升的太阳致意,到神庙深处保存的圣火,在所有原始宗教当中,都或多或少地提到了对火的崇拜。

在《圣经》中,火经常作为神意的显现。以利亚乘火的战车升天,在一片火光之中,义人欢欣雀跃("耶和华阿,愿你的仇敌都这样灭亡。愿爱你的人如日头出现,光辉烈烈"②;"智慧人必发光如同天上的光。那使多人归义的,必发光如星,直到永永远远"③;"当上帝来报偿义人的时候,他们将面对恶人燃起怒火,如同干草中的火焰"④),而天主教会的神父在谈论基督时,则总会用到"灯火""启明星""光芒""光辉""东方""正义的太阳""朝阳""星光"之类的字眼。

早期哲学家把火看作宇宙的法则。对亚里士多德来说,万物之源是火,在一些断简残篇中,赫拉克利特似乎也是这么认为的。据信赫拉克利特认为,宇宙每隔一段时间都在火中重生,万物与火相

---

① 译文引自杜小真、顾嘉琛译《火的精神分析》,岳麓书社,二〇〇五年。
② 参见《士师记》(5:31)。
③ 参见《但以理书》(12:3)。
④ 参见《所罗门智训》(3:7)。

《先知以利亚和火的战车》
俄国圣像,约 1570 年
索利维切戈茨克艺术博物馆

ПРРКЪ ИЛІА ѲЕСПЕСКЇИ

АГГЛЪ ГНЬ

互转化，正如一手交钱，一手交货那样。第欧根尼·拉尔修认为，万物生于火又灭于火。通过聚和散，所有事物都是火的变体。火冷凝，形成水；水固结，形成土；土溶解，形成水；水蒸腾发光，从而点燃新的火。唉，但人们知道，对于火，赫拉克利特闪烁其词，正如上帝在德尔斐神谕中既不明说也不隐藏，只是暗示。许多人认为，赫拉克利特口中的火只不过充当了一个隐喻，用来展现万物流变的特性，换句话说，诸形无常，万物皆流，人不仅不能两次踏入同一条河流，也不能两次被同样的火灼烧。

我们可以在普罗提诺的作品中发现对神圣之火最美的注解。火之所以是神性的体现，是因为万物从"太一"中流溢出来，"太一"不可言说，不灭不动。它就像太阳，以各种形式向外发射光线，而自身"毫发无伤"，始终如一。（《九章集》）

如果说万物诞生于光照，那么，世界上没有任何事物可以比神圣火光的照耀更美丽。色彩之美，是一种简单的东西，源自凌驾于物质的黑暗之上的形式，源自色彩之中无形之光的存在，也就是它形式上的理性。因此，与其他实体相比，火本身更为美丽，因为它没有固定的形态——它是所有实体中最轻的，接近无形。火是纯净的，因为它不含构成物质的其他元素，但所有这些元素中都含有火。事实上，元素可以变热，火却不会冷却。因为这种特性，只有火是有颜色的，它赋予万物形式和色彩——当它们远离火时，就不再美丽了。

伪丢尼修（公元五到六世纪）写的带有新柏拉图主义色彩的著作《天阶序论》，对中世纪的美学体系产生了深远影响：

> 所以我想，火代表天国智慧中最为神圣的元素；事实上，圣洁的神学家们常常用火来象征那些至高无上的、无形的"真体"，好像火在许多方面都能把上帝崇高的特质有形地表现出来（倘若我说这话不是不敬）。我们可以说，那可感觉的火内在于万物之中，穿过万物而不与之混杂，更超脱出万物之外，在万物闪闪发光之时，神秘的火本身潜而不显，其本质全不可知——除了在接近某种物体时会表现出自己的作用之外——它看不见、抓不住，却能将其他所有事物牢牢掌控。

中世纪有关美的概念，连同"比例"的概念，都深受"明晰"和"明亮"的支配。电影和游戏让我们一想到中世纪，就联想到"黑暗"，这不仅仅是隐喻，还意味着黯淡的色彩和阴影，没有什么比这错得更离谱了。当然，中世纪的人们生活在阴暗的处所：幽深的森林，城堡的过道，被壁炉点亮的狭窄房间……然而除了睡得早、更习惯于白天而不是夜晚（浪漫主义者的最爱），中世纪的人们用夺目的色彩描绘自己。

这种对明亮色彩的感受也常常出现在诗歌中：草是绿色的，血是红色的，牛奶是白色的……圭尼泽利口中的"漂亮女人"的脸庞是"白里透红"的（以及后来彼特拉克口中"明净、清澈而温柔的水"）。

更不用说但丁的《神曲·天堂篇》中对夺目的光的描绘了，奇怪的是，这些场景竟然要属一位十九世纪的艺术家，古斯塔夫·多雷，再现得最为淋漓尽致。多雷试图（他竭尽全力，当然不可能完全做到）将那些耀眼的光辉、火焰的漩涡，那些闪光和太阳，那些出现在"日出时分渐亮的地平线"的微光，那些洁白的玫瑰，那些《神曲·天国篇》中娇艳欲滴的红花呈现在画面里，在那里，上帝的幻象也表现为火焰的狂喜。

> 在那又澄澈又崇高的幽光的生命里，
> 我看到了三个圈环，三个圈环
> 有三种不同的颜色，一个容积；
> 第一个圈环仿佛为第二个所反映，
> 如彩虹为彩虹所反映，第三个像是
> 相等地从这两者里面发出的一片火光。[①]

统治中世纪的是有关光的宇宙理论。早在公元四世纪的时候，爱留根纳在其《论〈天阶序论〉》（第一卷）中就说：

[①] 参见但丁《神曲·天堂篇》第三十三歌，译文引自朱维基译《神曲》，上海译文出版社，二〇一一年。

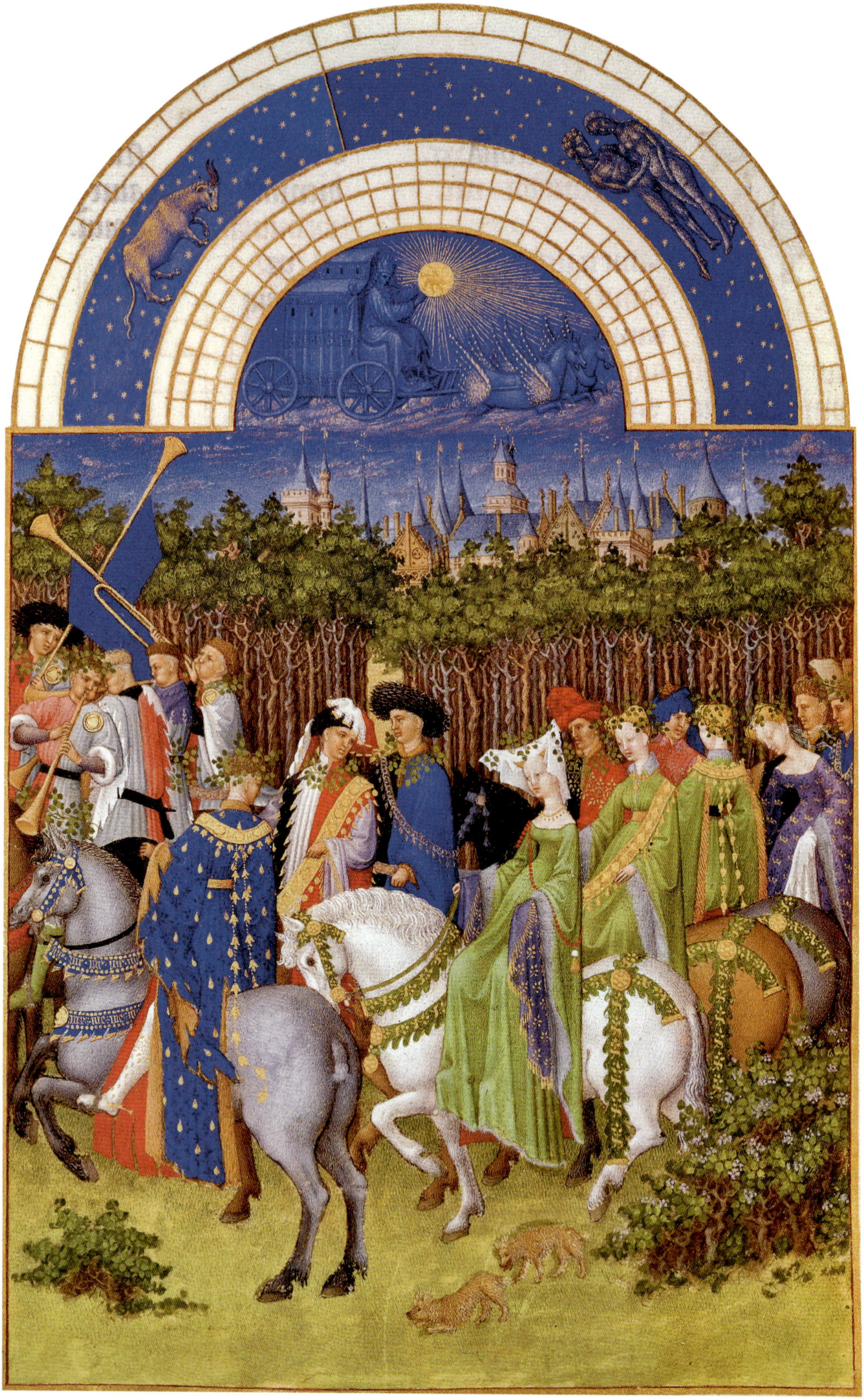

这个创世的宇宙工坊是一束巨大的光线，它由很多部分组成，就好像许多束光，可以揭示可知事物的纯粹种类，并用心灵的眼睛感知它们。在那些有智慧的信徒心中，神性的恩泽与理性的帮助相得益彰。因此神学家称上帝为光之父，因为他是万物之源。上帝在万物中显现，并以它的智慧之光连结、创造万物。

在十二、十三世纪之交，罗伯特·格罗斯泰斯特提出了光的宇宙理论，他勾勒出一个仅由一束具有能量的光源构成的宇宙图景。它是美与存在的源头，让我们不禁想到宇宙大爆炸。从这一束光中，通过逐渐聚散离合产生了天体和基本元素所在的自然空间，随后便产生了万物千变万化的颜色和体积。波拿文都拉后来在他的《哲学思想注疏》中说，光是天地万物的共有属性，是事物的本质形态。事物拥有的光越多，就越真实和有价值地成为存在的一部分。

地狱之火

不过，虽然火在天上涌动，照耀着地上的我们，但它同样也会从地球深处喷薄而出，播撒死亡的种子。因此，自古以来，火就与地狱紧密关联。

在《约伯记》（41：1-27）中，从象征邪恶的海兽口中"发出烧着的火把与飞迸的火星……他的气点着煤炭，有火焰从他口中发出。"在《启示录》中，当第七印被揭开时，雹子和火从天而降，开始毁灭大地，无底坑被打开，就有烟往上冒，蝗虫飞到地上；被捆绑在伯拉大河的四个使者被释放，率领千军万马，骑马的胸前有甲如火。当羔羊再次出现，上帝出现在一片云上，太阳烧灭了幸存者。并且，在末世大决战后，野兽和假先知将会被扔进硫磺的火湖里。

在福音书中，有罪的人会被火烧死，《马太福音》（13：40-42）中说：

将稗子薅出来用火焚烧，世界的末了也要如此。人子要差

《五月，从里奥姆公爵府看到的贵族和音乐家骑马游行》
《贝里公爵的豪华时祷书》
插图，15世纪
保罗·德·林堡
尚蒂伊，孔代美术博物馆

《从地狱之口获释的灵魂》
《凯瑟琳·德·克利夫斯的时祷书》插图，约 1440 年
凯瑟琳·德·克利夫斯的匿名画师
纽约，皮尔庞特·摩根图书馆

遣使者，把一切叫人跌倒的和作恶的，从他国里挑出来，丢在火炉里，在那里必要哀哭切齿了。

奇怪的是，在但丁式的地狱里，火其实比我们想象得要少，因为这位大诗人正为设计各式各样的酷刑乐此不疲。但我们仍能在《神曲·地狱篇》里看到异教徒身处炙热的坟墓里，施暴者浸在滚烫的血河中，渎神者、鸡奸者和高利贷者受火雨的折磨，买卖圣职者头朝下倒插在孔洞里，脚掌在燃烧，贪污者泡在滚烫的沥青里……

我们将会看到，在巴洛克时期的文本中，地狱之火更具侵略性，相关描述比但丁式的地狱更加暴力，也有可能是因为不像《神曲》那样受到艺术气息的救赎。就像下面的片段，出自圣亚丰索①的《论死亡之准备》：

地狱之火是最让被打入地狱之人痛不欲生的惩罚……即使在人间，火也超越一切成为最痛苦的酷刑。但我们的火和地狱之火差别很大。就像圣奥古斯丁所说，人间之火只不过是纸上之画……被诅咒的灵魂被火包围，就像火炉里的木柴一样。被打入地狱的人将会身陷火坑，上下左右都被包围着。所触，所见，所吸，除了火，没有别的。他们将像鱼在水中一般淹没在火里。但这种火不仅存在于他们四周，还会侵入五脏六腑。他们的身体将变成火，内脏灼烧着腹腔，心脏灼烧着胸腔，大脑灼烧着头颅，血液灼烧着血管，甚至连骨髓也灼烧着骨头。因此，每个被打入地狱的人都会变成火炉。

厄科勒·马蒂奥利②在《阐释悲悯》（一六九四年）中这样说道：

神奇之处在于，严肃的神学家认为，火集冰的寒冷、荆棘和铁的刺骨、毒蛇的胆汁、蝰蛇的毒液、所有猛兽的残酷以及

---

① Saint Alphonsus de Liguori（约 1696—1787），意大利天主教神父、经院哲学家和神学家。
② Ercole Mattioli（约 1640—1694），意大利政治家、外交家。

所有元素和星辰的罪恶于一身……不过，最神奇的莫过于火至高无上的力量，尽管火的种类单一，却能区分罪孽的轻重，从而让罪孽深重的人受到更严酷的惩罚。这就是德尔图良所说的"火之智慧"，也是埃梅萨的尤西比乌斯说的"火之裁决"。因为它所施加的刑罚会因罪行的大小和种类而异……火，仿佛拥有理性而近乎全知全能，能够区分不同的罪人，让他们品尝不同程度的痛苦滋味。

在揭晓法蒂玛圣母的最后一个秘密时，路济亚修女，也就是当时看到圣母显现的三个牧童之一，回忆道：

> 这个秘密由三个不同的部分组成，我将会揭开其中两个。第一个就是关于地狱的景象。圣母向我们展示了一个巨大的火海，它似乎是在地下的。魔鬼和人形的灵魂在火中，如同透明的、燃烧的灰烬，全部是黑色或烧焦的青铜色，沉浸在火海中。它们在大火中沉浮，当中时而进出火焰，烟雾升腾，它们也被那火焰抛向空中，然后又如同火星一样落回茫茫火海，没有重量，也找不到平衡。因为疼痛和绝望的缘故，它们尖叫着，呻吟着。这使我们非常害怕，瑟瑟发抖。魔鬼与灵魂很容易区分，前者有着未知动物可怕又可憎的形象，是黑色和透明的。

炼金之火

在神圣的火和地狱之火的中间地带，还有一种炼金之火。火和坩埚在炼金术中扮演着重要角色。炼金术士通过对原料进行一系列的操作，获得哲人石：一种可以"点石成金"的石头。

对原料的操作需要经过三个阶段，每个阶段根据材料呈现出的不同颜色进行区分——黑化、白化和红化。黑化指的是用火灼烧以及材料分解，白化是升华和蒸馏的过程，红化则是最后阶段——红是太阳的颜色，而且太阳通常代表金子（反之亦然）。操作的基本工具是密封炉，还会用到蒸馏器、瓶子、研钵，它们都被赋予了具有象征意义的名字，比如哲人卵、子宫、婚房、鹈鹕、球体和墓穴等。最基本的原料莫过于硫、汞、盐。由于炼金术士拥有自己的术语，我们无法准确地了解炼金的过程。这些术语主要遵循三个原则：

第一，由于这门技艺的对象是一个巨大而不可说的秘密——"秘密中的秘密"——因此无论何种表达说的都不是它看上去想要表达的东西，无论何种象征性的阐释都无法给出一个最终的结论，因为秘密总是在别处。"可怜的傻瓜啊，你是如此天真单纯，以至于相信我们会公开告诉你最伟大且最重要的秘密！我向你保证，谁要是按照字面意思来解读那些神秘主义哲学家所写的文字，最后一定会被困在千头万绪的迷宫里无法脱身，永远也找不到那条能引领他走出迷局的阿里阿德涅之线。"（《阿尔特菲乌斯的神秘之书》，约一一五〇年）

第二，当炼金术士谈论诸如金、银、汞等常见物质时，其实指的是其他东西，即哲人之金或哲人之汞，这些东西与我们熟知的金或汞毫不相干。

第三，假如每句话都另有玄机，那么与之相反，每句话就都总是在说同一个秘密。正如《哲人集会》（十三世纪）中所说："要知道，我们一致同意我们所有人说的所有话……一个人阐明了其他人隐藏起来的东西，而那些正在寻找的人可以从中发现所有的秘密。"

那么，火在什么时候介入炼金过程呢？如果炼金之火与消化之火或妊娠之火有相似之处的话，那它就应在第一个阶段"黑化"的时候介入。当燃烧产生的热量作用于金属、黏液和油性物质的湿气时，就会令物体发生黑化。如果我们相信安托万-约瑟夫·佩尔内蒂在《神秘学词典》中的描述，这个过程是这样的：

> 当燃烧的热量作用在这些物质上时，它们先是变成粉末，随后又成了具有油性和黏性的水，先是在瓶顶蒸发，随后又化作露珠或水滴落到瓶底，变成一种黑色、浓稠的油性汁液。这也是为什么这个过程被描述为升华、蒸发、上升和下降。当水凝结时，它会先变成一种类似沥青的黑色物质，又被称作"臭

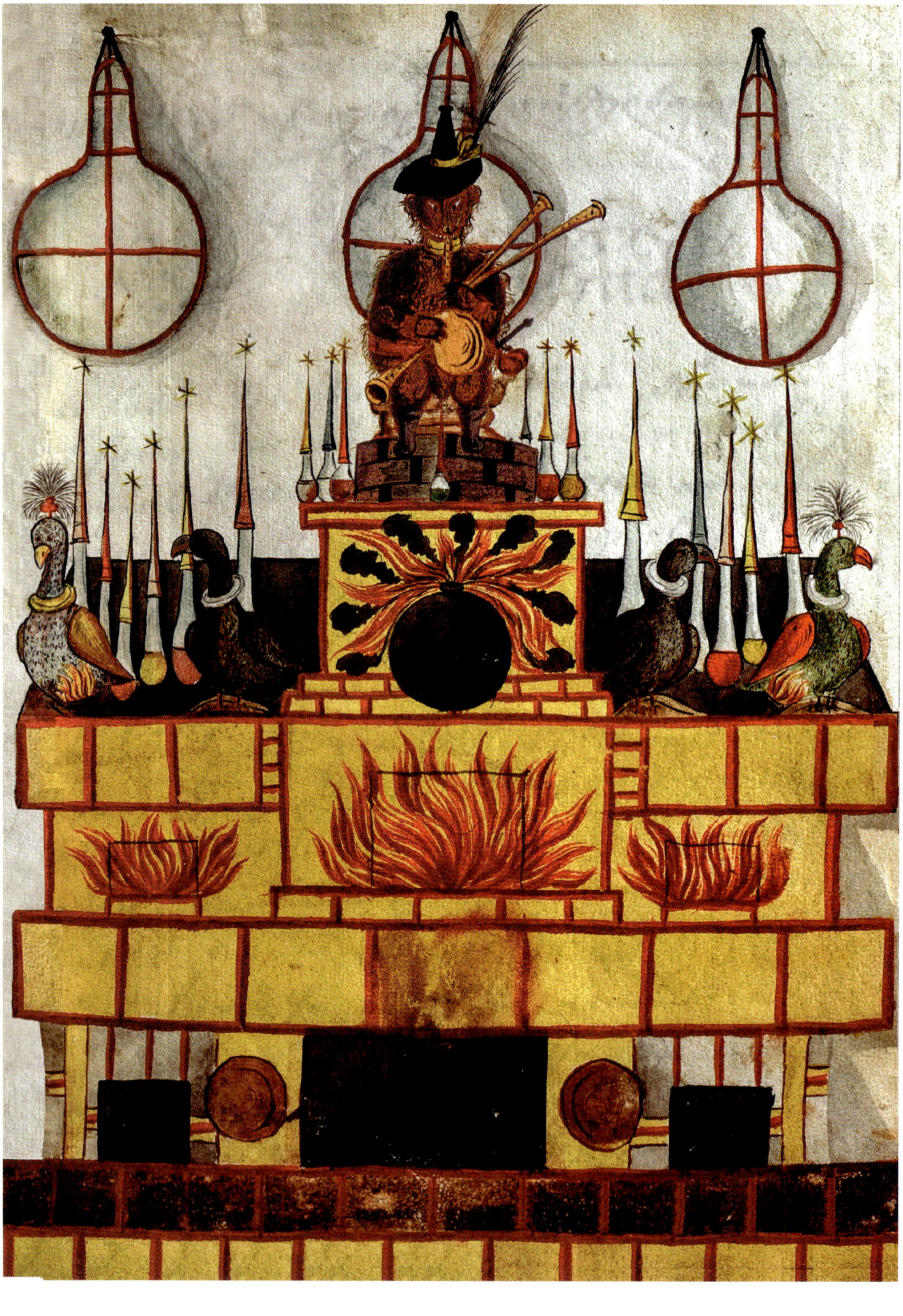

第 132 页

炼金术士火炉图稿

17 世纪

捷克共和国,瓦尔德斯坦宫

第 133 页

《炼金术士》

17 世纪

大卫·特尼尔斯

巴约讷,博纳-埃勒博物馆

土"，因为它会散发一股类似霉菌和腐尸的恶臭。

不过，出现在不同文本中的所有术语，比如蒸馏、升华、煅烧、蒸煮、灼烧、反射、溶解、沉淀、凝结，说的都是在同样的瓶子里进行的唯一操作——对原料进行加热。对此，佩尔内蒂是这样总结的：

> 请注意，这项"操作"是唯一的，只是用不同的术语表达，下面所有的表达都是在说同一件事：在蒸馏器里进行蒸馏、将灵与肉相分离、灼烧、煅烧、使元素融合、使元素相互转化、变质、熔化、产生新物质、孕育、分娩、提取、湿润、用火净化、用锤敲打、变黑、腐烂、变红、溶解、升华、碾碎、变成粉末、在研钵内捣碎、在大理石上粉碎……还有很多其他的表述，说的都是一个意思，即通过同样的方法进行灼烧，直到变为深红色。因此，必须格外当心不要把容器从火上拿开，一旦物质冷却，所有的努力就都白费了。

由于不同作者笔下的火也不尽相同，那么这里的火究竟是哪一种呢？是他们经常提及的波斯之火、埃及之火、印度之火、原始之火、自然之火、人造之火、灰烬之火、沙之火、锉之火、熔化之火、火焰之火、反自然之火、阿尔及尔之火、氮之火、天火、腐蚀之火、物质之火、狮子之火、腐烂之火、龙之火，还是粪之火呢？

火使炉子变热，从一开始直到最后的红化阶段。不过，对出现在这一阶段的红色物质来说，火不也是它的隐喻吗？事实上，据佩尔内蒂所说，红化的点金石也被赋予了好多不同的名字：红橡胶、红油、红宝石、红矾、地狱灰烬、红体、果实、红石、红色氧化镁、星形石、红盐、红硫、血、罂粟、红酒、胭脂虫等，当然还有"火，自然之火"。

因此，炼金术士经常用火大做文章，火既是炼金过程的基础，也是炼金术最精深的奥秘所在。由于我没有炼出过金子，因此我不知道这一问题的答案。我将会转向另一种火——技艺之火，在那儿，火变成了创造的工具，而工匠则成为神的模仿者。

火，技艺之源

柏拉图在《普罗泰戈拉篇》中写道：

> 有一段时间，世界上只有诸神，没有凡间的生物……后来创造这些生物的时刻到了，诸神就指派普罗米修斯和埃庇米修斯来装备它们，给它们逐个分配适宜的才能……埃庇米修斯与普罗米修斯商量，让他一个人来分配。"我分配完了以后，"他补充说，"你再来过目。"他说服了普罗米修斯，然后就开始工作。他把力量给了某些动物，但没有给它们速度，而把速度给了那些比较弱小的动物。他给某些动物装备了利爪尖牙，而赋予那些没有利爪尖牙的动物其他能力，使它们能够自保。对那些体形较小的动物，他让它们能飞，或者让它们能在地底下居住，而对那些体形庞大的动物来说，它们的身体本身就是一种保护。他的整个分配遵循一种补偿原则，小心地用这些预防措施来确保没有一种动物会遭到毁灭……埃庇米修斯在使动物免于相互屠杀以后，又为动物提供能够抵御季节变化的装备，使它们长出厚厚的毛或坚硬的皮，足以抵挡严寒酷暑，睡觉时还能用作天然的被褥。他还让有些动物脚上长蹄子，有些动物脚上长茧子，天然地起到鞋子的作用。然后他又给动物指定不同种类的食物，有些吃地上长的草，有些吃树上长的果子，有些吃植物的块根。他允许有些动物捕食其他动物，但使这些食肉动物不那么多育；而对它们的牺牲品，他使之多育，以便保存物种。
>
> 然而，埃庇米修斯还是有欠考虑，在这个过程中他竟把人类给忘了。他已经把一切能提供的能力都分配给了野兽，什么也没留给人。正在他手足无措的时候，普罗米修斯来检查工作，发现别的动物都装备得宜，只有人是赤裸裸的，没有鞋子，没有荫庇，也没有防身的武器……
>
> 面对这尴尬的局面，普罗米修斯不知道怎样才能拯救人，于是就从赫菲斯托斯和雅典娜那里偷来了各种技艺，再加上火

（因为没有火，任何人都不可能掌握这些技艺，即使掌握了也无法使用），把它们作为礼物送给人。

自从获得了火种，各种技艺——至少是希腊语意义上的各种"技术"——应运而生，人类自此开始统治自然。可惜柏拉图没读过列维-斯特劳斯，也没有告诉我们，随着火的出现，人们开始吃熟的食物。但烹饪归根结底不外乎一项技艺，因此也被包括在柏拉图提出的"技艺"概念中。

说到火与技艺的关系，本韦努托·切利尼①在他的《自传》中为我们做出了精彩的展示。他描述了在铸造珀尔修斯像时，他怎样在表面覆盖一层泥膜，随后再用文火将蜡熔化，使之流出。

> 熔化的蜡从我做的许多通风管里流出来。通风管越多，模子浇铸得越好。蜡流完以后，我围着珀尔修斯的模型建了一个漏斗状的炉子。那是用砖垒的，垒时上下两块砖交错开，这样就留出了很多孔眼让火充分燃烧。然后我开始拼命地添柴，让火烧了整整两天两夜。最后蜡全部流完了，模子也烘干了，我立即就开始挖坑来放模子。我严格按照技术的标准，做得一丝不苟……把模子抬到垂直位置，小心翼翼地把它吊到炉子上方，让它正好对准坑的中央，接着我又轻轻让它降到炉子底部……最后，我确信模子已经固定，通风管也安装完毕……于是我就转身去照看炉子，我在里面堆了很多铜锭和青铜片，也是按照技术标准堆放的：一块一块地码好，让火可以从中间穿过去，这样它们就会更快地受热熔化。最后，我果断地命令点燃堆满松木的炉子，一方面由于木柴的松脂，另一方面由于我设计的良好通风，炉子的燃烧情况极佳，以至于……作坊着了火，我们担心屋顶会塌下来砸到我们头上；这时外面又下起了雨，大风从园子不停地往里吹，明显地降低了炉子的温度。我在不利的境况下奋战了好几个小时，这强壮的身体已经掏出了十二分的劲儿。最后我实在受不住了，一阵这世上最为剧烈的高烧突

---

① Benvenuto Cellini（1500—1571），意大利文艺复兴时期的金匠、画家、雕塑家。

《盗火的普罗米修斯》
1637 年
科希耶
马德里，普拉多美术馆

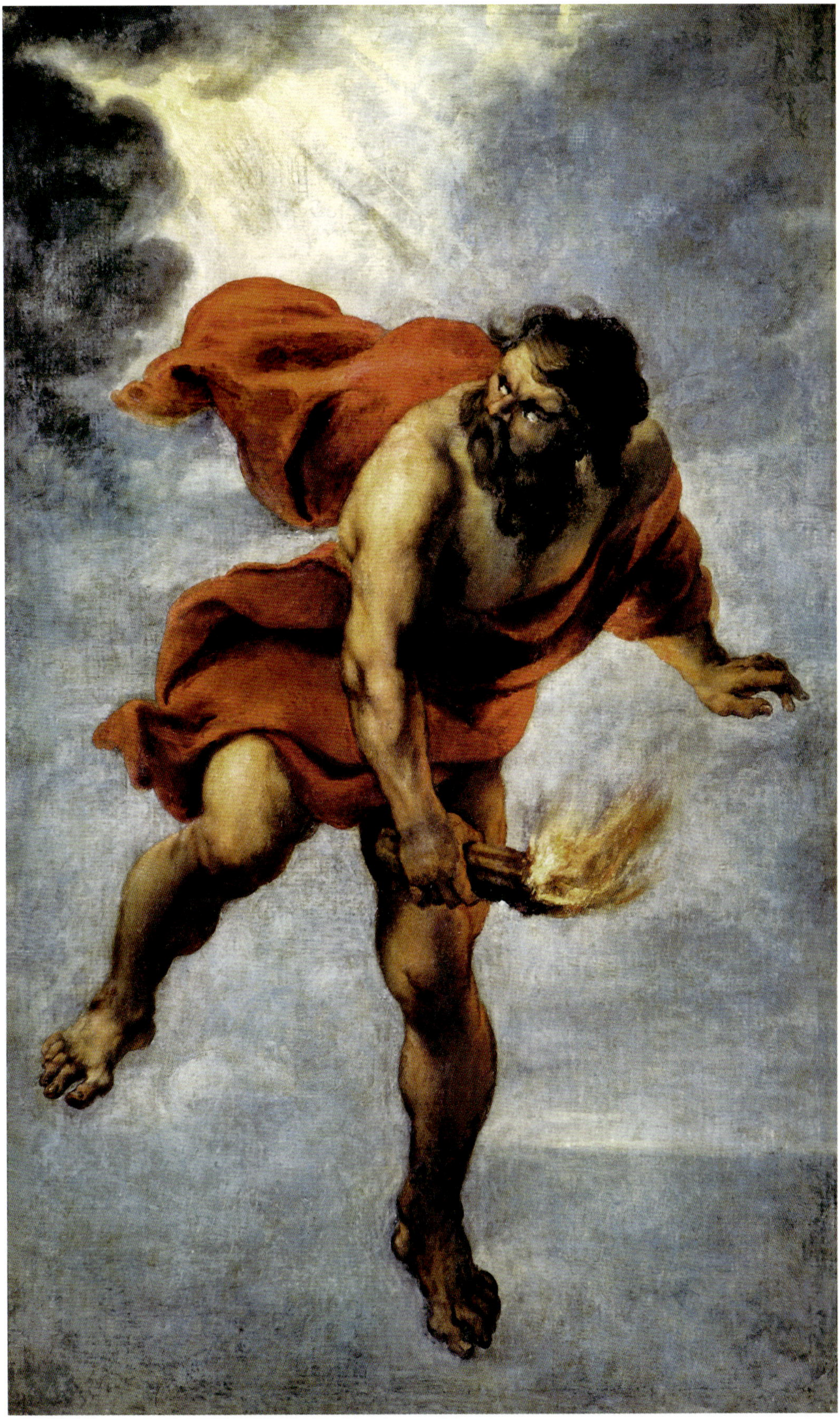

然向我袭来，我感到非得回家去倒在床上不可。

就这样，在人类之火、意外之火和身体之火（高烧）之间，脑中的构想脱胎为雕像。

然而，如果火是神圣元素，那么人们在学会使用火的同时，也掌握了一种在那之前专属于神的力量，以至于连神庙里亮起的火光也成为人类的傲慢之举。在古希腊文明中，对火的征服很快就被赋予傲慢的内涵，奇怪的是，有关普罗米修斯的一切纪念——不管是在经典的悲剧作品里，还是在后来的艺术创作里——都更多地强调他因盗火受到的惩罚，而不是火种的馈赠。

顿悟之火

当艺术家骄傲甚至狂妄地接受并且认为自己和神相似，把自己的作品看作神之造物的替代品时，伴随着一种颓废感，火开始与审美体验以及顿悟画上等号。

"顿悟"这一概念（或者术语）来源于沃尔特·佩特于一八七三年写成的《文艺复兴历史研究》的"结语"。这篇著名"结语"恰如其分地引用了赫拉克利特的一句话作为开篇[1]。现实是一系列力和元素的总和，它们不断地演变和消解，只有浮于表面的经验让我们误认为，在一团混沌的状态下，一切似乎都是实体性的、固定的。"但当我们的思考开始作用于那些事物时，它们受其影响，开始分解，而使它们聚合的力量也像中了魔法一般断开。"我们处在一个瞬息万变、飘忽不定、支离破碎的世界里：习惯被打破，日常生活变得无意义，剩下的只是转瞬即逝的片段。

每个瞬间都有一些人的手中或面部呈现出美好的姿态，一些山峰和海洋显现出格外迷人的色调，一些激情、洞见和智慧的昂奋对我们有着不可抗拒的真实感与吸引力。但一切只在那个瞬间。

---

[1] "结语"标题下有一句希腊语题词："赫拉克利特说：'万物皆流，无物永驻。'"

不断保持这种精神昂奋的状态，就是"人生的成功"：

> 只有当一切在我们脚下融化，我们才能够看清种种强烈的激情，种种能提高人的眼界、使人精神豁然开朗的知识进步，种种感官的刺激，例如奇异的色彩、香味，艺术家的作品，或者某位友人的面容。

几乎所有颓废派作家都曾以"闪电"形容审美和感官的狂热。然而，第一个把对美的狂热追求与火联系起来的人，大概是邓南遮。我们所说的联系不是简单地赞叹一句"火焰真美"，那样也太无聊俗套了。正是在名为《火》的小说中，邓南遮把审美的狂热与对火的体验相提并论。面对威尼斯的美，斯泰利奥·埃弗雷纳体验到了火：

> 这种生命力就像一种无法抵御的闪电似的时时在万千事物中震颤。从竖立在回荡着人们祈祷声的教堂顶部的十字架，到拱桥下微微颤动着的水晶般的海水，无不闪烁着一种欢欣之光。因面临不幸的灾难而深感焦虑的人们从心灵深处警觉地发出尖锐的呼喊声，就像光灿夺目的金色天使从钟楼的顶端向人们预示着什么似的……他出现了。他踩着一片彩云像驾着一辆火焰车一般出现了，后面拖曳着紫袍的衣摆。[①]

乔伊斯后来读到并爱上了这部小说，受此影响，他成为最伟大的"顿悟"理论家。"他所谓的'顿悟'是一种突然的精神显灵，往往以某种语言、动作，或某个难忘的思想活动来呈现。"(《斯蒂芬英雄》，一九四四年)。于是，这种顿悟在乔伊斯的作品中总是被描述为火光迸发的体验。"火"在《青年艺术家画像》中出现了五十九次，"火焰"和"火焰般的"出现了三十五次，而其他与火有关的词，比如"明亮"和"光辉"，更是数不胜数了。在邓南遮的《火》中，当福斯卡里娜听斯泰利奥说话时，她感觉自己"沉浸在那有如熔炉般灼热的氛围中"。对斯蒂芬·迪达勒斯来说，审美的狂

[①] 译文引自沈萼梅、刘锡荣译《火》，上海译文出版社，二〇二〇年。

喜总是以耀眼的光芒出现，并且通过一系列有关太阳的隐喻表达出来。同样的事也发生在斯泰利奥身上。我们不妨比较以下两段文字。

邓南遮在《火》里，是这样写的：

> 帆船强行掉转方向。一个奇迹令他震惊。晨曦透过抖动的船帆，把永恒地屹立在圣马可钟楼和圣乔治·马乔雷钟楼上的天使照得闪闪发光，映红了其上屹立着命运之神的金球，使圣马可大教堂的五座王冠式的圆顶异常光彩夺目……
>
> "赞美奇迹！"一种向往强大和自由的超凡情感充溢着年轻诗人的心，就像海风鼓起了已涨满的风帆。在船帆紫红色的光焰中，他像是看到了自己热血的光辉。①

---

① 译文引自沈萼梅、刘锡荣译《火》，上海译文出版社，二〇二〇年。

而乔伊斯在《青年艺术家画像》里：

> 他的思想是一片漆黑的疑惑和自我怀疑，偶尔由直感的光所照亮，在那样的时候，由于直感的光是如此强烈，整个世界便会在他脚下倾颓、消亡，仿佛被大火霎时吞没了似的；从那以后，他便不善言辞，以漠然和无动于衷的目光来回应别人的注视，因为他觉得美的精神像一件外套一样将他紧紧地裹住了。[①]

重生之火

我们已经说过，赫拉克利特认为每个世代宇宙都浴火重生。恩培多克勒与火的联系似乎更为密切。相传，也许是为了神化自己，也许是为了让追随者相信自己已经神化，他跳进了埃特纳火山。这种终极的净化、在火中俱灭的渴望，吸引着每个时代的诗人。想想荷尔德林就够了，在《恩培多克勒之死》（一七九八年）中，他这样写道：

> 没看见吗？
> 我生命中最绚烂的时光
> 今天再次到来
> 而那即将来临的时刻，将更为光彩；
> 走吧，孩子，
> 让我们登上古老而神圣的埃特纳之巅
> 因为神灵常常在那高处显现。
> 就在今日，就用这双眼
> 我要在山顶俯瞰河流、岛屿和海面；
> 那儿的夕阳将为我祈福
> 它流连于金光荡漾的灵动水面
> 那曾经是我的最爱。

《从欧陆酒店眺望威尼斯日出与圣马可钟楼》
1840 年
威廉·透纳
伦敦，泰特美术馆

[①] 译文引自朱世达译《青年艺术家画像》，上海译文出版社，二〇一一年。

随后，在我们的周围，
　　永恒的星光将静静地闪耀
　　当地心的热量从深邃的火山深处向上涌起
　　震撼一切的以太的灵魂
　　将把我们温柔地抚慰。于是……

　　总之，在赫拉克利特和恩培多克勒之间，勾勒出另外一种火。它不仅作为创造者存在，同时也作为毁灭者和令万物重生者存在。斯多葛学派告诉我们，宇宙会被大火焚烧，万物源于火，又复归于火，在火中完成演化的进程。这个观点本身并不能表明人类也可以有计划地借助火来完成净化。但有一点是肯定的，很多投身火海的牺牲都秉持着一种观点——火在毁灭中净化与重生。火刑的神圣属性由此得来。

　　过去的几个世纪里充斥着火刑。受刑的并不仅仅是中世纪的异教徒，还有那些现代（至少直到十八世纪）的女巫。只有邓南遮式的唯美主义才会借米拉·迪·科德罗之口说出"火焰是美丽的"。用来惩罚众多异教徒的火刑是恐怖的，因为在火刑之前他们还要遭受其他折磨。只消看一下多里奇诺和妻子玛尔盖丽达被交给世俗权力处置时所受的酷刑（《异端首领多里奇诺修士的故事》），我们就能明白这是多么惊悚。当城市上空响起震耳欲聋的钟声，二人被关在囚车里，四周围绕着刽子手，后面跟着民兵。他们穿过整座城市，每经过一个街角，刽子手就用烧红的铁钳撕下他们的一块肉。当着多里奇诺的面，玛尔盖丽达首先被施以火刑。即使这样，前者仍面不改色，就像在铁钳撕咬他的躯体时，他也始终一声不吭。后来，马车继续前进，刽子手把铁钳插进烧红的火盆里。多里奇诺又遭受了其他酷刑，他始终不动声色。只有两次例外。第一次是割鼻子的时候，他稍微耸了一下肩；第二次是割生殖器的时候，他长叹了一口气，好像在呻吟。他的临终之言也没有丝毫悔改之意，他说自己将在死后第三天复活。随后他就被烧死了，骨灰随风而散。

　　对于每个世代、种族和宗教的裁判官而言，火不只能洗涤人类的罪恶，还能净化书籍的罪恶。历史上有很多焚书的例子。一些是由于疏忽大意，另一些出于无知，但还有一些，比如纳粹焚烧书籍，是为了净化和销毁那些所谓颓废艺术的见证。

出于道德以及精神健康的考虑，热心的朋友们烧掉了堂吉诃德的所有骑士小说。在埃利亚斯·卡内蒂的《迷惘》中，主人公将自己的藏书付之一炬，这场面让我们想起恩培多克勒投入火山的那一幕："最后，火烧到了他的身上，他大笑起来，仿佛平生从来没这么笑过。"在雷·布雷德伯里的《华氏451》中，所有书籍都被判焚毁。而在我的《玫瑰的名字》中，修道院的图书馆，由于审查的原因，也难逃被焚的命运。

费尔南多·贝兹在《书籍毁灭通史》中分析了在毁书的过程中火何以成为主导因素。他写道：

> 火是救赎性的元素，因而几乎所有宗教都用它来祭祀各自的神明。这种神力，既可以保护生命，又可以摧毁一切。人类在用火毁灭的时候，实际上扮演着上帝的角色——通过火，人成为了生死的主宰者。这与太阳崇拜（认为它能净化世界），以及关于毁灭的神话（毁灭总是随着大火降临）相同。
>
> 因此，使用火的原因不言自明：它把作品的精神削弱为物质。

当代大火

在每个时代的战争中，火都充当着毁灭者的角色，从拜占庭富有传奇色彩的虚构的希腊火（这是当时的军事机密，我想到了路易吉·马莱巴，《希腊火》这部十分精彩的小说的作者），到十四世纪施瓦茨偶然发现的黑火药（这位炼金术士葬身于一场惩罚性的大火）。对于战争中的双面间谍，火是惩罚的工具，而"开火"这个词是指挥行刑队开枪的命令，貌似在呼唤生命的源头，实则加速了死亡的降临。然而，最令人不寒而栗的战火，应该是原子弹爆炸：全人类第一次为世界某一区域爆发的战事而感到惶恐不安。

一名在长崎投下原子弹的飞行员后来写道："突然间，一千个太阳的光芒照亮了机舱。即使我戴着深色护目镜，光还是很刺眼，因此我不得不暂时把眼睛闭上。"《薄伽梵歌》里说："如果一千个

Celui dominicque qui ung pou
auant auoit este nomez dune ville
despaigne kalaroga de la
diocese de evorne dont il fut nez et sa mere

太阳同时在天空升起,这样的光芒才能与至尊者的光辉相提并论……我已成为死神,三界的毁灭者。"奥本海默在第一颗原子弹爆炸后脑海中浮现的正是这些诗句。

很遗憾,我的演讲到这里已经接近尾声,不过,将最后一点时间拿来谈谈下面这个话题也算合理:人类在地球上的终极历险,或者说地球在宇宙中的终极历险。因为三大基本元素从未像现在这样受到严峻的威胁:空气被污染,二氧化碳含量增加;水一方面被污染,另一方面又日渐短缺。只有火在高唱凯歌,它以热量的形式使大地干涸,四季颠倒,冰雪消融,让大海吞噬陆地。在不知不觉中,我们正在走向第一次真正的大火。当小布什拒绝与中国政府签订《京都议定书》的时候,我们正大步迈向死亡之火。在我们全都被火吞噬后,宇宙会重生,不过这对我们并不重要,因为那已不再是属于我们的宇宙。

佛陀在《火燃经》中曾如此宣讲:

> 比丘们,这一切在燃烧!哪一切在燃烧?眼在燃烧,形色在燃烧,眼识在燃烧,眼触在燃烧。凡依赖于眼触而升起者——乐、痛、不乐不痛之体验——也在燃烧。燃起为何?燃起了欲望之火……我告诉你们,燃起了生、老、死,燃起了忧、哀、痛、悲、惨。耳在燃烧,声音在燃烧……鼻在燃烧,气息在燃烧……舌在燃烧,味感在燃烧……身在燃烧,触感在燃烧……心在燃烧,观念在燃烧,意识在燃烧,意触在燃烧……比丘们,如是观之,圣者的多闻弟子便疏离眼,疏离形色……疏离耳,疏离声音。疏离气味……疏离一切依赖于舌头接触而升起的乐、痛、不乐不痛之体验。

然而,人类依然无法放弃(至少部分放弃)依赖嗅觉、味觉、听觉和触觉所产生的快感,无法放弃摩擦取火。也许人类还是应该把取火的技艺交还给神,让他时不时地通过闪电带给我们一些火种足矣。

《圣多明我焚毁阿尔比派经书》
《历史之镜》细密画插图,
15 世纪
尚蒂伊,孔代美术博物馆

二〇〇八年于米兰艺术节

看不见

为什么"安娜·卡列尼娜
住在贝克街"是错的

L'invisibile

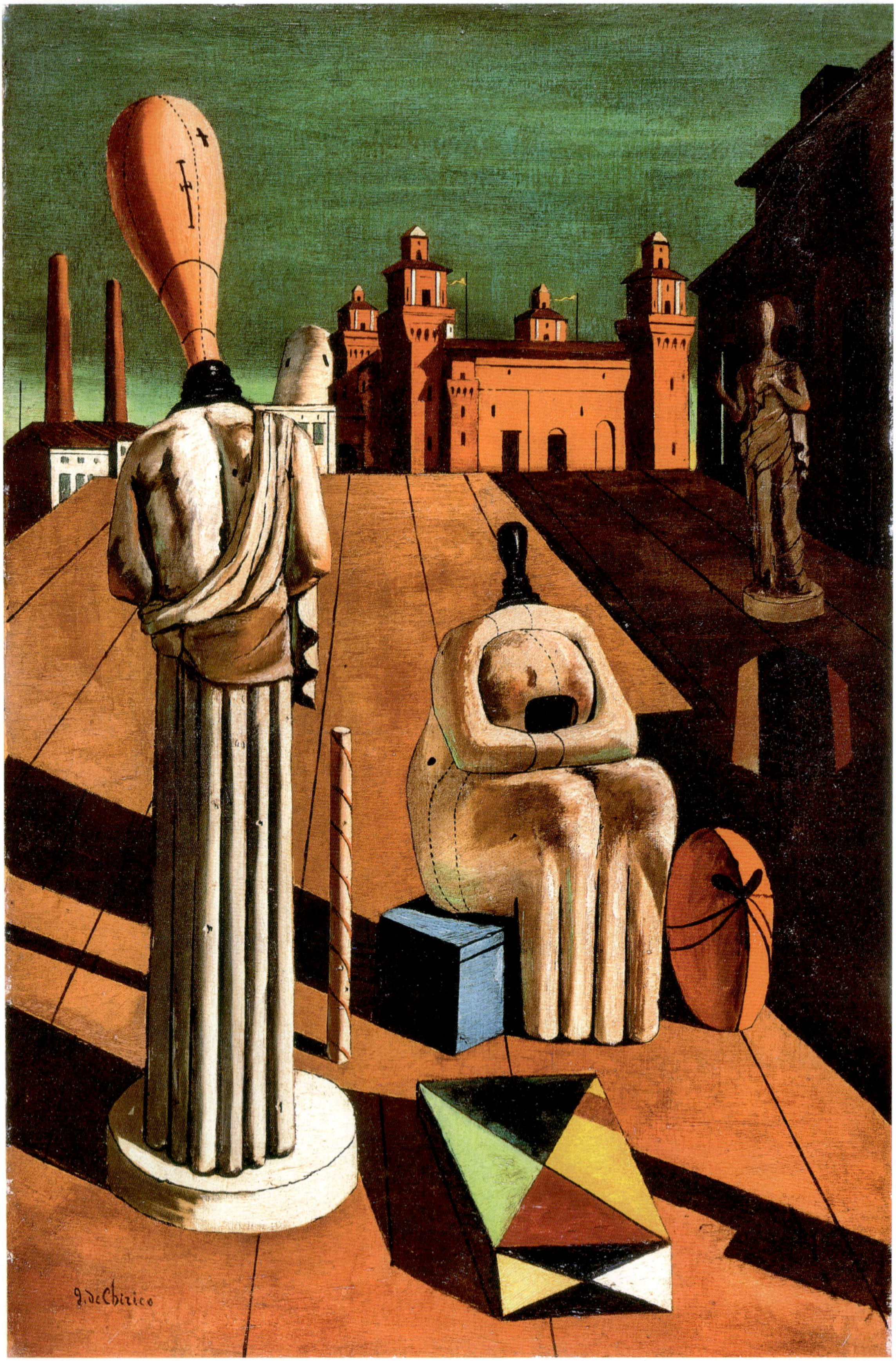
G. de Chirico

到现在为止，我对之前的几个话题，比如"绝对""丑"和"火"，通过多媒介、图文结合的形式进行了讲解。但这次不太一样，今天的主题是"看不见"。那怎样才能看见"看不见"呢？

鉴于这种情况，我会讲讲我们看待那些有趣的非自然事物的方式。我们不谈自然物（比如树或人），而谈活在我们之中的、我们倾向于把它们当作真实存在的事物。因此今天的话题是小说人物，或者说是那些虚构的存在。

小说人物是被创造的，所以他们并不真实存在，而不存在就意味着看不见。之所以会这样，还因为他们不是用图像而是用文字表现的，作者甚至经常不费什么笔墨去描写他们的外貌。

然而，可以这么说，这些人物会脱离他们所属的小说，通过无数各种类型的图像"重生"。鉴于此，我今天会借助许多"看不见"的形象。这不是在玩文字游戏，通过文本外的演绎，一些虚构的人物形象变得鲜活清晰。那么，对文本创造的人物来说，存在于文本之外意味着什么呢？想要回答这个问题，并不是件容易的事。

关于安娜·卡列尼娜的外貌，除了"漂亮"与"迷人"，托尔斯泰没有告诉我们太多。现在我们来重读一下：

> 伏伦斯基……忽然觉得必须再看她一眼。那倒不是因为她长得美，也不是因为她整个姿态所显示的风韵和妩媚，而是因为经过他身边时，她那可爱的脸上现出一种异常亲切温柔的神态……她那双深藏在浓密睫毛下的灰色眼睛，友好而关注地盯着他的脸，仿佛在辨认他似的。
>
> ……
>
> 吉娣每次看见安娜，都爱慕她，想象她总是穿着紫色衣裳。可是现在看见她穿着黑衣裳，才发现以前并没有真正领会她的

《令人不安的缪斯》
1916 年
乔治·德·基里科
私人收藏

全部魅力。吉娣现在看到了她这副意料不到的全新模样，才懂得安娜不能穿紫色衣裳，她的魅力在于她这个人总是比服装更引人注目，装饰在她身上从来不引人注意。她身上那件钉着华丽花边的黑衣裳是不显眼的。这只是一个镜框，引人注目的是她这个人：单纯、自然、雅致、快乐而充满生气。

……

安娜穿着朴素的黑衣裳是迷人的，她那双戴着手镯的丰满胳膊是迷人的，她那挂着一串珍珠的脖子是迷人的，她那蓬松的鬈发是迷人的，她那生气勃勃的美丽的脸是迷人的，但在她的迷人之中包含着一种极其残酷的东西。①

这些描述放在索菲亚·罗兰、妮可·基德曼、米歇尔·奥巴马或卡拉·布吕尼身上都可以。况且我们也知道我们有过多少个版本的卡列尼娜。

"看不见"没什么不好的。

一八六〇年，在乘船前往西西里与加里波第相会前，大仲马参观了位于马赛的伊夫堡。这里是他小说主人公爱德蒙·邓蒂斯在成为基督山伯爵前度过十四年牢狱生活的地方，法利亚神父曾来到这里的囚室看望他。在参观过程中，大仲马发现，基督山伯爵的牢房被展现在游客面前，导游也用介绍历史人物的口吻介绍邓蒂斯和法利亚。然而他们忘了，在这座城堡中，曾关押着真实的历史人物——米拉波。

后来大仲马在其回忆录中写道："创造出杀死真实历史人物的人，是小说家的特权。因为历史人物让人只能想象，而小说人物却是有血有肉的。"

英伽登②认为，从本体论的观点看，虚构的人物是悬而未决的，也就是说，我们只知道他们的某些特质。而真实人物不一样，他们是完全确定的，我们可以断言他们之间所有细微的性格差别。我认为他说得不对。事实上，没人能罗列出一个个体的所有特质，因为

---

① 译文引自草婴译《安娜·卡列尼娜》，译林出版社，二〇一四年。
② Roman Ingarden（1893—1970），波兰哲学家、美学家。

电影《安娜·卡列尼娜》中的巴兹尔·雷斯伯恩、葛丽泰·嘉宝和弗雷德里克·马奇

克拉伦斯·布朗导演，1935 年

《基督山伯爵》插画
20世纪
皮特·摩根
私人收藏

他们是无限的；而虚构人物则不然，文本严格规定了他们的特质，而且只有那些在文本中提到的特质才对人设有重要意义。

说实话，我对曼佐尼《约婚夫妇》中的伦佐的了解，要甚于对我父亲的了解。有关我父亲的生活、他不为人知的想法、他隐藏的焦虑和未说出口的悲喜，我又知道多少呢？以至于我就像研究大仲马的历史学家一样，将永远对他亲爱的影子充满想象。与此相反，我知道有关伦佐的所有事。对我、曼佐尼和作为虚构人物的伦佐来说，那些作家不曾提及的东西并不重要。

果真如此吗？难道因为小说里讲的东西都是虚构的，不会进入现实世界，小说的断言便总是假的吗？但我们并不觉得小说在骗人，也不觉得荷马和塞万提斯在撒谎。其实在阅读中，我们和小说作者达成了一个心照不宣的协议，这一点我们心知肚明。作者假装在说真事，我们则假装严肃对待这一切，就像小孩运用不完美的虚构能力玩"警察抓小偷"的游戏。由此，小说构建了一个"可能世界"，我们判断真假的标准不以现实为依据，而是以"可能世界"为根据。在这个世界里，柯南·道尔笔下的福尔摩斯不住在匙河边，托尔斯泰的安娜·卡列尼娜也不住在贝克街。

"可能世界"有很多。比如，在我的欲望的"可能世界"里，我会想象如果我和莎朗·斯通一起遭遇海难，漂流到波利尼西亚的一座荒岛上，会发生什么。每个"可能世界"都天生不完整，或者它会选择现实中的某些层面作为背景。在我的幻想中，如果我们真的一起漂流荒岛，岛上一定要有被棕榈树环绕的白沙滩，还有其他一些与现实对应的东西。

小说的世界从不会与我们生活的世界相差太多。就连童话世界也是如此，小动物们——即使它们会说话——生活的丛林也能在现实中找到对应。夏洛克·福尔摩斯的故事发生在他那个时代的伦敦。假如华生想要穿过圣詹姆斯公园，参观位于多瑙河畔、涅夫斯基大街街角的埃菲尔铁塔，我们会感觉很奇怪。当然了，小说作者也可以构建这样的世界，但为了便于读者接受，他还需要加入一些叙事技巧，比如引入时空错位的情境或诸如此类的东西。但归根结底，要想故事有趣味，那么埃菲尔铁塔最好还是巴黎的埃菲尔铁塔。

不过有的时候，虚构世界会和现实世界大相径庭。例如，莎士比亚在《冬天的故事》中，把第二幕第三场设定在波希米亚海边的一处荒漠中。但在现实中，正如瑞士不可能有海水浴场，波希米亚也没有海滩。然而，我们可以毫不费力地接受，或者说我们仍然"假装"相信，在这个"可能世界"里，波希米亚就在海边。通常，认同"虚构协议"的读者，要么不难取悦，要么足够无知。

一旦确立了"可能世界"和现实世界的不同，我们就得承认，认为"安娜·卡列尼娜卧轨自杀"为真，和认为"希特勒死在柏林的地堡里"为真，并不是一回事。

然而，为什么如果有学生在历史试卷上写"希特勒是在科莫湖上被打死的"，我们会判他不及格，同样，如果他在文学试卷上写"安娜·卡列尼娜和阿廖沙·卡拉马佐夫一起逃到了西伯利亚"，也会不及格？

问题很容易就转向了逻辑学和符号学。承认"安娜·卡列尼娜卧轨自杀"为真，只是比承认"在现实世界里，托尔斯泰把安娜·卡列尼娜写成了卧轨自杀"为真更为迅速。因此，托尔斯泰和希特勒同属一个世界，而安娜和希特勒则不是。

在逻辑上，"安娜·卡列尼娜自杀"在从言模态上为真，"希特勒自杀"在从物模态上为真。换句话说，发生在安娜·卡列尼娜身上的事和表达的所指无关，而和表达的能指有关。我们可以说"贝多芬第五交响曲是 C 小调（而不是像第六交响曲那样是 F 大调），以 sol-sol-sol-mi 开头"为真，这是根据乐谱作出的判断。我们也能以同样的方式对小说人物作出正确的断言。《安娜·卡列尼娜》开篇就是一句哲言："幸福的家庭总是相似的，不幸的家庭各有各的不幸。"这个问题见仁见智。然而紧接着，后面就是一句事实性陈述——"奥勃朗斯基家中一团糟"。我们不需要问沃伦斯基家中是否真的一团糟，只需要知道，在一本名叫《安娜·卡列尼娜》的书中确实是用俄语这样写的。

但这种解答并不能使我们满意。比如一份乐谱（暂且不考虑它所暗含的无限的诠释问题），说到底是一系列指令，根据它产生声音，然后才有涉及第五交响曲的欣赏、审美以及感受问题。同样，《安娜·卡列尼娜》开头的文字，会让人先想到奥勃朗斯基家中的状态，正是这种状态决定我们对某件事到底是真还是假的判断。

电影《福尔摩斯》重建的贝克街场景

克里斯伍德，斯托尔工作室照片见于《伦敦新闻画报》1921 年 8 月 6 日

BAKER STREET IN A STUDIO: A REMARKABLE SET.

A "SHELL" OF SHERLOCK HOLMES'S CHAMBERS: AN EPISODE UNDER THE RAYS OF AN ARC LAMP, FOR THE CINEMATOGRAPH.

《暴风雨，被一头熊追下的安提戈努》
《冬天的故事》
第二幕第三场插图，
1790 年
约瑟夫·莱特
私人收藏

即使我们承认，小说开头写的"奥勃朗斯基家中一团糟"为真，我们仍无法确定他家里是否真的一团糟。更重要的是，这句话除了在托尔斯泰的世界里是真的，它在我们生活的世界是否为真仍然有待商榷。

《圣经·旧约》的第一篇是《创世记》，这是真的。但当我们说，亚伯拉罕要拿自己儿子献祭的时候（我们习惯于以寓意、神秘主义和伦理的方式对此进行诠释），并没有参照希伯来文原典。百分之九十九的人在谈论该隐或亚伯拉罕时，其实并不知道有希伯来文原典。我们谈论的是《圣经》的所指而不是能指。所指可以通过其他文字、壁画或电影进行诠释，而本身并没有出现在原典里。

我们能否对小说人物作出正确的判断与向我们呈现人物所用的文字无关。你们许多人小时候都应该读过"金色阶梯"系列丛书，它是专门写给青少年的文学名著缩略本，书的作者都非常棒。这里面当然不会有《安娜·卡列尼娜》，想给孩子们概括它的故事实在是有点困难。不过这套丛书里有《悲惨世界》和《弗拉卡斯上尉》。很多意大利人即使没看过原著，也都通过这些小书知道了冉·阿让和斯高纳克男爵。所以问题来了，小说人物是如何做到脱离构建他们的原文存在的呢？

希特勒和安娜·卡列尼娜有本质上的不同，他们有着不同的本体论地位，这一点毋庸置疑。不过在很多时候，我们做的历史结论也像对小说人物那样遵循从言模态。学生在有关当代史的论文中会写："希特勒在柏林的地堡里自杀身亡。"虽然他们并没有直接经历过这一历史事件，但他们接受，历史书上就是这么写的。

换句话说，除了依赖直接经验进行判断外（比如下雨），所有基于我的文化常识做出的判断，都来自一部"百科全书"中的信息。从中我知道了日地距离是多少，也知道希特勒死于柏林的一座地堡。我不需要判断真假，我相信书中的信息，因为我已经把关于太阳和希特勒的信息都"委托"给了学者专家。

此外，"百科全书"中的每个事实都可以被修正。抱着科学上的开放心态，我们准备好在某一天发现一份新解密的文件，告诉我们希特勒并没有死在地堡里，而是逃到了阿根廷；地堡中烧焦的尸体也不是他的，由于政治宣传的需要，俄罗斯人制造了他自杀的假象，

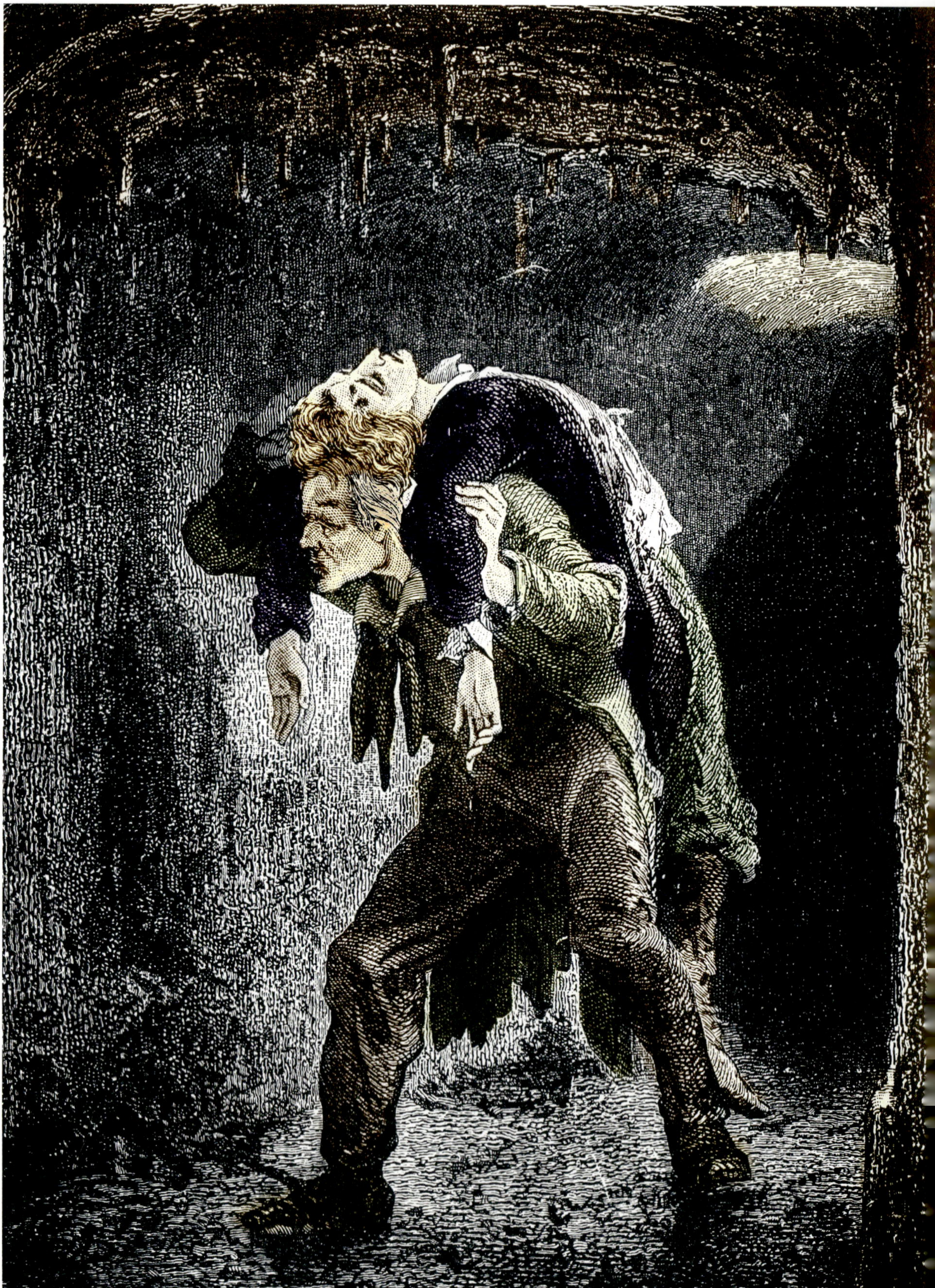

而地堡甚至根本不存在。事实上，即使有一张丘吉尔坐在地堡中的照片，也会有人不相信。但与此相反，安娜·卡列尼娜卧轨自杀则是不争的事实。

和历史人物相比，小说人物还有另一个优势。对于一些历史人物，我们始终无法确定他们到底是谁，比如"铁面人"和卡斯帕·豪泽尔。我们也不清楚阿纳斯塔西娅·尼古拉耶芙娜·罗曼诺娃①到底是和皇室一同被杀了，还是活了下来，正是英格丽·褒曼在《真假公主》中饰演的那个迷人继承者。然而，在读柯南·道尔的小说时，我们可以断定，福尔摩斯每次谈到华生时，指的都是同一个人，在伦敦不可能存在名字和性格一模一样的两个人。"华生"这个名字第一次出现，是在《血字的研究》里从小斯坦弗的嘴里说出来的，自那之后每个故事里的"华生"都是同一个人。有可能在一部未发表的作品中，柯南·道尔会告诉我们华生说自己有医学学位，参加过阿富汗战争，在迈万德战役中受了伤，这些都是在撒谎。但即便如此，这个被揭露为江湖骗子的人依旧是《血字的研究》中的"华生"。

小说人物强烈的同一性是一个十分重要的问题。菲利普·杜芒在二〇〇七年出版了一本侦探小说（《艾玛·包法利的死亡复核调查》），论证了包法利夫人的死因——她并非服毒自杀，而是被杀害的。这是一部有趣的游戏之作。不过有趣的前提是读者知道福楼拜笔下的包法利夫人其实是服毒自尽的。如果他们不知道这一无可争辩的事实，也就无法享受这种与原著之间的冲突。就像在所谓的"乌托时科幻"小说中，读者要想觉得"拿破仑赢得了滑铁卢之战"这个故事有意思，得先知道在真实的历史中，拿破仑其实是输了的。

因此我需要强调，虽然希特勒和安娜·卡列尼娜在本体论上有着毋庸置疑的差别，小说中的断言对我们如何理解事实真相仍是至关重要的，鉴于我们寄予小说以信任，我们引用其中的话，用它观照日常生活。

如果有人问我们，"一个断言为真"是什么意思，我们可以用塔尔斯基的理论回答："雪是白的"为真，当且仅当雪是白的（第一

《冉·阿让背着马吕斯穿过巴黎的下水道》

《悲惨世界》插图，1862 年
埃米尔·贝亚德

① Grand Duchess Anastasia Nikolaevna of Russia（1901—1918），俄罗斯帝国末代沙皇尼古拉二世的小女儿。

句"雪是白的"是加引号的,是字面意思或者对应命题)。也就是说,如果雪是这样或那样,不管我们如何定义它。不过,这种定义可以使逻辑学家满意,却不能使普通人满意。我更愿意这样说:一个断言要像"超人是克拉克·肯特"(或者反过来说)一样无可置疑,才是真的。

教皇和西藏活佛可能会就"耶稣是上帝之子"这一结论的真实性争论不休。但如果他们是明智的人(且消息灵通),他们不会不同意超人和克拉克·肯特是同一个人。因此,为了知道"希特勒死在柏林的地堡里"的真实性,我们应该验证它是否同"超人是克拉克·肯特"一样千真万确。

因此,小说中的断言在认识论上的作用在于,它们像石蕊试纸一样无可置疑地检验其他每一个断言的真实性。

那么,说"安娜·卡列尼娜卧轨自杀"是真的,而不说"托尔斯泰在小说中写'安娜·卡列尼娜卧轨自杀'"是真的,意味着什么呢?很明显,如果有人为安娜自杀这一事实而动容,这并不意味着他也被"托尔斯泰在小说中写安娜自杀"所感动。

现在我要讲讲为什么我会对这些问题感兴趣。不久前,我的一位同事建议我组织一次研讨会,内容是关于我们为什么会被小说中的人物触动,因而潸然落泪。一开始我告诉他这是心理学家擅长的领域,他们研究投射机制和身份问题。事实上,梦见甚至幻想所爱之人死去,然后因此伤心流泪,这难道不会发生在我们身上吗?对于发生在《爱情故事》女主角身上的事,我们为什么不能认真对待、为之感动呢?

随后,我对自己说,有些人会想象自己的爱人死了,但无论他们多么伤心,过一段时间都会意识到这不是真的,也就会停止哭泣,甚至感到宽慰。但很多年轻的浪漫主义者会为维特之死哭泣,然后自杀,即使他们知道他只是小说中的人物。这说明,这一部分读者继续认为,维特在某一个世界里真的自杀了。

在我的读者中,可能没有人为斯嘉丽的遭遇哭过,但没有人能告诉我,在美狄亚的悲剧面前,他们不为所动。我曾见过老成持重的知识分子在《西哈诺》最后一幕中悄悄擦去眼泪,即使他们已经看过很多遍,也知道结局如何,即使他们去看戏的目的仅仅是为了比较德帕迪约版和贝尔蒙多版的区别。正如我一个多愁善感的友人所说的那样:"每次在屏幕上看到飘扬的国旗,我都会落泪,但它是哪个国家的国旗对我来说并不重要。"

因此,假装相信爱人已死,和假装相信安娜·卡列尼娜或者包法利夫人死了,是不一样的。在前一种情况下,我们会很快从幻想中走出来;而在后一种情况下,我们会继续真心实意地谈论两个女人的不幸遭遇,超越原文进行续写。

因此,有许多不同版本的包法利夫人。其中一个与小说并无直接联系,就好像跳脱了原文,进入其他呈现方式中,比如电影,也可能是书籍或连环画的封面。有小资的包法利夫人,也有放肆的包法利夫人,甚至有广告中用来宣传食谱的包法利夫人。

那么,我为什么要向你们展示这些呢?难道只是为了让我的演讲更轻松吗?不是的。这是因为事实上,在福楼拜的文本之外存在很多不同的包法利夫人,各自以不同的方式行事(别忘了,在第一个电影版本,也就是葛丽泰·嘉宝的那个版本中,我们甚至见过最终没有自杀的安娜·卡列尼娜)。这意味着我们看到的不再是福楼拜小说世界里的那个人物,而是一个"流动的人物"。

很多小说人物能够存在于小说文本之外,并在一个难以定义、不好划定界限的区域活动。有时候,这些人物还会从一个文本流动到另一个文本中。比如有部电影叫作《达达尼昂之子》,还有部小说叫《飞行员匹诺曹》。它们已经和原著无关了。想要变成"流动的"事物,不一定要脱胎于伟大的作品。对于以下问题我们要在另外的场合研究了:为什么哈姆雷特、罗宾汉、高康大、丁丁、希斯克利夫、米莱狄、利奥波德·布鲁姆、超人、浮士德和大力水手都成了"流动的",而夏吕斯男爵、大莫纳、斯泰利奥·埃弗雷纳和安德烈·斯佩雷利则没有。

据调查显示,有百分之二十五的英国人认为丘吉尔、甘地和狄更斯是虚构人物,但还有一些人正相反(具体数字我忘了),认为夏洛克·福尔摩斯和埃莉诺·里戈比(披头士乐队的一首歌曲名)是真人。至于人物为什么会变成"流动的",原因有很多。丘吉尔的形象是"流动的",本杰明·迪斯雷利不是;斯嘉丽是"流动的",克莱芙王妃不是(你们还记得萨科齐多次宣称自己从没能读完拉

第 162 页
《美狄亚》
1989 年
伊芙琳·德·摩根
伯肯黑德,威廉姆森艺术博物馆

第 163 页
玛丽亚·卡拉斯饰演的美狄亚
电影《美狄亚》
皮埃尔·保罗·帕索里尼导演,1969 年

第 164 页
《包法利夫人》插图
1953 年
翁贝托·布鲁内莱斯基
吉尔伯特青年书店

第 165 页
伊莎贝尔·于佩尔饰演的包法利夫人
电影《包法利夫人》
克劳德·夏布洛尔导演,1991 年

161

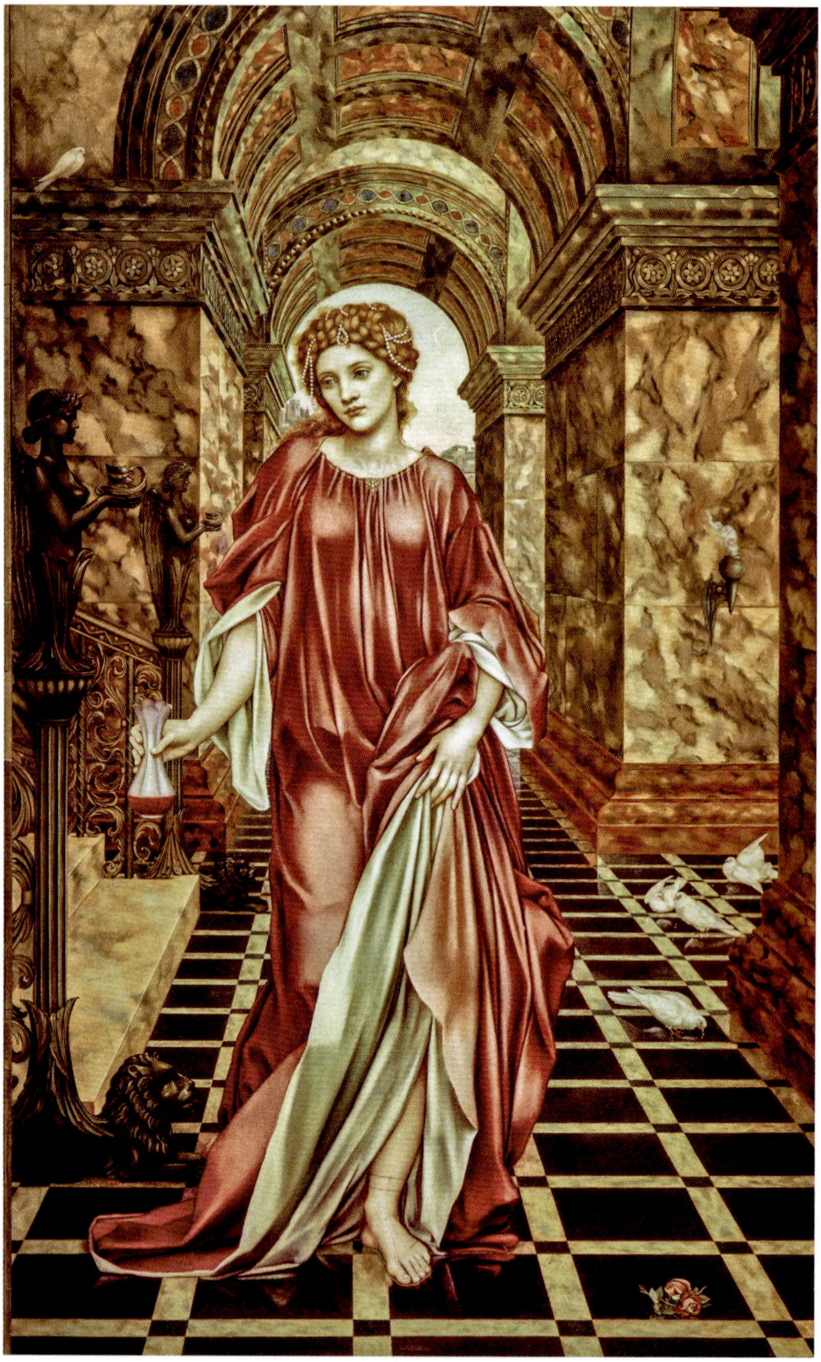

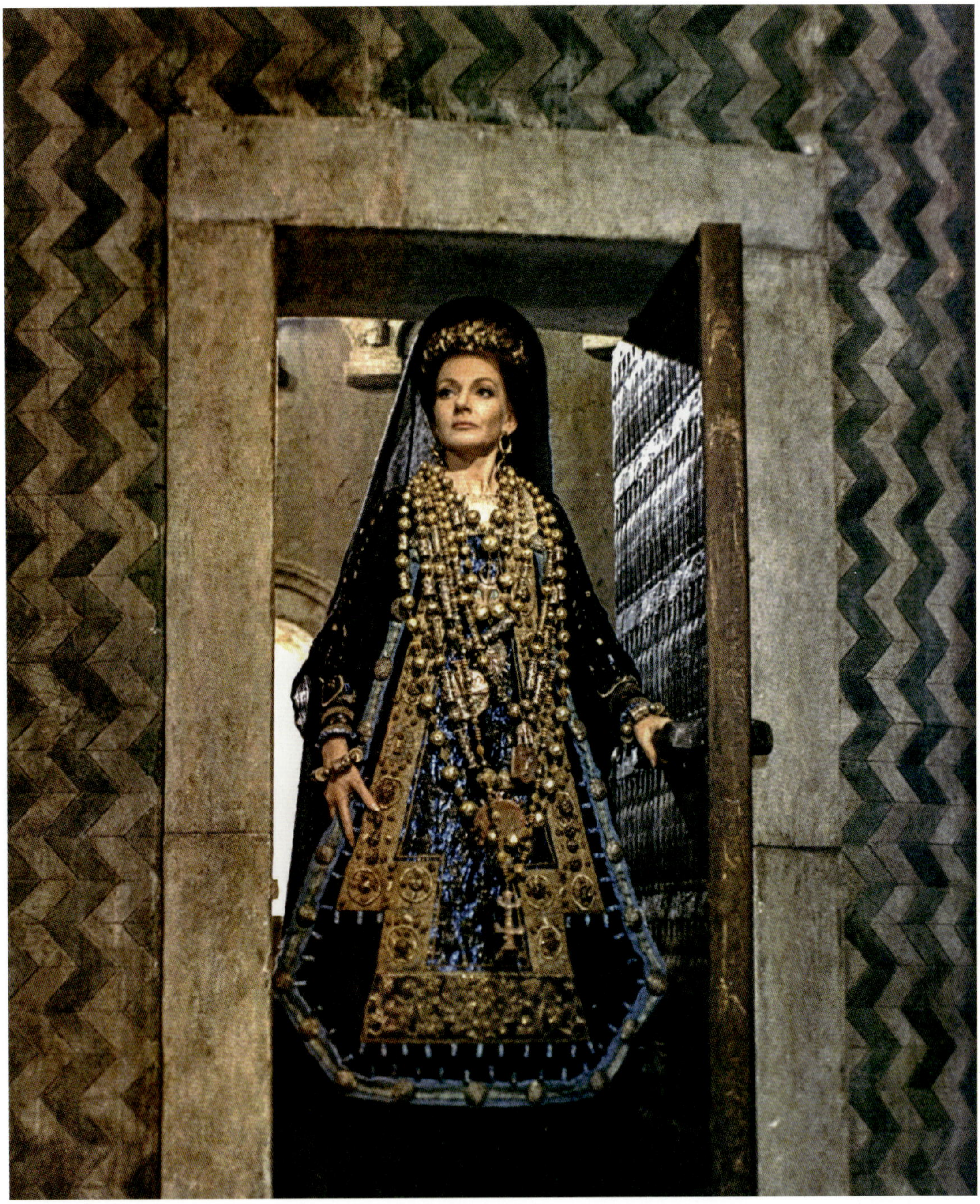

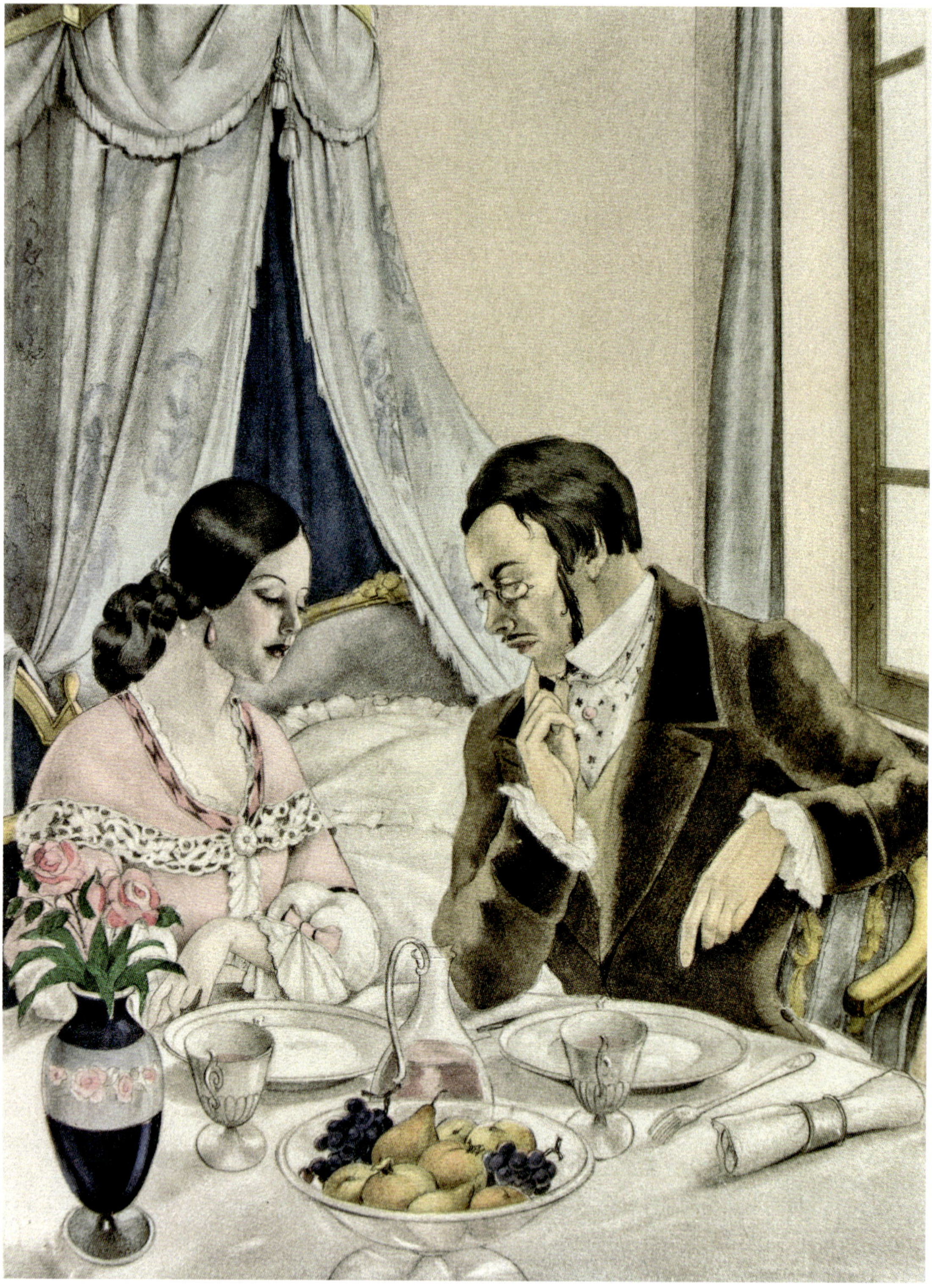

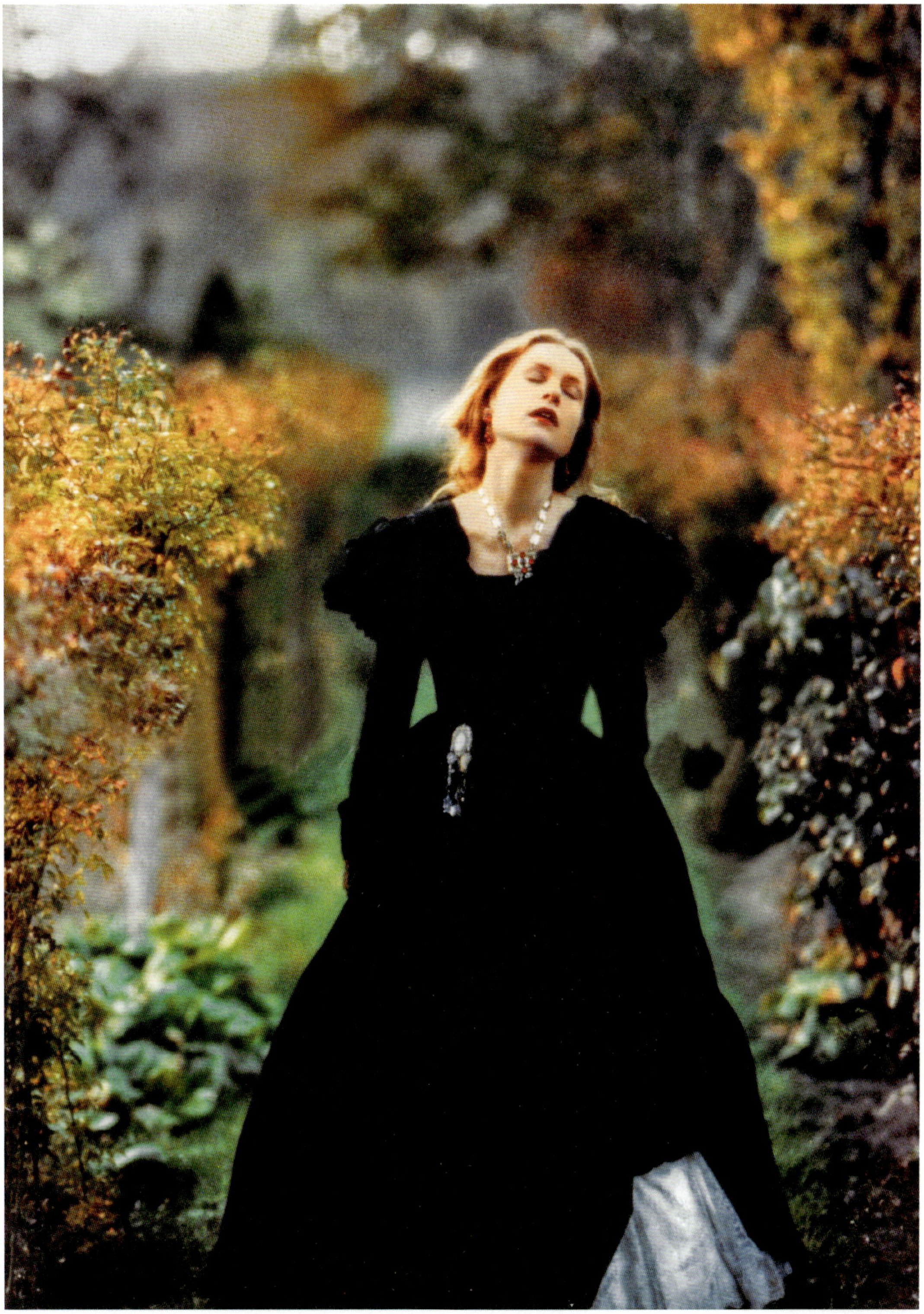

法耶特夫人的《克莱芙王妃》吧？有法国的朋友告诉我这倒是稍稍改善了这位不幸王妃的命运，为了表达不满和抗议，人们又开始读这本书了）。

很多虚构人物的流动性使得大多数人是通过原著文本外的化身认识他们的，比如小红帽。夏尔·佩罗版的小红帽和格林兄弟的版本很不同。在佩罗的故事里，猎人并没有出现拯救小红帽和外婆。但妈妈们给孩子讲的故事，即使结尾与格林兄弟的版本相符，却也融合了两个不同版本，有时又与这两个版本都不同。

连三个火枪手也不再"专属于"大仲马了。

每个读过尼罗·沃尔夫和阿奇·古德温故事的人都知道，沃尔夫住在曼哈顿西三十五大街上的一座褐色砂石房子里。其实，作者雷克斯·斯托特至少把门牌号码变了十次，而且西三十五大街上根本没有小说中写的那座褐色砂石房子。但某种心照不宣的默契令沃尔夫的粉丝们达成了共识——他们认为正确的号码是454。一九九六年七月二十二日，纽约市政府和"沃尔夫粉丝群"在西三十五大街第454号门前挂了一块铜匾，以此纪念在小说中出现的那座褐色砂石房子。

以同样的方式，美狄亚、狄多、堂吉诃德、基督山伯爵以及盖茨比，都变成了存在于原文之外的个体。即使没看过原著的人也认为自己了解这些人物。还有一些人物，当他们漫游在文本外的世界里时，已经彼此融合在一起，比如菲力普·马罗、萨姆·斯佩德以及《卡萨布兰卡》中的里克·布莱恩。不过别忘了，卡萨布兰卡的原型是一出喜剧，名字叫《大家都来"里克"酒吧》。这些人物独立于原文存在，游走在我们周围，影响着我们的行为举止。有时，我们会用他们来进行评判，比如说某个人有俄狄浦斯般的恋母情结，高康大般的巨胃，奥赛罗式的妒忌，哈姆雷特式的多疑，或达尔杜弗式的虚伪。

因此，当我们说"安娜·卡列尼娜卧轨自杀"以及"福尔摩斯住在贝克街"为真时，依据的不再是由作者写作的特定文本，而是一个"流动的"生物。它的本体论地位相当怪异，因为它本不该存在，却游走在我们周围，占据了我们的思维。

如果不以物质形式存在，也可以流动吗？有没有脱离了物质形式的事物呢？答案是肯定的。一个事物，如果能够被思考，并且被赋予某些特点和属性，就可以被定义为无实体的事物。比如，让我们构想一对夫妻。丈夫是历史老师，妻子是数学老师，他们既会谈论恺撒又会谈论直角三角形，二人同时还想要一个小女儿。

这对夫妇每天谈论的内容，并不只限于恺撒和几何图形，还有这个小女儿（他们想叫她吉西卡，注意是吉西卡，不是杰西卡）。他们会谈论怎么教育她，让她从事什么体育运动，还有她未来的灿烂星途……总结一下，夫妇俩谈论的内容就是：

一、某个真实存在但现在已经不在了的人，比如恺撒。

二、某个被称作"理想事物"的存在，但没有人知道它存在于何处，除非我们像柏拉图那样假设，存在一个"理念世界"。

三、某个将会成形的人，但尚不存在，比如吉西卡。

问题是，假如除了这三件事，这对夫妇又开始谈论自由和正义的话，将会发生什么呢？

自由和正义当然是与思维有关的事物，但和恺撒、吉西卡不一样。首先是因为，它们并不像后两者那样容易定义，由于文化、地域、历史阶段和宗教信仰的差异，人们对此的概念不一而足；其次是因为，它们不是个体而是概念，尽管有些概念，比如直角三角形的概念似乎比正义的概念更好界定。

那么，小说人物是不是像恺撒、吉西卡、直角三角形或自由那样的实体呢？

他们和恺撒、吉西卡、直角三角形和自由有共同之处，因为它们都是符号对象。也就是说，它们是由特定术语所表达的属性的集合，在一种文化中通过共识被认可，并被录入相应的百科全书。下面这些事物都是符号对象：直角三角形、女人、猫、椅子、米兰、珠穆朗玛峰、意大利宪法第七条、马的特质。此外，符号对象也包括那些用专有名词表达的对象，在这个意义上，不仅有恺撒（如今他对我们而言只是一组属性的集合），还有比如在某地有名叫马里奥·罗西或朱塞佩·比安基的人。他们除了是物质实体外，还是——当我们提起他们的名字时——属性的集合。即使素未谋面，我们也能认出朱塞佩·比安基——他是托马索的儿子，生于巴列塔，现在是某某银行的出纳，住在某某大街，等等。在用专有名词表达的属性中，有一些是之前或现在真实存在的，还有一些是收录在百科全书中的神话或故事中的人物。因此，小说人物也是符号对象。

很多符号对象是有明确"边界"的，因而是永恒的。比如一平方米，它的特征是不变的、精确的；而有些符号对象，虽然有明确的边界（比如国界），但其所拥有的特性却会消长。比如意大利，尽管现在没有了扎达尔和尼斯，还是可以识别的。还有许多其他符号对象是边界模糊的。

举个例子来说，我们能看出一只狗到底是德国牧羊犬还是吉娃娃，二者仅仅共享一些明显的特性，我姑且把它定义为"诊断性特性"。对于像"米兰"这样的个体也是如此，否则对于那些像我一样在一九四六年第一次看见它的人来说，当时城市被战火摧毁了一半，既没有倍耐力摩天大楼也没有维拉斯加塔楼，根本无法将它识别为我们生活的现代都市。同样的事也发生在历史人物身上，否则就没有如果埃及艳后的鼻子再长一点，罗马的历史将会改写这种说法了。也就是说，即使我们改变了她的某些特征，也不影响我们对她的认识。我们也可以设想与此相反的情景，比如，要是恺撒没有在三月十五日被刺杀将会发生什么。

哪些才是人物身上最重要、区分度最高的诊断性特性？这个问题是开放性的。我们应该认为，一种特性之所以是"诊断性的"，是依据语境或情境来的。

小说人物之所以是"流动的"符号对象，是因为即使他们失去某些特性，也不会因此失去自己的身份。比如，在大众的想象中，达达尼昂是一个火枪手，但在《三个火枪手》中，他只是个军校生。包法利夫人即使不住在法国而住在意大利，她的遭遇也不会有太大不同。那么，什么才是她区别于其他人物的诊断性特性呢？有人说是感情问题引起的自杀。那么，我们为什么要读伍迪·艾伦的戏仿之作《库格麦斯插曲》呢？书中的主人公库格麦斯在时光机的帮助下，把包法利夫人带离永镇，在纽约过上她梦寐以求的美好生活。难道只是因为这部作品遵循原著的语境，把包法利夫人外省小资产阶级的媚俗激情作为诊断性特性加以强调吗？实际上，这种戏仿之所以行得通，是因为库格麦斯恰恰是在她自杀之前赶到。因而尽管自杀被戏仿阻止了，却依旧是定义包法利夫人最不可或缺的诊断性特性。这一点需要着重强调，因为说到底最吸引我们的正是小说人物命运的不可改变。我们可以尽情想象如果拿破仑赢了滑铁卢之战会怎么样，这种与事实相反的想象也许会很有趣。但小说不一样，如果包法利夫人最后没有自杀，而是幸福快乐地在什么地方生活下去，故事未免也太无聊了吧……

那我们为什么会对作为符号对象的小说人物动情呢？原因和许多人为公平正义献身一样。不过，被安娜·卡列尼娜打动和为直角三角形动情是不一样的（我觉得后者只会发生在毕达哥拉斯身上）。

我们之所以被安娜感动，是由于那个"虚构协议"，我们假装身处小说的世界，不一会儿就忘了自己在假装（仿佛被某种神秘的狂喜攫住，当然这与作者的叙事能力有关）。不仅如此，由于我们不属于那个世界，我们在场也就无足轻重。出于本能，我们会在那个世界的众多合法居民中找到一个与我们有最多相似点的人，取代他。

如果我们接受这种关于虚构人物的定义，就会看到，神话中的诸神、仙女、小矮人、圣诞老人还有各种不同的宗教人物，都是符号对象。可能有人会说，把宗教人物和仙女相提并论是无神论的表现。那么，我现在邀请每个有宗教信仰的人做个心理实验：请你们想象自己是基督徒，相信耶稣是上帝之子。好极了。在这种情况下，湿婆、草原之神还有巴西宗教里的艾舒神只是虚构的形象。现在请你们再想象自己是印度教徒，如果湿婆真的存在的话，那么草原之神、艾舒神还有上帝就都是虚构的。这样一来，我们不得不承认：无论我们的信仰是什么，除此之外的其他宗教人物都是虚构的，这样一来，即使我们拒绝决定哪一个才是超脱普遍的唯一特例，都可以肯定，百分之九十九的宗教人物都毫无疑问是虚构的，像包法利夫人和奥赛罗一样，诞生于一个（神圣的）文本，唯一的不同在于，信仰湿婆的人要比了解包法利夫人的多。不过我们这里不讨论数量统计的问题。

虚构的、"流动的"人物与神话人物本质相同。俄狄浦斯、阿喀琉斯与安娜·卡列尼娜和匹诺曹都是"流动的"实体，只不过前两个诞生于远古的长夜，后两个脱胎于世俗的想象。并且，正如相信雅典娜从宙斯的脑袋里诞生，我们对匹诺曹从木头中诞生也深信不疑。

但是，古代人认为宙斯和雅典娜真实存在，而任何一个把皮诺曹当作"流动的"实体的人都知道匹诺曹实际上并不存在，仅仅知道这些还不够。我想说这些都是心理上的偶然：很多信徒对自己所信奉的神的存在与否概念相当模糊，有牧羊女声称自己曾和圣母马利亚对过话，还有一些浪漫的少女为雅科波·奥尔蒂斯殉情，有观众曾在西西里木偶戏的剧场里辱骂背叛者加尼隆，有青少年无可救药地爱上影视人物（而不是演员本身），有传闻称恺撒不相信宙斯存在，有基督教诗人不停地提及缪斯女神……因此我们进入的是一个充斥感官、想象和个人感情的世界，这里无法找到清晰的边界。

"流动的"人物的存在类型也解释了其道德上的作用。关于这个话题我已经说过和写过很多，但在本次演讲的最后，我还是不能忽略它。

虽然这些人物是"流动的"，但我们看到的仍是他们无法改变的宿命。当然，当我们为这些人物的际遇流泪时，有时会希望事态能朝着不同方向发展：我们希望俄狄浦斯走另外一条路，没有在通往忒拜的路上遇见自己的父亲，希望他到达雅典，在那儿和芙丽涅成为一对儿；我们希望哈姆雷特娶了奥菲莉亚，两个人作为丹麦国王和王后幸福地生活在一起；我们希望希斯克利夫能够多忍耐一些，待在呼啸山庄，直到与他的凯瑟琳终成眷属，成为一个生活幸福的乡绅；我们希望安德烈公爵的伤痊愈；我们希望拉斯柯尔尼科夫没有对放贷的老太婆起杀心，完成学业后成为一名受人尊敬的公务员；我们希望在格里高尔·萨姆沙变成一只甲虫后，有一位美丽的公主走进房间，吻了吻他，然后他就变成了全布拉格最有钱的人……

今天，互联网为我们提供了一些程序，可以按我们的喜好重写故事，但我们真想要这样做吗？

读小说意味着知道面对书中人物的命运，谁都无能为力。如果我们能改变包法利夫人的命运，那我们将失去那种令人快慰的确定性，"包法利夫人自杀了"这个断言也就不再是无可争辩的真理的典范。进入小说的"可能世界"意味着接受事态以某种特定的、背离我们愿望的方式发展。我们要做的，是接受这种挫败感，并且通过它来感受命运的震颤。

我认为，小说的主要作用在于使人认识命运。这让虚构人物有

看不见

　　了"示范作用"——他们成了俗世——同时也是许多信徒——的圣人。

　　只有安娜·卡列尼娜不可避免的死亡才能让她热烈、专横、着魔似的成为我们生命忧郁的伴侣，即使她从未真实存在过。

二〇〇九年于米兰艺术节

《拉斯柯尔尼科夫，红马小巷凶案》

1835 年

让-阿道尔夫·博塞

私人收藏

171

悖论与警句

Paradossi e aforismi

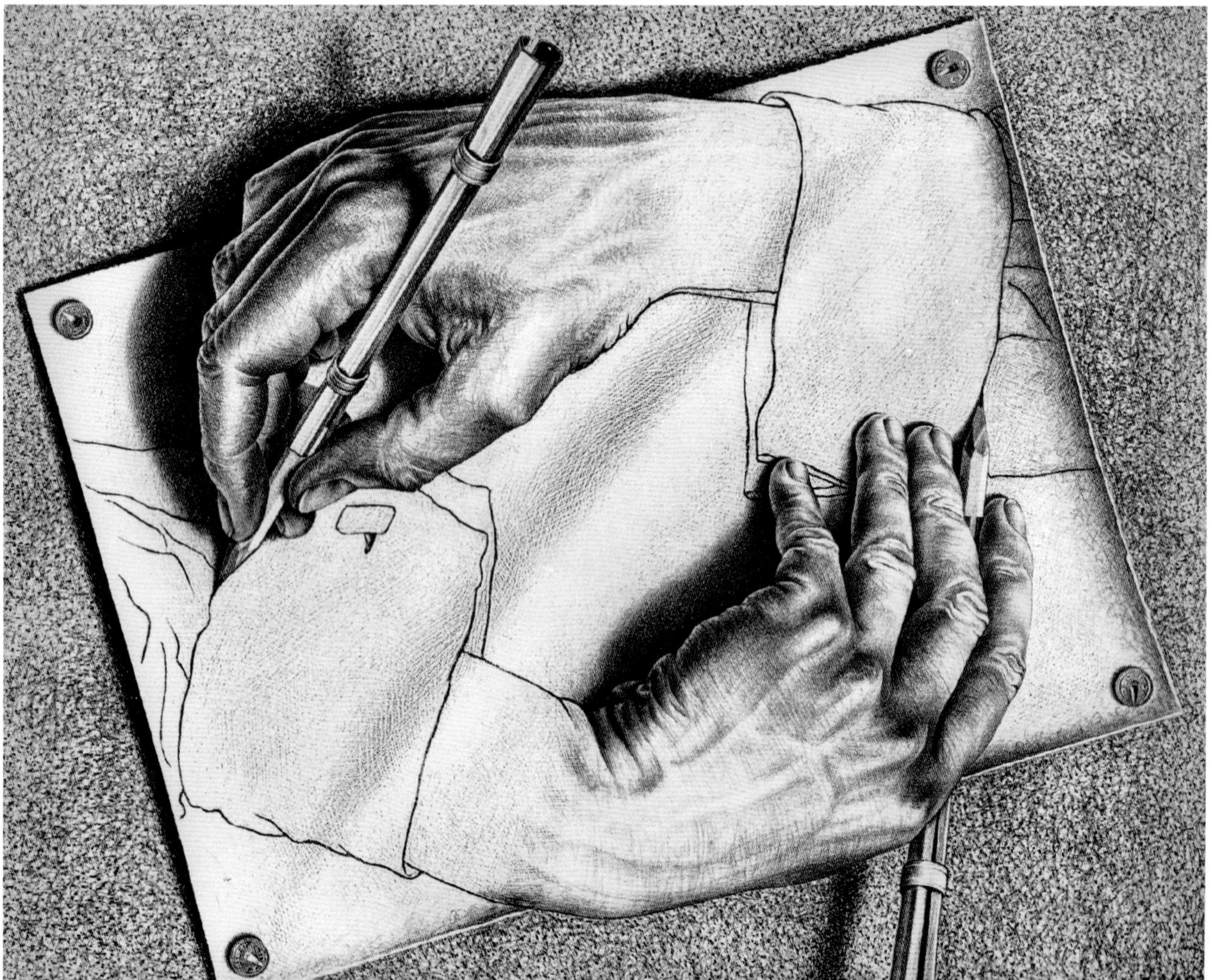
I-48

我们经常会听到这样一句话，"这是矛盾的"。它可能出现在下面的情况中——"明明是他撞的我，却要我赔偿损失"，或者"拉斐尔的未婚妻在大婚当日去世了"。

事实上第一句话并不矛盾，顶多算不愉快或荒唐；第二种情况则是不常见，与正常的预期相反，好比一头牛长了两个头。

二者都不是真正的悖论，但我们还是单纯用"矛盾"这个词来表示出乎意料。

假如某件事情自相矛盾，你对此感到奇怪或者说古怪，这时"悖论"一词就有两层不同的含义了：一是逻辑学和哲学上的含义，二是修辞学中的含义。

逻辑悖论，应该更恰当地称为自相矛盾。在网上，人们说希腊人称之为"谬误推理"，但谬误推理指的是简单的推理错误，很容易就能纠正过来。例如，"所有雅典人都是希腊人，所有斯巴达人都是希腊人，那么所有雅典人都是斯巴达人"就是一个典型的谬论推理。抛开明显错误的结论不谈，光看下面这个公式就是不合逻辑的：

所有的 A 都是 G

所有的 S 都是 G

因此所有 A 都是 S

会出现这种谬误推理，是因为在这个三段论中，中间项（G）没有被量化，导致了谬误。

然而，有些自相矛盾的命题被中世纪的人称为不可解命题，指的是那些无法判断真伪的推理或表达。换句话说，"不可解命题"可以有两种互相矛盾的诠释。

最经典的例子莫过于"说谎者悖论"。"我在说谎"这句

《画手》
1948 年
莫里茨·科内利斯·埃舍尔
私人收藏

HONNEVR · AV · ROY · ET
A LA TOVR SAINT ALVNIVERSITE
DONT · NRE · BIEN · DROICDE · ET
SOVRT · DIEV · GART · DE · PARIS · ET · CITE

悖论与警句

话，既不为真，也不为假。如果为真，那我说的是实话，因此我没有说谎；如果为假，那"我在说谎"就不成立，我说的是实话，因此我确实说谎了。

另一个广为流传的例子是伊壁孟德悖论。作为克里特人，他宣称"所有克里特人都是骗子"。

圣保罗有许多为人称道的品质，唯独缺少幽默感。他在听说伊壁孟德的话之后，竟信以为真，在《提多书》中说所有克里特人都是骗子，证据是这么告诉他的人是克里特人，因而很了解克里特人。但显然，伊壁孟德是克里特人，所以他是骗子，但如果他是骗子，那"所有克里特人都是骗子"这句话就是谎话，说明克里特人并不都是骗子，有些克里特人说真话，那在这些人当中有伊壁孟德吗？如果有的话，那么"所有克里特人都是骗子"就是假的，因为像伊壁孟德这样的克里特人说的就是真话；如果那些骗子中有伊壁孟德，我们便又回到了原点。

但伊壁孟德悖论并不是真正的悖论。只需要认为他是克里特人中唯一的骗子，那他自然没说真话，我们也就跳出了悖论。

第 176 页
《不可解命题》
1498 年
托马·布里科
巴黎

第 177 页
《图像的反叛，这不是一只烟斗》
1929 年
勒内·马格里特
洛杉矶艺术博物馆

同样，来看另一个例子，著名的芝诺悖论——"阿喀琉斯与乌龟"。假设乌龟领先阿喀琉斯一米，为了赶上乌龟，他需要先跑完第一个半米，为了跑完第一个半米，他需要先跑完第一个四分之一米，为了跑完第一个四分之一米，他需要先跑完第一个四分之一米的一半，由此类推，以至无穷。因此，他永远追不上乌龟。

或者我们想象从 P 点到 A 点距离一公里。假设阿喀琉斯从起点 P 出发，向终点 A 行进。他应该先跑完从 P 到 A 路程的一半，到达 A、P 两点的中点，我们用 M 表示中点。因此，为了到达终点 A，他还要跑完从 M 到 A 的一半，我们用 S 表示 M 到 A 的中点。这个过程可以无限分割。无论还剩多远，这段距离总是可以一分为二。

"阿喀琉斯与乌龟的悖论"并非真正的悖论。亚里士多德找到了解决方案，他提出了潜无限和实无限的概念（参见《物理学》）：在数量上做加法是无穷的，我总能找到比前一个偶数更大的偶数，但是做除法则不然，因为一个长度单位可分割的无限子区间总是包含在有限的总体中（总体永远不大于 1）。

分割的过程（整体分一半，一半再分一半，一半的一半再分一半等）是无限的，但其结果永远不超过 1。比如无理数 π，对它进行分解的结果永远不可能是 4。

若将该推理应用于海岸的分形长度，那潜在的分割过程可能是无限的，至少我们总是可以假定存在越来越小的微生物。但这不影响阿喀琉斯可以一步跨过这个空间——他可以在既定的时间里经过既定的长度。

拓扑学中也存在悖论。有人认为，"莫比乌斯带"就是一个悖论，但我不这么觉得。只需要把纸带的一端扭过来与另一端相接，就能把双侧曲面变成单侧曲面。看起来似乎不可能，但我们也看到了，事实就是如此。这只能表明，拓扑学要比欧几里得的几何学更复杂。

其实有些悖论远比莫比乌斯带更像回事，比较出名的是伯特兰·罗素提出的"理发师悖论"。

"理发师悖论"有两种表述，一种较为简单，另一种更为缜密。前者是："村里的理发师只给所有不给自己刮脸的人刮脸。那么谁来给这位理发师刮脸呢？"显然，他不能给自己刮脸，因为他只给不给

《莫比乌斯带》

1963 年

莫里茨·科内利斯·埃舍尔

私人收藏

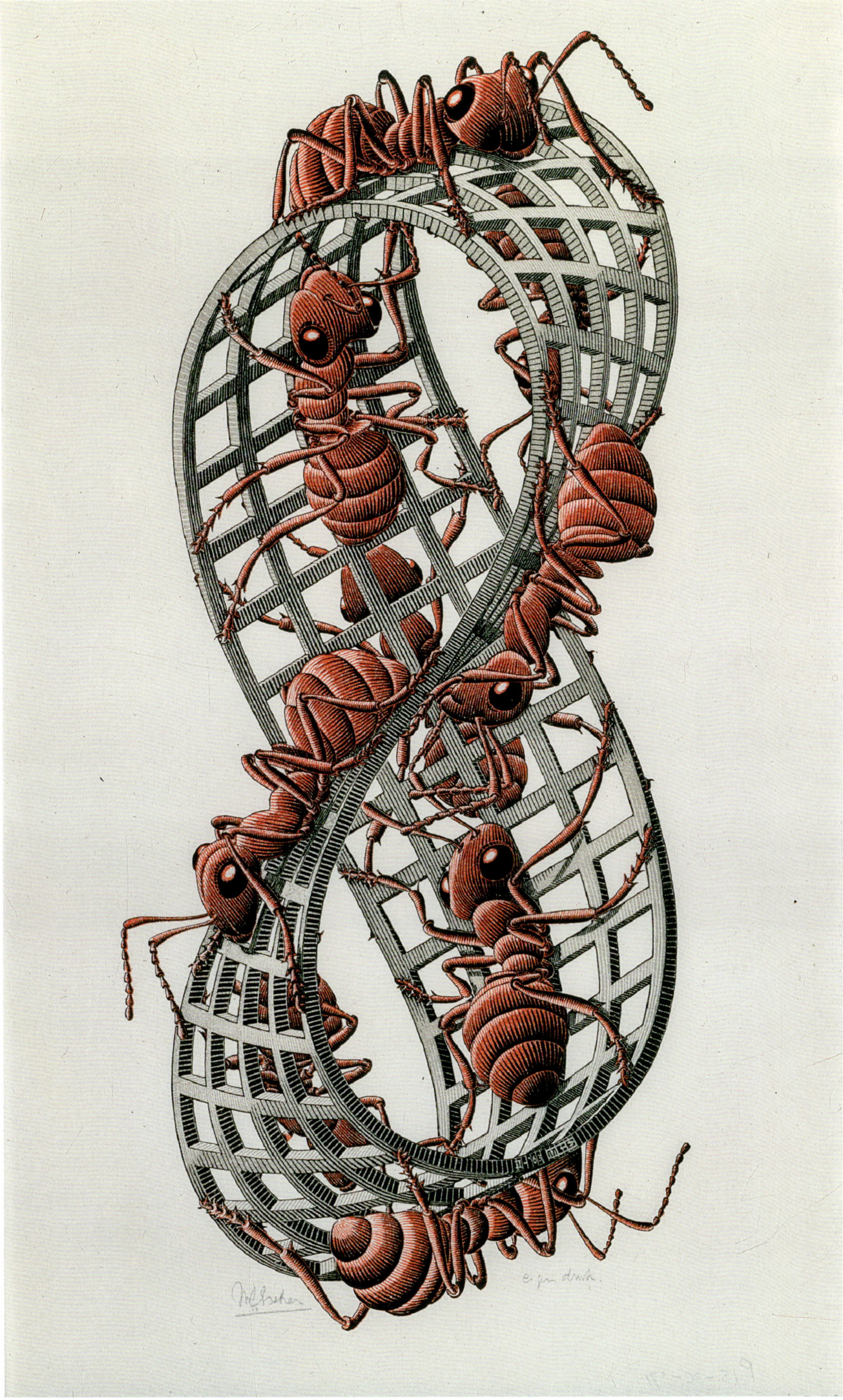

《亚历山大大帝斩断戈尔迪乌姆之结》

1767 年

让-西蒙·贝特雷米

巴黎国立高等美术学院

自己刮脸的人刮脸。这个悖论的前提是,村里没有其他会刮脸的人。我曾把这个悖论讲给我的孩子们听,他们当时四五岁。我从他们那儿得到了三种答案:

一、理发师是女的。

二、理发师蓄了浓密的胡子,从不刮脸。

三、理发师用火烧胡子,他也因此毁容,脸上留下可怕的伤疤。

事实上,该悖论应该这么表述:村子里有且只有一名理发师,他刮脸技术很好。店铺的招牌上写着"理发师只给不给自己刮脸的人刮脸"。那么问题来了,谁给理发师刮脸呢?

为了解决一些非常棘手的问题,逻辑学和现代数学提出了很多悖论,对此我不再一一展开。我只谈其他一些著名的悖论,比如"半费诉讼"。普罗泰戈拉教欧提勒士学法律,二者签了一个协议:入学时先付一半学费,毕业后第一次出庭胜诉后再付清其余一半。

但欧提勒士毕业后并没有执业,反而从了政。由于没当律师,所以他不会在第一个案子中胜诉,而普罗泰戈拉也不会得到另一半学费。他起诉了欧提勒士,要求后者付清尾款,但这个年轻人决定为自己辩护,因此他变成了自己的律师,从而导致了如下窘况。普罗泰戈拉认为:学生若胜诉,则应按协议付费;若败诉,则据判决必须付费。欧提勒士则认为:自己若胜诉,则据判决不付费;若败诉,则按协议也不必付费,因为根据协议,他并没有在第一个案子中胜诉。

长久以来,这一悖论向我们展示了律师和政客的不靠谱。

第欧根尼·拉尔修曾记载过"鳄鱼的谜题"。一个小孩在尼罗河边玩耍,被鳄鱼抓走了。孩子的母亲恳求鳄鱼把孩子还给自己。"当然可以,"鳄鱼回答,"要是你能猜到我要做什么,我就把孩子还你;但要是你没猜对,我就吃了他。"母亲绝望地哭了起来,说道:"你会把我的孩子吃掉。"

鳄鱼很狡猾,回答道:"那我不能把孩子还给你,因为我要是给你了,就证明你说错了。但我说过,要是你说得不对,我就把小孩吃了。"小孩的母亲则机智地答道:"恰恰相反,你不能吃掉我的孩子,因为如果你吃了,那我猜的就是对的。而你向我承诺了,如果我说得对,你就会把孩子还给我。我知道你爱惜名声,所以你会遵守承诺。"

下面这几句话是雷蒙德·斯穆里安收集的一些有意思的悖论，作为这一部分的结束语：

> 像其他人一样，我是唯我论者。
> 我认为唯我论是正确的，但仅代表个人观点。
> 禁止停车许可。
> 这个物种总是在灭绝。
> 你又像往常一样超越了自己。
> 上帝肯定存在。因为他不会那么刻薄，先让我相信他存在，然后再让我发现其实他不存在。
> 我发誓要打破我现在起的誓。
> 迷信不吉利。

那么，什么是修辞学中的悖论呢？

从词源学角度讲，"悖论"一词由 parà、ten 和 doxen 构成，意思是"超越通常观点的陈述"。因此，该词最初指偏离大众舆论的意见，令人感到怪异、陌生、出乎意料。这也正是圣伊西多尔使用该词时所要表达的意思，他会用"悖论"来描述一些难以想象、难以理解之事。比如西塞罗为弗拉库斯辩护时本应赞扬他，却对他大加谴责。(参见《词源》)

关于悖论在修辞意义上的概念，我们可以在各种词典里找到：

> 悖论以命题、概念、陈述、结论、隽语的形式展现，通常和广泛传播或者普遍接受的意见相左，同时也和经验及常识相悖，更和它涉及的信仰体系，和大家认为天经地义的知识及原则大相径庭。然而，悖论可以产生一定的效果。它通过明显不合逻辑、不协调的形式，来对抗人云亦云的盲从者的无知和草率。

因此，在修辞学和文学层面，悖论可能是一句格言或警句。乍看上去它好像是错的，但最后会揭示隐藏的真理。

这样讲来，悖论总是以格言或警句的形式出现。

《禁止复制》
1937 年
勒内·马格里特
鹿特丹，博伊曼斯·范伯宁恩美术馆

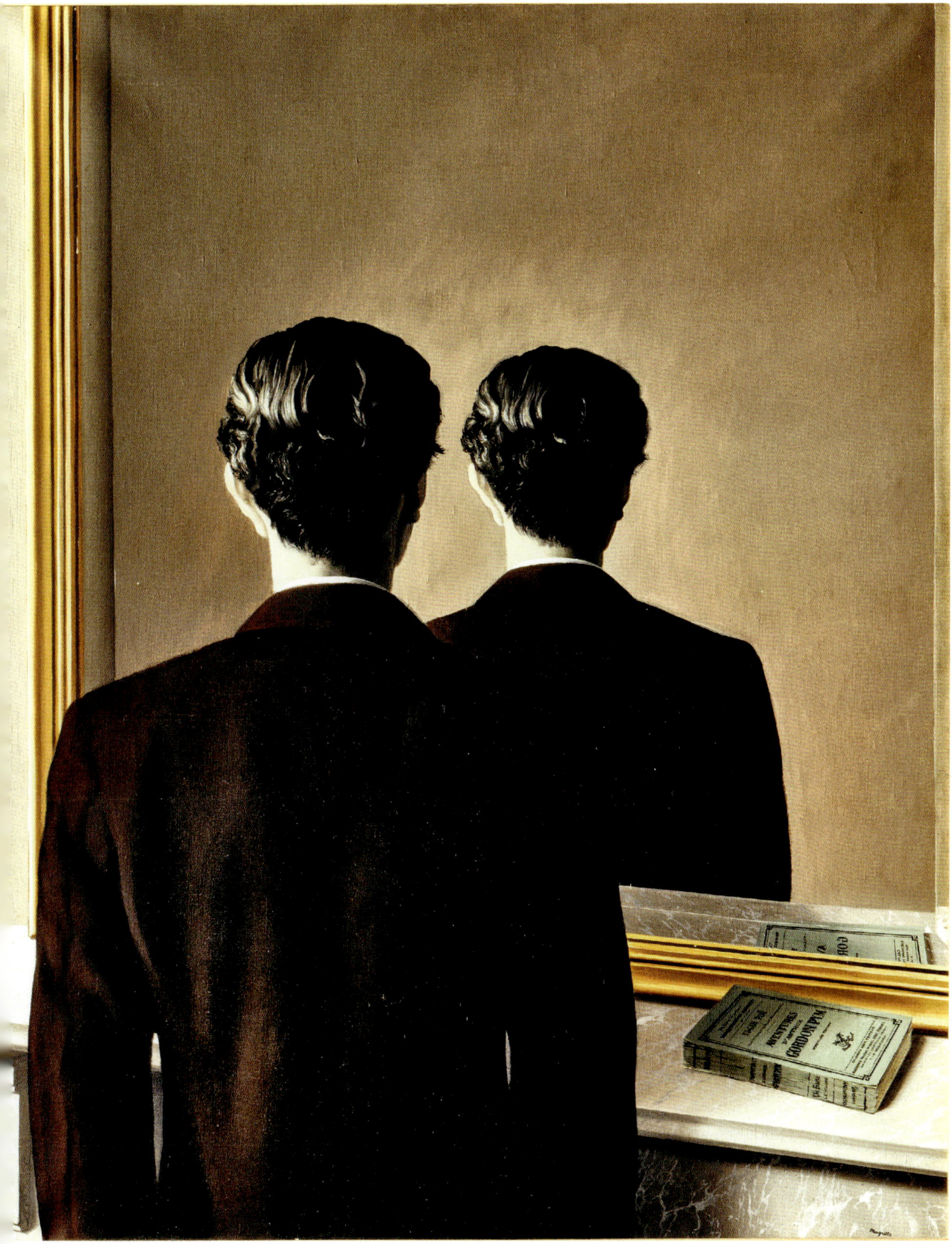
EDGAR POE
AVENTURES
GORDON PYM

没有比警句更难定义的了。这个词源于希腊语，起先表示"为献祭而储备的东西"、"供品"，后来演变为"定义、谚语、简洁的格言"。希波克拉底的格言正是如此。因此，根据津加雷利词典的定义，警句是"描述生活准则或哲理的简短格言"。

有人说，警句是一种形式简短的格言，它的内涵机敏，凸显典雅和机智，但牺牲掉了原本在表达真理上的果断立场。不论是格言还是警句，其表达的真理的概念都与创作者的意图有关。"警句表达真理"，这意味着它传达出了作者认为是真理的东西，且作者希望读者相信和认同。但格言或警句不一定非得幽默诙谐，也不一定要与主流观点相悖；相反，它们旨在从主流观点显得浅薄的地方入手，深化完善那个意见。

尚福尔说："最富有的是节俭的人，最贫穷的是守财奴。"（《格言与思想》）这句话的精妙之处在于：主流观点认为，节俭之人是指不浪费自己有限的资源、精打细算的人，而守财奴则是那些累积财富超过自身所需的人。因而这句格言乍一读与主流观点相悖，除非大家接受"富有"指资源利用程度最大化，而"贫穷"不仅指精神层面，也与需求的满足有关。明白了修辞游戏以后，格言就不再与主流观点对立，而是进一步佐证了它。

然而，当与普遍认知发生激烈冲突时，警句第一眼看上去往往是错误的、难以接受的，只有经过理性的思考，"剥开"它那夸张的形式，难以接受的真理才会浮现，于是我们就有了"悖论"。

因此，警句尽管有意展现诙谐的言语，但实质是想令人相信它的真理性。悖论所显露出来的原始面目似乎是谬误的，只不过经听者的一番深思熟虑之后，便能明白它揭示了作者认为是真理的东西。舆论的期待与悖论惊世骇俗的形式之间有一道鸿沟，因此悖论显得诙谐讽刺，让人觉得机敏。

文学史中满是警句，悖论却寥寥无几。创作警句是很容易的（谚语也是警句，如"妈妈永远是妈妈""爱叫的狗不咬人"等），而悖论的艺术是困难的。

几年前，我对皮蒂格里利[1]进行了一番研究。他是一位"警句

---

[1] Pitigrilli，本名狄诺·塞格雷（Dino Segre，1893—1975），意大利作家、记者。

大师"，也是作家。下面几句是他最有名的格言。它们语言诙谐，所断言的真理也没有背离主流观点：

> 美食家：上过高中的厨子。
> 语法：一种教你语言但妨碍你开口说的复杂工具。
> 片段：对于不知如何拼凑出一整本书的作者而言不啻为天赐良方。
> 酗酒：美妙的科学用语，让人听了想喝酒。

还有其他一些格言，并非为了表达所谓的真理，而是肯定某个道德决定或行为准则：

> 我可以亲麻风病人，但不会和笨蛋握手。
> 宽恕那些对你不好的人，因为你不知道其他人为你准备了什么。

无论如何，皮蒂格里利在《反胡诌词典》(*Dizionario antiballistico*，一九六二年）中收集了自己和他人所说的格言、谚语和警句。他总是不顾一切地想要展现自己愤世嫉俗的一面，甚至不惜坦率地承认自己花招的邪恶，以此来警告世人警句的文字游戏可能张机设陷：

> 既然大家彼此在交心的道路上努力，我必须承认我怂恿读者"耍流氓"。我来解释一下：当有人在路上吵架或发生了交通事故，总会不知道从哪儿突然冒出一个人，帮着一方和另一方理论，火上浇油，通常情况下司机总是孤立无援的那一个。这个无名的小流氓借机泄了私愤。同样，在阅读中，对一个没有主见的读者来说，当他发现一个如诗如画、熠熠生辉、令其灵感迸发的语句时，会立马爱上它，引用它，用惊叹号进行评价，比如"真棒！""对！"，好像他一直就是这么想的。这句话仿佛是从他的思维方式和人生哲学里提炼的精华。他开始"站队"，就像墨索里尼经常挂在嘴边的那样。这位读者不需深入到广袤的"文学丛林"中，就能在我提供的方法中选择立场站队。

由此，警句用一种巧妙（和新颖）的方式"新瓶装旧酒"。

比如，说簧风琴是"一架厌世的钢琴，它到宗教中寻求庇护"，只是用形象的语言重新表述了我们早已知晓并相信的东西，即簧风琴是教堂乐器。说酒精是"一种能害死活人、保护死人的液体"，也不过是换一种方式阐述酗酒的危害以及酒精在解剖学上的应用，这样的话语对我们既有的知识没有任何补充。

在《波特的实验》（一九二九年）中，皮蒂格里利借主人公之口说道："智慧是女人身上一种我们偶尔会碰上的不正常现象，就好比白化病、左撇子、雌雄同体或多趾症。"这话听上去讽刺幽默，却只不过道出了一九二九年男性读者（没准还有女性读者）的心声。

除了批评他自己所写的警句外，皮蒂格里利还告诉我们，有些发人深省的警句反过来说也一样很有分量。他本人列举了一些可以倒过来说的例子，我们来看一下：

>许多人轻视财富，却很少人知道如何慷慨运用财富。
>许多人知道如何慷慨运用财富，却很少人轻视它。

>由于恐惧，我们做出承诺；由于希望，我们遵守诺言。
>由于希望，我们做出承诺；由于恐惧，我们遵守诺言。

>历史只不过是一场自由的冒险。
>自由只不过是一场历史的冒险。

>幸福存在于事物中，而不是我们的喜好里。
>幸福存在于我们的喜好中，而不是事物里。

此外，皮蒂格里利还列出了不同作者的格言。这些格言看起来彼此矛盾，但似乎都在表达某一个既定的真理。

>只有出于乐观，人才会欺骗自己。（埃尔维厄）
>人总是更常被不自信所欺，而不是被自信所欺。（里瓦罗尔）

> 如果哲学家成为国王，或者国王致力哲学研习，人民会感到更幸福。（普鲁塔克）
>
> 如果哪天我准备惩罚某个行省，就会派哲学家去统治那里的人。（腓特烈二世）

我用一个词来称呼这类警句——"可颠倒警句"。一个可颠倒警句是其作者过度卖弄机巧时显现出的病态。换言之，若一句格言过于追求炫技，也就不再关注它倒过来的说法是否依然成立。而悖论则是实实在在地推翻了普遍观点，它呈现出一个难以接受的世界，引起抗拒和排斥。然而，如果我们花心思去了解，它就会带给我们知识。于是到最后，它看起来妙趣横生，因为我们不得不承认它是对的。可颠倒警句包含的真理是十分片面的，而且往往要等到反读过后，读者才发现无论正说还是反说，两种陈述没有一个是真的：只因为它风趣机智，所以看起来似乎是真的。

悖论并不是"颠倒的世界"这一传统主题的变体。后者机械地预言一个怪象纷呈的世界：这里的动物能说话，人类会嚎叫，鱼在天上飞，鸟在水中游，猴子做弥撒，主教从一棵树跳到另一棵树。一切都毫无逻辑，不过是将一些无法实现的、不可能发生的事拼凑起来，纯属滑稽的狂欢节游戏。

真正的悖论即便倒过来说也遵循一定的逻辑，且局限于现实世界的一部分。比如一个波斯人来到巴黎，他描绘的法国好比一个巴黎人描述的波斯。它的效果也是矛盾的，因为它逼着人们撇开根深蒂固的成见去审视大家习以为常的事物。

区分什么是悖论、什么是可颠倒警句的一种方法，就是试试看能否将悖论加以反读。

有一位作家总是以玩世不恭的态度在悖论和警句间轻松游走，他就是奥斯卡·王尔德。纵观他在作品中四散的无数警句，我们不得不承认，我们面对的是一位自命不凡的作家、一个花花公子，为了让小资产阶级目瞪口呆，他才不去细分什么是警句、可颠倒警句或是悖论。不过，他有足够的勇气让那些可悲的陈词滥调披上隽言妙语的外衣充当警句，而在这些机智的俏皮话之下，其实只是些可鄙的陈词滥调——至少是维多利亚时代资产阶级和贵族的陈腐言语。

《狂欢节与四旬斋之争》

1559 年

老彼得·勃鲁盖尔

维也纳艺术史博物馆

《海滩上一只看不见的阿富汗犬和加西亚·洛尔卡显现的面容，像盛着三个无花果的高脚盘》

1938 年

萨尔瓦多·达利

私人收藏

只消对这种文类稍加钻研就可知道，王尔德，一个将警句式的挑衅加入小说、喜剧和散文充作调味剂的作家，是否以及在多大程度上是一位令人眼花缭乱的悖论的真正作者，或者仅仅是一个俏皮话的精心收集者。

这里我先列举一些货真价实的悖论，我敢保证谁都无法加以反读（理智的人充其量只能说它没有意义，或者说格言本身是错的）：

生命不过是蹩脚的一刻钟，人在其中能够品尝片刻欢愉。

自私并不意味着按照我们的意愿生活，而是要求他人也按照我们的意愿生活。

敏感的人就是借口自己脚底长鸡眼而总踩在别人脚上的家伙。

所有那些不会学习的人都跑去当老师了。

一个被大家津津乐道的人总是很有魅力的。毕竟，所有人都暗自觉得他身上有点东西。

除了诱惑，我能抗拒一切。

谎言是他人的真理。

我们对历史的唯一责任就是改写历史。

如果要让一个理念成为必然的真理，那么甘心为它赴死还不足够。

亲戚只不过是一群连最简单的生存方法和最低限度的预感死亡的本能也一无所知的无聊之徒。

每当别人同意我的看法时，我总是感觉自己的看法似乎是不对的。

然而，似乎很容易就可加以反读的王尔德式警句就更不胜枚举了：

生活是世界上最罕见的东西。绝大多数的人只是活着，仅此而已。

活着是世界上最罕见的东西。绝大多数人只是在生活，仅此而已。

凡是看出灵魂和肉体之间有所不同的人，即便只是看出一丝不同，那他两者都不能拥有。

凡是看不出灵魂和肉体有任何一丝不同的人，那他两者都不能拥有。

生命太重要，以至于无法严肃谈论它。

生命太微不足道，以至于无法严肃谈论它。

世人可以简单分成两类：一类相信难以置信的事物，比方普罗大众；另一类创造似不可信的事物，像我就是。

世人可以简单分成两类：一类相信似不可信的事物，比方普罗大众；另一类创造难以置信的事物，像我就是。

世人可以简单分成两类：一类创造似不可信的事物，比方普罗大众；另一类相信难以置信的事物，像我就是。

好的决定总有一个命数——它们总是下得太早。

好的决定总有一个命数——它们总是下得太晚。

不成熟意味着完美。

成熟意味着不完美。

完美意味着不成熟。

不完美意味着成熟。

无知好比一种外来的珍果，要是你伸手去碰，它的花朵便会凋谢。

知识好比一种外来的珍果，要是你伸手去碰，它的花朵便会凋谢。

人们越研究艺术，对自然就越不感兴趣。

人们越研究自然，对艺术就越不感兴趣。

绘画里夕阳的风景已经退出流行了。在前代艺术家中最后为它留下绝唱的是透纳。今天如果崇拜他，那么就是乡下人的品味了。

绘画里夕阳的风景再度具有现代感。在前代艺术家中最后为它留下绝唱的是透纳。今天如果崇拜他，那么就是最时髦的品味了。

美揭示一切，因为它什么都不表达。
美什么都不揭示，因为它表达一切。

所有的已婚男人只能吸引自己的妻子，而且经常连妻子都不动心。
所有的已婚男人只能吸引妻子以外的女人，而且连妻子也时常动心。

纨绔主义就是主张美的绝对现代性。
纨绔主义就是主张美的绝对非现代性。

谈话应该触及一切但什么也不必深入。
谈话不该触及一切但需深入每件事。

我喜欢谈话空无一物，那是唯一我知晓一切的领域。
我喜欢言之有物，那是唯一我一无所知的领域。

只有一流的文体大师才能达到晦涩的境界。
只有一流的文体大师才能达到清晰的境界。

任谁都能创造历史，可是只有一个伟大人物能够将它记录下来。
任谁都能记录历史，可是只有一个伟大人物能够创造历史。

除了语言，英国人和美国人是一样的。
除了语言，英国人和美国人毫无相同之处。

只有现代的东西才会退出流行。

只有退出流行的东西才具现代感。

如果我们对于奥斯卡·王尔德的评断到此为止，那未免不够厚道。他是纨绔形象的化身，可是布鲁梅尔勋爵或他中意的德塞森特①都是他的先驱。他对悖论（包藏激怒人的真理）、警句（包藏可接受的真理）和可颠倒警句（漠视真理的纯文字游戏）三者不做任何区分。此外，王尔德对于艺术的诸多理念也容许他采取这种立场，毕竟他认为警句不应该把实用性、真理或者道德教训当作目的，而只应关注文体上的高贵与优雅。

根据他的原则，他锒铛入狱不该是因为爱上道格拉斯爵士，而是因为他给后者寄了这样一封信："真是奇迹，你那两片如玫瑰花瓣般红艳的嘴唇，不论唱歌或是激吻都同样合用。"而在法庭上受审的时候，他还强调这封信只是文体风格的练习，好比一首散文式的十四行诗。

然而，如果作者借由笔下一个愚蠢可笑的人物说出一个警句，那么这个警句的力量会因此而削弱吗？比如，在《不可儿戏》里，巴拉克诺太太说过："沃辛先生，失去父亲或母亲可以视为不幸，但若失去双亲那就像是疏忽！"有人由此怀疑，王尔德根本不相信他自己所写的警句，也不相信他那些久负盛名的悖论。这种推测倒也合情合理：他在乎的，只是展现一个欣赏这类格言警句的社会罢了。

对此，他本人也证实过。让我们看《不可儿戏》里的一段对话：

阿尔杰农 所有的女人都会变成她母亲的样子。这是女人的悲剧。这种事绝不会发生在男人身上，这是男人的悲剧。

杰克 你认为这句话言之有理？

阿尔杰农 不管如何，至少措辞精彩绝顶，这和人家对于我们文明生活所做的评论一样真实。

因此，王尔德也许不应该被看成生活放荡的警句作家，而应是

---

① Jean des Esseintes，法国作家于斯曼创作的长篇小说《逆流》的主人公。

当时社会风气的批评者和讽刺者。至于他活在这种社会风气里是否悠游自在，那是另一回事，而这也是他的不幸。

让我们重读《道连·葛雷的画像》。除了极少数的例外，最令人印象深刻的警句总是由像亨利爵士这类自命不凡的愚人说出来的。王尔德并没有用这些格言做保，为我们提供安身立命的准则。

亨利以诙谐的言语说出一大堆在当时的社会流行的陈词滥调（正因如此，王尔德的读者读起这些伪悖论反而觉得津津有味）：

> 一个主教到了八十岁还在讲他十八岁时被灌输的那一套。
>
> 哪怕是最平常的事情，只要人们把它隐瞒起来，就显得饶有趣味。
>
> 结婚的唯一美妙之处，就是双方都绝对需要靠撒谎过日子。
>
> 时下最畅销的书多半是碎了的心之类。
>
> 年轻人想要忠诚，结果都做不到；老年人想要变心，已无能为力。
>
> 我不缺钱，得自己付账的人才需要钱，而我从不自己付账。
>
> 除了天气，我不打算改变英国的任何事情。
>
> 若要重拾青春，那就重蹈覆辙，干些当年的蠢事。
>
> 男人因为倦怠而娶妻，女人则出于好奇而嫁人。
>
> 女人的现实精神令人衷心折服：我们老是忘了触及结婚这个话题，而她们一定会提醒我们。
>
> 当我们快乐的时候，总是善良有德，可是当我们善良有德的时候则未必快乐。
>
> 穷人最大的不幸在于，除了自我牺牲什么都做不了。（天知道亨利爵士是否读过《共产党宣言》，因此知道"无产阶级除了身上的枷锁之外一无所有"的道理？）
>
> 宁可爱人也不要被爱，被爱是件麻烦事。
>
> 出人头地，就会马上树敌；做个庸才，广受欢迎。
>
> 在乡下，任何人都可以成为好人。
>
> 婚姻生活仅仅是一种习惯。
>
> 犯罪是下层百姓的行当，犯罪之于他们好比艺术之于我们，都是一种睥睨同侪的陶醉感。

> 谋杀说什么都是错的：坚决不要做出一些茶余饭后无法拿来谈论的事……

上述陈词滥调之所以显得出彩，仅仅是因为堆砌的词藻环环相扣。就好比罗列的技巧，最平庸的字眼和同样平庸的字眼罗列在一起，只因为这种不协调的排列关系并不常见，才让人读起来心生钦佩。亨利勋爵"天赋异禀"，连那些甚至不配印在巧克力包装纸上的陈词滥调他都能拿来，加以颠倒，制造趣味性：

> 自然而不造作只是一种姿态，而且是据我所知最令人恼怒的姿态。
> 我最爱简单的乐趣，那是复杂的人最后的避风港。
> 我所要的只有讯息，不是有用的讯息，而是无用的讯息。
> 我向你保证，没有关于美国人的俏皮话，真可怕！
> 我同情一切，就是不同情疾苦。
> 亲爱的孩子，肤浅的人说穿了就是一辈子只爱一次的人。
> 别人的悲惨故事照例是无聊透顶的。
> 不论何时，当一个人做出一件彻底愚蠢的事时，背后的动机总是最高尚的。（这句话也可以反读成：当一个人做出一件完全高尚的事时，背后的动机总是最愚蠢的。）
> 一个男人可以和任何女人幸福地在一起，只要他不爱她。
> 美丽要比善良好，善良要比难看强。（这有点像电视上的一句流行语："宁可美貌、有钱、身体健康，也不要丑陋、贫穷、疾病缠身。"）
> 只有浅薄的人才不以貌取人。
> 时下大家待人处事的方法实在恐怖：他们在背后议论你，偏偏这些话都是千真万确的。
> 心血来潮和作为一生志向的兴趣有点不同，前者比后者持续的时间稍微长一点。

我们必须承认，亨利爵士口中的确说出过几条挺有效的悖论：

《道连·葛雷的画像》

1943—1944 年

伊万·奥尔布莱特

芝加哥艺术学院

我同相貌美的人交朋友，同名声好的人谈恋爱，同头脑灵的人做对头。

年轻的美国女子善于隐藏自己父母的身份，一如年轻的英国女子善于隐藏自己的过去。

慈善家丝毫没有人道意识，这是他们的共同特点。

我可以忍受粗暴的力量，可完全无法忍受粗暴的理智。

我喜欢瓦格纳的音乐胜过其他人的音乐，因为它够大声，大到就算我们整场演奏会都在聊天，其他人也听不到。

所谓的极度热忱是那些无所事事者的专利特权。

女人能激起我们创造杰作的欲望，可又总是妨碍我们实现它。

一个把铲子叫作铲子的人只配去下地干活儿。

不过，亨利爵士的悖论通常不过是可颠倒警句而已：

现代生活中唯一存留的颜色便是罪恶。
现代生活中唯一存留的颜色便是美德。

事实上，《道连·葛雷的画像》呈现了亨利爵士自命不凡的愚蠢，同时也对此加以批判。谈到他，书中另一位角色会说："亲爱的……别听他胡诌。他从不说正经话的。"谈到他，作者则说：

亨利爵士玩弄这个观念，任性而为，变本加厉；他玩杂耍似的将它丢到空中，变戏法似的加以转换；放它逃跑，又将它捉回来；他用想象力使它变得五彩缤纷，又给它插上悖论的双翼任其翱翔……他发现道连·葛雷的目光停留在他身上，于是知道，在听众当中有一位他想吸引住的人，而这个人也使他的高论越发机智犀利，为他的想象力增添色彩。

王尔德笔下某些经典的悖论曾在牛津某报纸上刊行过，出现在"对年轻人有用的格言和哲理"栏中，给读者提供生活上的指导：

有教养的人会反驳别人的话。有智慧的人会反驳他们自己的话。

野心是失败者最后的避难所。

在考试中，蠢人总是提一些智者答不上来的问题。

只有文体大师才懂得隐晦的艺术。

人生的首要责任是尽量矫揉造作。至于第二责任是什么，至今无人发现。

真正发生的事一点也不重要。

人到了成熟的年纪，严肃反倒成为乏味。

说真话的人迟早要被揭穿。

只有肤浅的人才了解自己。

可是王尔德在何种程度上把这些句子看作真正的知识？当他写的那些句子在审判中受到质疑时，他做出了这样的回答："我很少考虑自己所写的是不是真的。"因而，不必要求王尔德严格区分悖论（真理）、警句（显而易见）或者可颠倒警句（虚假或缺乏真理层面的价值）。王尔德所展现的是一种"修辞上难以克制的乐趣"，而不是什么哲学上的热忱。

如果是这样的话，我们不妨创造一种新形式的伪悖论和假警句，用来提醒我们，生活中的陈词滥调是存在的，而我们恰恰终日沉湎于此。

有一本小册子收集了五百句反着说的"陈词滥调"，在网上很受欢迎。原谅我在这儿只引用其中一些。我们先从书名入手——《抱歉我来早了，因为一路上都是绿灯》。

有时想象胜过现实。

我不信仰上帝，但相信教会。

他先自杀，然后用同样的武器杀死自己的妻儿。

谢谢你在这个时候远离我。

我很后悔没辍学。

是时候让圣诞老人知道孩子们并不存在。

我是糊涂了，但我还不老。

你们竟然想在市政厅办婚礼！
他们偷我钱包不是为了里面的文件和钥匙，而是为了钱。
别睡了，不然你就喝不了可口可乐了。
这不是湿度的问题，而是温度的问题。
钾元素富含香蕉。
阿尔贝托·索尔迪可以被认为是维尔多内的继承人。
我不懂古代艺术。
应该读成 midia，因为这是拉丁文。
我本来只是陪一个朋友去试镜，结果他们选中了她。
危机来了，危机来了，所有人晚上都待在家里。
毕竟，墨索里尼也干了很多令人讨厌的事。
一万个组织者，十万名警察。
威尼斯是南方的阿姆斯特丹。
白化病人的血液里流淌着音乐。
这里从前只不过是一座城市。
中国人个个长得都不一样。
枕着枕头睡觉，睡眠更好。
我也想用 Linux 系统，但它太简单了。

下面几条是卡尔·克劳斯笔下有名的悖论。我没有尝试将它们加以反读，因为只要稍加检视便知道绝不可能。这些语句与普遍观念背道而驰，包含着与主流观点相悖的真理，而且不能被扭曲加工用来表达相反的真理。

当警方将一桩丑闻结案时，丑闻才真正开始。
距离完美，她缺少的只是一点瑕疵。
处女情结是想要玷污处女的人的情结。
惩罚只能用来威吓那些根本无意犯罪的人。
地球上有一个黑暗的所在，探险者从那里被派遣到世界中来。
小孩爱扮士兵，这倒不是全无道理，但为什么士兵蛮干起来也似小孩？

《涂鸦是一种犯罪》

2013 年

班克西

纽约

当然，即使是克劳斯本人也会掉进可颠倒警句的陷阱里。下面我就举出几个容易反驳的例子，也就是可以进行反读的格言：

没有任何事物比起女人的肤浅更深不可测。
没有任何事物比起女人的深不可测更肤浅。

宁可原谅丑脚也不原谅丑袜。
宁可原谅丑袜也不原谅丑脚。

有些女人不算漂亮，但有美的韵味。
有些女人算是漂亮，但无美的韵味。

超人是对人类的早熟理想。
人类是对超人的早熟理想。

仅有的几条永远不可能反读的悖论则出自斯坦尼斯拉夫·乔治·雷克之手。下面我摘录了他在《纷乱思绪》里的几句妙语：

要是我们能借睡眠分期抵偿死亡的债该有多好！
今晚我梦见现实，还好我醒了过来！
芝麻，开门——我要出去！
如果美洲没有挡住哥伦布，天知道他会发现什么！
可怕的是在言论钳制上涂上蜂蜜。
虾死了才会变红。这是多么堪称典范的优雅受害者！
如果你要摧毁塑像，那么请保留基座，终有一天它又能够派上用场。
他拥有知识，却无法使她怀孕。
他非常谦逊地认为自己只是个三流作家，事实上他是个告密者。
火刑的柴堆不能点亮黑暗。
即便不是拿破仑，也可以死在圣赫勒拿岛上。
他们紧紧相拥，以至于没有给感情留下任何空间。

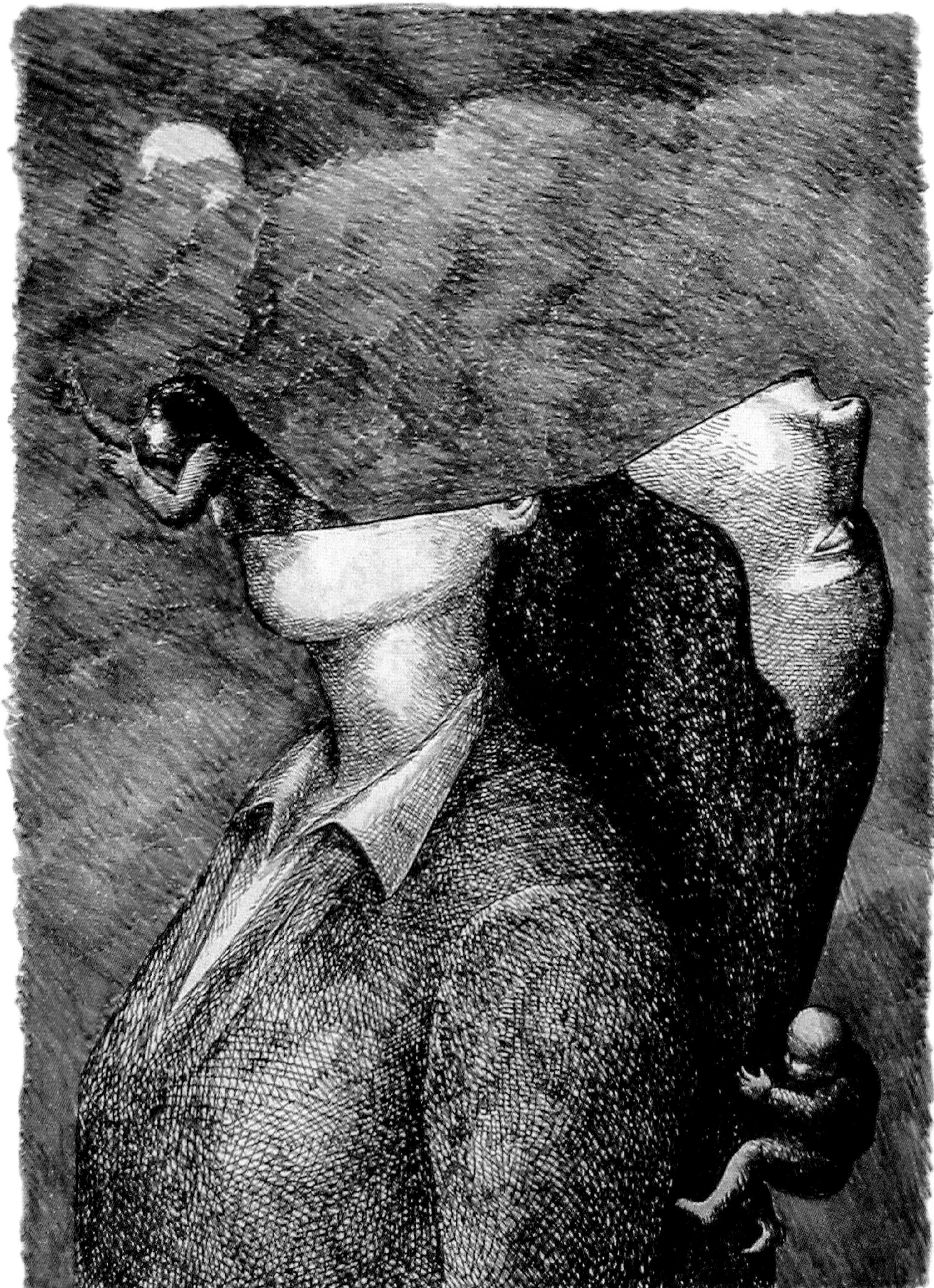

他在头上扑粉,用的是受害者的骨灰。
我梦到弗洛伊德了,这说明什么呢?
若和侏儒来往,你的脊柱便再也直不起来。
他有的是良知善意,可惜从没用过。
即使缄默不语,他也犯了拼写错误。

我坦言自己对雷克的作品爱不释手。在本次演讲的尾声,我想引用他的悖论作为结语,与君共勉(尽管我本人也不是总是遵守):

思考之前,请先思考!

二〇一〇年于米兰艺术节

《开放的天空》

石版画,1945 年之后

罗兰·托普

假话、谎言与捏造

Dire il falso, mentire, falsificare

"谎言"是逻辑学和语言哲学史上备受争议的话题之一，在伦理学和政治学中更是如此。如果想大致了解这一宏大的话题，我会给想读精炼短篇的读者推荐玛丽亚·贝泰蒂尼的《谎言简史》；对想啃"大部头"的读者，我推荐安德烈·塔利亚彼得拉的《谎言的哲学》。我之所以答应谈这个话题，不单是因为我曾写过相关的小说和散文，还因为很多人在持续引用我一九七五年的作品《符号学理论》中的一句话：我们应该思考符号是如何用于说谎的。火中升起的烟不是符号，因为它并未告诉我们任何新东西。但山丘上升起的烟就不同了，它标志着我们看不见的那团火，印第安人可以用它来发信号。然而，有人可能会用化学方法制造烟雾，以此让我误认为那是一团火，或者让我相信，那座山上有些印第安人（但实际上不是真的）。

不过，我对符号的定义也许太严格了。我本该说，所有可以用来说假话的东西都叫符号，或者更恰当一点，所有说不符合现实之事的东西都叫符号。就像文学讲述与我们的世界不同的"可能世界"里的事情，谎言只是讲述现实世界中与事实不符的事情的众多方式之一。

我来解释一下。当托勒密断言太阳围着地球转时，他的话当然与事实不符。他之所以这么说，是因为他弄错了，不过他并没说谎。说谎的意思是，说的话和自己认定的事实相反。但托勒密其实十分虔诚地认为，太阳是运动的。现在我们想象一下，假如托勒密想要打入萨摩斯的阿里斯塔克斯的追随者的秘密教派内部，他们都坚信地球绕着太阳转，为了被这些阴谋论者接受，托勒密对所有人断言："毫无疑问，地球围着太阳转。"在这种情况下，托勒密说的本是我们认为的真理，但他的断言和他的信仰是对立的，所以这里他是在说谎。因此，"假话"关乎真理，"谎言"则关乎道德。一个人，即

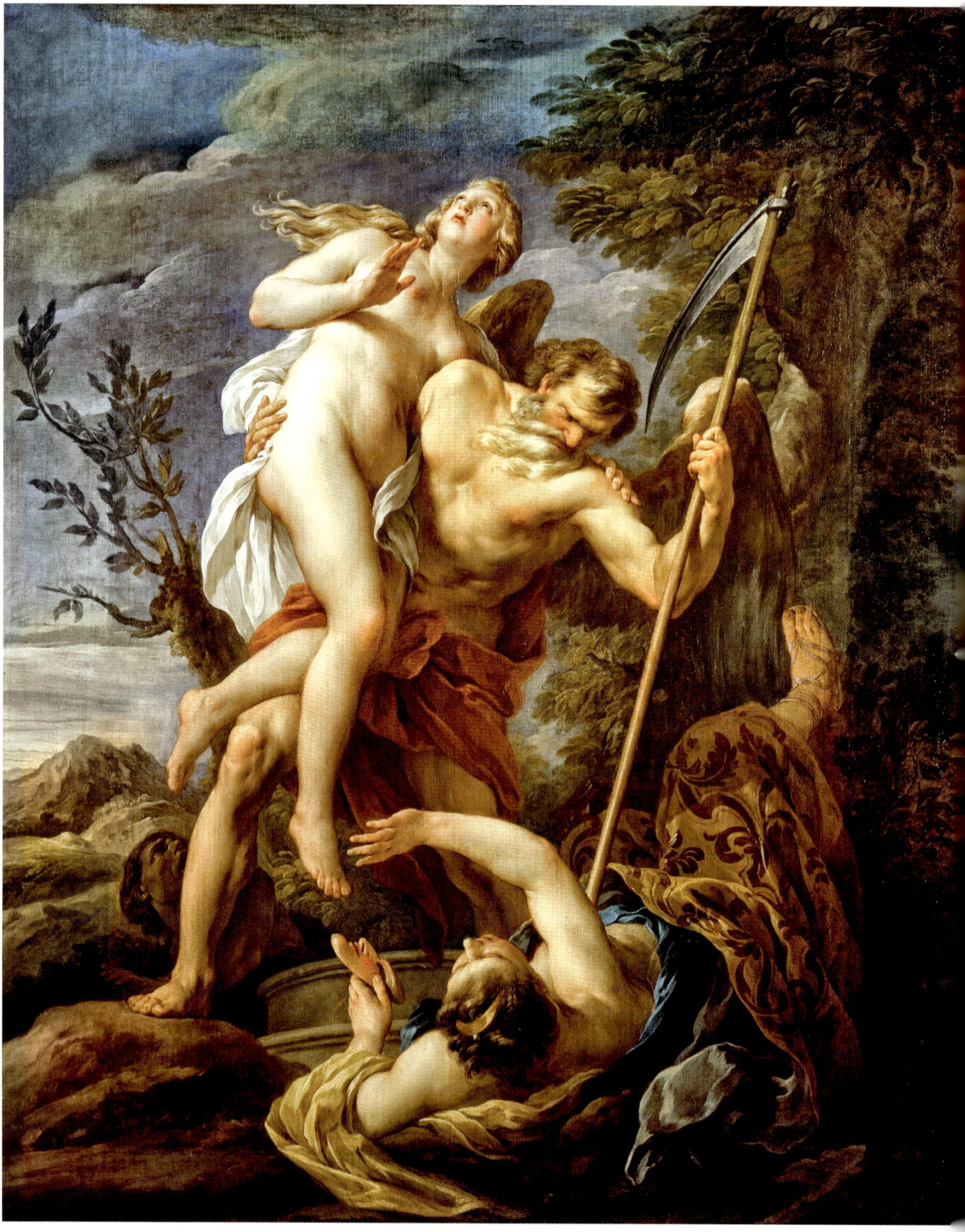

使他道出了真理，也可能是骗子。比如伊阿古构陷无辜的苔丝狄蒙娜，他无疑是个骗子。但假如苔丝狄蒙娜真的和卡西奥有染，而伊阿古不知道，那么即便他告诉奥赛罗的话是事实，他也依然是个骗子。

如果你与谎言交手太多，或者更妙，与各种造假事件交手太多，正如我在《布拉格公墓》中所做的那样，立刻会有傻瓜跳出来反驳你。他们宣称，如果你眼中的世界充斥着造假者，把历史也看作谎言的王国，那么你就是在宣称真理根本不存在，所以你就是一个相对主义者。真是太蠢了，蠢到连在高中和神学院没学过哲学的人都看不下去了。

为了证明某事是错误的、假的，抑或是捏造的，需要对什么是正确的、真的、有凭有据的有概念。当然了，存在不同程度的真相和验证真伪的可能性。如果我说"外面下雨了"，这话到底是不是真的，要根据个人经验：走到外面，然后把手伸出来。如果我说硫酸就是 H_2SO_4，根据书本中的概念，你们会认为这是真的，但如果你们坚持，也可以要求去实验室亲眼看硫酸的生产过程（尽管我觉得这个过程不会让你们满意）。如果有人告诉你们："拿破仑死于一八二一年五月五日。"你们会认为这是史实，因为百科全书上就是这么写的，因为在某个地方，比方说英国海军部，有一份证明文件。不过有些文件可能是错的（圣赫勒拿岛总督哈德逊·洛看错了日历）；或者是骗人的（哈德逊·洛，明知这是撒谎，仍宣称拿破仑已死，为了掩盖自己放任他逃到阿根廷的事实）；或者一个在伦敦的人，出于某些原因（在这里我们不去深究），篡改了哈德逊原始报告上的日期。

所以，我们已经解释了本次演讲的主题：假话、谎言和捏造是有区别的，即便这三者涵盖的领域复杂而广阔。比如，三位一体中的"圣灵"是从"圣父"和"圣子"中来的吗？教皇认为这是真的，因此他这样说的时候并没有撒谎。但君士坦丁堡宗主教认为这是错的，至少他谴责教皇犯了错误，否则也不会出现东西方教会的大分裂了。由于我们只有圣女伯尔纳德的证据，那么圣母在露德显现到底是不是真的呢？如果是的话，为什么即使有六位目击者，罗马天主教会还是质疑默主哥耶圣母显现的真实性呢？证明这类事件的真伪，和证明硫酸成分的办法很不一样。

《时间拯救真理于谬误和嫉妒》
1737 年
弗朗索瓦·勒穆瓦纳
伦敦，华勒斯典藏馆

伦理与谎言

不过，探究什么为真、什么为假是个浩大的工程，因此在这儿，我们只谈谎言和伦理的问题。说谎在《圣经》十诫中是被禁止的，但我们知道，大多数的谎言都属于教会所说的"不太严重的事情"，这也进一步区分了死罪和可宽恕的罪。比如，十诫中的第五条是"当孝敬父母"，但对母亲说"别烦我"和用锤子杀死她是有区别的。然而，"不太严重的事情"不适用于第七条"不可奸淫"（至少在我那个时代是这么教的）。换句话说，强奸自己祖母的人和对着莫妮卡·贝鲁奇的照片春心荡漾的少年，都会下地狱。那么，违反了"不可作假见证陷害人"这一条又会发生什么呢？

有些主张宽容的政治家，比如柏拉图，认为为了以美德教化年轻人，可以给他们讲神话传说（自然是充满想象力的）。后来，马基亚维利在《君主论》第十八章中也说道：

> 人们都知道，言而有信、开诚布公、不施诡计的君主是多么值得赞美。然而，我们这个时代的经验表明，那些建立了丰功伟业的君主们极少重诺守信，他们懂得怎样玩弄诡计把人们搞得昏头转向，最后击败那些诚信无欺的对手而成为胜利者……如果于己不利，一位精明的统治者就不能也不该去信守诺言……假如人人都善良无邪，此言当然不足为训，但由于人性恶劣，如果他们并不对你守信，你就同样无须对他们守信……因此，一位君主必须作好精神准备，按照命运指示的方向和事态的变化而随机应变。然而，一如前述，只要可能，他还是应当恪守正道，而一旦情势所需，他也知道如何为非作歹。①

培根写道（《培根随笔》）："掩饰不过是政治或智慧的假面，因为知道何时当说真话并敢于去说需要坚强的心智。因此，政治上的弱者往往最善于掩饰伪装。"而巴尔塔沙·葛拉西安说："掩饰是

---

① 译文引自阎克文译《君主论》，译林出版社，二〇一二年。

《谎言的隐喻》
1651 年
萨尔瓦多·罗萨
佛罗伦萨，皮蒂宫帕拉蒂纳美术馆

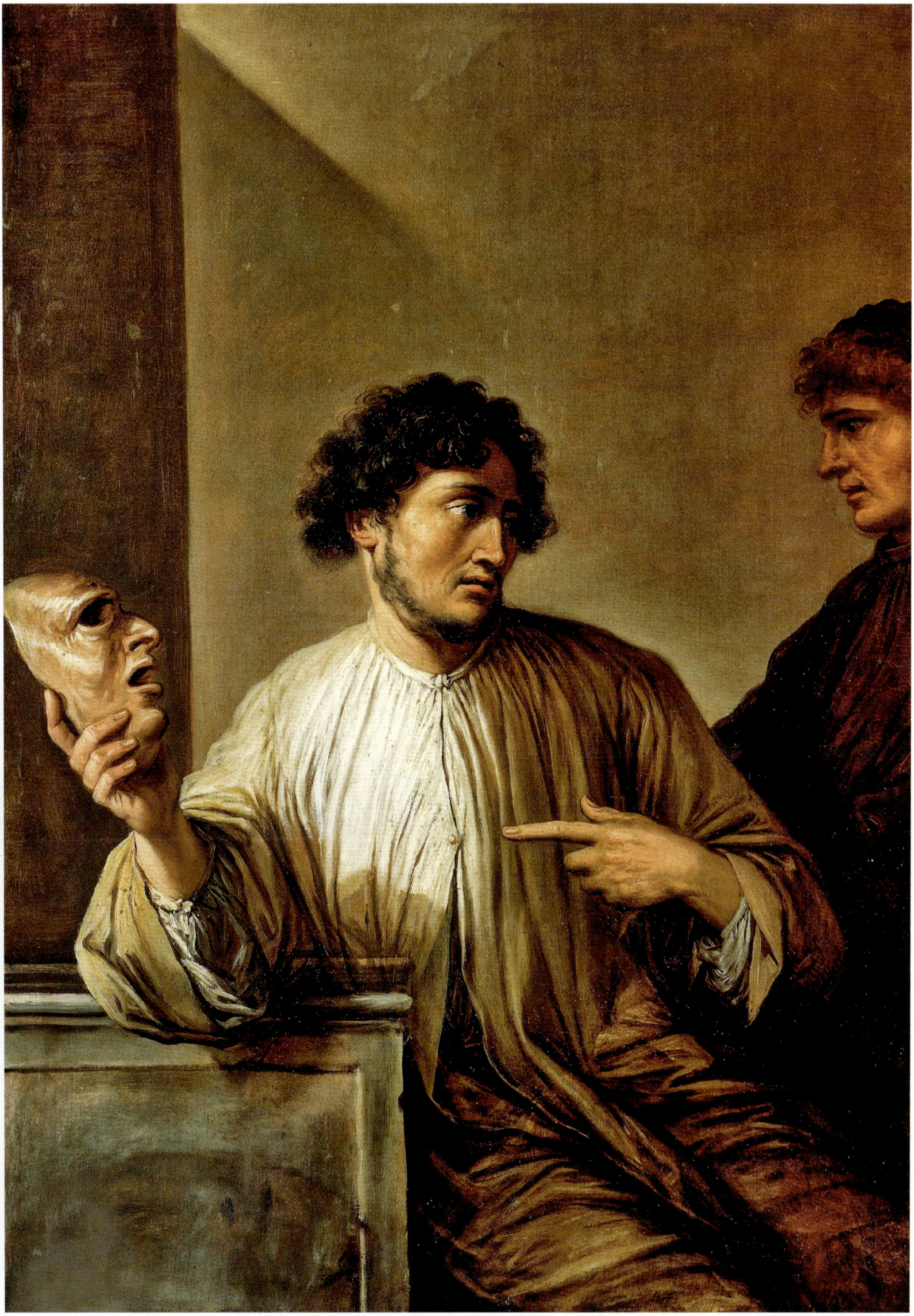

统治者最高的才能。"倘若将军一被询问便将作战计划透露给敌军，即使在今天，人们也会觉得他疯了。从恺撒到特里特米乌斯，再到恩尼格玛密码机，军队总是用各种形式的密码进行隐秘的交流。

更何况，在外交领域，说真话是危险而不被提倡的。就连我们自己也把外交谎言作为小技巧广泛应用于日常生活。比如，我们说很高兴认识某人，其实心里更乐意躲开他；或者，我们会谎称生病，以拒绝共进晚餐的邀请，其实是因为主人家菜太难吃。

不过，卫道士们坚称，无论出于何种目的都不能撒谎，性命攸关时也不行。圣奥古斯丁曾举过一个极端的例子：一个被追杀的人藏在我们家里，凶狠的杀手问我们这人是不是在我们家藏着，即便

恩尼格玛密码机

由德国工程师亚瑟·谢尔比乌斯发明

1918 年

不是出于常识，善良也会要求我们撒谎，但即便是在这种情况下，我们还是不该撒这个善意的谎。

康德对此也进行过探讨（《论对他人的道德责任》《论出于利他动机说谎的所谓权利》《论谎言》）。邦雅曼·贡斯当在其《论政治反动》中宣称，说真话是一项义务，但"任何人都不可说出伤害他人的真话"；那些我们知道的东西就像一份财产，我们可以根据意愿决定转让与否。而对康德来说，诚实是一项必须绝对遵守的义务："倘若一个人做伪证，那他不只冤枉了一个人，而是伤害了全人类。因为，假如他的行为成为普遍现象，那么人与生俱来的求知欲望就会大打折扣。"

当杀手问你把人藏哪里时，康德的观点显示出这位伟人时不时也会犯傻。（正如他认为音乐是低级的艺术，因为面对一幅画，如果不想看，可以把目光转到别处，但音乐就不一样了，即使不想听，也不得不听。）康德说：如果你谎称受害者不在你家，杀手就会到别处去寻找。而受害人可能在你不知情的情况下离开了你家，那么杀手就可能在附近遇到并杀死他。但假如你承认受害者藏在你家，杀手会四下搜寻，这时邻居可能及时赶来，在他行凶之前将其制服。至于在杀手行凶之前是否有权逮捕他的问题，康德并未考虑，这位温文尔雅的教授指望邻居来解决。

托马斯·阿奎那对说谎问题的看法要更加客观公道。他在《神学大全》中认为玩笑性质的谎言和善意的谎言一样，是可宽恕的。前者出于好玩，后者则以实用性为目的，比如那些可以救命但又不损害他人的谎言。然而，有一种谎言是死罪——损害性的谎言，它要么"不对任何人有益，还会妨害他人"，要么"只对一人有利，而损害另一人"，或者是"出于自己欺骗他人的恶趣味"。并且，我们会发现，几乎所有作者都认为，对谎言的定义不仅是故意说与事实不符的话，其中还包含损害他人的意图。

然而，关于善意的谎言，耶稣会教士们后来谈到哲学的罪行或者说微小的罪行，康德的 bagatelle（小事一桩）正是由此而来。

但事实上这并非真的是小事一桩。直到今天，我们仍会自问，向爱人隐瞒其疾病的严重程度，这到底是善意，还是欺骗呢？如果阿奎那口中那些自吹自擂、狂妄自大之徒应受谴责，那么康德谴责

213

的那些为了避免冒犯庸人而假意谦虚的人又怎么说呢？像苏格拉底那样用"我一无所知"来击败比我们见识少的人，和告诉收税官"我一无所有"，又是否一样呢？

巴洛克的虚伪

巴洛克时代是对这个问题思考得最透彻的世纪，是诞生专制主义和国家理性的世纪，也是马萨林的世纪。后者消磨时间的方式不光是通过观察别人的脸来识别谎言，还有把他与此同时正在读或写的东西隐藏起来。在他精致的宴会上，肉要看起来像鱼，鱼要看起来像肉，水果要像蔬菜，蔬菜要像水果，因为欺骗性的外表会令人惊奇。这是戏剧舞台充斥着"骗子"的世纪，比如伊阿古、唐璜和达尔杜弗；这是建筑师——比如博罗米尼——用模棱两可、令人迷惑的透视"游戏"骗人的世纪；这是重外表轻心灵的世纪，眼睛和视觉变成了探索世界的工具；这是朱塞佩·巴蒂斯塔写出《谎言颂》（一六七三年）的世纪，他象征性地向我们展示了欺骗和虚伪。

托尔夸托·阿切托在《诚实的掩饰》（一六四一年）中并未歌颂虚伪，因为它展现的并非自己的原貌；他转而赞扬掩饰，因为它不去展现自己的原貌。要是康德的话，肯定是要谴责这种假意的谦虚。对阿切托来说，他生活的时代是阴谋、骗局、威胁和陷阱大行其道的时代：

> 谨慎的生活伴随着灵魂的纯洁……在一条布满荆棘的路上，每一步都要慢慢走……福音书教导我们，要机敏如蛇，驯良如鸽子……谁要是不懂得掩饰，就不懂如何生活……掩饰只是一种巧计，它盖住了事物的原貌，如同以诚实为底色的夜幕……这不是造假，而是让真相"喘口气"……如果有人每天戴着面具，那么他反倒会比其他人都要出名……但对于一些非常出色的伪装者，有关他们的消息人们一概不知。

阿切托坦言，将该书付梓几乎让他破产。"以'掩饰'为题写作要求我也去掩饰。"他努力不让别人关注他的作品，结果真的成功

错视长廊

1652—1653 年

建筑师以高超的透视技巧，设计了这条长度只有 8.8 米，看起来却有 35 米的错视长廊

弗朗切斯科·博罗米尼

罗马，斯帕达宫

了。这本书被遗忘在落满灰尘的书架上，直到克罗齐重新发现了它。

另一方面，即使笛卡儿不怕出名，在伽利略遭到迫害后，他还是决定不出版他从一六三〇年就开始撰写的《世界（论光和论人）》。他信奉"谁藏得好，谁就活得好"这句格言。

很容易看出，如果说阿切托支持掩饰，那么葛拉西安在《智慧书》（一六四七年）中则赞扬了虚伪。但这并非易事，特别是对他这样一位当时的耶稣会教士来说。葛拉西安一直强调，不可混淆政治和欺诈，"只有真相可以带来真正的声望"。他批评马基亚维利，把他称作高明的骗子，"他的口齿看似纯洁无瑕，实则在喷火，吞噬一切习俗，毁灭共和。"乍一看，他宣扬审慎，这是在那个时代能活下去的必要条件。"说真话也需要明智审慎，即使不撒谎，也不能把真话和盘托出"，"没有什么比说真话更需要小心的了，这就像给心脏放血，说真话和沉默同样需要技巧"。

不过，极度的谨慎和怯懦的虚伪之间只有一步之遥。葛拉西安也知道，（正如马基亚维利倡导的）与其披着狮子的外衣，不如披上狐狸的皮。真正的智慧在于懂得"掩饰"，懂得计谋胜过蛮力，"人们所认为的事物并非其原貌，而是它表现出的样子"，"懂得展现价值，意味着价值翻倍"，而且"没看到的，就像不存在"，"亮出底牌既没用又无聊"，"未经修饰雕琢的美倘若不借助华丽的技巧便与野蛮粗俗无异"，"不应该总是公开行动，否则其他人就会发觉，从而阻止甚至挫败我们的行动"，要学会通过怂恿别人得到自己想要的，不要暴露自己的弱点，学会把错误转嫁给别人，永远不要和使我们相形见绌的人站在一起，要知道"好的牙粉让口气清新，知道如何贩卖空气是生活的精妙绝招，知道大部分东西可以靠口舌收入囊中"……

最后，葛拉西安说："人生就是一场对抗他人恶意的战争。深谋远虑者使用变幻莫测的谋略作战：他从不做别人意料之中的事。他瞄准一个点，只是为了射向意料之外的方向；他信口对一个地方发出威胁，然后在意想不到的地方出奇兵，总是将真实意图隐藏得很好；他让一个意图显现，然后反其道而行之，借出其不意获胜。"

瞧，葛拉西安不是阿切托。正因如此，他的格言才能在之后的几个世纪里流传于世。

虚构小说

一些研究谎言的现象学会把虚构小说也作为案例研究。但虚构小说并非谎言。曼佐尼在《约婚夫妇》里写道：在科莫湖边，一位神父被两个歹徒恐吓。作家无意撒谎：他假装所言为真，要我们搁置怀疑，一同参与到假装的过程中去。正如小孩子玩游戏时会挥舞棍棒，假装这是一把枪，让我们扮成被击中的狮子。

在虚构小说中，说假话不是为了让人相信，也不是为了害人。与此相反，小说构建起一个可能世界，它会"拉拢"读者，使他们成为"同谋"。读者置身于亦真亦假的世界，对作家为其设定的规则深信不疑，比如他们相信有会说话的动物、魔法以及其他人类不可能完成的事。

当然了，这种形式的虚构需要释放相应的信号。有时，这些信号由"副文本"释放，从标题到封面的"小说"字样，再到封底的介绍。在正文中，最明显的虚构信号莫过于一些经典的开头，如"很久以前……"。但还有其他信号，比如开门见山式的、由对话展开的，以及将目光聚焦个人而非普遍的故事，等等。但没有一种虚构信号是颠扑不破的。

虚构小说往往以一个虚假的真实信号开头。这里有个典型的例子：

> 这几篇游记的作者莱缪尔·格列佛先生是我交往年久、关系密切的朋友，而且我俩在双方母亲这一系还有些亲戚关系。大约在三年前，格列佛先生对大批好奇的人到他位于雷德里夫的家进行拜访感到厌烦，便在他的故乡诺丁汉郡的纽瓦克附近购买了一小块土地，连带那上面的一幢舒适的房子，如今他就在那儿安度退休生活……在他离开雷德里夫前，他将下列文稿交托于我……我仔仔细细地将它们读了三遍。文风相当平淡简洁，我发现的唯一缺陷就是作者跟那些游记作者一样，叙事有点过于琐细。总体来看，讲述的一切相当真实，而且作者确实显得极为诚实，他的

诚实已成为其在雷德里夫的邻居中流传的一句俗语，那就是，当有人想要肯定一件事时，他就说：那是真的，就像格列佛先生已经说过一样。①

让我们看看一七二六年第一版《格列佛游记》，图上是扉页和环衬。封面上的名字不是小说作者斯威夫特，而是这本"真实自传"的作者格列佛。虽然有点奇怪，却并不少见：虚构的信号一旦被释放，小说中的一切都将按照假装的模式发展，小说封面如果排除和否认这种虚构，就是在说谎了。在那个时代，公众是普遍接受"乌托邦式游记"的虚构的。从琉善②的作品《信史》开始，强调真实性的言辞开始作为虚构信号出现。因为作者在书中写道："我以真实可信为幌子，写尽满纸谎言。"无论如何，在小说中，想象世界与真实世界的精微细节常常紧密联系在一起。因此在小说世界里待上一段时间，将虚构元素与现实对照混合之后，读者也就不知道自己身处何境了。

因此，读者会把小说中的故事当作真实发生的事，而且认为人物的观点就是作者的观点。作为一名小说家，我向你们保证，在读过数以万册的书之后，读者会从"老练"逐渐变得"不成熟"。小说被他们解读为真相的产物。就像在过去的西西里木偶剧院，在演出结束时背叛者加尼隆会被观众围殴。

非本真

到目前为止，我们往往认为谎言只是骗子和受骗者之间的二元关系。不过，谎言其实还可以是一元或者三元的。

所谓一元的谎言就是非本真。就是说，某人即便知道真相，仍然在欺骗自己，最后反倒对谎言信以为真。在这种情况下，说谎的和被骗的是同一个人，也就是说，作为说谎者，我应该知道我对自己这个被欺骗的人隐瞒的真相。

描写非本真最精彩的片段，出自让-保罗·萨特。他在《存在

《格列佛拖着布莱福斯库的战舰》

《格列佛游记》插图
19 世纪

---

① 译文引自孙予译《格列佛游记》，上海译文出版社，二〇一八年。
② Lucian of Samosata（约125—180），希腊语讽刺作家，生于叙利亚的萨莫萨塔。

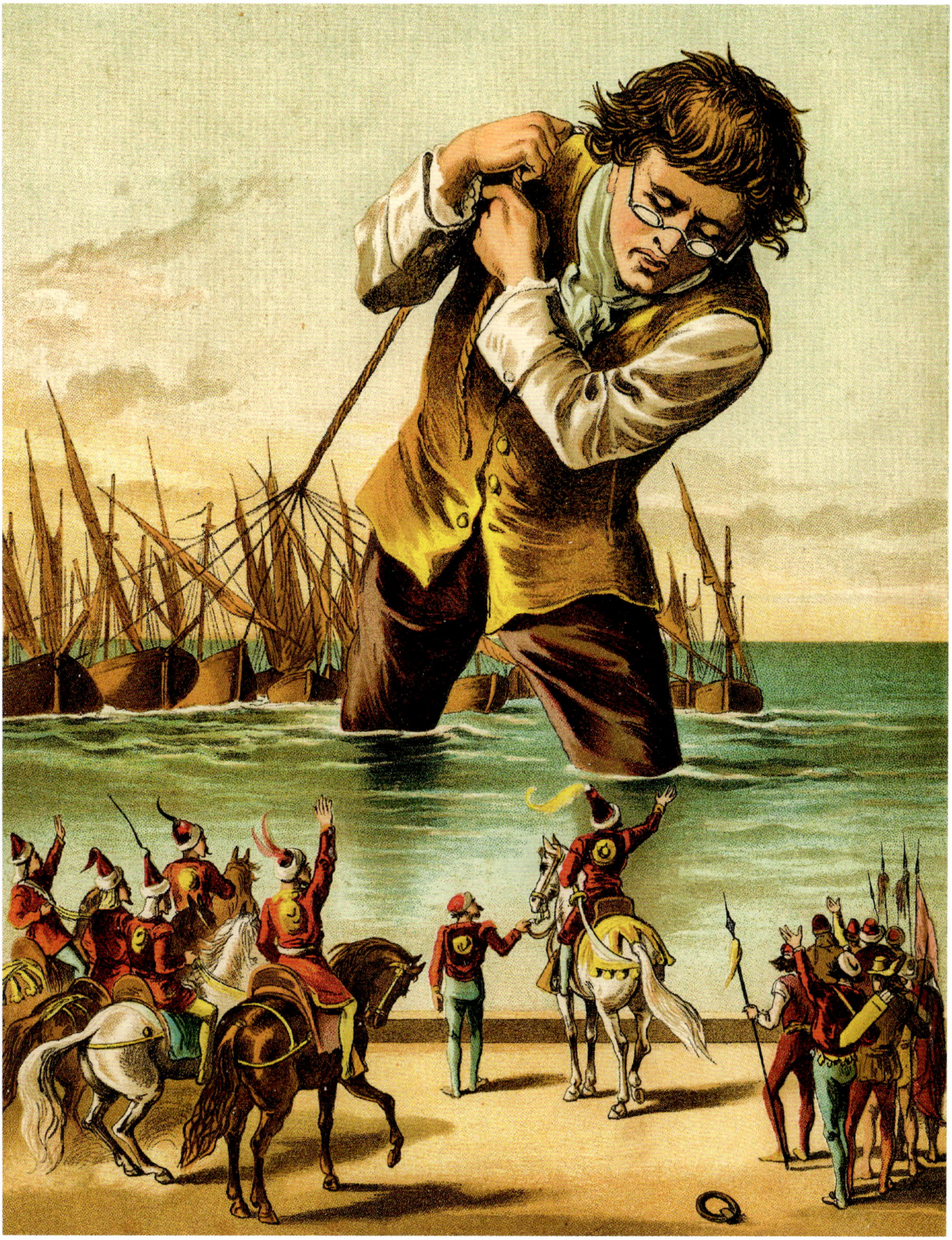

《格列佛游记》扉页

1726 年

与虚无》中，讲述了一位初次赴约的女子。她清楚地知道那个男人有意于她。她也应该明白，自踏进房间的那一刻起，她的命运就确定了。但她否认这一点，自欺欺人。当男人对她吐露衷情时，她只从字面上理解，并认为这种爱慕仅限灵魂而非肉体。她拒绝理解男人对她的欲望，一旦这爱慕越了轨，她就拒不承认。但这时，男人抓住了她的手。若她听之任之，便意味着接受二人的关系进入一个新阶段；若她收回这只手，就会打破这种"使这一刻充满魅力的暧昧而不稳定的和谐"。

关键在于把决定的时刻尽可能向后拖延。我们知道当时发生了什么：女子不管她的手，但她没有觉察到这一点。因为她碰巧在此刻完全成了精神的存在……在这个时刻，身和心的分离就完成了。她的手毫无生气地放在对方温热的手之间，既不顺从也不反抗——成了一个物件。

不过，只消想一下萨特的外貌，就能知道，与其说这段文字有些沙文主义倾向，还不如说相当可悲。说白了，谁知道这位女士到底是什么样子……

讽　刺

在讽刺中，可能——但不是一定——存在三元关系。通过讽刺，人们会说一些"反话"，比如"你真聪明"，"布鲁图斯可是个爱惜名声的人"，等等。如果交谈者知道真相，讽刺就会发挥作用。人们精心制造了一些信号，为讽刺"推波助澜"（参见德国语言学家哈拉尔德·魏因里希写的《谎言的语言学》），比如怎么眨眼睛，怎么清嗓子，应该用什么样的语气，写作的时候要用双引号、斜体甚至是（真是耻辱！）省略号。到这种程度，讽刺就成了一种虚构。不过，要是谈话者是个傻瓜的话，那讽刺的信号就没用了，他甚至会变成被戏弄的对象。讽刺在这时便有了三元关系：谈话者不明白讽刺者的意图，便信以为真，只有另一个"目击者"才明白讽刺者的弦外之音。由此，讽刺者和目击者成了同谋，一起嘲笑谈话者。

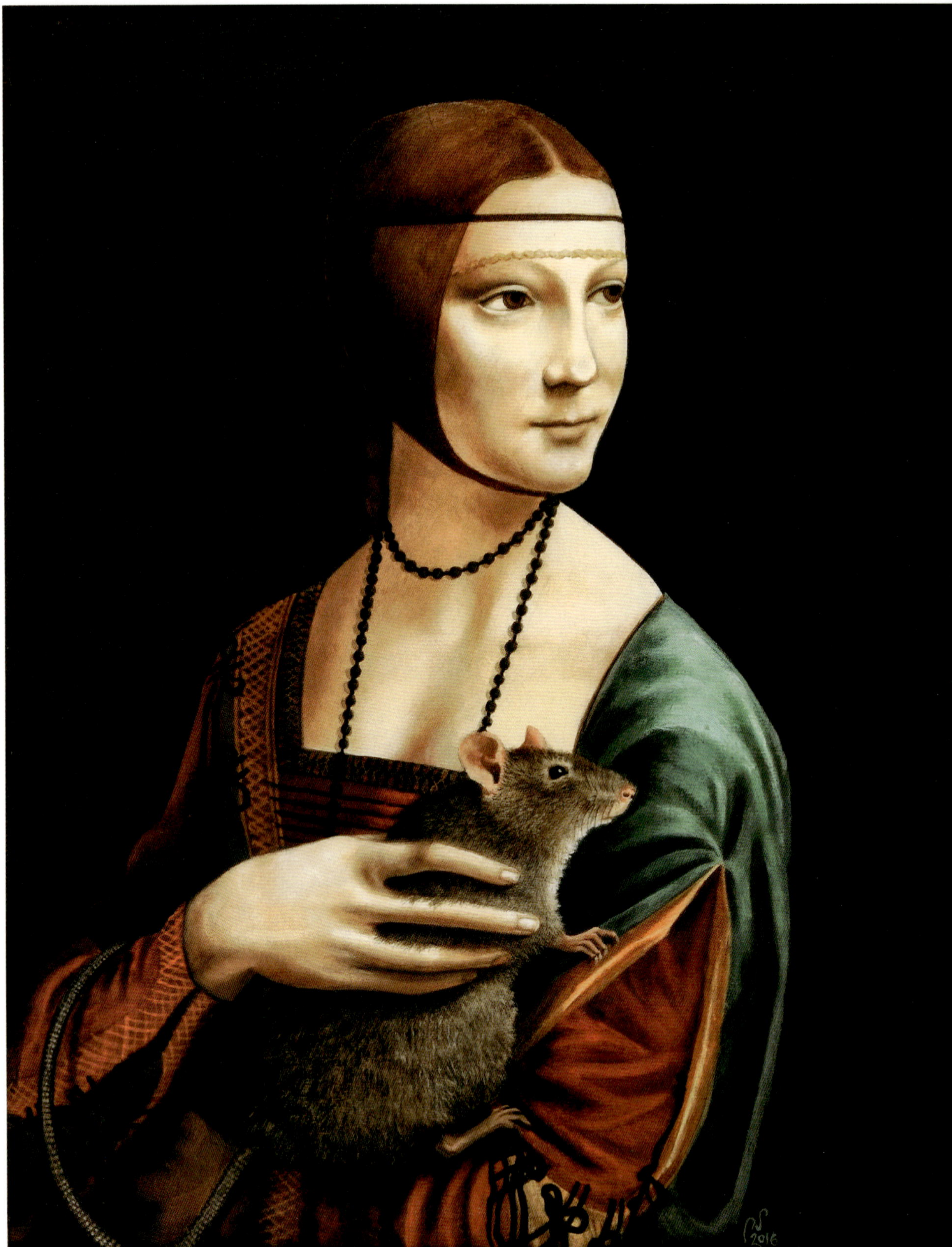
2016

伪 造

那么，有没有其他三元结构的谎言的例子呢？答案是肯定的，这就是捏造，或者说伪造。

伪造赝品说到底便是伪造同一性。当原作者 A，在历史背景 t_1 下，制作了原件 O，与此同时，伪造者 C，在历史背景 t_2 下，制作了仿品 OC。但 OC 不一定就是赝品，因为 C 有可能只是拿它练手或消遣的。《君士坦丁的赠礼》在制造之初很可能是一种修辞练笔。只不过在接下来的几个世纪，出于真心或假意，它被认为是真品。然而，我们感兴趣的是鉴别者 I 伪造同一性的意图，他断言 OC 和 O 一模一样。直到后来 OC 被证明是假的，虚假的同一性才把三角关系引入了"游戏"当中：如果 C 和 I 是同一个人，那么这就是一个明显的骗局；如果 I 不是 C，那么他宣布自己的鉴定结果很可能只是真心这样认为，因此，即使 I 说错了，他也没有说谎。

鉴于有些伪造是成功了的，因此我们需要了解两个事物或个体之间同一性的概念。为了避免迷失在莱布尼茨的不可辨别原则中，我们还是满足于亚里士多德（《形而上学》）的说法吧：两个假定不同的事物，如果它们在同一时间占据了相同的空间，就可以被认为是相同的。

问题是，在伪造的情形中，往往是现存的某物得以展现，并被视作源头；与此同时，真正的源头（即便存在）却在别处。因此，人们无法证明存在两个不同的事物，在同一时间占据不同的空间。

显然，如果仿品和原作很像，或符合大众对原作的看法，那伪造就是成功的。否则，看看拉斐尔那幅备受争议的《以西结的异象》，没人会认为仿品和原作很像，问题也就不存在了。当然，除了专家，普通人看到这两幅画仍会感到迷惑：到底哪幅才是仿品呢？

在日常生活中，由于相似而导致的错误，最常见的莫过于分不清两个同类型的物品。比如在聚会上，我们经常把酒杯挨着放，以至于最后分不清到底哪个是自己的。不过，在这种情况下，我们面对的难题是复本的问题。

复本是指，一个个别符在所有物理可感性质上与另一个个别符

第 222 页
《抱下水道老鼠的女人》
2016 年
保莱塔·萨拉瓦尔
私人收藏

第 224 页
《以西结的异象》
1518 年
拉斐尔
佛罗伦萨，皮蒂宫帕拉蒂纳美术馆

第 225 页
《以西结的异象》
1518 年
拉斐尔（存疑）
私人收藏

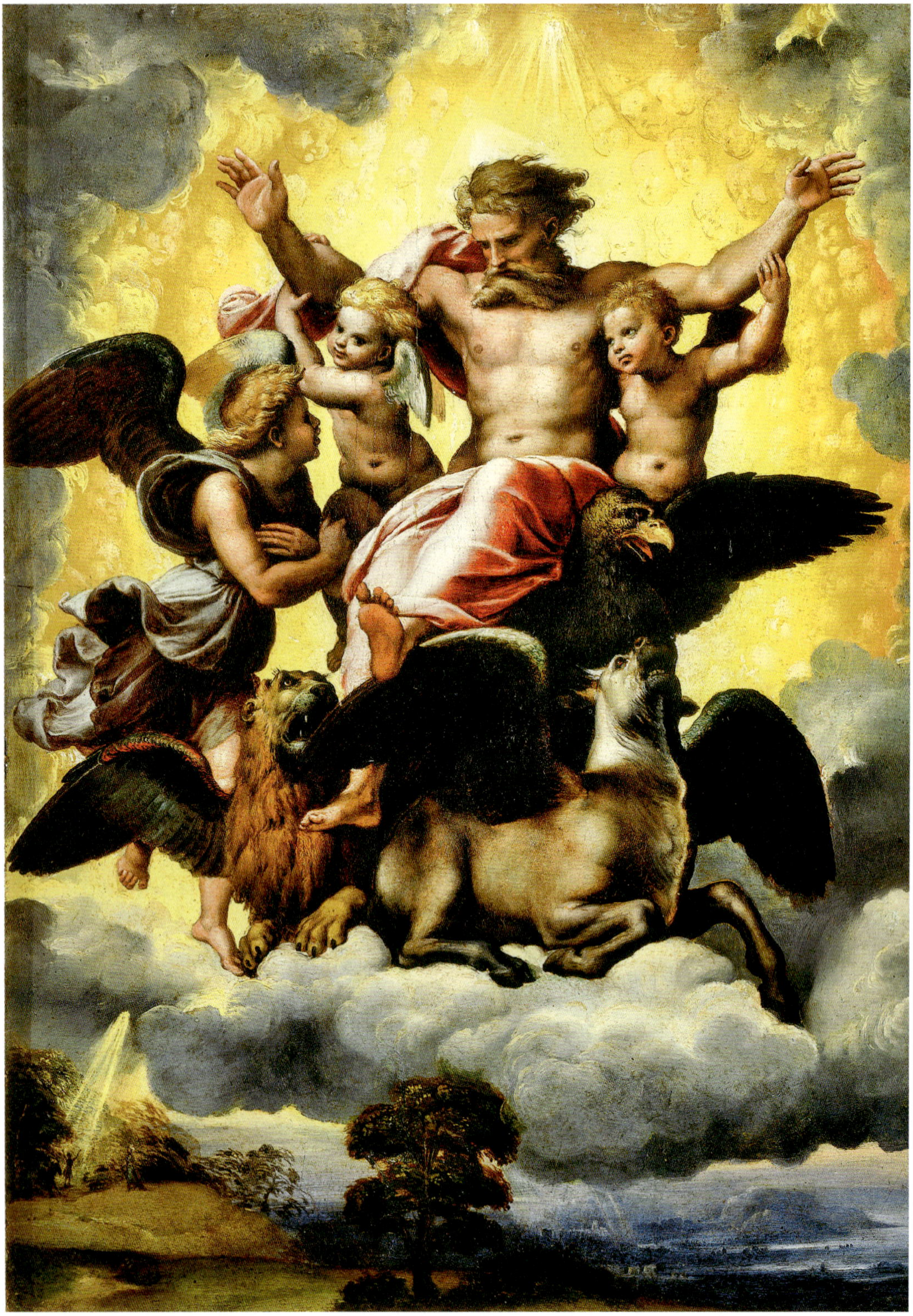

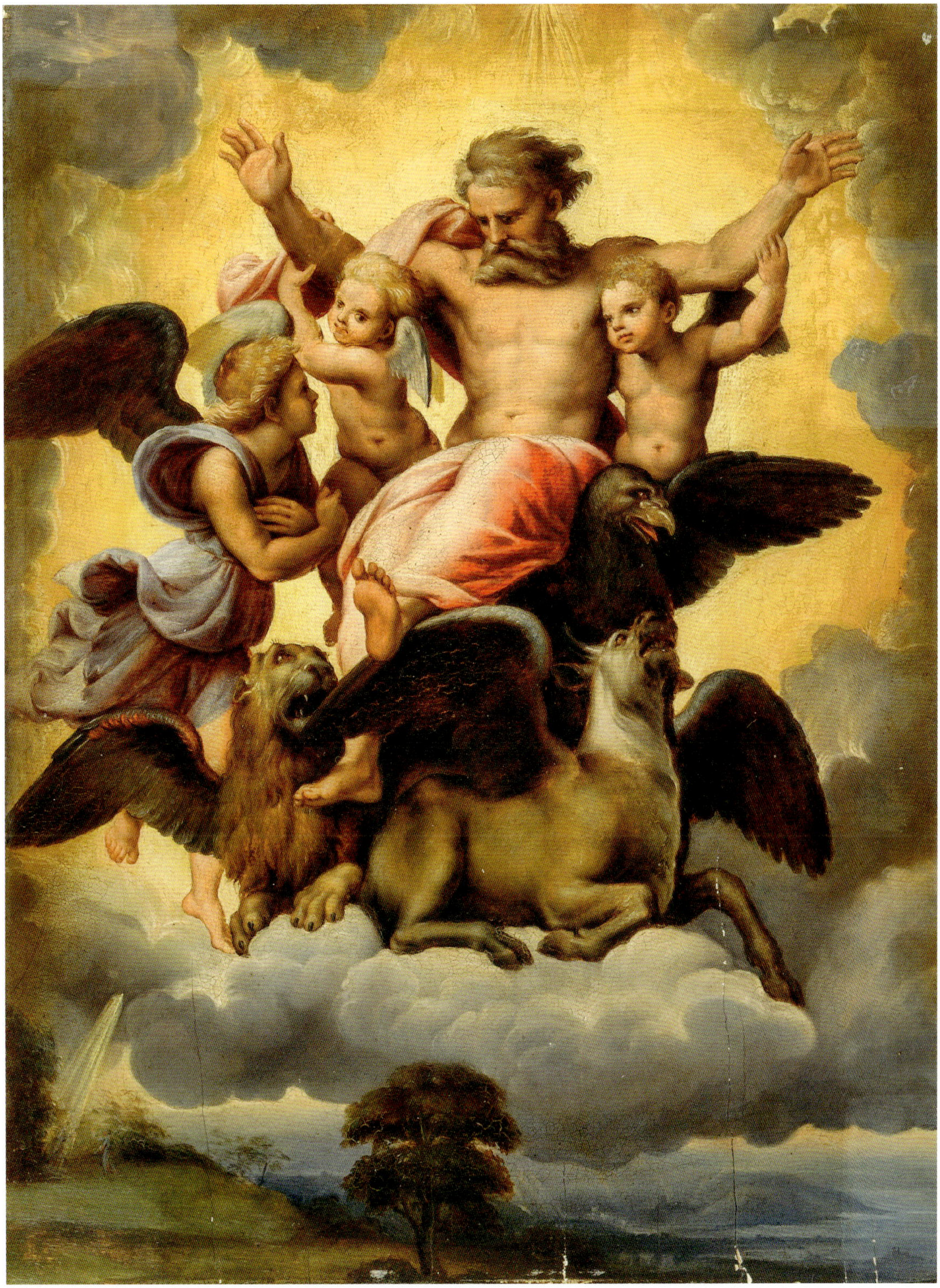

相同，二者都具有被一抽象类型事先规定好了的特征。在此意义下，出自同一模子的两张椅子或两张 A4 纸，都满足上述条件，互为复本。不过，复本不适用于造假和欺骗的目的，因为纵使不是完全不可区分的，复本之间也是可以互换的。如果用显微镜观察，两张 A4 纸的区别当然很明显。但我们通常认为，就使用目的而言，二者可以等同。

与之相对，我们还有赝品的例子，也就是说，在一个类别里，只有一个个别符对一个或多个使用者具有特殊价值。在收藏领域，人们通常会赋予个别符的某些属性以特殊价值，比如非常稀有的邮票，或一本有作者签名的古书。由此，伪造复本变得有利可图。在日常的交换活动中，两张等值的钞票互为复本，所以它们可互换。但从法律角度讲，由于发行序列号不同，所以它们并不一样，尽管这种不同只有在某些时刻才显得至关重要，比如用来支付赎金或作为抢银行的"战利品"时。

由此，许多有意思的问题应运而生。比如，一张由正规印钞机印在真水印纸上的钞票，由发行机构的主管（带有造假意图）分配了同几分钟之前合法印制出来的另一张钞票相同的序列号，它能被看作真钞吗？若印刷的先后次序可以确定，那只有第一张才是真钞。这和皇室双胞胎的出生类似，然而也有人暗示双胞胎里年长的那个其实是第二个出来的。或许可以借鉴《铁面人》中的方法，随机销毁两张钞票中的一张，把另一张看作真钞。

如果说我们前面讨论过的例子是强虚假同一性，那么当人们深知 OC 不可能等同于 O，却依然认为二者在价值或功用方面相同，由于对作者的独创性没什么概念，他们就把二者等同，也就有了*弱虚假同一性*或者*可互换推定*。因此，对古罗马的贵族来说，一件古希腊雕塑的复制品，没准上面还刻有菲狄亚斯或普拉克西特列斯的名字，就够赏心悦目了；去佛罗伦萨参观的游客，面对旧宫外陈列的大卫雕像复制品，崇拜之情油然而生，即使收藏在学院美术馆里的才是原作；对加州的公众来说，放在洛杉矶格伦代尔森林草坪墓园的《大卫》复制品完全有理由被当成原作供人膜拜；还是在加州，我曾在布耶纳公园市参观过一座蜡像博物馆，那儿也放着一座大卫雕像，参观者很可能同样把它当原作欣赏。

假话、谎言与捏造

有时候，C 还会使真品成为赝品。比如在进行绘画和雕塑的修复时，由于手法不忠实导致原作发生改变，比如删改了某些身体部位，或拆散了一幅多联画。严格来讲，那些我们认为是原作的古代艺术作品，随着时间的推移和人为的干预，都已经发生了变化——它们都或多或少地经历了断肢、修复、变质及色彩剥落。只需想想新古典主义时期理想的"白色"希腊风格，而在古希腊，庙宇和雕塑原本都是彩色的。

不过，几乎每种材料自诞生之日起都会受到物理和化学作用的影响而变质，因此，每件物品都应被视为自身永久的仿品。为避免这种偏执的想法，我们的文化提供了一些灵活的标准，用来判断一件物品是否完整。例如，从美学角度来看，人们习惯认为一件艺术品是依靠其有机完整性而存在的，如果缺失了某一部分，也就丧失了完整性。不过，从考古角度看，即便艺术品缺失了某些部分，仍是原来的真品。由此，尽管雅典的帕特农神庙颜色剥落，部分石料缺失，失去了大量原有的建筑特色，残留的部分仍旧是最初的工匠建造的。在美国田纳西州的纳什维尔，人们以鼎盛时期的古希腊帕特农神庙为模板建造了一座复制品，这座新建的神庙十分完整，以至于古希腊的那座似乎应被视为纳什维尔的仿品。尽管如此，雅典卫城那座只剩一半的神庙，仍被认为比它美国的摹本更"真"更"美"。此外，它坐落的位置更合宜：事实上，纳什维尔帕特农神庙的缺陷在于，它建在了平原而不是卫城之上。

假如真正的原件或不存在了，或从未存在过，总之没有被人看到过，会发生什么呢？这就是伪经或伪造文本的情况。人们断言，一件物品 OC 和一件实际上并不存在的真迹相符。天才伪造者汉·凡·米格伦就是很好的例子。他于一九三七年模仿维米尔的风格绘制了《以马忤斯的晚餐》，卖出二百五十万美元的天价。战后，他因将荷兰名画卖给纳粹头子戈林而受到指控。他坦白这幅画是自己伪造的赝品，但没有人相信他。为摆脱叛国的罪名，他只得在狱中重画一幅，来展示自己高超的伪造能力。

这类伪造是否总是精心预谋，仍是一个悬而未决的问题。从理论上讲，一块放在水下的大理石可能一直被看作布朗库西的作品，没有成心要欺骗谁。或许在最开始，它要摹仿的是莫迪利亚尼，制

第 228 页

《大卫》

1501—1504 年
米开朗琪罗
佛罗伦萨学院美术馆

第 229 页

米开朗琪罗《大卫》复制品

加利福尼亚，格伦代尔森林
草坪墓园

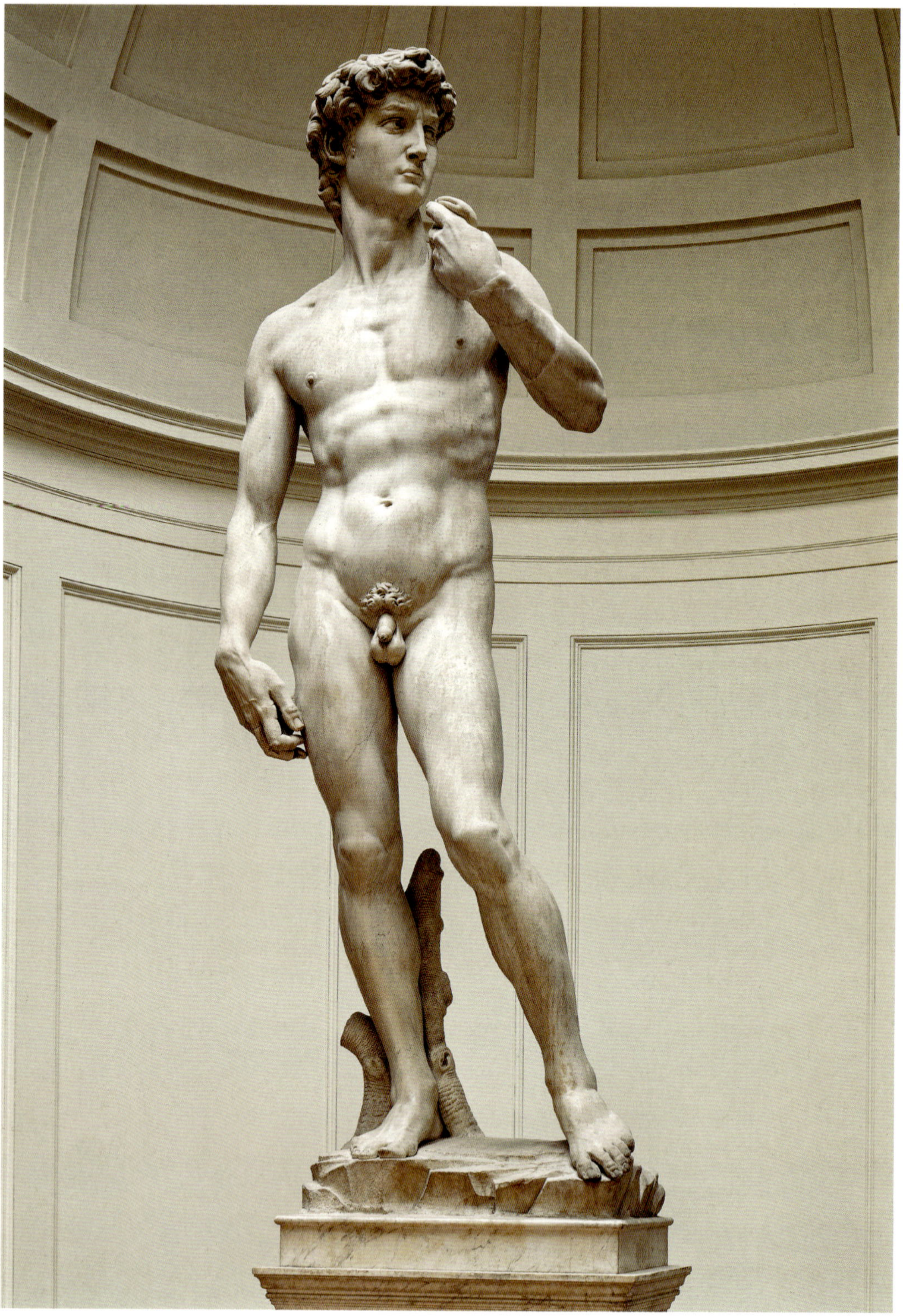

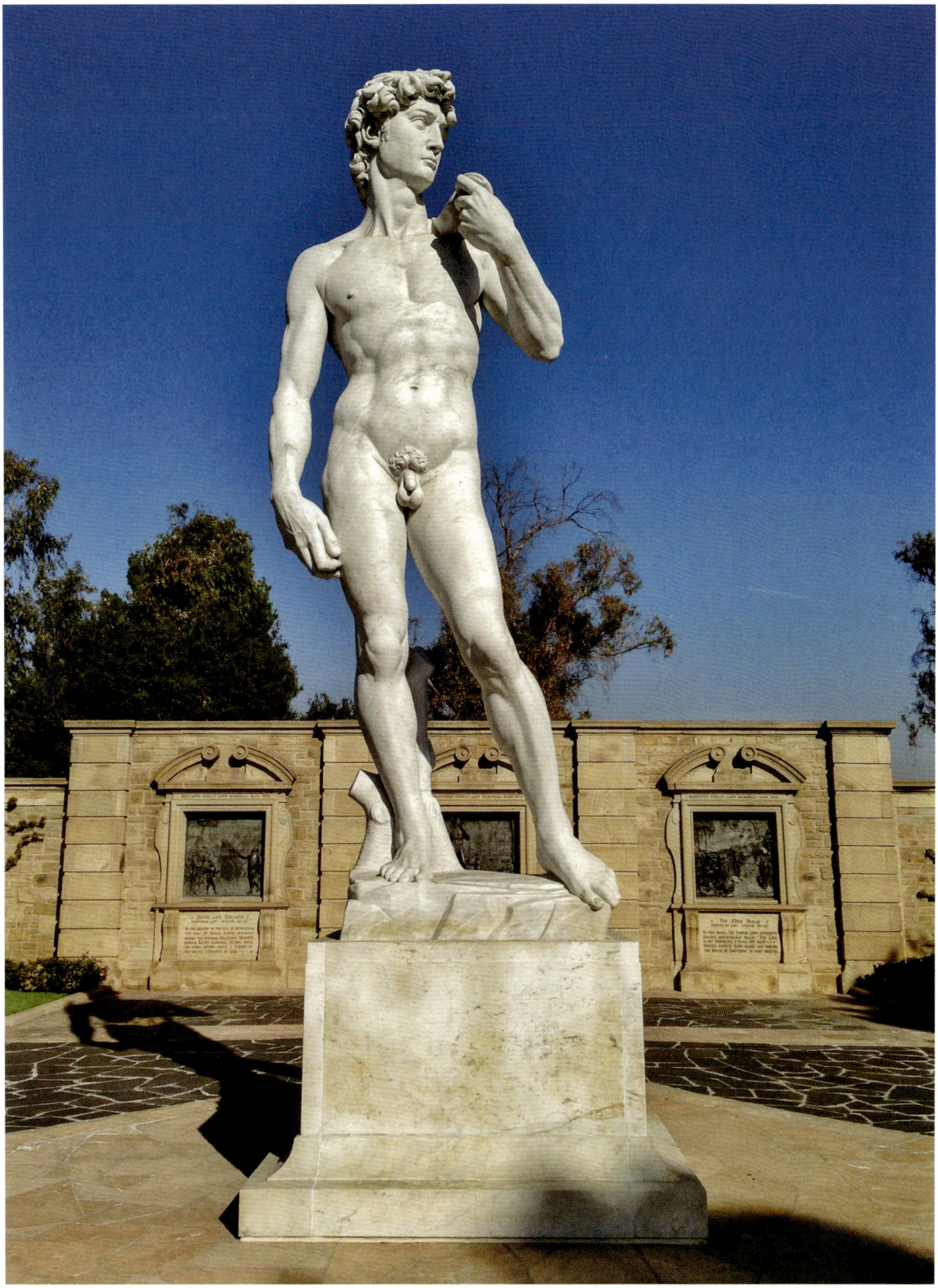

第 230 页

重建的帕特农神庙

1921—1931 年

田纳西，纳什维尔世纪公园

第 231 页

《以马忤斯的晚餐》细节图

1940—1941 年

仿照维米尔风格制作的众多
赝品之一

汉·凡·米格伦

私人收藏

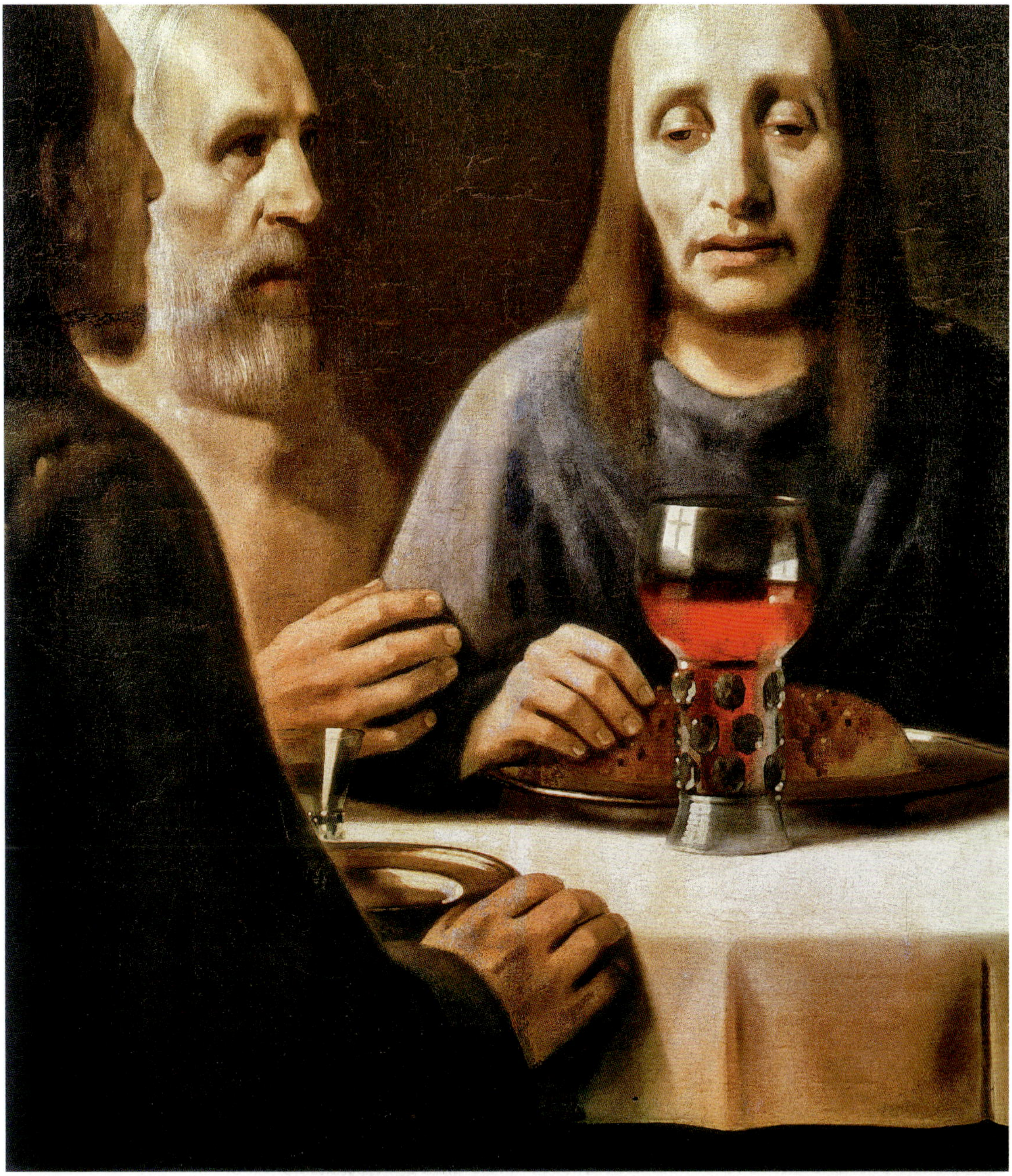

作它的人开头可能只为了消遣，后来就把它丢在一边了。然而，伪造的希特勒日记则是一个明显的伪造文本的案例。仿品想伪装成真迹，但后者其实并不存在。

还有一些例子，伪造者清楚地知道原件并不存在，但他真诚地相信赝品可以发挥原件的作用，于是便把它作为原件展示出来。最典型的代表就是伪造古代文书。在中世纪，为追溯或扩充修道院的财产，僧侣会制造一些假文件。他们认为根据传统，自己确实拥有这些财产，只需用公开方式证明即可。矛盾的是，至少对抱有不可动摇的成见的人来说，《锡安长老会纪要》也属此类，它的作者知道这是伪造的，但仍相信这是"神圣的错误"，因为它揭示了他们所认为的"犹太人的真正计划"。

一九二四年，著名的反犹主义者内斯塔·韦伯斯特写道：

> 我的看法只有一个，不管《锡安长老会纪要》是不是真的，它的确建立了世界革命的纲领。鉴于它的预言性，及其与过去某些秘密团体纲领的相似性，可以证明它要么出自某些秘密组织之手，要么出自深谙这些团体内情者之手，后者可以复制前者的思想和风格。

无中生有

众所周知，存在一个不同物品的合集，它们全都出自一位流芳百世的作者 A（比如毕加索）。从 A 的整个合集中，人们可以得出一个抽象的类型，它与当中的个体无关，只是一个大致的规律，比如风格或使用材料的类型。由此，有人会进行伪造，并宣称赝品出自作者 A 之手。这里说的就是伪造毕加索作品的例子。二〇一〇年，一幅赝品被洛杉矶一位古董商以二百万美元出售，而他只付给伪造者一千美元。不过说实话，要是仔细看看，那幅赝品甚至连这点钱也不值，被骗的人根本不值得同情。与此相反，当我们公开承认一部作品是仿作，就会出现"仿某人风格"的作品（要么是对原作的致敬，要么是拙劣的模仿）。

只有在一种情况下我们可以断定仿品与原作并不相同：当某人在卢浮宫的原作前向我们展示《蒙娜丽莎》的复制品，并坚称这两件画作完全是同一件。这种情况不太可能出现，但即使如此也不能确定那幅假定的赝品到底是不是真迹，而卢浮宫墙上那幅是不是有意或无意挂上去的赝品——天知道在多久以前，比如《蒙娜丽莎》在一九一一年那起著名的盗窃案后失而复得时。

为了证明赝品确实是假的，需要为假定的真品提供真伪证明。

试金石

现代科学提供了很多确认原件真伪的标准。不过，它们似乎更擅长确认哪些是假的，而不是发现哪些是真的。一份文件，如果其物质载体，比如羊皮纸，与其假定所属的时间不符，那它就是假的。今天，我们有能力为文物进行准确的断代，但要是研究发现都灵裹尸布是中世纪的，那它当然不可能包裹过耶稣的遗体。不过话又说回来，即使发现这块布的历史可追溯到公元一世纪，仍然不能证明它就包裹过耶稣。当代文献学家发现，神秘主义著作《阿斯克勒庇俄斯》并非像之前的观点认为的那样，是马里乌斯·维克托里努斯翻译的。因为在维克托里努斯的全部手稿中，他总会把 etenim 放在句首。而在《阿斯克勒庇俄斯》中，该词出现了二十五次，有二十一次都放在了第二位。然而，即使在另一个文本中 etenim 出现在句首，也不能证明它就是马里乌斯·维克托里努斯的手笔。

有时，人们会根据概念范畴、论述方式、图像构架等是否与作者所处的文化背景相符来判断真伪。一个被认为出自柏拉图的文本如果谈到了《约翰福音》，那它就是假的。但没有任何方法可以仅凭一份文本的内容与福音书无关就证明它完成于耶稣诞生前。

一份文件，如果里面的事实与时代不符，那就是假的。洛伦佐·瓦拉否认《君士坦丁的赠礼》的真实性。因为，举例来说，《君士坦丁的赠礼》说君士坦丁堡是一个牧首区，而当时"君士坦丁堡"这个名字还不存在，且此地当时也并非牧首区。对所谓丘吉尔和墨索里尼之通信的最新研究发现，尽管信纸是当时的，但信件是假的。因为，比如，有一封信似乎是在某座房子里写的，但当时丘吉尔早就搬走多年了，而另一封信里谈到了在信件日期之后才发生的事件。

问题是，如果《君士坦丁的赠礼》没有提到君士坦丁堡，就能证明它为真吗？倘若一个文本引述了三十年战争，那么肯定不是柏拉图写的，但引述了三十年战争的文本就一定出自笛卡儿之手吗？

有关造假的主流观念主张以"真"原件为前提，来检验"假"。不过我们也看到了，验真的标准是如此薄弱。上述所有标准似乎只有在假的"瑕疵"出现时才有用。那有没有一种"完美的假"，能经受住所有检验呢？在今天，假如有个凡·米格伦式的造假天才，弄到了一块一五〇〇年左右的杨木板，还有当时达·芬奇作画用的油彩，那他就能造出一幅完美的复本——无论是风格还是表现力——来取代卢浮宫那幅《蒙娜丽莎》，还经得起所有化学检验。那时候，我们还能发现它是赝品吗？谁又能保证这件事不是已经发生了？

一个乐观主义视角

无论如何，尽管没有一个标准是百分百令人满意的，但出于习惯，我们会信赖平衡了不同验证方法的合理推测。比如在诉讼中，一个证人似乎并不可靠，但当三个证人说法一致时，证词就会被认真考虑；一条线索可能显得单薄，但三条线索就形成了体系。在所有这些情况里，人们倾向于和谐的诠释标准。也就是说，对真实性的判断是有说服力的论证的结果，基于可能的证据，即使它们并非完全无法辩驳。我们之所以接受这些证据是因为和花时间质疑相比，接受显得更合理。

当一些相反的证据冲击我们已有的信念时，我们才会对某件物品或文件公认的真实性产生怀疑。否则，每次去卢浮宫时，人们都要检查《蒙娜丽莎》，因为我们不知道今天看的这幅是不是和昨天一样，它有没有在夜里被调包。

尽管如此，对于每一种同一性的判断，这样的确认是有必要的。事实上，我今天见到的朋友平科到底是不是昨天遇到的那个，我也不知道。因为他生理上的变化要比一幅画或一座雕像还多。此外，我觉得是平科的这个人可能是帕利诺假扮的（想想怪盗德伯力克的橡胶面具）。平科不会比《蒙娜丽莎》还要难仿；相反，成功地装扮成某人要比成功复制一幅画容易——只不过伪造钞票或雕像更有利可图。

不过，为了每天认出平科、我们的父母、丈夫、妻子和儿女（正如为了确定今天看到的主教座堂就是去年那座），我们信任一些本能的、基于社会契约的方法。它们之所以是可信的，是因为百万年来人们通过使用这些方法才得以幸存。这种基于对环境适应的证据对我们来说已经足够了。

另一方面，我们可以凭着某种安全感行走世界，断言某些东西一定是真的，纵使我们常常出错，但几乎所有撒谎或造假的人最终都会被揭穿。在我们的博物馆里可能真的有很多尚未发现的赝品；或许有关阿来西亚之战，恺撒对我们撒了谎；直到今天，我们仍不知尼禄是不是真疯了，他有没有火烧罗马，他会不会是心怀恶意的历史学家的受害者。不过，得益于文献学的发展，我们可以肯定，君士坦丁没有给教皇任何赠礼。同样，如果一个政客宣布要减税却没做到，那么大量事实会证明他撒了谎。

汉娜·阿伦特在《政治中的谎言》中写道：

> 政府机密——在外交上被称为"审慎"，或者国家机密——以及欺骗、作为实现政治目的合法手段的刻意伪造和公然欺骗，自有历史记载起，就一直伴随着我们。诚实从未被列为政治美德，而谎言则常被视为政治事务中的正当工具。

不过，阿伦特最后认为，谎言是站不住脚的。那份臭名昭著的《五角大楼文件》记录了美国政府是如何就发动越战撒谎的。阿伦特揭露出官方说法中与事实不符的部分，她将这种系统的谎言归为对事实的冒犯，一旦它变得普遍，就会成为政治的痼疾。同样，面对不争的事实，人们应该意识到美国中情局说了假话——他们宣称，萨达姆·侯赛因在发展核武器。

除了事实的否认，无法自控的撒谎者在辩白时常常陷入自相矛盾。所以人们才说"谎言总是站不住脚的"。

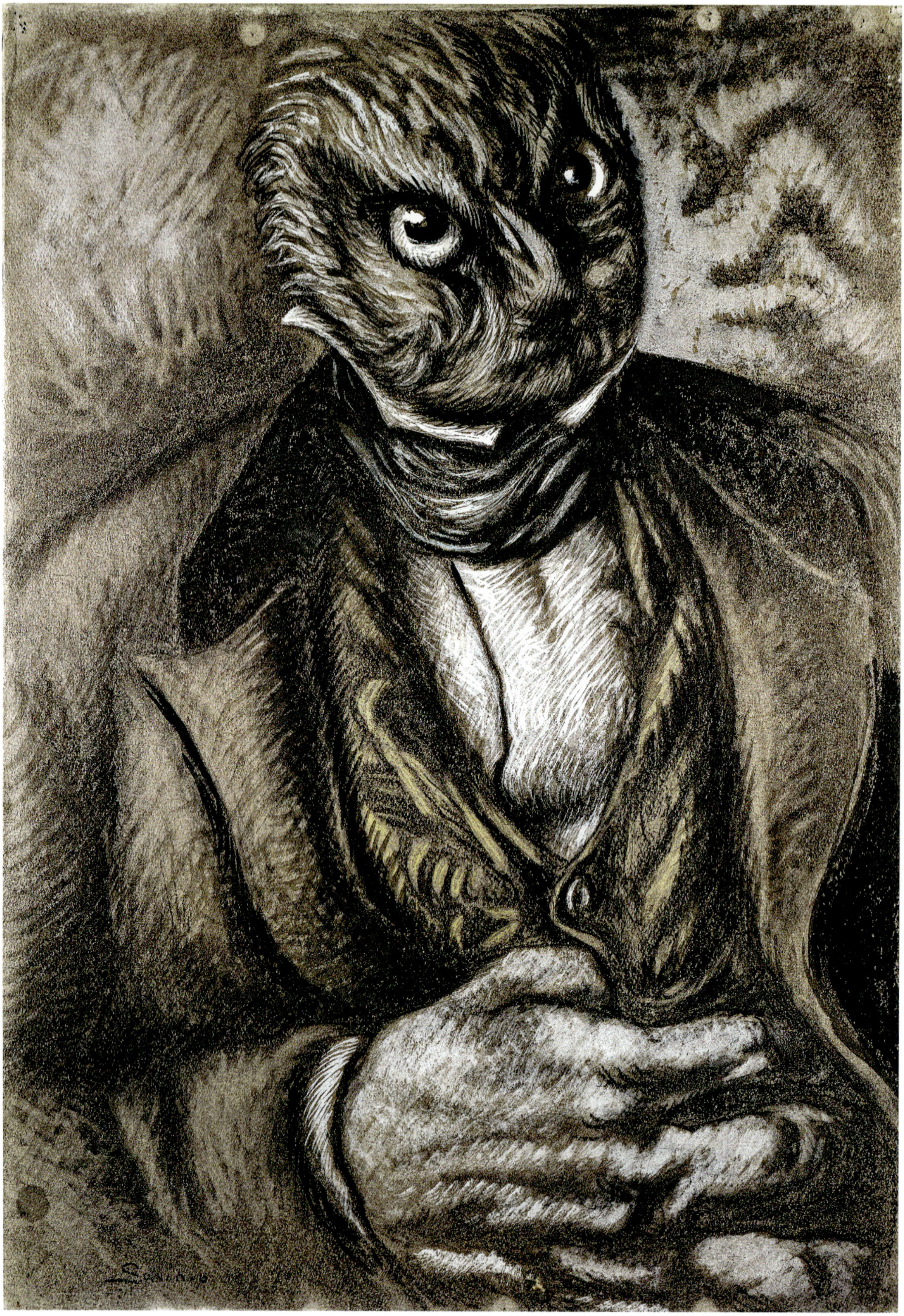

乔纳森·斯威夫特（或其他人，因为作者尚且存疑）在谈及他那个时代（注意不是我们的时代）时，曾就政治谎言的艺术写过一个小册子，里面是这么说的：

一个政治骗子和其他撒谎者有一个本质不同，那就是他要有健忘症，这一点至关重要。因为在不同场合与不同的人打交道，他每时每刻都在改变立场，赌咒发誓支持两种完全矛盾的观点……他超凡的天才全在于头脑里蕴藏的取之不尽的政治谎言。他一开口就谎话连篇，半小时后就忘得一干二净，开始自相矛盾起来。他从不考虑某种说法是否正确，而只考虑就当时而言肯定或否定它是否有利。假如你们想分析他的思想，解释他自相矛盾的话语，那你们可就有活儿干了，就像释梦一样，不管是否相信他的话，你们都会受骗……不过，也许能减轻你们听到他对天发誓时产生的恐慌，因为他总是在不停地改变立场。但我觉得，让他因为对上帝或基督发假誓而受惩罚是不公正的，因为他常明确地告诉世人，二者他谁都不信。

看，这一次，借斯威夫特之口，真相在说话。

二〇一一年于米兰艺术节

《自画像》
1936 年
阿尔贝托·萨维尼奥
都灵，现当代艺术公民画廊

论一些不完美的艺术形式

Su alcune forme di imperfezione nell'arte

论一些不完美的艺术形式

人们经常说到"不完美",但是这一概念本身可能就是不完美的。格雷马斯曾写过一本有意思的小书,题为《论不完美》(一九八八年),但书的内容与标题无关。另外,丽塔·列维-蒙塔尔奇尼①也写过一本关于不完美的书,名为《不完美的赞歌》(一九八八年)。这本书赞扬了人脑的局限,正因为人脑是不完美的,所以才会如此富有创造力。相反,蟑螂是"完美的",因为它和自己百万年前的祖先完全一样。蟑螂的大脑不再演化,它们是完美的,而人脑不完美,所以人脑能够不断演化。

如果我们从神学角度讨论这个问题,那么同上帝相比,人类当然是不完美的。不过,要是跟着蒙塔尔奇尼的思路走,人类的不完美或许正是上帝或自然的旨意,只有如此,人类才能够拥有持续不断的创造力。

让我们的思绪"飞得再低一点"。通常来说,人们是相对于某一类型、标准或法则来定义"不完美"的。

托马斯·阿奎那认为,美的三条准则在于——比例、明晰和完整。前两点意思很明确。完整的意思是完备、齐全,因此残缺的东西是不完美的。例如,侏儒是不完美的,因为他们的身材矮小;残疾人也是不完美的,因为他们身上少了些东西。同样,在十三世纪,法国哲学家奥弗涅的威廉在他的《论善恶》中写道,人们认为,长着三只眼或一只眼的生物是丑陋的——前者多了一只眼,后者少了一只,都是不恰当的……因此,假若某样东西多于或少于常规标准,那么它便是不完美的。

"完美"的问题和"完整"的问题一样,困扰着基督教思想:在末日审判来临之时,死者的躯体是如何复活的呢?他们的身体会是

---

① Rita Levi-Montalcini(1909—2012),意大利神经生物学家。

完好的，就像活着的时候一样，这点毋庸置疑。但到底是像他们生命中哪个时刻那样呢？是他们二十几岁的模样，还是六十几岁的模样？假若他们临死的时候缺了条手臂，或者完全没有头发，那么他们复活时也会这样吗？

阿奎那在《神学大全》之"补篇"的第八十问中自问：人的肠子是否也会复活？肠子也是人体的一部分，复活时既不能满是污秽，也不能完全空着，因为自然憎恶真空。假若一位窃贼的胳膊出于正义被砍去了，他后来诚心忏悔并得到救赎，但被砍去的那条胳膊并没有参与救赎，那么当这窃贼复活时，他的胳膊能否补全？无论如何也不能让窃贼就这么失去他的胳膊，因为对于已在天国享福之人来说，身体的残缺是一种惩罚。阿奎那回答道，假若艺术品里缺乏了些艺术需要的东西，那么它便不可能是完美的，同样，假若人的复活要完美，那么人在复活时就必须四肢俱全。

由此说来，复活的肠子里应该装着高贵的体液，而非充斥着低贱的排泄物。至于忏悔的窃贼，即使那残肢未能帮助他获得日后的荣光，他也应该得到所有肢体完好无损的奖赏。

那么头发和指甲是否会复活？有人说，它们就像汗液、尿液以及粪便，是由多余的食物产生的，自然不能同人的躯体一起复活。不过，主曾说过："你们连一根头发也不必损坏。"头发和指甲是作为装饰被赠予人类的。人的躯体，特别是那些"被赐福之人"的躯体，复活时应十全十美。因此，头发和指甲也要一并复活。

然而，生殖器不会复活。因为在天堂里，真福者将不事婚嫁。精子也不会复活，它不像头发那样能够使得个体臻于完美，而只是让物种趋于完整。正如有句话所说，天堂中能做头发，但不能做爱。

另一个问题是奥古斯丁提出的。他在《上帝之城》中问道：假如某人被食人者吃了，那么他在复活时将会如何？奥古斯丁认为，滋养食人者的肉体随后被溶解了。但上帝是无所不能的，他能收回消失的东西，将其归还给被吃掉的人。被吃掉的肉身就好像被食人者暂借，届时必须物归原主。既然连一根头发都不必损坏，那么认为血肉之躯会缺斤少两，也太荒谬了。

阿奎那对此进行了回应，他以一种更加深刻而广阔的方式表

《**肉体的复活**》

圣布里齐奥礼拜堂天顶画细
节图， 1499—1502 年

卢卡·西诺雷利

奥维多大教堂

达了差不多的意思。总之，这种"完美即完整"的概念，在莱奥帕尔迪那儿继续得到发扬。他在《杂感录》里写道："只有当存在完全符合其原始本质时才是完美的。"

好极了。但著名的"粉色格隆基"（Gronchi Rosa）邮票是不完美的，因为它把秘鲁的国界标错了，而且也早就停售了，但正是因为不完美，它才会价值连城，为众多收藏家所热衷。

米洛斯的维纳斯是不完美的，她少了两只胳膊，但还是有很多人蜂拥至卢浮宫欣赏她。

一只毛茸茸的咖啡杯，如果出现在米兰文艺复兴百货公司，那么它大概是不完美的，因为不合用，但如果它是奥本海姆的作品，那么就当然是完美的。

《皮毛餐具》
1936 年
梅雷特·奥本海姆
纽约，现代艺术博物馆

有时候，我们会赞美那些不完美的东西，将它们看作迷人的创造，比如维纳斯的斜眼，比如一颗痣，比如卡诺瓦雕塑上突兀的鼻子，或者一张不对称的脸。蒙田也在他的随笔中赞美过跛脚女人的魅力：

> 在意大利有一条广为流传的谚语：假若没有同跛脚女人睡过觉，那么便不会理解维纳斯那绝妙的甜美……或许我应该说，跛脚女人不均衡的动作会给欢爱增添新的情趣，谁试过就知道这样有几分甜蜜。不过，我适才得知，就连古代哲学也肯定过这种说法：跛脚女人大腿和小腿残缺，无法吸收它们本应吸取的营养，所以她们大腿以上的生殖器官就更加饱满、肥实，充满活力。或者说，腿部的残缺妨碍了她们进行锻炼，所以她们平时消耗的体力较少，便可以全力以赴地纵享鱼水之欢……我曾相信，一个女人因身子长得不笔挺可以使我得到更多快乐，而且可以让人相信她的娴雅。

马里诺在他的抒情诗集（《七弦琴》，第十四首）中描绘了病中女子难以抗拒的苍白之美：

> 我苍白的太阳啊，
> 在你甜蜜的苍白面前
> 黎明的红霞也黯然失色。
> 我逝去的佳人啊，
> 在你双颊上微泛紫罗兰色的苍白面前
> 多情的鲜红也甘拜下风，
> 就连玫瑰，也被打败。
> 哦，我的命运也会心甘情愿接受吧
> 让我也随着你一同变得苍白，这多么甜蜜，
> 我如此苍白的爱人啊！

谷崎润一郎在《钥匙》（一九五六年）中赞美了日本女人的腿，而在我们眼里，和西方女人笔直细长的腿相比，日本女人的腿并不完美：

> 终于，结婚以来第一次，我看到了自己妻子全裸的身体，

真真切切地看到了那全身上下浑然一体的赤裸肉体。尤其是那下半身，我看得真真切切，未有丝毫遗漏。她生于明治四十四年，所幸因此不像时下青年女子那样身形颇似西洋女人……作为那个年代的日本妇人，却拥有着匀称的骨骼。只是胸部略平，乳房和臀部也未充分发育。双腿纤细，修长美丽，但小腿微微向外弯曲，稍呈O形，腿型算不上笔直，令人遗憾。尤为美中不足的，是脚踝不够纤细。不过，我不大喜欢西洋人那样的直直的脚型，而是怀念如我的母亲、伯母那样的脚，传统日本女人的脚美在弯曲，惹人爱怜。若是了无曲线，平直如板，则为太过，反而不美。[1]

我们有那么多关于完美的标准，但在很多时候，当我们谈及人或动物时，仍然会跳出规则——因为我们将规整之美和吸引力之美区分开来，后者难以定义，时常因品味而异。

在此我们不讨论吸引力，我们需要明确的是艺术中"不完美"的评判标准。至少在这个时代，我们无法推行一项普遍的标准，否则毕加索画的人脸或许就是不完美的。是艺术作品将所谓标准应用于自身。我们在艺术作品中寻找的（至少在我们这个时代是如此）并非是契合某种特定审美的东西，而是一种内在的标准，其中，和谐和形式的连贯就是法则。所以，一个四岁小孩画的人像虽然动人，却仍然是不完美的，而凯斯·哈林画的小人，或者赛·托姆布雷的涂鸦却不一样，它们完全符合艺术家应有的风格标准。

无论是拉斐尔还是托姆布雷的画，都符合路易吉·帕莱松在《美学》（一九五四年）中给艺术形式下的定义：

> 在艺术作品中，各个部分都拥有双重关系：部分和其他部分的关系，以及部分同整体的关系。所有部分之间都密不可分，因此，每个部分都是必要的，不可或缺，占据一个固定而无法取代的位置。缺少任何一个部分都会导致整体瓦解，任何部分的变动都会带来混乱……如果部分的变化导致体系的崩解和

---

[1] 译文引自张士杰译《钥匙》，上海译文出版社，二〇二二年。

《无题》
1982年
凯斯·哈林
私人收藏

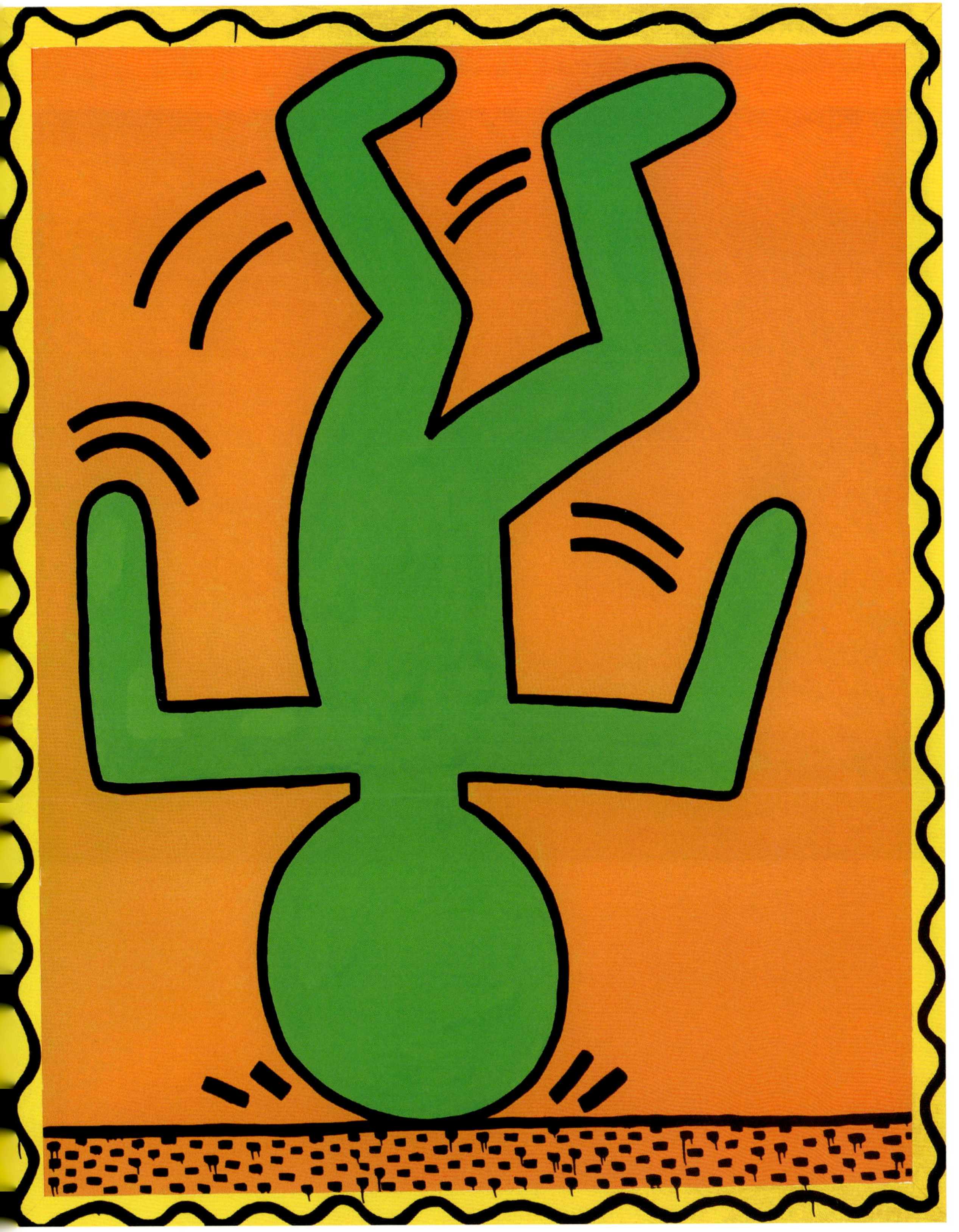

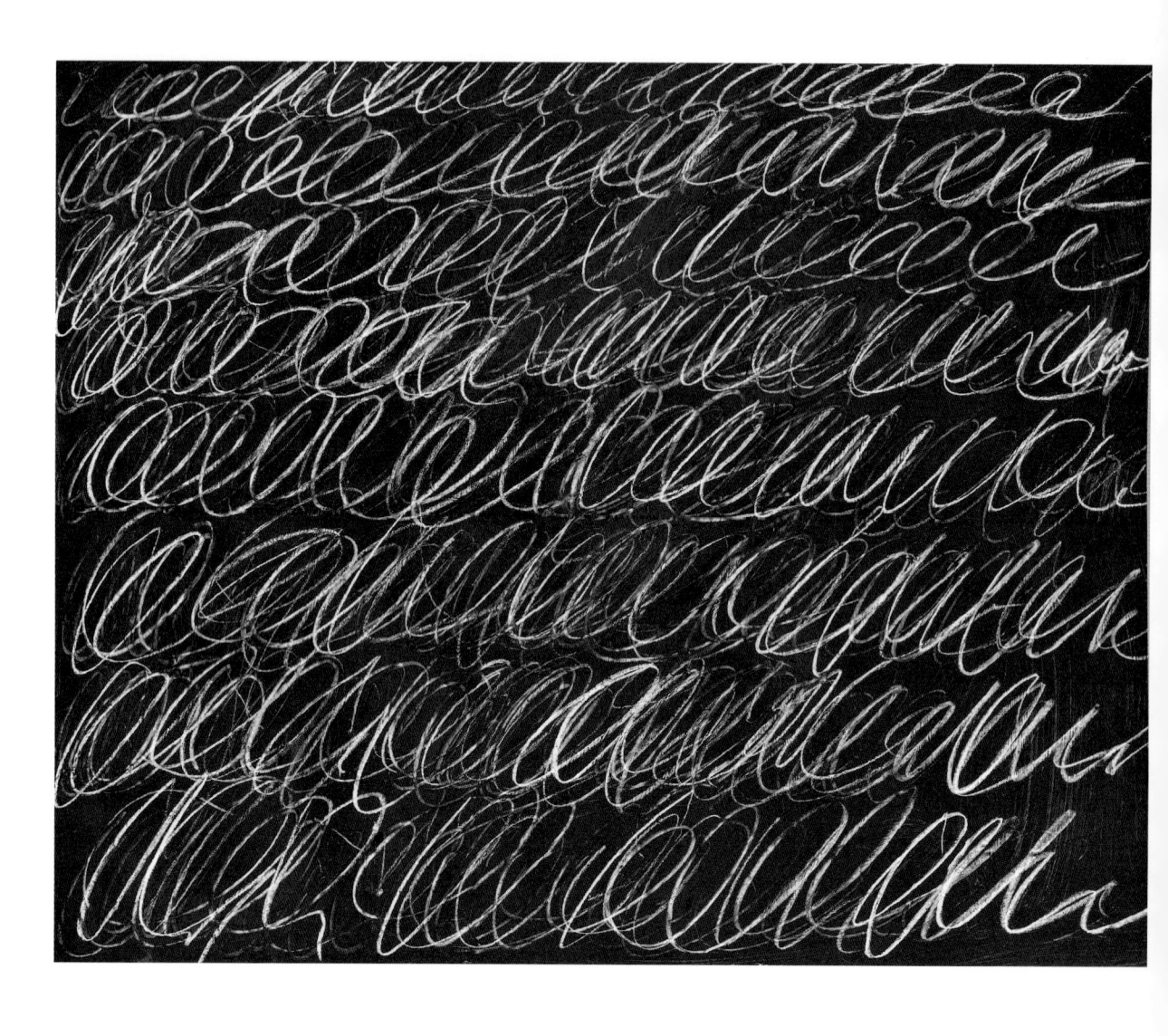

《无题》

1969 年

赛·托姆布雷

私人收藏

完整性的灭失，这是因为整体掌控着部分之间的和谐，并使它们构成整体。因此，部分之间的关系能反映部分和整体的关系：部分的和谐构成了整体，因为整体是它们一致性的基础。

在艺术作品中有两种不完美的形式：一是缺少整体所必要的部分，二是多出了某些部分。毫无疑问，残缺了几个世纪的米洛斯的维纳斯属于前者。很多傻瓜试图使她重回完美，方法之一就是补上两只胳膊。我曾在加利福尼亚的蜡像博物馆里见过一尊，旁边的说明是"按照匿名雕塑家当时的构想建造"。

问题是，我们为什么会觉得尝试使断臂维纳斯变得完美是愚蠢的呢？因为在注视她时，我们会不断尝试想象她残缺的部分，正是这种想象令我们着迷。于是这种情感在十八世纪汇集成了一股思潮，也就是废墟美学。

从彼特拉克的时代开始，贯穿整个十六世纪和十七世纪，在废墟之上，人们看到了消失的文明，开始反思人类脆弱的命运。夏多布里昂在《从巴黎到耶路撒冷》（一八一一年）中对着时间的见证者——金字塔——陷入沉思：

> 为什么只把胡夫金字塔看作一堆石头和一具尸骸呢？人类建造这墓穴并非出于虚无，而是出于不朽的本能：这座坟墓与其说是在宣告短暂一生的终结，倒不如说是在决定步入无穷无尽的永生。它是在永恒的界线上建起的永恒之门。

而狄德罗在《一七六七年沙龙随笔》中写道：

> 这些作品的效果，不管是好是坏，会把你们带入一种甜蜜的悲伤。我们把目光转向凯旋门的碎片，一根柱廊，一座金字塔，一座庙宇，一座宫殿，然后回到我们自身……突然间，孤独和寂寞笼罩在我们周围。我们是孤独的，是一代人的孤儿，而那个世代已不复存在……废墟在我身上苏醒，这种想法十分宏大。一切都过去，一切都消逝，只有世界还在。只有时间会继续，这个世界多么苍老啊！而我在两个永恒之间徘徊。

第 250 页
《米洛斯的维纳斯》
公元前 2 世纪
巴黎，卢浮宫

第 251 页
《西克斯图斯废墟，安东尼浴场废墟》
《罗马景观》细节图，1765 年
乔凡尼·巴蒂斯塔·皮拉内西
翁贝托·埃科私人收藏

Aphrodite, dite « Vénus de Milo »

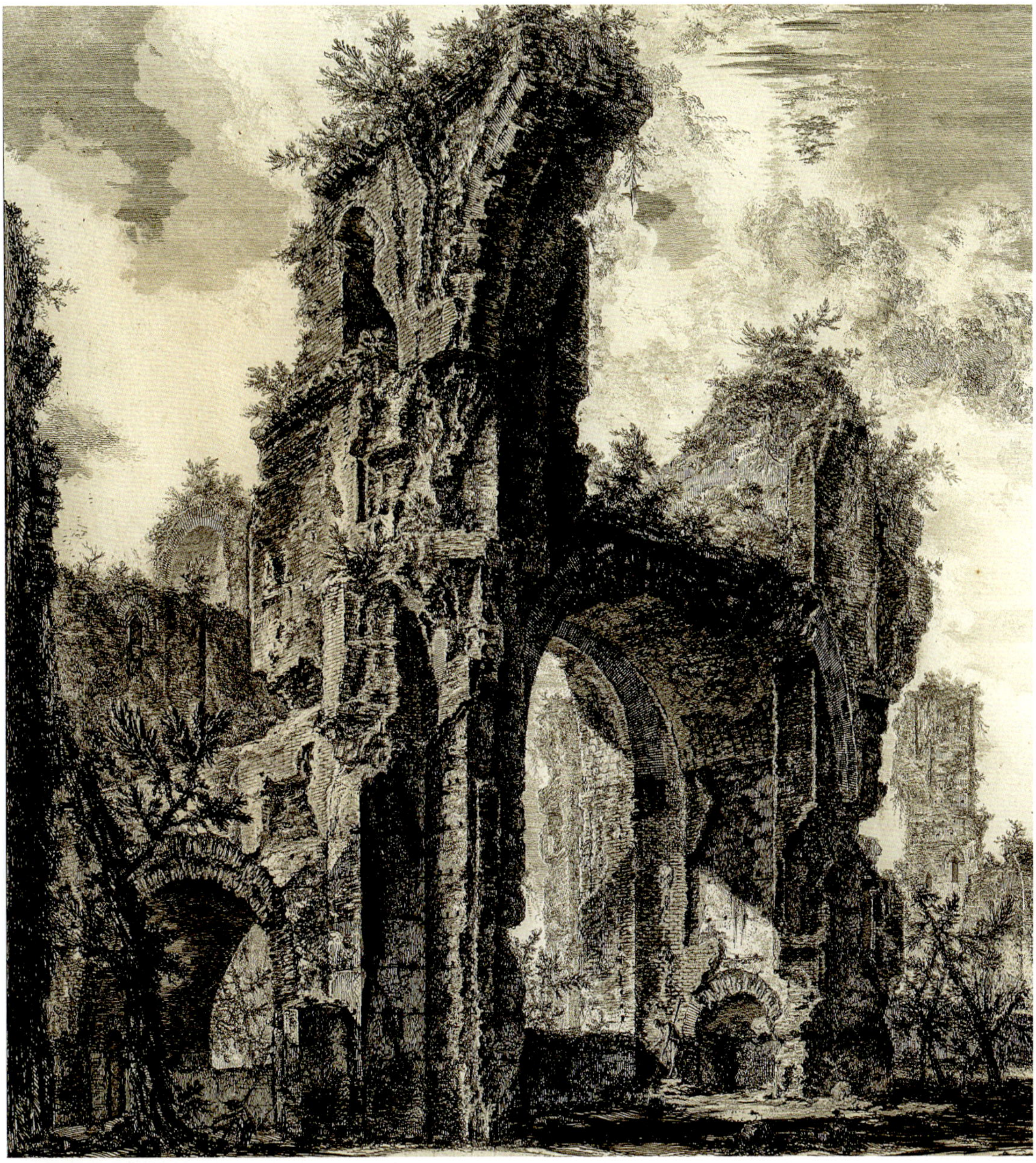

逐渐地，对道德的反思让位于对废墟本身的沉思，只须想想皮拉内西的版画便会明白其中的魅力。对不规则的品味是这种沉思的一部分。废墟美学颠覆了以往艺术作品形式美和完整性的概念。狄德罗还写道："为什么和一幅完整的画相比，一幅美丽的草图更加吸引我们呢？因为后者富于生命，而缺少形式。一旦引入形式，生命力就消失了。"

在废墟美学的视角下，作品为人欣赏，尽管（或者应该说是正因为）它的衰颓。作品中透露着病态的吸引力，以及死亡的浪漫之美。

关于残缺某些部分的艺术品我们已经说了很多。那么多出某些部分的艺术品又如何呢？

此处就要谈到"楔子"的问题。

根据词典解释，"楔子"是填充器物空隙使其牢固的木片。在文学批评中，"楔子"则是用来填充句子的单词或短语，是一个权宜之计，通常是为了韵律，或者使得句子完整。

克罗齐在《诗学》（一九三六年）中区分了诗意的时刻和结构或支撑的时刻：

> 诗人（如同不允许自己的行动中有分毫污点的正人君子）苦于自己的作品中有瑕疵，想把它们全都去除，丝毫瑕疵也不能容忍……但诗意好比电光石火，瞬间降临脑海，人类的活动紧跟着她，被她吸引，为她着迷，徒劳地请她稍作停留，好让自己再从各个角度欣赏她那已经消失的面庞……因此，维吉尔为了不因小失大，为了不让幸福的时刻白白从指缝间溜走——据他的自传记载——甘愿写些并不完美的或临时记下的诗句聊以自慰，他还和朋友开玩笑，戏称这些诗句为"支架"，可以用来支撑建筑，直到坚固的柱子各就各位。诗人饱受不完美之苦，时常渴望进行补救，然而，似乎是因为敬畏他所颂扬的神秘力量，他常常犹豫不决，担心破坏自己的作品，因为冷静的头脑不再能产生炽热的想象，润色作品的锉刀也成了危险的工具，它可能"润色"作品，也可能使作品"掉色"，正如昆体良所说，把好的也磨没了……

在诗歌中，诗人不仅会遇到不完美的诗句，它们当然是可以修改的……还会遇到一些非诗性的东西，但它们是不可修改的，它们不会引起读者的……不快或谴责，通常只会被漠视。这就是诗歌约定俗成或者说结构性的部分，它们存在于每一部诗作中，时而若隐若现，时而历历可辨，特别是在那些宏大而复杂的作品中。一个很有代表性的例子就是"楔子"，法国人称之为 cheville，意大利人则称之为 zeppe……是一些加入诗句用于填充的东西……这些东西为何存在？是为了保持节奏统一，为此有时也会部分牺牲意象和音韵的连贯性……谁还记得阿里奥斯托的《疯狂的罗兰》中那四行奇诗？也就是两位男爵——布兰迪马尔特的战友——沉默地出现时，菲奥尔迪丽吉心中的惊恐和迷茫：

> Tosto che entràro, ed ella loro il viso
> vide di gaudio in tal vittoria privo,
> senz'altro annunzio sa, senz'altro avviso,
> che Brandimarte suo non è più vivo!
> （当他们进来，在他们的脸上
> 她看不到任何胜利的喜悦，
> 虽然没有进一步的通知或宣告，
> 但她知道她的布兰迪马尔特已经不在人世。）

我们可以注意到，在第三行中，annunzio（通知）和 avviso（宣告）是一对近义词，但二者或许都不能完全说明当时的状态，avviso 仅仅是为了押韵。两词的连用加快了诗歌的节奏，词的尾音随着诗歌的顿挫分离又联结，就如同菲奥尔迪丽吉狂跳的心。这样就营造出了一种高级的诗歌意象，而每行诗的韵脚重新连接起她的心跳和面对二人阴郁脸色时的惊惶。

注意，如果是这样的话，那么 annuzio 和 avviso 就根本不是楔子，而恰恰是诗歌话语，正是因为它们的存在，克罗齐才会对这四行诗赞不绝口。不过，克罗齐坚持要区分结构和诗歌，于是他接着写道：

> 然而，对于"结构性部分"的正确接受态度不应是将它看作诗歌的成分：这是理解力有限的诠释者常常会犯的错误，他们要么被对享有盛名的诗人迷信般的崇敬所左右（而将那诗人的诗句和这种文学上的权宜手段放在一起并不能增添他的荣誉），要么就是因为缺乏智慧和对美的感受力。

路易吉·帕莱松的《美学》第三章（"部分和整体"）第十节的标题是"各部分的本质：结构、楔子和不完美"。从他针对克罗齐的理想主义以及由它产生的有害影响进行的辩驳与论战中，我们可以看出《美学》关注的核心之一：帕莱松重新强调了艺术形式的整体性，拒绝只在诗中摘取星零诗意的时刻，仿佛它是生长在结构简单——但功能强大——的灌木丛中的花朵。尽管没有必要，但我仍然想强调，在当时的意大利，"结构"是人为规定的机械手段，与本能的抒情时刻毫无关系，用黑格尔的话来说，它顶多就是一个反面例子，是概念的残余，最多只是用来衬托诗意的时刻，让它如孤独的宝石一般闪耀。

帕莱松的《美学》有一章专门对"楔子"进行了研究，他反而认为，结构和楔子对于作品来说都是必不可少的，作品应当被看作有机的整体，其中每个组成部分都有各自的功能。在已完成的作品中（甚至实际上，从作品灵感形成的那一时刻起）一切都交织在一起，无论是从支撑作品的有组织的意图出发，还是从隐约先于作品的形成形式出发都是如此，这形成形式引导着作品的形成，又作为已经成形的形式的结果和启示出现。

帕莱松或许想到了新柏拉图主义传统的典型思想，即整体的完美也建立在不完美的基础上，形式的完整性又补足了基础的不完美。请看九世纪的爱留根纳在《论自然的区分》第五章中写的这段话：

> 在整体的一部分中看起来丑陋的东西，从整体来看是美的，因为它也是有序的，不仅如此，它还是整体美的缘由。同样，智慧也正是因为它和愚昧的对照而得到彰显，科学之于无知，

《犹太会堂》
1725—1735 年
阿历山德罗·马尼亚斯科
芝加哥艺术学院

论一些不完美的艺术形式

生命之于死亡，光明之于黑暗，高贵之于卑贱亦然。简而言之，万物的美德也来源于万物的丑恶，假若不存在比较，那么美德也不值得赞誉……正如真理会毫不犹豫地肯定天地万物总有一部分是邪恶的、不诚实的、肮脏的和可悲的，在那些无法纵观整体的人眼中，它们是罪恶的。不过，在宇宙的视野中，就好比在一幅美丽的画中，它们既不是罪恶的，也不是肮脏的或不诚实的。因为，凡是按照神圣的天意设计的，都是善的，都是美而正确的。对宇宙和造物主无法言喻的赞美从对立面的比较中产生，还有什么比这更好呢？

由此，帕莱松认为，如果"整体是各部分组合在一起的结果，那么在整体之中就不可能存在可忽略的细节"。楔子是整体发展中必要的支点、桥梁和衔接处，"在这些地方，艺术家的工作不再那么谨慎，而是带着不耐烦甚至冷漠的态度，'赶工期'似的完成它们，似乎它们的存在只是为了让人通向某处，因此不必在它们之上稍作停留，在不影响整体的情况下，可以套用惯例"。无论如何，楔子还是形式内部结构的一部分，即便它是次要的，但还是为整体所需。

让我们抛开隐喻，帕莱松想说的是，楔子是个巧妙的结构，它允许一部分和另一部分相结合，是必不可少的连接点。要想顺利地打开一扇门，从机械构造上讲，就要装合叶，无论它的功能有多么机械。糟糕的设计师沉溺于唯美主义，他为一扇门必须用合叶来连接感到恼火，于是，他重新设计了合叶，好让它在执行功能的同时看起来"美丽"。而这样做的后果是，门一开就嘎吱作响，或者是卡住了，完全打不开，又或者是很难打开。优秀的设计师则认为，开门是为了展示另外的空间，因此，他并不在乎在整个建筑设计完成后在合叶的问题上求助于锁匠永恒的智慧。

楔子始于平庸，最终却实现了崇高。一天夜里三点，雷卡纳蒂绵延不绝的小山丘上刻下了一句话，那是整个时代最出彩的十四行诗之一的第一句话，"这荒僻的山岗对于我总是那么亲切"，我认为这是一句相当平庸的诗，浪漫主义任何一位小诗人都会写，其他时代或流派的诗人也会写。用"诗意"的语言来说，一座小山丘如果不是荒僻的，那还能是怎样的？不过，假若没有这个合乎情理的开头，莱奥帕尔迪的这首《无限》可能就无法继续，也许只有开头的平淡无奇，才能衬托出诗歌结尾那令人难忘的情感："在这无限的海洋中沉没该是多么甜蜜。"

我还想说，尽管这么说有好事之嫌，像"在我人生的中途"这样的诗句也有着楔子的可贵品质，如果它背后不是《神曲》的鸿篇，那么我们不会予以它很大重视，或许只会把它当作一种表达方式。

不过，我并不是要把楔子和开篇一击相等同。肖邦的波兰舞曲中就有些开头并非楔子。"科莫湖的那股支流"（《约婚夫妇》）不是楔子，"四月是最残忍的月份"（《荒原》）也不是。最后再想想《罗密欧与朱丽叶》的结尾，请大家告诉我，如果删去最后两句是否更好：

> 清晨带来了凄凉的和解，
> 太阳也惨得在云中躲闪。
> 大家先回去发几声感慨，
> 该恕的、该罚的再听宣判。
> 古往今来多少离合悲欢，
> 谁曾见这样的哀怨辛酸！

假如莎士比亚以这句平庸的说教结尾是为了舒缓观众目睹悲剧后的心情，好让他们在看到主人公双双殉情后可以平静地离开，那么有楔子还是要好些。

"首先入睡的是莱奥。"这开头不错。但随后，"卡米拉没经验的疯劲儿出乎他的预料，使他精疲力竭。"得了吧，面对花季少女的挑逗，哪个男人不会"精疲力竭"呢？而那"没经验的疯劲儿"怎么听着像是司法判决呢？然而，要是没了这段有些不自然却不可缺少的文字，莫拉维亚《冷漠的人》的第十章就无法开头了，也正是在这段文字里，拉丁名言中那"欢爱后，每个动物都忧伤不已"的悲伤事实重新浮现。

但是，那些被批评家们贬为类型小说的作品又是怎样的呢？类型小说一味地迎合读者，忽略了风格，甚至整部作品全由楔子填充而成。

我们以大仲马的《基督山伯爵》为例。

它是有史以来最激动人心的小说之一，但从另一方面看来，它也是所有时代和所有文学作品中写得最差的小说之一。作品行文散乱。两行之间总是大肆重复同一个形容词，不断堆砌着重复的词藻，而通常写着写着便跑题，以至于无法自圆其说，动辄气喘吁吁地写上二十行，情感僵化而粗糙。人物要么激动得颤抖，要么面容苍白，时常擦拭着额头上大滴的汗水，总是发出不像人类声音的支吾，总是从椅子上抽搐着跳起来，然后又跌坐在上面。与此同时，作者则像着了魔似的重复着，忙不迭告诉我们人物跌坐在上面的那张椅子正是他几秒钟前坐过的那把。

大仲马为什么要这样写，其实我们心知肚明。不是因为他不会写作，他的《三个火枪手》就写得干脆利落，虽然可能缺少心理描写，但总归行文顺畅。大仲马这样写其实是为了钱，多写几行就能获得更高的报酬，所以必须写得更长一些。另外，小说不断重复已知内容也是为了照顾那些走马观花的读者——所有长篇连载小说都有这种要求——以至于一个人物在第一百页叙述了一件事实，当此人在第一百零五页遇到其他人时，又向那人将完全相同的事重复了一遍。比如，在小说前三章里，爱德蒙·唐泰斯不知曾多少次告诉别人自己打算结婚，心中洋溢着幸福：伊夫岛十四年的铁窗生涯似乎对这种哭哭啼啼的话痨来说还是短了点。

几年前，受伊诺蒂出版社之邀，我欣然接受了《基督山伯爵》意大利文版的翻译工作。这本书的叙述结构深得我心，但叙事风格令人望而却步，因此，我试图在保持小说原有结构的同时，使文本更加简洁，但我的翻译不是要"重写"，而是要减轻文中冗余的部分，尽可能为出版商和读者们减少几百页负担。

大仲马不是为了凑行数才写这么多的吗？假若当时大仲马每少写一个词就能得到一笔奖金，那他会不会成为最先授权删节和省略的人呢？

举个例子。法语原文是这么写的：

> Danglars arracha machinalement, et l'une après l'autre, les fleurs d'un magnifique oranger; quand il eut fini avec l'oranger, il s'adressa à un cactus, mais alors le cactus, d'un caractère moins facile que l'oranger, le piqua outrageusement.

直译成意大利语就是：

> Danglars strappò macchinalmente, uno dopo l'altro, i fiori di un magnifico arancio; e quando ebbe finito con l'arancio si rivolse a un cactus, ma il cactus, meno facile di carattere dell'arancio, lo punse oltraggiosamente.

（唐格拉尔正以机械的方式，一朵接一朵地把橘子树上漂亮的花朵扯下来。当他完成了橘子花的工作后，他又把手伸向了仙人掌，但这东西可不像橘子花那么简单，所以他被狠狠地扎了一下。）

在不丢失其中讽刺意味的前提下，译文完全可以更简略：

Strappò macchinalmente, uno dopo l'altro, i fiori di un magnifico arancio; quando ebbe finito si rivolse a un cactus, il quale, di carattere più difficile, lo punse oltraggiosamente.

（他机械地把一棵美丽橘子树上的花一朵朵地扯下来；扯完了橘子花，他又转向仙人掌，但这东西更难对付，他被扎得很惨。）

二十九个意大利语词对应着四十二个法语词，比原文节省了超过百分之二十五的词。

原文 comme pour le prier de le tirer de l'embarras où il se trouvait（仿佛是在乞求他让他摆脱他所处的困境），用意大利语只需要说 come per pregarlo di trarlo d'imbarazzo 就够了。六个意大利语单词就能对应十三个法语单词。

我试了大约一百多页，后来便放弃了。因为我开始思考，这些夸张、拙劣和冗长的东西是否也是属于叙事机器的一部分？如果没有读过它十九世纪最初的译本，我们还会像现在这样喜欢它吗？

让我们再回到开始的结论：《基督山伯爵》是有史以来最激动人心的小说之一。这本书里一次性就囊括了三种足以让恶棍都胆战心惊的典型情境：无辜遭到背叛，受害者侥幸获得使他高人一等的巨大财富，最后是开展复仇计划。小说极力使得人物的仇恨超出理性限度，逐渐丧失理智而面目可憎，最终走向毁灭。

基于这样的框架，法国百日王朝和七月王朝治下的社会图景便鲜活地展现在读者眼前，其中有花花公子、银行家、腐败的地方官员、通奸者、婚约、议席、国际关系、国家阴谋、光电报、信用证、对复利和股息贪婪无耻的计算、贴现率、货币和汇率、宴会、舞会、葬礼，等等，而作品的主旨，即"超人"主导着这一切蝇营狗苟。

大仲马和其他尝试书写这种经典场景的艺术大师们不同，他对"超人"的描写充斥着疏离与焦躁，（金钱和知识带来的）无限权力令"超人"头晕目眩，他总是为自己拥有特权而感到恐慌，又备受疑虑折磨，时而认识到自己的全能都来自苦难，因而感到释怀和欣慰。于是，一个崭新的人物原型便出现了，基督山伯爵也是基督（也许这正是这名字带给了他力量），他曾坠入伊夫堡的坟堆，是人性邪恶的牺牲品，因此这位基督身上也理所应当地带有些邪恶。后来，他再次复活，埋没了几个世纪的宝藏被他重新发掘，在宝藏的辉煌中，他爬出了坟堆，获得能够审判生者与死者的权力，但他从未忘记自己也是人类的儿子。对于这样的故事，读者可以保持怀疑和机警，带着批判的眼光阅读，时时留意互文的陷阱，但最终还是会被吸引到游戏中。恰如威尔第的音乐剧那样，其中充斥着过度的夸张和媚俗，却也因此才接近崇高，正是因为这种过度才成就了天才的创举。

《基督山伯爵》中的冗余随处可见。但是，当爱德蒙·唐泰斯将一连串的真相尽数展露在他的敌人眼前时（尽管我们已经知道一切，但读到这部分时还是颤抖不止），假若没有那些冗余的内容，我们又是否能够享受这一真相大白的场面？此处的冗余恰恰是作为一种文学技巧介入到文本中的，它拖长了笔调，使得戏剧性的转折更加扣人心弦。

假若对《基督山伯爵》进行概述，把判决、逃亡、寻宝、重回巴黎和复仇都集中在两三百页的篇幅里，那么这部作品是否还有它原来的效果？它是否还能使我们焦虑，以至于会迫不及待地跳过好几页的叙述？（在跳过数页的过程中，我们并不是对这几页视而不见，而是主观上加快了速度，但同时我们也清楚，叙述的时间在客观上被拉长了。）后来我们发现，这种冗长的可怕文风也是"楔子"，而且楔子的结构作用不得忽视，就如同核反应堆里起减速作用的石墨条，它放慢了剧情发展的步伐，让我们在期盼中等得更加焦急，并作出更加大胆的预测。大仲马的小说是台制造痛苦的机器，重要的不是焦虑的质量，而是焦虑的时长。

从文学风格或美学角度看来，《基督山伯爵》应该受到批评。不过它并不想成为艺术，而是想创造一个神话。俄狄浦斯和美狄亚在被索福克勒斯和欧里庇得斯转化为艺术之前，都还只是令人敬畏的神话人物。倘若索福克勒斯没有写过《俄狄浦斯王》，弗洛伊德还是可以讨论俄狄浦斯情结，只不过他会从别的来源得知这一神话，没准儿是从大仲马那儿，或是从一个比大仲马还要糟糕的作家处得知。因此，正是因为神话创作允许自身存在美学上的不完美之处，它才能催生出信仰和崇拜。

事实上，许多作品之所以被我们视为崇拜对象，恰恰是因为它们根本上就是松散的。

若要将一部作品转化为崇拜对象，就需要拆解它，让人只记住作品的部分，忽略部分与整体的原始关系。以一本书为例，我们可以肢解它，将它拆分成一系列选段。通过这种方式，一本书也能催生崇拜现象，尤其当这本书是一部复杂的杰作。请看《神曲》，它曾让但丁密码学风行一时，从中也诞生了许多益智游戏，对于虔诚的崇拜者来说，最重要的是记住书中某些难忘的诗句，而不是纵观全诗地提出问题。所以，就算是一部杰作，当它陷入集体记忆的漩涡时，也会变得支离破碎。不过，在另一种情况下，一部作品转化为崇拜对象是因为它本身就是松散的。相比书籍，这种情况在电影作品中要更加常见。如果影片要催生崇拜，那么它本身就必须是松散、摇摇欲坠和支离破碎的。对于电影，我们难以像读书那样在闲暇时找个喜欢的角度重读一遍。完整的电影通常是作为一个整体，通过表达主要思想或主要情感来给我们留下印象，而只有那些松散的电影才能借助它不连贯的图像和一系列视觉高峰在记忆与时间的淘洗中留存下来。这样的电影展现的不仅仅是一种中心思想，而是许多丰富的内容，它不必揭示连贯的"创作哲学"，而只需保留它赖以生存的、那华丽的变化无常。

这样说来，情节夸张的《赤胆屠龙》（*Rio Bravo*）就可以称作是一部小众崇拜的电影，或称之为 Cult 片，而完美的《驿马车》（*Ombre Rosse*）却不是。

"这是大炮响，还是我的心在跳？"每当听到《卡萨布兰卡》里的这句台词时，观众就变得如同球迷般狂热。甚至有时候，仅仅需一个词：比如，每当亨弗莱·鲍嘉说出"孩子"，粉丝们就激动不已，通常都不等演员说台词，观众就一字不差地先背出来了。

根据传统的美学准则，如果德莱叶、爱森斯坦或安东尼奥尼的影片才算作是艺术作品的话，那么《卡萨布兰卡》就不是或者不应该是艺术作品。从形式的连贯性来看，《卡萨布兰卡》相当一般，它只是将众多耸人听闻的场景乏善可陈地堆砌在了一起，人物的心理活动不切实际，演员的表演草率匆忙。但即便如此，它仍是电影史上的经典之作，成为一部 Cult 片。

"我能给你讲个故事吗？"伊尔莎问道，接着她补充说，"结局会如何，我也不知道。"

里克回答："说给我听吧。也许你说出来，就会知道结局了。"

里克的台词就好像《卡萨布兰卡》的缩影。根据英格丽·褒曼的说法，这部电影是随着拍摄的进程拼凑起来的。直到最后一刻，连导演迈克尔·柯蒂兹也不知道故事将如何收尾，伊尔莎到底会和维克多一起离开，还是和里克在一起。影片中，英格丽·褒曼的笑容如此神秘而迷人，恰恰是因为她自己也不知道两个男人中她真正爱的是哪一个。

这也就解释了为什么伊尔莎在故事中并没有主动选择自己的命运。是命运借一群绝望的编剧之手，选择了伊尔莎。

如果不知道该怎么处理故事，不妨采用些老桥段，因为至少老桥段也曾在别的地方成功过。我们来举个边角但意味深长的例子。在《卡萨布兰卡》中，维克多每次去酒吧时点的酒都不一样（影片中一共有四次），他的选择先后是：君度、鸡尾酒、白兰地、威士忌（有一次他喝了香槟，但并不是他点的）。为什么这样一个带有禁欲主义色彩的人物，其饮酒习惯如此前后不一致？我的猜测是，没有任何心理上的理由，只是柯蒂兹下意识地引用了其他电影中类似的场景，试图在合理的范围内完整列出酒的种类。

我们不妨试试以艾略特重读《哈姆雷特》的方式解读《卡萨布兰卡》。艾略特认为《哈姆雷特》引人入胜并非因为它在戏剧上的成功。相反，艾略特将它归于莎士比亚不太成功的作品之列，他认为，《哈姆雷特》的魅力恰恰在于它的创作并不完美。据说，《哈姆雷特》是其几个早期版本不成功的融合结果，也正因如此，主人公的性格总是有些模糊不清，甚至举止有些莫名其妙。作者试图在同一部戏剧中表现出不同的主题，但这显然十分困难。《哈姆雷特》无疑是部令人焦虑的作品，其中人物的心思无法捉摸。艾略特告诉我们，这部作品的奥秘恰恰在于，它是莎士比亚借由以前的悲剧材料拼凑而成的，并非完整的设计。

在《哈姆雷特》中，我们总能看到托马斯·基德剧作的痕迹。在基德的作品里，复仇几乎是唯一的主题，复仇的延迟也只是因为国王周边戒备森严，刺杀太过困难。另外，哈姆雷特的"疯狂"只是为了避免怀疑的伪装。在《哈姆雷特》的最终版本中，莎士比亚不仅并未对复仇的延迟做出任何解释——如果不是因为主人公不断陷入困惑——而且"疯狂"也适得其反，不但没有平息怀疑，反而

电影《卡萨布兰卡》中的英格丽·褒曼和亨弗莱·鲍嘉

迈克尔·柯蒂兹导演，1942年

令国王生疑。另外，莎士比亚的《哈姆雷特》也讨论了母亲的罪过对儿子的影响，但作者没能将该主题融入旧的戏剧素材中，对旧素材的修改也并不完善，无法令人信服。莎士比亚还在剧中保留了多余和不协调的场景，这些问题哪怕只是仓促地稍作修改也本应注意到。另外，还有些场景出现得莫名其妙，也许莎士比亚借鉴了查普曼对基德剧本的改造。总而言之，《哈姆雷特》汇集了不同的主题，但各个主题彼此之间并未融合，层次分明，历代作者的共同努力仍清晰可见，每位作者都在前人作品的基础上留下了自己的痕迹。

所以说，《哈姆雷特》远远称不上莎士比亚的杰作，它是一个艺术上的失败作品。艾略特说："它的思想和技法都不稳定。或许大多数人都是因为感到《哈姆雷特》有趣才认为它是一部艺术作品，而不是因为它是一部艺术作品而感到它有趣。它是文学中的《蒙娜丽莎》。"

《卡萨布兰卡》也是同样的情况。

为了创造出受大众欢迎的剧本，作者们只得从大获成功的作品中吸收素材，然后将它们全部投入自己的剧情中。假若可供选择的素材有限，结果就成了媚俗。但如果能做到海纳百川，就能创造出像高迪的圣家族大教堂那样的作品，同样能令人心醉神迷，叹为观止。

就这点来说，《卡萨布兰卡》之所以能被称作 Cult 片，正是因为它包含了一切原型，每个演员都在复制其他场合中的角色，剧中的人物也没有过着"真实"的生活，而是在重复先前影视作品中刻板描绘的生活。其中，彼得·罗的表演总是透露出他和导演弗里兹·朗合作时的风格；康拉德·维德饰演的德国军官也总是有他在《卡里加里博士的小屋》中表演的影子。就这样，《卡萨布兰卡》将似曾相识的感觉推向极致，以至于观众把他们后来看到的电影中出现的元素都归入了这部电影。直到出演《逃亡》（*To Have and Have Not*），鲍嘉才开始扮演海明威式的英雄角色，但实际上，早在《卡萨布兰卡》中，鲍嘉就展现出海明威的精神内涵，因为在这部电影中，他饰演的里克曾参加过西班牙内战。

在《卡萨布兰卡》中，叙事的力量是野蛮生长的，无需加以艺术的干预和约束。因此，我们可以接受人物的情绪、道德和心理时

圣家族大教堂

安东尼奥·高迪
巴塞罗那

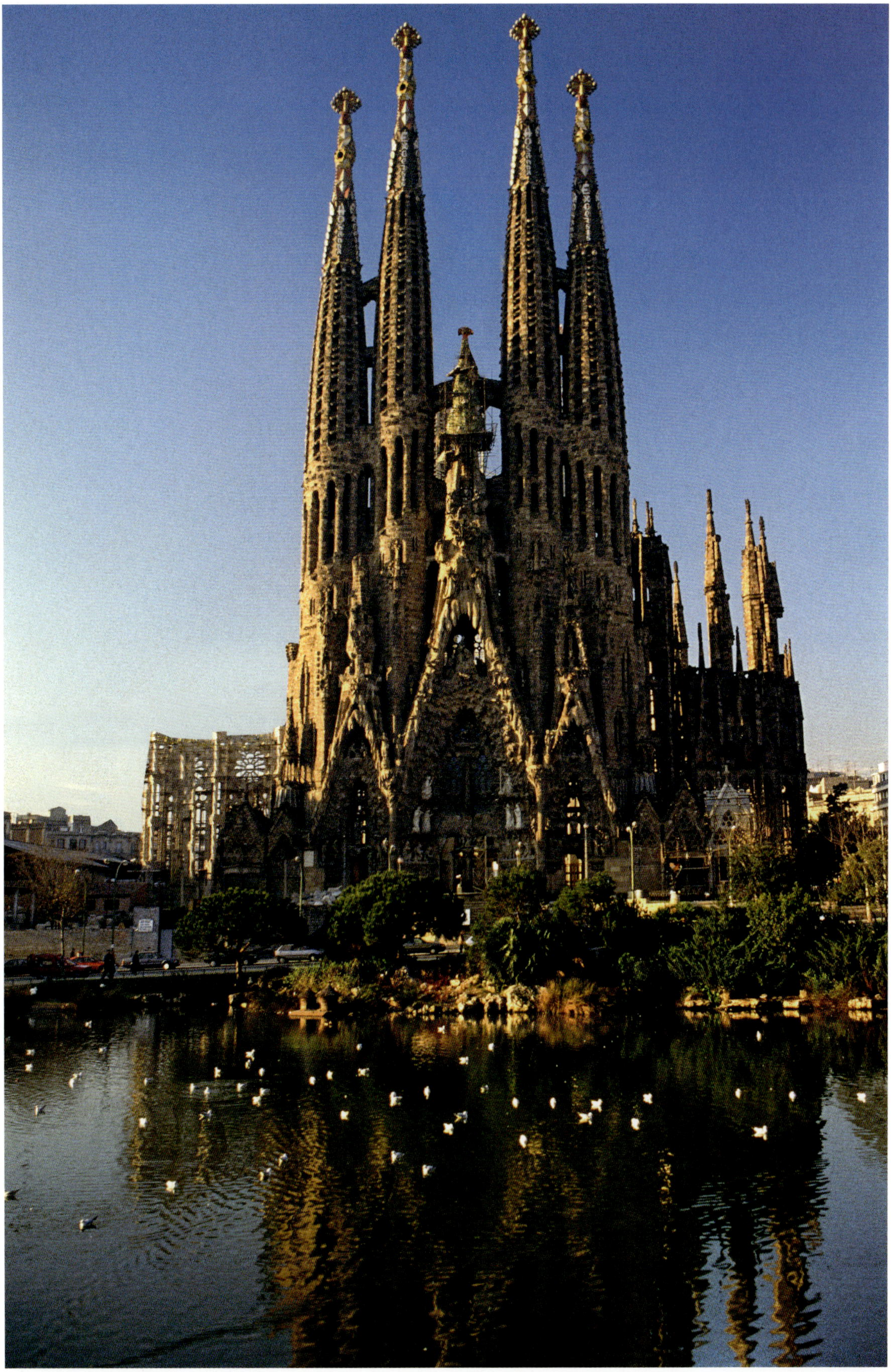

刻都在发生变化，阴谋家们在间谍接近时会咳嗽着中断谈话，妓女在听到《马赛曲》时也会潸然泪下……

所有的原型都不顾体面似的闯入叙事，于是整部作品就变得如荷马史诗一般深刻。两句陈词滥调会使人发笑，而一百句放在一起就会令人感动。因为人们会暗暗感觉到，这些陈词滥调正在互相交谈，正在庆祝着一场重逢的盛宴。正如苦尽甘来，枯木逢春，怪异到极致便将接近神秘，平庸到极致就会隐约令人感到崇高。

循着此迹，我们就会发现，许多在严格的美学意义上无法解释的吸引力的案例都变得合理起来。例如，普鲁斯特曾在散文集《欢乐与时日》中对"坏音乐"大加赞美——我指的不是难听的交响乐，而是流行歌曲，是那些让人听着想落泪或跳舞的旋律……

> 你可以讨厌坏音乐，却不能轻视它。人们演奏坏音乐，并且卖力唱出，全心全力投入情感，丰富我们的梦境，甚至让我们流泪。
>
> 你不得不肃然起敬。
>
> 它在艺术上可能毫无可取之处，在社会的感伤史上却占有一席之地。对坏音乐的尊重——我不说热爱——不仅仅是好品味对它的施舍或是怀疑主义的一种形式，同时也是对音乐所扮演的重要社会角色的认可。有多少旋律，在艺术家眼中一文不值，都是由许多浪漫热情的年轻人和恋爱中人所肯定并加以挑选的。
>
> 比如《金戒指》或《喔，长眠吧!》，这些歌谱每天晚上由许多名家的手不断加以翻阅，而这些手还可能沾满许多美丽眼睛所流出的眼泪，他们是最忧郁和最爱享乐的一群人——可能是一些对这类音乐最忠实和最有热情的女拥护者，她们让忧愁变得高贵，不断歌颂梦幻，大家互相交换最炙热的秘密，她们沉醉在虚幻的美之中。
>
> 普通民众、中产阶级、军人、贵族等等，就像有传递悲哀和快乐的消息的邮差，他们也都有不为人知的爱的信使，以及亲爱的听他们倾诉衷肠的人——也就是糟糕的音乐家。
>
> 这是一群不入流的音乐家，像这样的滥调，我们拒绝聆听，

却能得到许多人的喜爱，玩弄许多人的感情，成为他们最有活力的灵感来源。钢琴架上随时弹奏出最抚慰人心的音乐，成为最受欢迎且最梦幻的恩典。像这样的靡靡之音，像这样的"主题再现"，不断给恋爱中人或是梦幻者灌输一种天堂般的和谐幻象，以及爱的声音。一本滥调连篇的乐谱，差不多已经翻烂了，随时可以带给我们对墓地或乡村的丰富想象。房子盖得没格调，墓碑底下的坟墓不见了，或是品味不好，这没什么大不了。我们不能期待这类音乐会自行消失，不妨暂时消除我们在美学上的鄙夷声音，让许多人有个抒发情绪的出口，站在梦幻的门口去感受另外一个世界，在那里享受或是哭泣。仁慈而尊重的想象能够让审美暂时低下她傲慢的头颅，在她沉寂片刻时，能让一群灵魂从低微的尘埃中飞升而起，它们的嘴里都衔着春意盎然的梦想，能让它们预见另一个世界，让它们在这个世界上也发出欢呼，纵情哭泣。①

我想以普鲁斯特的这页文字来结束我对"不完美"的不完美颂歌。为何在语法中，未完成过去时也被称作"不完美的时态"（L'imparfait）呢？也许这并非偶然，动词时态可以告诉我们某事正在发生、已经发生或者将要发生（甚至命令式也可以指示将来），如果是不久前或很久前发生的事，且发生时间不明确，或者我们并不想指出明确的时间点——那么就不必确定事情发生的具体时间，使用未完成过去时即可。甚至当孩子们在玩角色扮演的游戏时，他们也知道自己现在、过去和将来都不会是自己扮演的人物，所以这时他们也会用未完成过去时。比如，"Alors, moi, j'étais le chef des Indiens et toi t'étais Buffalo Bill …"（"好了，我是印第安酋长，你是水牛比尔……"）

我们再回到普鲁斯特，在《论阅读》中谈到福楼拜时，他曾说："我得说，直陈式未完成过去时的某些用法非常残酷，这一残酷的时态告诉我们生命是转瞬即逝的，同时也是被动的，它回顾我们过去行为的一刹那，为那个瞬间打上幻觉的标记，同时把它消灭在

---

① 译文引自刘森尧译《欢乐与时日》，译林出版社，二〇二三年。

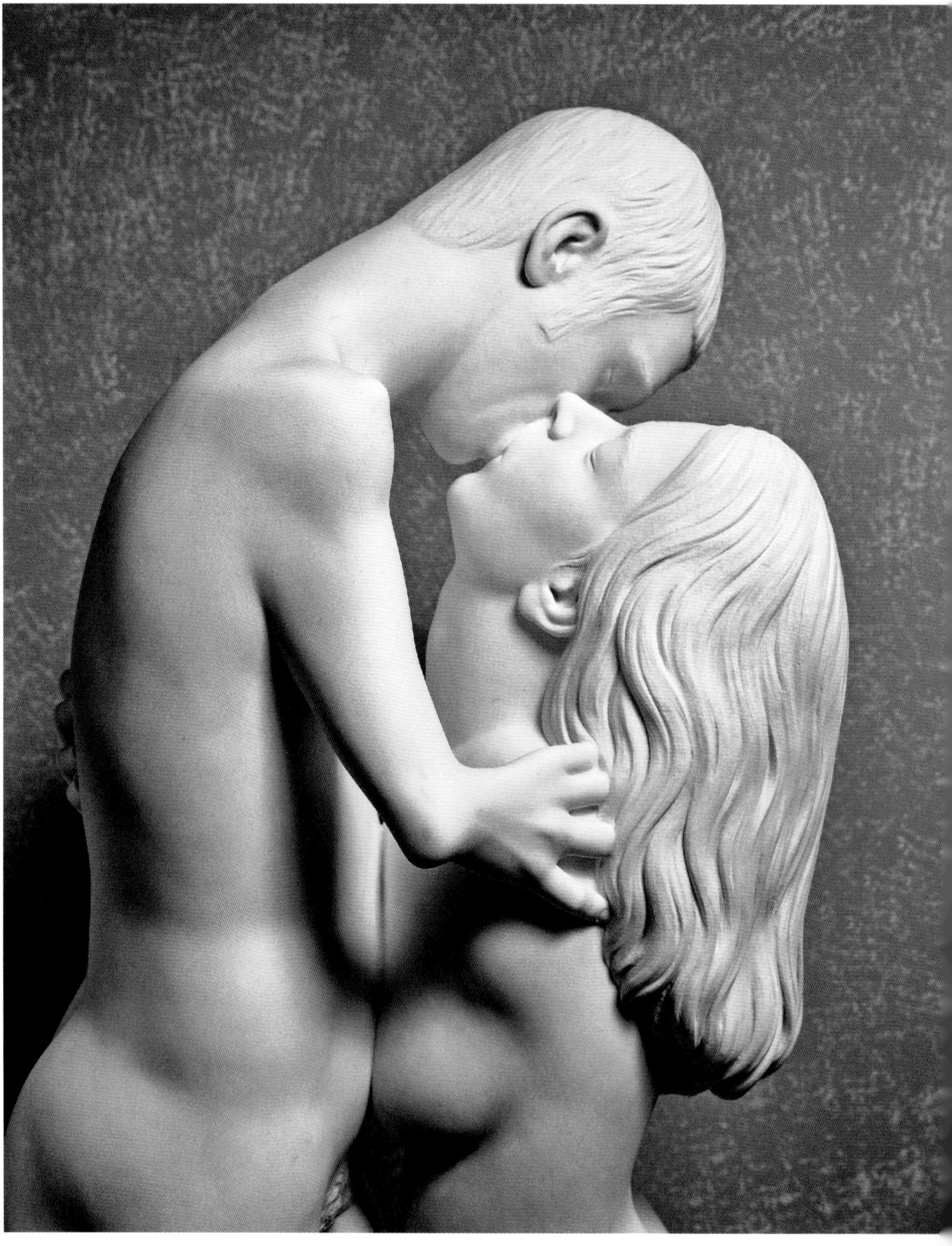

过去，不留痕迹，而不像完成过去时（parfait）那样，好歹还给我们留下些行动的痕迹作为慰藉。未完成过去时，对于我来说，它总是神秘悲伤的不竭源泉。"

这便是为什么有时候不完美对艺术来说是不可或缺的。

二〇一二年于米兰艺术节

《吻》细节
马克·奎恩
米兰，扬纳科内收藏

揭秘

Alcune rivelazioni sul segreto

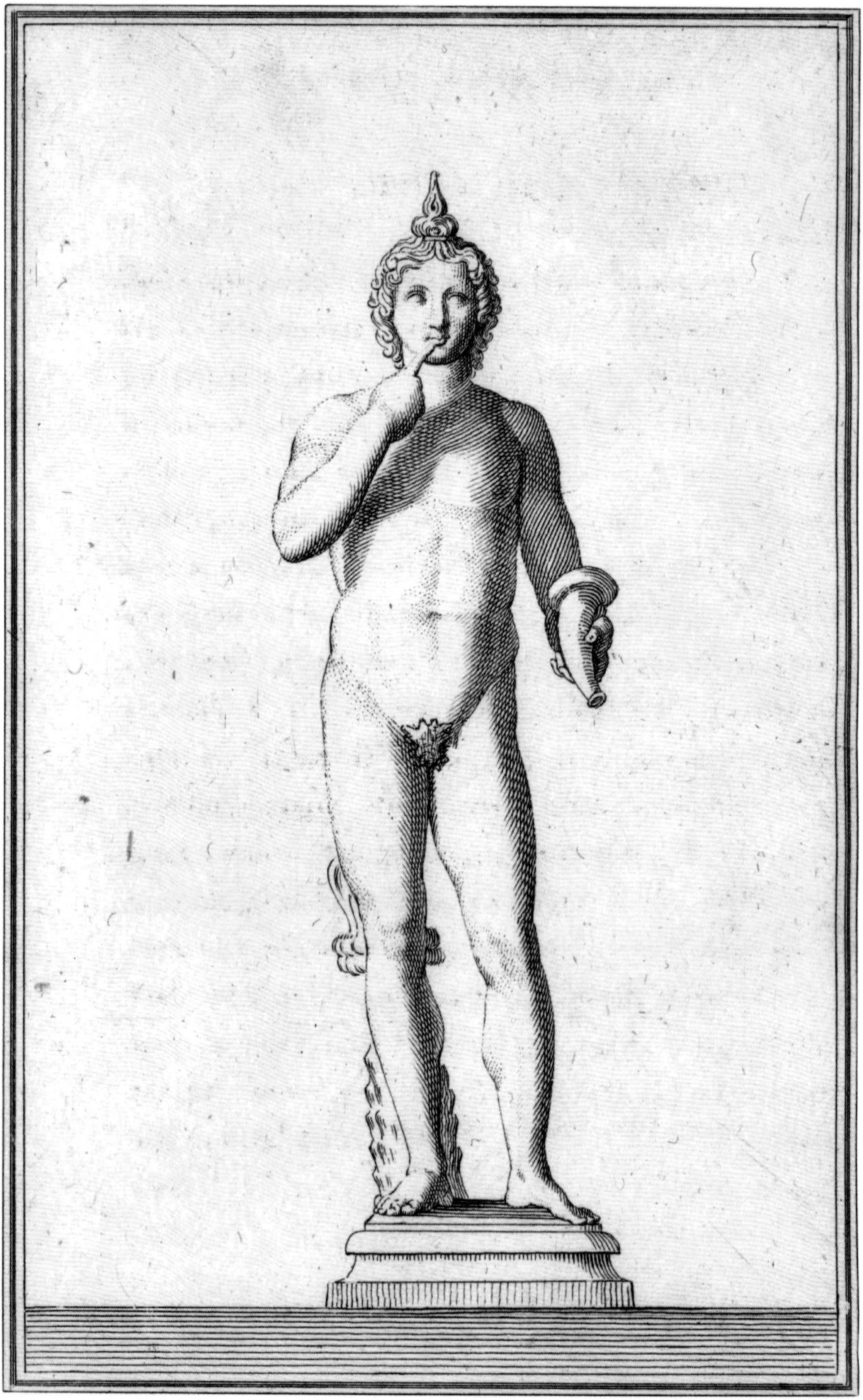

揭秘

我首先要做如下的宣言："这次我要讲的东西很重要，但它是个秘密，所以我还得三缄其口。"这样一来我就有了特权，甚至可以让你们相信，正如第六任伊玛目贾法尔·萨迪格所说："我们的事业是秘密中的秘密，是某种被掩饰的事物的秘密，是一种只有别的秘密才能解释的秘密，是关于满足于一个秘密的秘密的秘密。"

所有神话中都有一个掌管秘密的神，比如沉默之神哈伯克拉底。虽然名字几经变化，但从古埃及到古希腊、古罗马，再到文艺复兴，他一直"如影随形"。不过为了找乐子，我选择了"抗旨不遵"，向你们透露一些关于秘密的秘密。

秘密是尚未被揭露的信息，也就是说它不应被揭露，否则会给揭秘者甚至接受者带来伤害。

这里的秘密可以是国家、机构、银行、军事和工业机密，比如在亚特兰大被严密保护的可口可乐配方。不过，这种秘密（确实涉及隐藏的东西），由于"严刑逼供"、国家档案公开、冒失或背叛，尤其是间谍活动，经常会被泄露出去。

千百年来，为了防范间谍以及保护秘密通讯，人们发明了密码学。它通过一系列的替代物，对用某种自然语言表述的信息进行转写，再由信息接收者根据替换规则转换成原始信息。据说，早在印度古文献和《圣经》中，就出现了神秘字符；恺撒曾用密码对重要军事信息加密；阿拉伯文明中也有密码学的影子：从八五五年阿布·巴克尔·哈马德·安-纳巴提写的《虔信者狂热渴望破解古代经文的谜之书》，到十四世纪伊本·赫勒敦的《历史绪论》，后者在书中也提到了密码，比如香料、花、鸟或水果的名字会被用来表示字母。

进入现代，在欧洲，随着民族国家的诞生、日趋复杂的军队和组织大规模军事行动的需要（在三十年战争时期），密码学得到了长

《沉默之神哈伯克拉底雕像》

版画，1820年
罗马

دائرة السياسة لوضوح الأنس

- الدولة سلطان
- السنة السنة تقصدها سياسة يحرسها الملك
- يستقيم بالجنود
- الملك بنظام بنظام يقوّمه الرجال
- ما لا مال إلا مال
- يجمعه الخراج
- لا يخرج إلا بعمارة
- العمارة لا تحصل إلا بالعدل

والعدل إذا نظمته

足发展。最早的现代密码系统出自德国修士特里特米乌斯之手,他设计了一个可以转动的圆盘,用第一圈上的字母替换第二圈相应位置的字母。最近的经典案例就是纳粹的恩尼格玛密码机(复杂得多),后来被艾伦·图灵破解。因而密码学的定律之一就是:任何密码,无论多么无懈可击,最终都会被破解,因此,密码加密的秘密并不"长寿",我们很快就会失去兴趣。

同样会让我们觉得无聊的,还有所谓的"公开的秘密"。一种情况是,因为把秘密告诉了"大嘴巴",最后弄得人尽皆知;还有一种可能是,为了迷惑敌人、隐瞒真相,秘密机构故意散播虚假消息,结果许多以这种方式披露的伪秘密掩盖了其他秘密,而后者得以一直保持神秘。

十七世纪是巴洛克的世纪。在那个专制的世界里,想要活下去,就必须在社交生活中伪装自己,变得表里不一(正如葛拉西安所教的)、讳莫如深(正如阿切托所建议的)。对从政的人来说,则要隐瞒与自己有关的所有事。这一点,马萨林在《政治家日课》中告诉过我们:

> 如果你需要在人多的地方写东西,就把一张有字的纸放在写字台上,假装要再抄一遍。纸上的字迹要清晰明了,但那张你真正在写的纸也要平放在桌上,必须要小心,确保任何靠近你的人能看到的都只有你正在抄写的那一行。而你真正在写的东西要用一本书或一张纸遮住。如果在读书时被人撞见,要迅速翻页,避免他发现你感兴趣的内容。如果跟前有很多摊开的书就更好了,这样对方就不知道你读的究竟是哪一本。如果在写信或读书时有不速之客到访,为了不让他们就那本书或那封信向你提问题,在他们张嘴之前,你得先开口反向他提问。

审 慎

实际上,马萨林的态度是一种近乎偏执的审慎。隐私也属此列,有时这些秘密会和持有者一起"进入坟墓"。有些隐私是难以启齿的

国王与执政官一览图
《历史绪论》插图
伊本·赫勒敦
伦敦,大英图书馆

事情，但除此之外，一个人完全可以正当有理地不想被人知道自己的疾病、性取向和出身。社会是承认隐私权的，像齐美尔那样的社会学家在关于秘密的研究中承认这项权利是社会契约的重要组成部分。

值得注意的是，在大众传媒时代，隐私权正逐渐失去价值，被"暴露癖"取代。八卦，这个在很大程度上有益的安全阀正在消失。经典的八卦——人们在村头、门房或小酒馆里说着家长里短——是社会和谐的重要因素，因为说闲话的人不是在幸灾乐祸，他们大多会同情被谈论者的遭遇。

然而，只有当事人不在场或者不知情（也有可能为了面子假装不知情），这种社会和谐的因素才会起作用。因此，为了让八卦这个社会安全阀运行完好，所有人，从刽子手到受害者，都要尽可能地对隐私保持缄默。最早的变化是随着专门出版物一起出现的，它们贩卖一些人（比如演员、歌手、流亡的君王和花花公子）的绯闻。这些人自愿暴露在摄影师和新闻记者的镜头下，于是，八卦从"窃窃私语"变成了"高谈阔论"，使当事人声名鹊起，让默默无闻者心生妒忌。电视成了理想的平台，当事人只需要现身大谈隐私就能迅速走红。在节目里，有人和自己的配偶互爆对方的风流韵事，有人绝望地恳求爱人回心转意，还有人在台上闹着要离婚，其间他们的性无能被无情地加以分析。

预见到这种社会风气的变化，谨慎的皮埃蒙特人切萨雷·帕韦泽在自杀前留下了一句引人深思的话："请不要过多地议论我。"但没有人按他说的做，现在我们都对他不幸的爱情故事了若指掌。

然而，最近对隐私的放弃有了其他形式。一方面，我们意识到——但从总体来看，我们好像并不在乎——通过查询信用卡、通话记录和病历，医护人员能知道我们全部的信息和行动。另一方面，"维基解密"事件让我们相信，公开国家机密是一种民主行为，然而，我们必须支持国家和政府对一些事保密，因为公开某些信息、协议和计划会带来损失。其中一个例子就是在流媒体上公开政府组阁会议，在这种情况下，每个参与者都感觉自己正在被监视，为了不丢面子，他们只能一再重申自己的官方立场，而不会选择协商让步——而后者才是政治关系的灵魂。

《三个长舌妇》

19 世纪

路易·格罗克洛德

卢森堡，让-皮埃尔·佩斯卡托博物馆

奥　秘

审慎的时代已经结束，但是奥秘——也就是神秘主义的秘密——在上千年的历史中长盛不衰。毕达哥拉斯学派的教义就是在古埃及文明的启示下对神秘真理的认识。公元二世纪时，古典理性主义走向衰落，异教世界推崇以神秘、晦涩的方式讲述的事物，将真理与秘密等同。智慧，要想称得上"神秘"，必得是古老而具有异域色彩的，特别是说着未知语言的古老的东方，一切未知的都是秘密，在那儿，一定有一块只有神才知道的"神秘之地"。

这种态度颠覆了古希腊知识分子的传统观念。他们认为，蛮族人是口吃的，也就是连话都说不清楚。但现在，原先被认为难登大雅之堂的异族语言，竟成了神圣的话语。

由此，人们开始相信，真理即秘密，它掌握在一群失落传统的守卫者手中。在文艺复兴时期，所有记载魔法的文本都认为，启示会通过一种甚至连宣告它的人都不可解的语言降临，而这些语言是在希伯来语的基础上创造或改造的。

玫瑰十字会

谈及密教，总绕不开玫瑰十字会。十七世纪初，黄金时代即将来临的想法大行其道。当时的欧洲，民族国家冲突不断，宗教仇恨愈演愈烈，然而这种期待的气氛弥漫在信仰天主教还有新教地区，建立理想共和国的计划，以及对普世君主国、风俗和宗教情感的全面更新的渴望初现雏形。一六一四年，出现了名为《兄弟会传说》的宣言。接着，在一六一五年，又出现了《玫瑰十字会向欧洲博学者的自白》。通过这些宣言，神秘的玫瑰十字会开始浮出水面，透露它神秘的建立者——罗森克罗伊茨——的信息，并预言，在欧洲将诞生一个富可敌国的秘密团体，拥有大量的黄金、白银和宝石，会把这些财宝分给君王，以满足他们正当的需要和目的。宣言强调兄弟会要保持神秘，而且它的成员不可暴露身份："即使有人靠近来看，我们的建筑也永远是触不可及、坚不可摧、隐匿于世的。"即便如此，它还是向整个欧洲的学者发出召唤，请他们联系团体的成员："尽管现在我们没有暴露自己的名字和见面的日期……任何报上姓名的人都可以与我们的一位成员面谈，如有不便，也可写信。"

几乎一转眼的工夫，从著名的神秘主义者罗伯特·弗卢德起，欧洲的每个角落都开始回应玫瑰十字的召唤。没人宣称认识他们，也没人自称是玫瑰十字会的一员，但所有人都设法表明自己完全符合玫瑰十字会的计划。米夏埃尔·马耶尔，一位德国炼金师，在《兄弟会法则》中声称玫瑰十字会确实存在，但也承认自己人微言轻，以至于无法入会。所有人都承认，这是个秘密组织，因此谁要是自称玫瑰十字的成员，那他一定不是（因为他未能遵守保密协议）。弗朗西丝·叶芝也表示："玫瑰十字会作家的通常做法是宣称自己不是玫瑰十字会成员。"直到今天，我们依然这样相信，至少如果我们接受一位严肃对待玫瑰十字会的作者的观点，比如雷内·格农："很可能多数自称是玫瑰十字会成员的人、一般被认定如此的人，事实上只是伪玫瑰十字会成员……甚至可以肯定地说，他们之所以不是玫瑰十字会成员，原因很简单，单单因为他们参加了玫瑰十字会的这类团会，说起来很荒谬，乍一看自相矛盾，却很容易理解。"（《入会概述》，一九四六年）

关于玫瑰十字会是否存在，历史上无迹可循，充其量有清晰的证据显示，存在玫瑰十字会的后继团体——其中每一个都认为自己才是继承了玫瑰十字会衣钵的"真传"。比如关于 AMORC（上古神秘玫瑰十字会），如今你们仍然可以去加州的圣何塞看它的埃及博物馆。不过，一个秉承千年传统的玫瑰十字会组织会首先告诉你，你是没法获得相关文献的。今天的《玫瑰十字会手册》（一九八四年）上如是写道："你们会慢慢明白，伟大的兄弟会和伟大的白色会堂是看不见的。"并且，AMORC 的官方档案显示，证明十字会合法性的原件肯定存在，只不过出于显而易见的原因，它们是绝密档案。

一六二三年，在巴黎出现了一些匿名宣言，宣告玫瑰十字会已经来到巴黎。这些宣言引起了轩然大波，包括怀疑玫瑰十字会是撒旦追随者的说法。据说，连笛卡儿在去德国旅行时也曾试图接近这个组织（显然，他并没有成功），等他回到巴黎后，人们怀疑他也

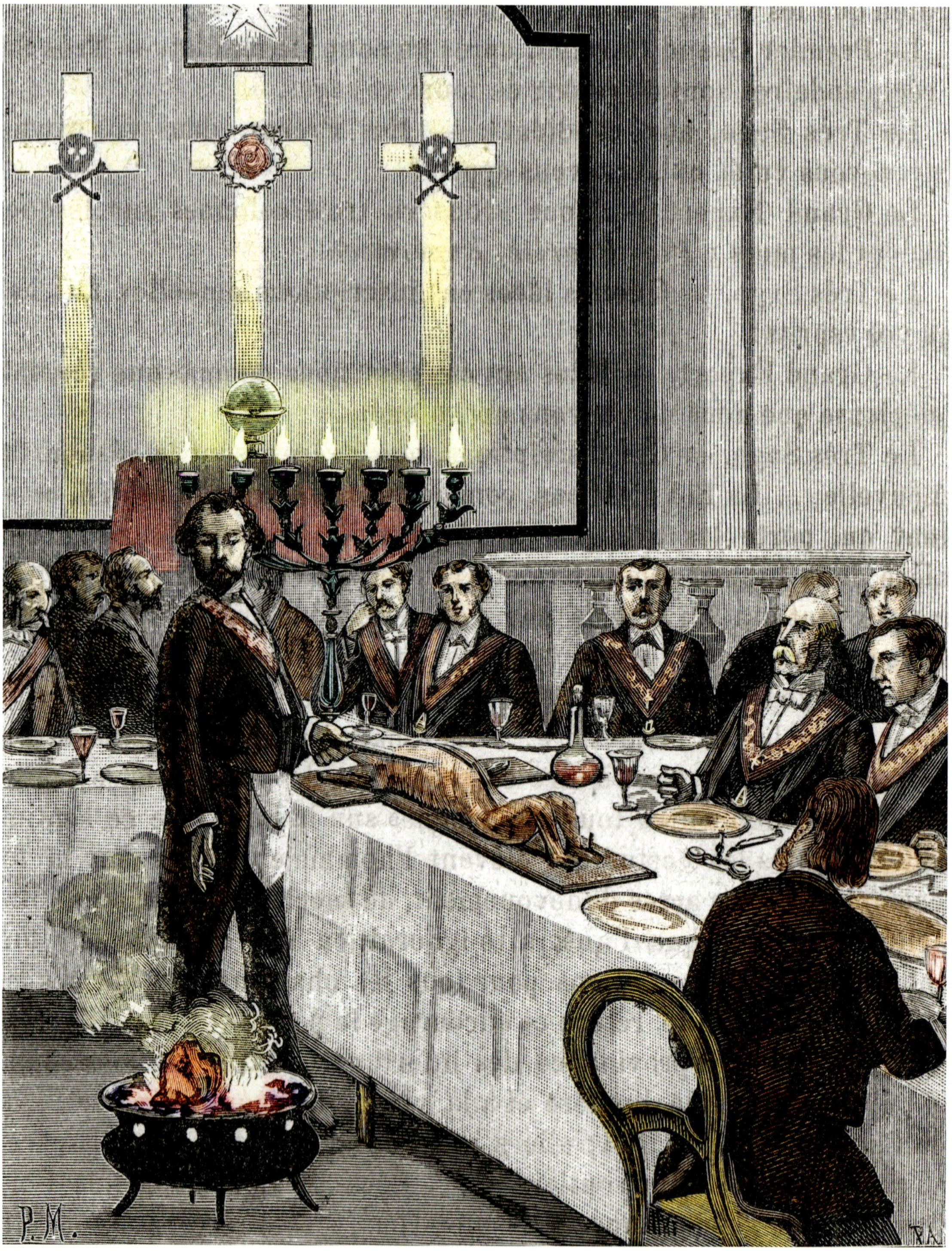
P.M.

第 280 页
《玫瑰十字会的宴会》
《共济会之谜》插图复制版，1887 年
私人收藏

第 281 页
玫瑰十字会标志
《至善》插图，1629 年
罗伯特·弗卢德

Der Baum der Erkenntniß Gutes und Böses.

是其中一员，但他还是"出奇制胜"地摆脱了困局——由于玫瑰十字会被普遍认为是隐秘的，所以笛卡儿刻意频繁地在公共场合现身，谣言也就不攻自破了。安德烈·巴耶在写于一六九一年的《笛卡儿生平》里如是记载。

齐美尔在一篇谈论秘密的文章中也提出了类似观点：秘密社团的典型特点就是"不可见"，比如烧炭党，以及巴伐利亚光照派（至今仍可见于某些恐怖组织），这些团体都不想被人看见，每一组门徒只认识自己小组的首领，根本不知道高层的身份。

后来，很多烧炭党人被送上断头台或被行刑队枪决，不只是因为他们的秘密被发现了，还因为假如一个秘密团体的目标是策划一场暴动，当暴动发生时，秘密就不再成其为秘密了。举个例子，一家公司公开出价收购股票，无论最终收购是成功还是失败，他们的计划都不再是秘密。因此，对于一个有具体目标的组织，他们的秘密是无法长久的，除非成员都是碌碌无为的蠢货，最终一事无成。

不过，玫瑰十字会就不一样了，他们不求"即刻达成什么目标"。为了解释这种隐秘性为何不会否定他们的存在，一六二三年，海因里希·诺伊豪斯在《玫瑰十字会虔诚而实用的训诫》中提出问题：他们真的存在吗，他们是什么人，他们的名字从何而来，他们又会为了什么目的公开现身？最后他得出了这个非同寻常的结论："既然他们改名换姓，隐瞒年龄，来去无踪，无人能指认，那么就没有任何逻辑可以否认他们必然真实存在。"

玫瑰十字会之所以会大受欢迎，是因为他们宣布了一个秘密，但他们谈论一切，除了这个秘密本身。

到了十八世纪，共济会诞生了，在某种程度上，它和玫瑰十字会的传统息息相关。共济会颁布了安德森编写的《共济会宪章》，将其源头追溯到所罗门圣殿的建造者。在随后的岁月里，所谓的共济会苏格兰礼又把圣殿建造者与圣殿骑士之间的关联引入了原有的起源神话，由此骑士团的神秘传统也经由玫瑰十字会的传承，进入现代共济会。为了支持这一理论，很多共济会分支（他们和伦敦的总会纷争不休）会选择一些标志和仪式来强调它们与圣殿骑士和玫瑰十字会传统的关联。由此，根据"入门程度"，即对秘密的了解程

善恶知识树

《玫瑰十字会的神秘符号》
插图，1785 年
巴黎，法国国家图书馆

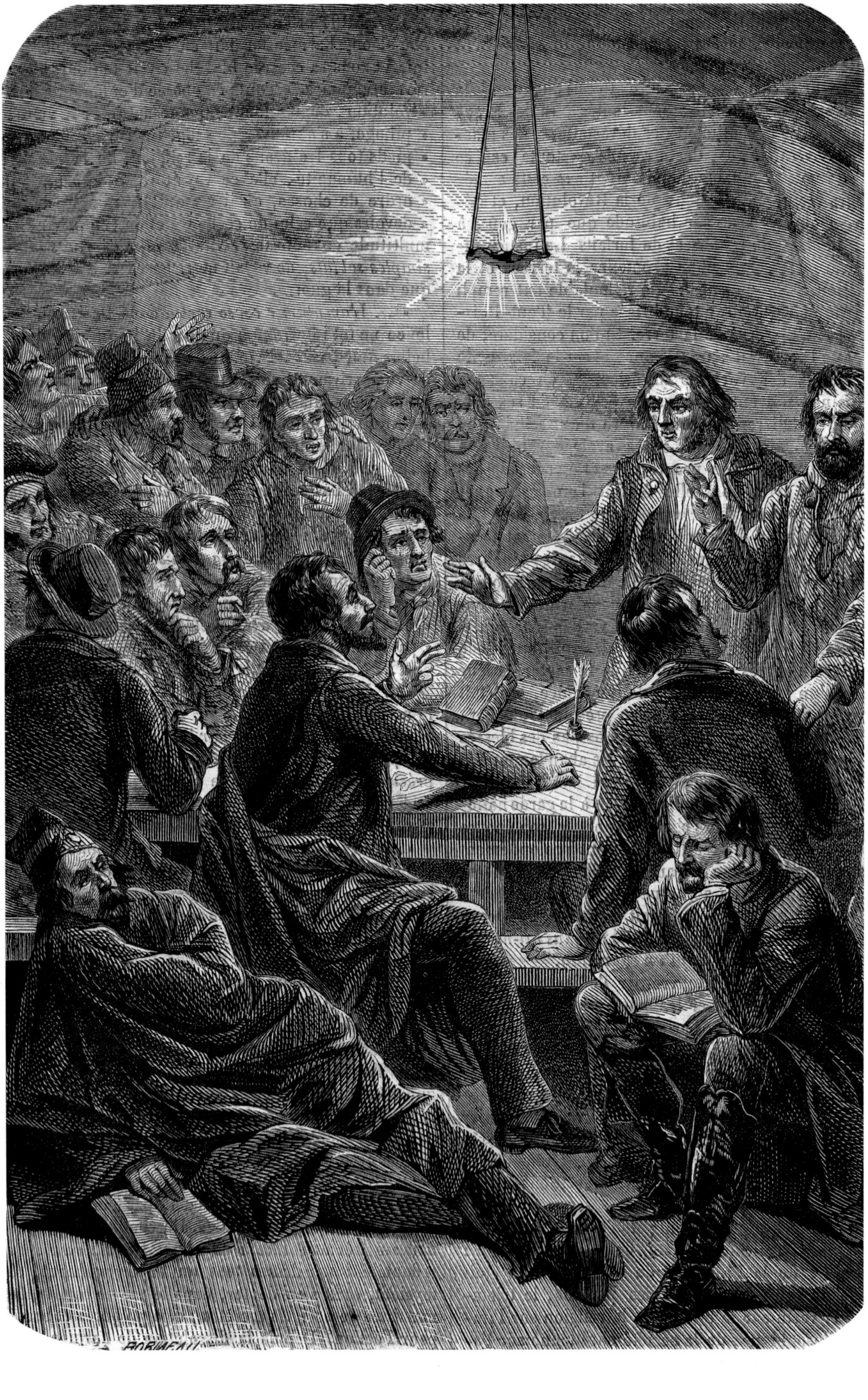

度，共济会从最开始的三个等级逐渐分成了三十三个等级，比如孟菲斯-米斯拉伊姆上古原始礼仪等级，它由卡廖斯特罗建立：

> 地球平面球形骑士，黄道带王子，至尊神秘哲学家，星体最高受勋骑士，伊希斯至尊大祭司，圣山王子，萨莫色雷斯的哲学家，高加索泰坦，金里拉男孩，真凤凰骑士，斯芬克斯骑士，至尊迷宫贤人，婆罗门王子，圣殿神秘守护者，神秘塔大建筑师，至尊圣幔王子，象形文字翻译，俄耳甫斯博士，三火守卫者，不可传达之名守卫者，至尊大神秘王俄狄浦斯，神秘绿洲可爱的牧羊人，圣火博士，明亮三角骑士。

这些等级代表了对共济会秘密逐渐深入的入门程度。现在我们把目光转向另一个人——贾科莫·卡萨诺瓦，共济会秘密的完美诠释者：

> 那些加入共济会却只为探求秘密的人，到最后会"晕头转向"。他们没准做了五十年导师，却不知道秘密为何。其实，共济会秘密的神秘之处，在于它不可侵犯——成员只能通过直觉来认识，而无法后天习得……当他认识到秘密时，他小心翼翼地不把这个发现告诉任何人，即便是他在会内最好的朋友。因为如果后者没有自己参悟这个秘密的天赋，从别人口中听来的秘密对他也是毫无意义的……会堂里发生的事必须保密，但轻率泄密之人实际上无法揭示实质——他根本不知道秘密，又如何揭示呢？如果他知道秘密，是不会说出来的。

因而，根据卡萨诺瓦的说法，秘密不会被泄露，遑论被背叛了。朱利亚诺·迪·贝尔纳多也谈到过类似的问题，他是意大利共济会的前会长。作为逻辑学家，他并未对共济会的象征符号进行神秘主义诠释。在《共济会的哲学》中，他写道：

> 有些人在符号中寻求深奥的真相、炼金术的秘诀，还有贤者之石。要真是这样的话，那仅从符号中找未免太匮乏了。更

《烧炭党集会》
版画，1864 年

《皇后大街共济会会堂的仪式,为共济会救济的女孩举办年度晚宴》
《伦敦的微观世界》插图
石版画,1808年
约瑟夫·康斯坦丁·斯塔德勒
私人收藏

《卡廖斯特罗在凡尔赛宫》

版画，1750 年

私人收藏

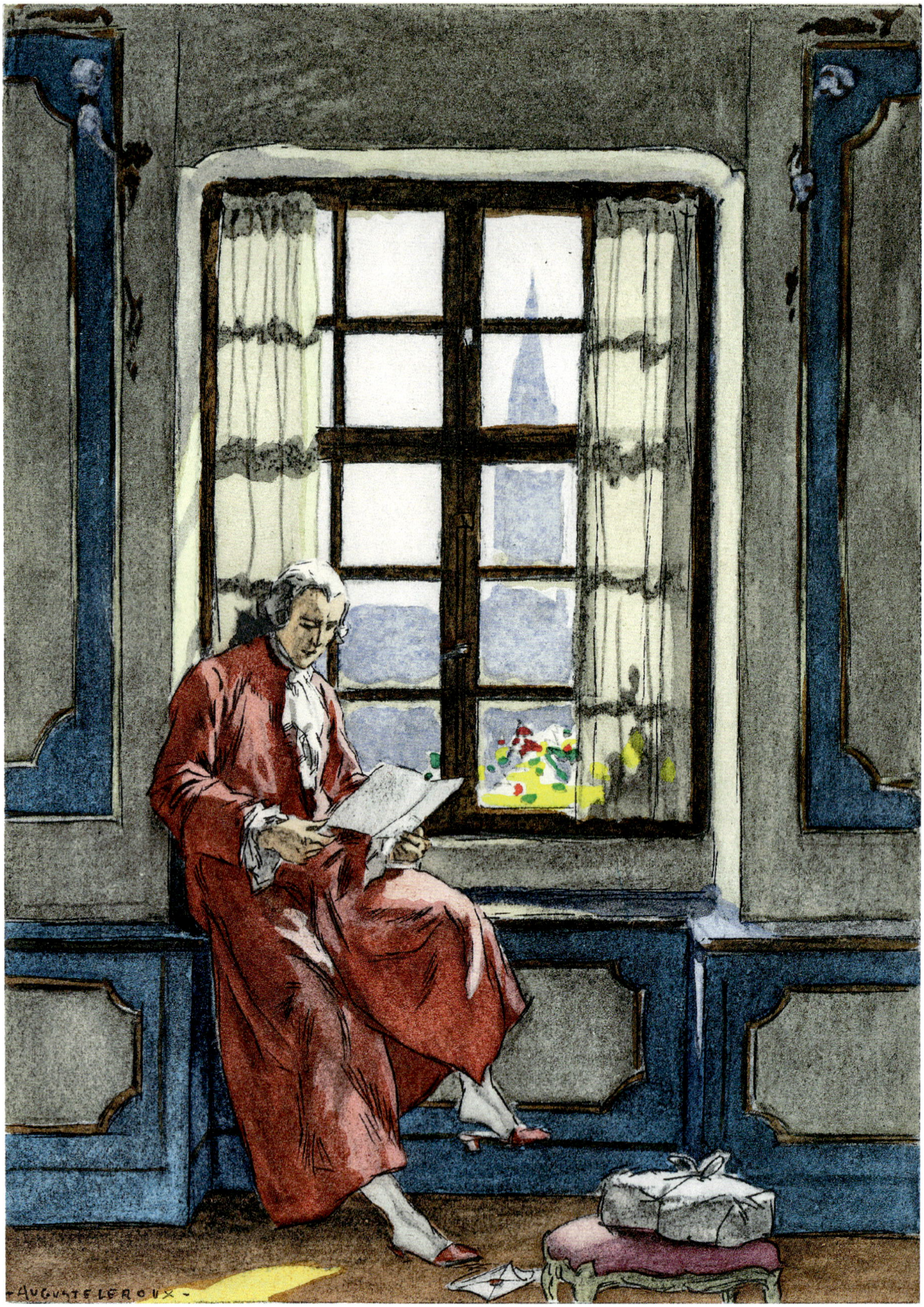
AUGUSTE LEROUX

何况，对于深奥生活的深刻含义，符号也只能展示个大概。用这种方法进行诠释是错误的，因此无法触及真相。为此，我们可以说，在共济会中，符号只表达唯一一个秘密，那就是入会的秘密。谁要是不懂这一点，就会变成误入共济会圣殿的"门外汉"：门内的东西，比如角尺、圆规、锤子、书等，对他来讲很陌生，他不明白这些东西象征着什么。为了能读懂，他必须接受"光"的照耀，这只有当他入会时才会发生，直到那时，秘密才会对他敞开。要是有人试图揭露秘密，解构符号，就会破坏共济会的基础。失掉根基的共济会，又和慈善组织有何区别呢？

我来解释一下，这就是说，如果共济会没有秘密，那它便只是扶轮社。出于显而易见的原因，贝尔纳多在书中并没有提到共济会的秘密。

十七世纪以后，受神秘倾向和隐形秘密社团的影响，出现了"佚名长老"的传说，据说人类的命运掌握在他手中。一七八九年吕谢侯爵警告说："在至暗中，一个团体已经形成，新的人类应运而生，他们彼此认识却素未谋面……他们继承耶稣会绝对服从的准则，吸收共济会的考验和仪式，汲取圣殿骑士团神秘和大无畏的精神。"（《光照派随笔》，一七八九年）

一七九七至一七九八年间，修道院长巴吕埃尔为了回应法国大革命写了《雅各宾派历史回忆录》。该书讲述了圣殿骑士团在被腓力四世摧毁后转为秘密会社，以待摧毁君主制度和教皇统治。到了十八世纪，他们控制共济会为己所用，创办学会，由伏尔泰、杜尔哥、孔多塞、狄德罗和达朗贝尔等"邪恶的"成员组成，雅各宾派也从中初现雏形，但后者受制于一个更神秘的组织——巴伐利亚光照派——神召弑君者。因此，法国大革命就是这个阴谋的最终目的。

巴吕埃尔在《回忆录》中并未记载任何与犹太人相关的资料。但在一八〇六年，他收到某位西莫尼尼上尉的信，声称共济会由犹太人创建，其势力已渗入所有秘密团体中。不过这就涉及另一个故事了，即犹太人的阴谋和臭名昭著的《锡安长老会纪要》，很

《卡萨诺瓦在威尼斯》

《卡萨诺瓦回忆录》插图，
1725—1798 年
奥古斯特·勒鲁
私人收藏

第 290 页
共济会徽章
壁毯，20 世纪
米兰，复兴运动博物馆

第 291 页
六角星、所罗门封印、六芒星、大卫之星、大卫之盾、双三角、土星符咒，美国共济会使用的喀巴拉象征符号
版画，19 世纪
私人收藏

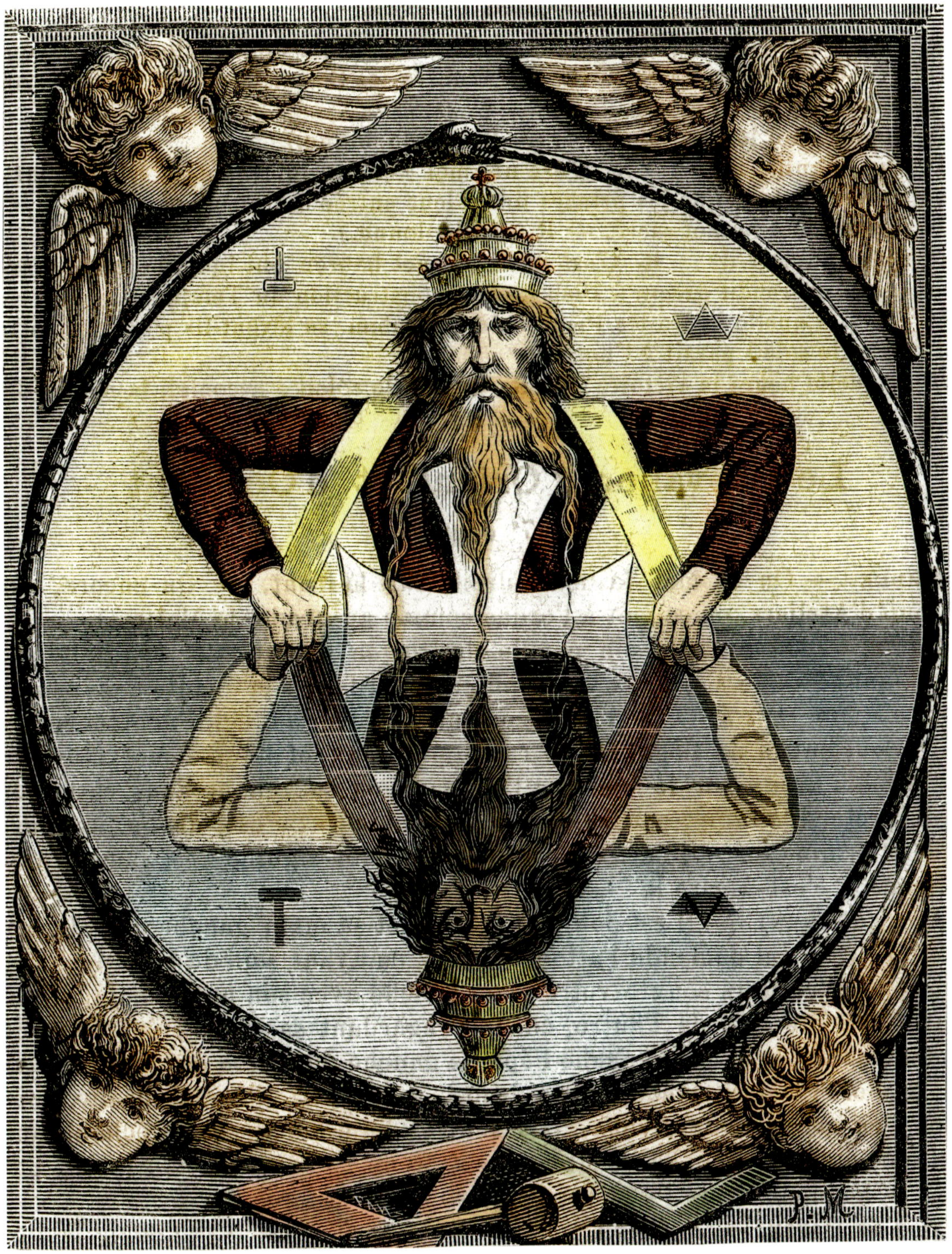
P. M.

圣殿骑士

12 世纪

伦敦，圣殿教堂

不幸，时至今日这些东西依旧充斥着我们的互联网。我们这次没时间深入讨论了。

直到今天，人们依然认为神秘团体在暗中主导着世界发展的进程。关于这些，只需要上网查下资料就行，比如三边委员会、彼尔德堡团，还有达沃斯论坛，围绕着它们的讨论五花八门，好像政治家、企业家和银行家们无法也不愿私下碰面，必须得在众目睽睽之下做出不幸已经人所共知的经济决策，好像金融衍生品投机不足以解释无数小储户的破产，必须揭开一个更隐秘的计划。

在网上，我们或许还会发现其他令人不安的秘密的蛛丝马迹，比如，据传教皇方济各也和共济会有关联。

阴谋论激发了无尽的想象，最典型的例子就是"9·11"事件中美国双子塔被袭。人们怀疑，这是布什政府的阴谋、犹太人导演的阴谋……

上网一查我们会发现，纽约城（New York City）有 11 个字母，阿富汗（Afghanistan）有 11 个字母，Ramsin Yuseb，那个扬言要炸毁双子塔的恐怖分子，他的名字有 11 个字母，乔治·W. 布什（George W. Bush）有 11 个字母，双子塔组成了 11 的形状，纽约州是美国第 11 个州，撞向塔的第一架飞机的航班号是 11，机上有 92 名乘客，而 9+2 = 11，另一架撞塔的 77 号飞机载着 65 名乘客，而 6+5 = 11，美国报警电话 911 三个数加起来也是 11；两架飞机上遇难者的人数是 254 人，三个数字相加是 11，9 月 11 日是当年的第 254 天，三个数字相加是 11。

那么，对于这些惊人的巧合要怎么反驳呢？

New York 只有加上 City 才是 11 个字母，Afghanistan 虽然有 11 个字母，但劫机者不是阿富汗人，他们来自沙特、埃及、黎巴嫩以及阿联酋，Ramsin Yuseb 有 11 个字母，但这是音译的结果，要是 Yuseb 音译过来是 Yussef 的话，游戏就玩不成了，George W. Bush 只有把中间的 W 加上才是 11 个字母，双子塔看起来像 11，但在罗马数字中又意味着数字二（Ⅱ），77 号航班袭击的不是双子塔而是五角大楼，机上的乘客也不是 65 而是 59，机上遇难者的总数是 265 而不是 254，等等。

还是在网上，有人会告诉你们，如果把撞向第一座塔的飞机的航班号 Q33NY 写下来，然后加上 NYC（New York City 的缩写），用电脑对它进行转写，不是用 Times 或 Garamond 字体，而是用 Wingdings，一种带有神秘色彩的符号字体，你会掌握惊人的秘密信息。

唯一的问题在于，撞击双子塔的飞机没有一架航班号是 Q33，那些人制造这个缩写只是为了得出那则所谓的神秘信息。

还有一些秘密，一旦被揭开就会让人大失所望。比如，法蒂玛圣母显现的第三个秘密于一九四四年被路济亚修女装在一个封好的信封里上交，原定直到一九六〇年之后才可以打开。但约翰二十三世和他的继任者们担心这一秘密不适宜公布，因此直到二〇〇〇年，在若望·保禄二世的推动下，这一秘密才大白于天下。本笃十六世似乎已经看过这一秘密，他相当明智地建议就让它保持原状，因为里面的内容实在没什么意思。不过，秘密致命的吸引力反而因此肆意增长。秘密一经公布，我们便发现它只不过描绘了一些悲惨的景象，显然受到伊比利亚半岛《启示录》细密画的影响。至于秘密的预言能力，它也只是说在随后的几年里会发生可怕的事（但事情是在路济亚修女写这封信之前发生的，在离她家乡一箭之遥的西班牙）——即使没见过圣母，人们对此也早就心中有数或可以想象了。

很多神秘主义者试图探寻暗藏的玄机，以及法蒂玛圣母和默主歌耶圣母显现的关联。与他们不同，面对这种局面，当时还是枢机主教的拉青格迅速作出了反应。他警告说，个人所见的幻象不足以作为信仰的明证，隐喻也不应被看作预言从字面解读，《启示录》和与之相似的文本之间有明显不同。他强调，"秘密"中描绘的景象可能是路济亚修女在一些圣书里看到的，源于古老信仰的直觉。为此，拉青格在信仰教义集会上讲话时，把其中一章的标题定为"个人启示的人类学构造"。他认为预言者是在用自己所具备的认知水平和表现方式，以他能力范围之内的形象展现启示。简而言之，路济亚修女见到的奇异景象，其实是她从前在修院保存的千年古书里看到的。法蒂玛圣母显现的第三个秘密所说的东西，在圣保禄会的书店里早就有售了。

《揭开第七印》
《〈启示录〉评注》插图
细密画，约 730—789 年
西班牙

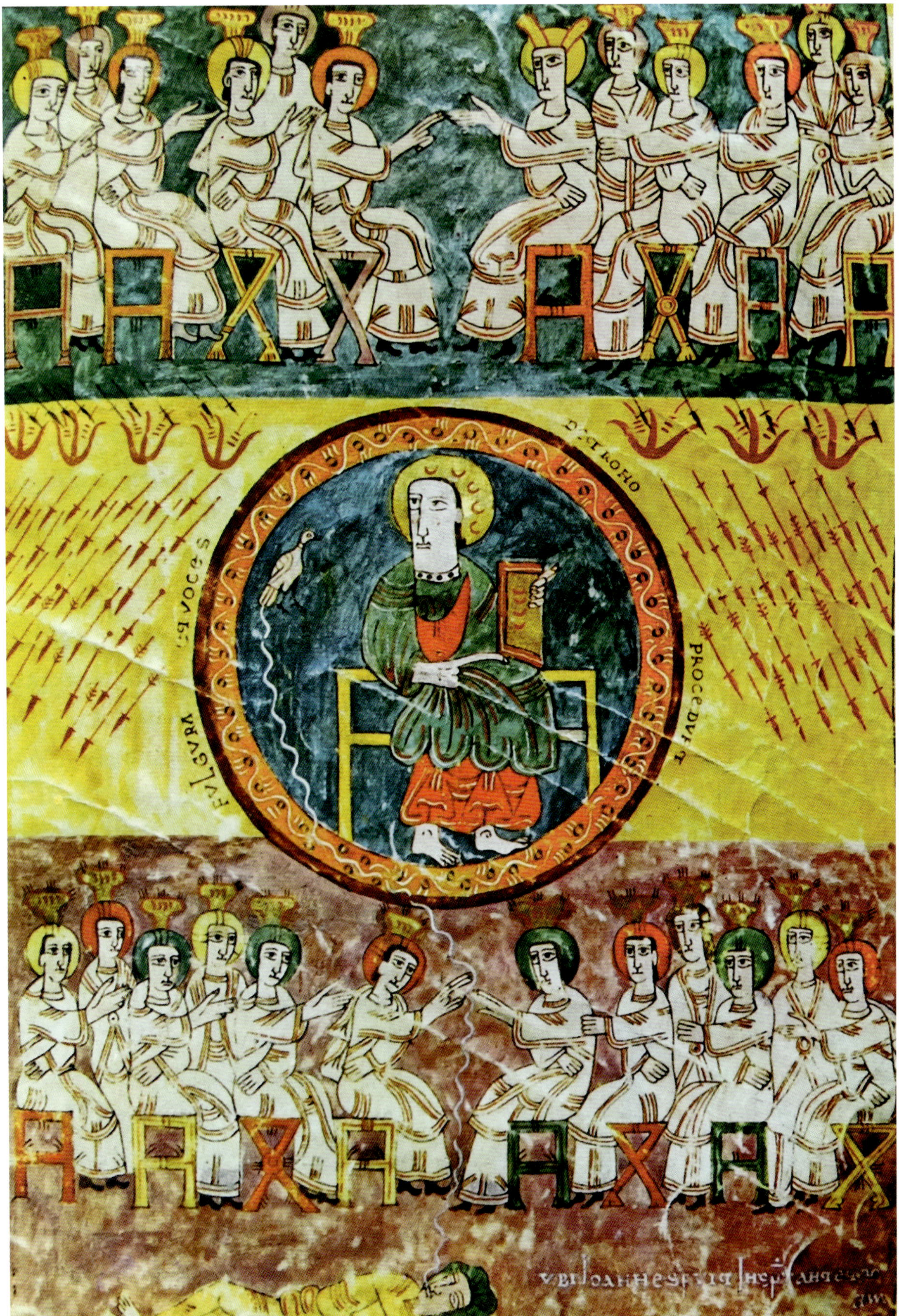
FVLGVRA
ET VOCES
PROCEDVNT

揭秘无效

正如一个玫瑰十字会神秘主义者约瑟凡·佩拉当所言，公开的秘密是毫无用处的。然而，人总是对秘密充满贪欲，因此，拥有未揭示的秘密就成了权力的象征，因为谁知道揭秘那天会发生什么呢？知道得越多，权力就越大，这在警察和情报机构里已经成了共识。是不是真的不重要，重要的是让人相信他们把持着秘密。当政府档案被公开或发生类似"维基解密"的事件时，情报机构就会垮塌。随后人们发现，情报机构和使馆的秘密报告通常是些新闻剪报，它们在成为情报人员的绝密资料之前就已经传开了。因此，给大使和警察开工资是最不值当的，因为他们只做了些审查工作。

那么，怎样才能防止泄密从而巩固权力呢？答案是展示一个空白的秘密。持有一个秘密而不揭露它，并不意味着撒谎，只是极度审慎的表现。不过，要是声称自己掌握一个秘密，而它实际上并不存在，就是撒谎了。齐美尔认为，这种情况发生在孩子身上："出于好胜心和虚荣，一个孩子可能会对另一个孩子说'我知道一件你不知道的事'。这种现象十分普遍，人们用这个虚张声势的句子来贬低对手，即使说话者根本没有秘密可言。"

孩子的假秘密只会对其他孩子有用，但很多秘密团体或机构的假秘密就会对很多渴望知道秘密的成年人起作用了，他们总是时刻准备好接受有不为人知的秘密存在。

或许有人知道，我在《傅科摆》中也对"空白秘密综合征"进行过探讨。一些有关神秘主义的"垃圾"在书店流通，从这些东西里（不是开玩笑，丹·布朗为了写《达·芬奇密码》也是这么干的），三个朋友——三个顽皮的学者，或者说三个有学问的顽童——设计出了一个宇宙计划。但三个人谁都不知道计划的最终秘密是什么，事实上，他们正是通过不透露它而获得乐趣，然而，一群职业的神秘主义者信以为真。在结尾的混乱中，贝尔勃被吊死在傅科摆上。但在此之前，他已经对空白的秘密着迷，深陷在自己的游戏中无法自拔了。在他的电脑文档中有这么一段话：

《情感奥义》扉页
19 世纪
费利西安·罗普斯
巴黎，奥赛博物馆

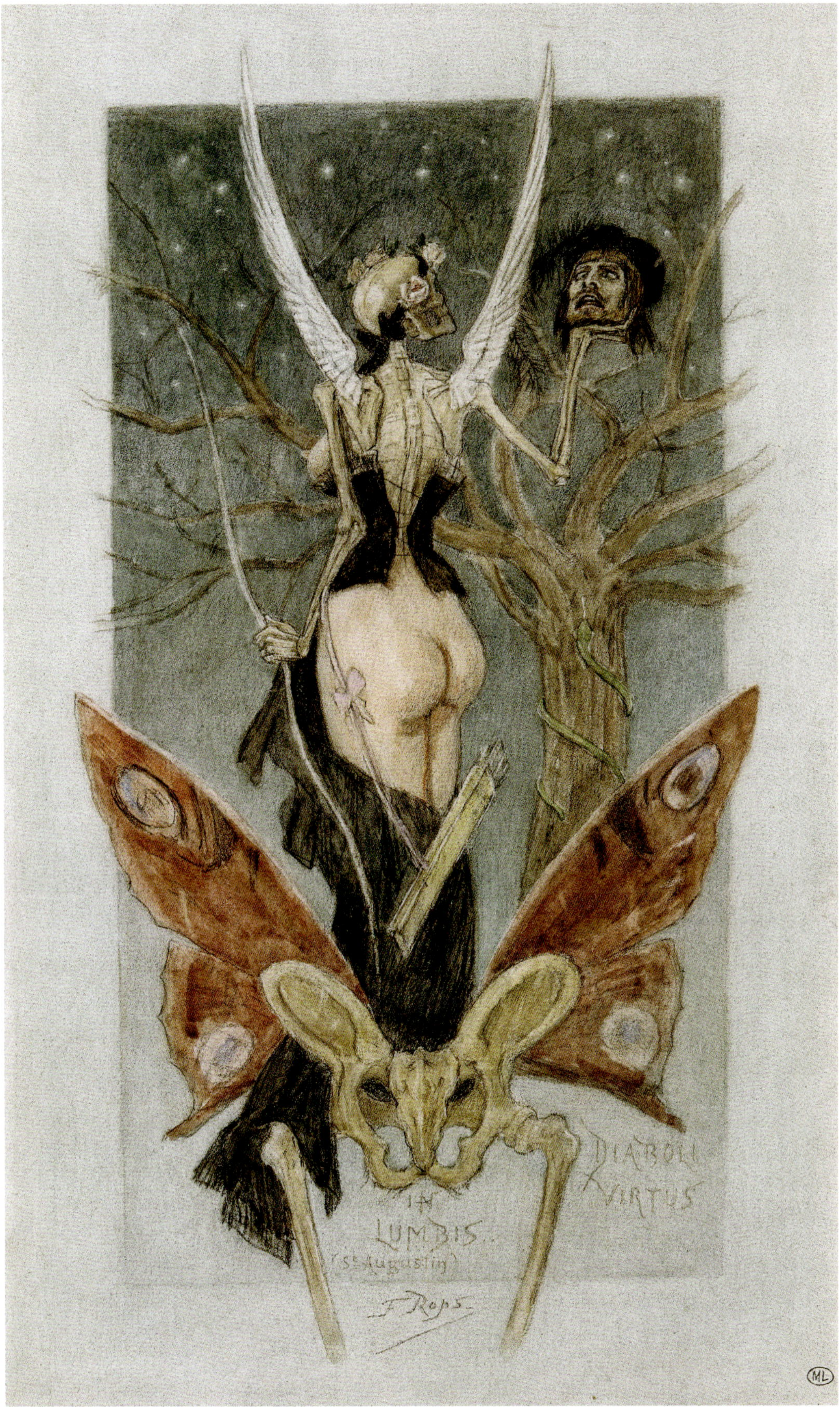
DIABOLI VIRTUS
IN LUMBIS.
(St Augustin)
F. Rops
ML

你相信真的有一个秘密,那么你就会感到自己知晓有一个奥秘,这又不费力气。勾画出一个巨大的期望,永远不会被根除,因为原本就没有根。从不曾存在过的先人,永远不会说你背叛了他们……创造一个模糊不清的真理:一旦有人寻求廓清它的时候,你就将他清除出去。只为比你态度更暧昧的人辩解。

贝尔勃死后,他的朋友卡索邦,作为故事的讲述者,心烦意乱地记述道:

后果是我们发明了并不存在的"计划","他们"不仅当真了,而且确信自己早已介入其中,也就是说,他们按照不可辩驳的类比逻辑、近似逻辑和怀疑逻辑把他们混乱的计划片段等同于我们的"计划"。

但如果发明一个计划,其他人来实施它,"计划"就好像真的存在了,甚至它已经存在了。

从此刻起,大批魔鬼作者将走遍世界去寻找地图。

我们向寻求战胜莫名挫折感的人提供了地图。什么地图?贝尔勃的最后一个文档提示了我:如果"计划"真的存在,那就不会失败。即使失败了,也不是你的过错。在一个宇宙阴谋面前败北,并不可耻。你不是懦夫,你是烈士。

你不要抱怨成为你无法控制的无数微生物的猎物而死去,你不应为你缺乏抓力的脚、消失的尾巴、掉了不会再长出来的头发和牙齿、播撒在路上的神经元、硬化的血管负责,那归咎于"嫉妒的天使"。

这对日常生活也同样适用。像证券交易所的崩盘。它之所以发生,是因为每个人都做出错误的行动,所有错误行动加在一起引发了恐慌。而且神经不够坚强的人会问:是谁策划了这个阴谋,它对谁有利呢?糟糕的是当找不到策划阴谋的敌人时,你就会感到自己是有罪过的。总之,鉴于你感到自己有错,你杜撰一个阴谋,甚至很多阴谋。而为了同这些阴谋作斗争,你又要策划你自己的阴谋。

为了给自己的不理解找一个理由,你设想出越多其他人的阴谋，就越会爱上它们，以它们的标尺来策划自己的阴谋……上帝想使谁灭亡，必先使其疯狂，现在只要助上帝一臂之力就行了。

一个阴谋必须像所有阴谋一样是秘密的。一定有一个秘密，如果知道有一个秘密，我们将不会再感到失望和受挫，因为，秘密要么能拯救我们，要么知道这个秘密等同于拯救。存在如此昭然若揭的秘密吗？

当然存在，只是永远不会为人所知。一旦被揭穿，它就只能令我们失望。阿列埃不是对我说过追逐秘密的紧张气氛导致罗马帝国安东尼王朝动荡不安吗？然而，刚刚有人来声称他是上帝之子，上帝之子有血有肉，他救赎世界的罪恶。这是一个廉价的秘密吗？他允诺为所有人赎罪，只要他们爱邻人。这是不值一提的秘密吗？他留下遗产，不管是谁只要在恰当的时刻说出恰当的话，他就能把一片面包和半杯葡萄酒变成上帝之子的血肉，且能汲取营养。这是一个只配进垃圾桶的谜团吗？他引导教父们猜测、声明说上帝是"一"又是"三位一体"，圣灵源自圣父和圣子，但圣子并非源自圣父和圣灵。这是属物质的人的用语吗？然而现在其他那些救赎唾手可得的人——do it yourself（自己动手）——却没有那样做。启示全在于此吗？多么平庸：他们乘船歇斯底里地在整个地中海地区巡游，寻找另一种失落的知识，那三十个旦尼尔的教义也许只是这知识的表层面纱……三位一体的奥秘？这太容易了，背后肯定另有隐情。

曾经有这么一个人，可能是鲁宾斯坦，当人家问他是否信仰上帝时，他回答说："咳，不，我信仰……某种更大的东西……"

并非所有都是更大的秘密。没有更大的秘密可言了，因为一旦被揭示出来，它们就显得微不足道。只有一个空洞的秘密。一个站不住脚的秘密……像剥洋葱头似的层层剥开宇宙，因为洋葱头全由层次组成，我们可以设想宇宙是一个层次无穷的洋葱头，到处都是中心，却没有圆周，或者把它做成莫比乌斯环。

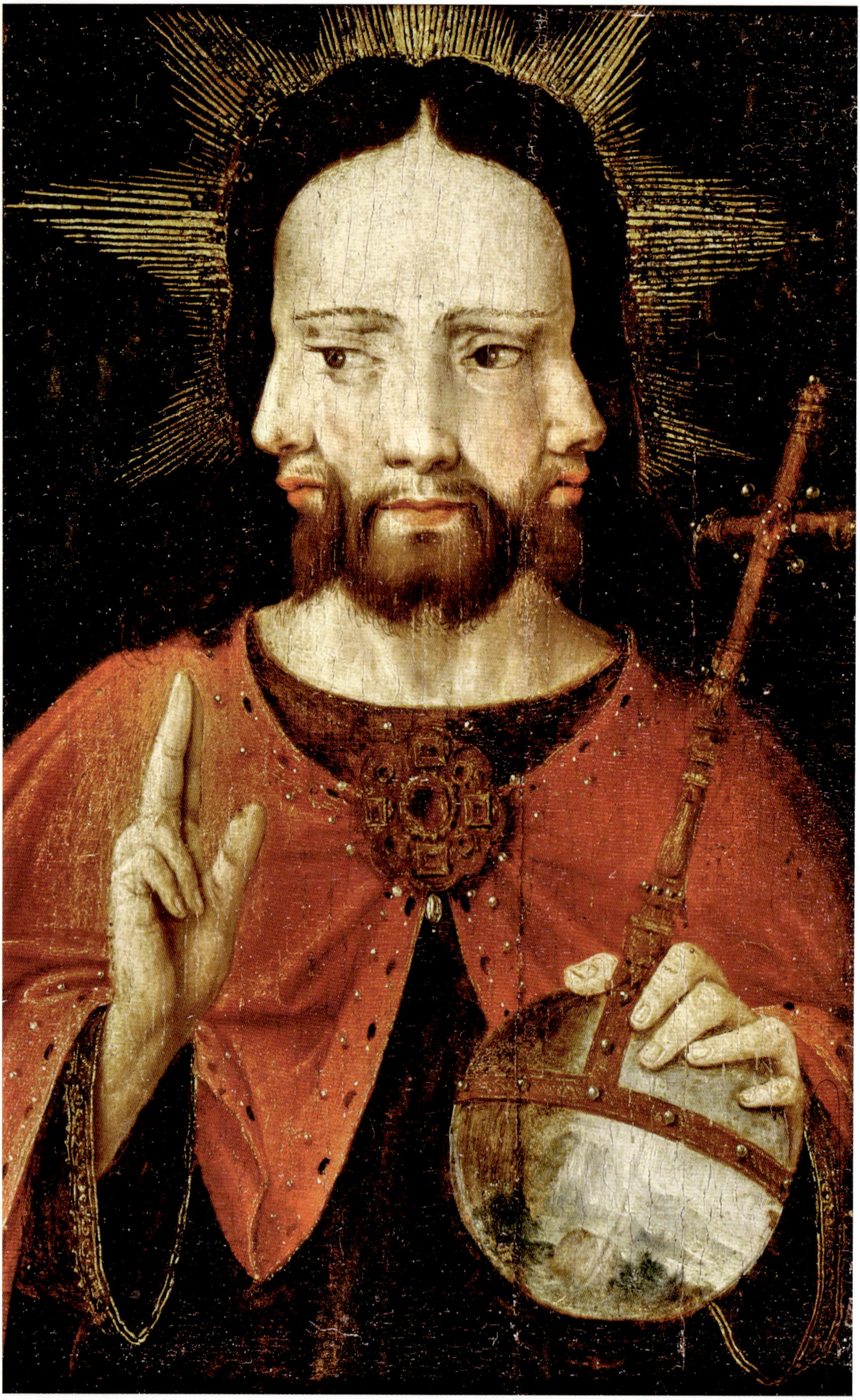

真正洞悉秘密的人知道最有力量的秘密是无内容的，因为任何敌人都难以使他供认，任何信徒都难以从他那里窃走。

贝尔勃声称他掌握一个秘密，于是他获得了控制"他们"的权力……贝尔勃越拒绝揭露秘密，"他们"就越认为这是一个大秘密；他越是信誓旦旦地说他没有掌握什么秘密，"他们"就越相信他拥有秘密，拥有一个真正的秘密，因为如果是假秘密，贝尔勃就会把它揭露出来。

多世纪以来，寻找这个秘密就是把"他们"凝聚在一起的黏合剂，虽然这中间有人被逐出教会，有内部斗争，有突然袭击。现在"他们"已接近答案了。他们恐惧两件事：一个是那秘密可能会令人失望，另一个是——变得人所共知时——便没有秘密可言了。那将是"他们"的末日。

那时，阿列埃直觉地感到，如果贝尔勃说了，所有人就会知道，而他阿列埃就会失去赋予他魅力和权势的那个模糊的光环……他迫使他提高了挑衅的嗓门，最终斩钉截铁地拒绝。

其他人出于同样的恐惧，选择杀死他。"他们"失去了地图——也许要花很多个世纪去寻找——但是这样就拯救了"他们"馋涎欲滴的衰落愿望。

好了，总结一下。不顾一切地追求一个神圣而难以企及的秘密，这是令人垂涎的欲望。仅仅知道"9·11"事件中双子塔被袭是基地组织所为是不够的。因为我们——笨拙淘气的造物者的孩子，对于眼前明明白白的一切永远不会满足。

二〇一三年于米兰艺术节

《三位一体》
1500 年
佛兰德斯画派
私人收藏

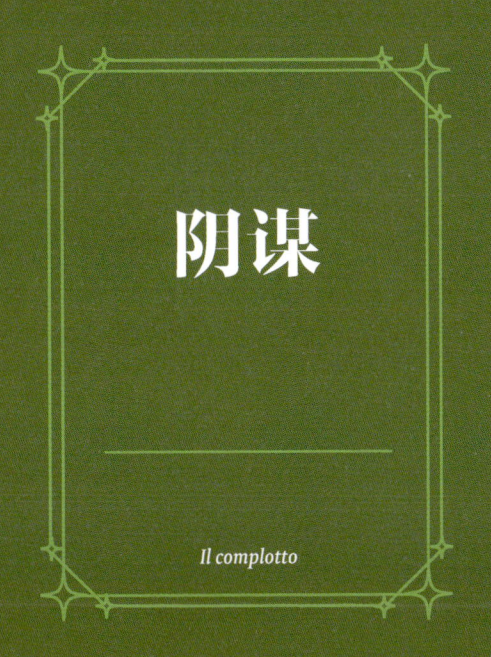

阴谋

Il complotto

The Plot

THE SECRET STORY OF
THE PROTOCOLS OF THE ELDERS OF ZION

Will Eisner

WITH AN INTRODUCTION BY UMBERTO ECO

这一次他们要我谈论"痴迷",我想,在我们这个时代,阴谋论大概是最大的"痴迷"之一。只需上网一搜,阴谋就会铺天盖地向你涌来。尽管如此,对阴谋的狂热并非我们时代的专属,而是古已有之。

古往今来,历史上充斥着各种阴谋。从刺杀恺撒开始,到火药阴谋①,到乔治·卡杜达尔②的颠覆图谋,再到今天为获得控股权而谋划的商业阴谋。然而,无论成败,真正的阴谋会很快大白于天下,要么成功,比如刺杀恺撒的图谋,要么失败,比如奥尔西尼行刺拿破仑三世的企图,抑或是一九六九到一九七〇年瓦莱里奥·波尔盖塞策划的政变,再或者利西奥·杰利流产的阴谋。因此,真正的阴谋并不神秘,也不会引起我们的注意。

引起我们兴趣的,其实是阴谋论,有时甚至是杜撰的宇宙大阴谋,这在网上很常见。它们总是保持神秘、深不可测,因为正如齐美尔所说,阴谋和秘密类似——越是空白,就越有力量,越吸引人。空白的秘密令人生畏,因为它既不能被揭露,亦无法被否定,所以它"大权在握"。

我们来看看在网上疯传的有关"9·11"的阴谋论。在激进主义者或新纳粹分子建的网站里,充斥着一些极端理论,有些认为是犹太人一手策划了这场阴谋,因为事发当天所有在双子塔工作的犹太人都被通知不要去上班。

该消息是由黎巴嫩电视台"灯塔卫视"透露的,很显然是则假消息。事实上,火灾遇难者中除了数百名美籍犹太人,还有至少两百名以色列公民。

美国版《阴谋,〈锡安长老会纪要〉的秘密历史》封面
2005 年
威尔·艾斯纳

① 一六〇五年英国天主教民试图炸毁国会大厦、刺杀英王詹姆士一世的阴谋。
② Georges Cadoudal (1771—1804),法国政治家,法国大革命期间朱安党人。

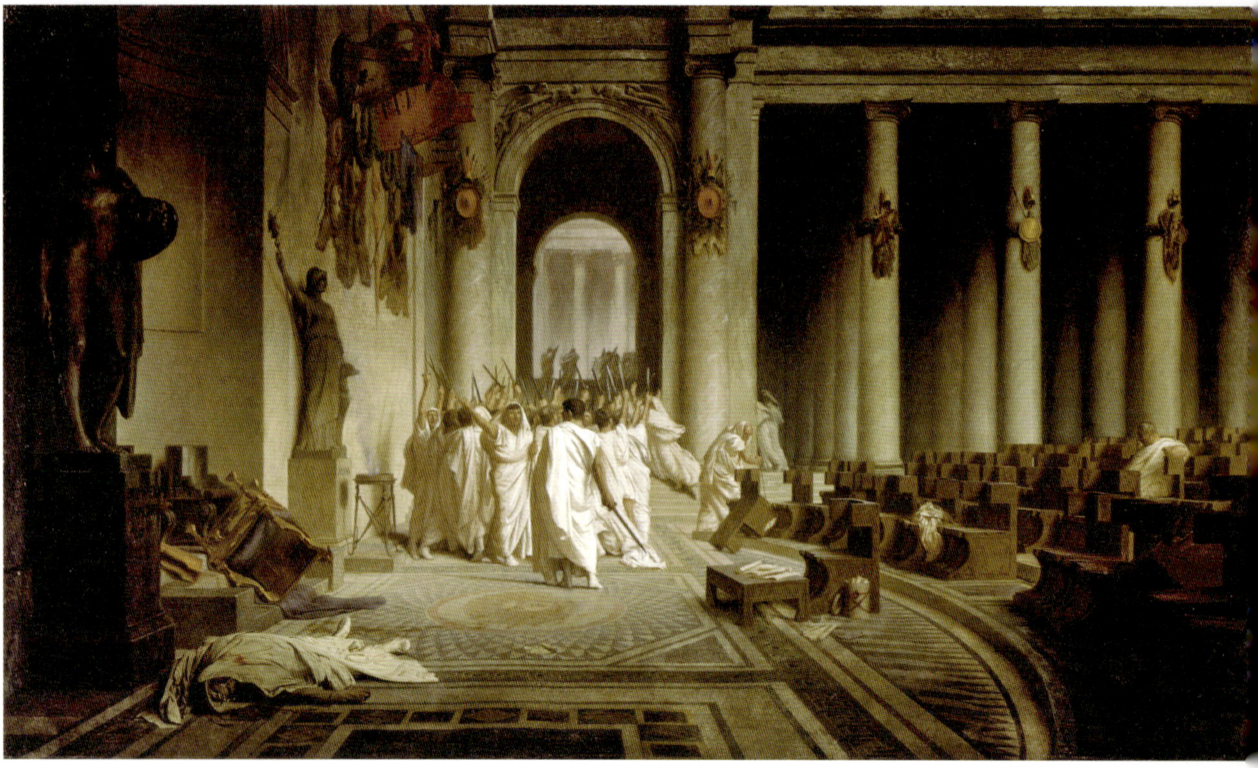

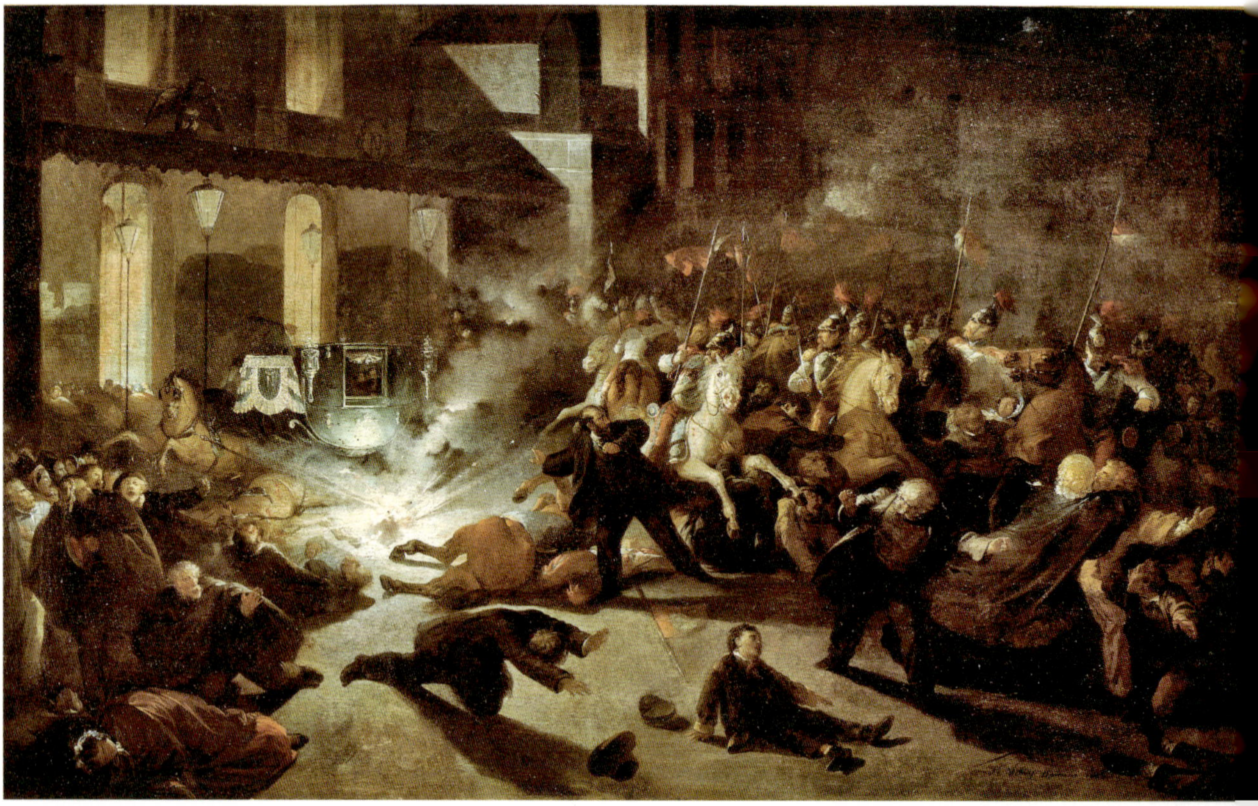

随后，有反布什的阴谋论宣称，这是布什政府给入侵阿富汗和伊拉克找的借口；有的阴谋论把这一事件归咎于美国特勤局的失职；还有的阴谋论认为这是激进主义者策划的，而美国政府事先知情，他们采取了放任的态度，实则是在为攻打阿富汗和伊拉克造势（类似当年的珍珠港事件，据说罗斯福是为了寻找出兵日本的理由，才听任日军对美军舰队进行轰炸）。在所有诸如此类的事件中，这些阴谋论的支持者总是认定官方对事实的重建是虚假、幼稚而充满欺骗性的。

要是对上述阴谋论感兴趣，可以去读读朱利耶托·基耶萨和罗伯托·维尼奥里写的《零：为何"9·11"事件的官方声明纯属谎言？》。也许你们不信，但确实有些备受尊敬的名字出现在了这本书中，出于礼貌我就不一一列举了。

然而，要是想听不同的声音，可以读读皮耶美出版社出版的一本驳斥"9·11"阴谋论的书——《"9·11"，不可能的阴谋》，作者是马西莫·波利多罗，其中展示了其他一些受人尊敬的作家的观点。我不想深入讨论任何一个阵营提出的论点和细节，它们看起来可能都有道理，我只相信"沉默的证据"。比如有人认为，美国成功登月其实是电视台编织的骗局。假如美国人没登上月球，那么有能力将真相调查清楚并且乐于将结果公诸于众的一定是苏联人。如果苏联人保持沉默，就证明美国人确实登上了月球。好了，到此为止了。

关于阴谋和秘密，经验（包括历史经验）告诉我们两点：

一、假如存在一个只为一人所知的秘密，这人迟早会把秘密说出来——没准儿是在与爱人缠绵时。只有幼稚的共济会会员和那些伪圣殿骑士仪式的行家才会相信存在颠扑不破的秘密。

二、假如真有秘密存在，那么总有一大笔钱足以让秘密持有者开口。比如，为了让一个英国军官承认他和戴安娜上过床，得花个几千英镑；要是他还和王妃的婆婆有染，那么撬开他的嘴得需要双倍的钱。在这种情况下，即使谦谦君子也会和盘托出。

现在，为了制造一场双子塔遇袭的假象，爆破、通知空军不要介入、隐瞒不堪的证据，需要几百上千的人通力合作。参与这种阴谋的通常不会是正人君子，况且面对一大笔钱，没有人会继续保持沉默。总之，在这个故事里，缺一个像"深喉"（"水门事件"的揭秘者）一样的角色。

上
《恺撒之死》
1859—1867 年
让·莱昂·杰罗姆
巴尔的摩，沃尔特斯艺术博物馆

下
《1858 年 1 月 14 日，奥尔西尼刺杀事件》
1862 年
维托里·罗马诺
巴黎，卡纳瓦雷博物馆

阴谋论的历史跟世界史一样漫长。从哲学上对它进行精彩追溯的思想家，当属卡尔·波普尔。

他在《开放社会及其敌人》中写道：

> 为使我的观点更清楚，我将扼要描述一种理论，该理论受到广泛的赞同，却假定了我认为正好与社会科学的真实目的相反的目的。我称之为"阴谋论"，它主张，对社会现象的解释在于一些人或集团对这些现象的发生感兴趣（有时是一种必须首先揭示的隐秘的利益），并计划和密谋要促成它。
>
> 当然，这种对社会科学的目的的看法，源自一种错误的理论，即认为社会中发生的一切——特别是战争、失业、贫困、匮乏等人们通常不喜欢的事件——是一些手握重权的个人或集团直接设计的结果。这个理论……是宗教迷信的世俗化的典型结果。相信荷马史诗中众神的密谋可以解释特洛伊战争的历史，这个时代已经一去不复返。众神已经被抛弃。但它们的位置被大权在握的人或集团填补——罪恶的压制集团的诡计要对我们所遭受的一切灾难负责——诸如锡安长老会、垄断组织、资本家或者帝国主义之类。
>
> 我的意思并不是，密谋从未发生过。相反，它们是典型的社会现象。例如，每当相信阴谋论的人掌权时，阴谋就变得重要。真诚相信自己知道如何创造人间天堂的人，多数都乐于接受阴谋论，并投身于一场反对并不存在的密谋者的"反阴谋运动"。因为他们对没能创造天堂的唯一解释，是恶魔的邪恶意图在作祟。[1]

后来在一九六九年，波普尔在《猜想与反驳》中再次写道：

> 这个理论比有神论的大多数形式都更加原始，它类似于荷马的社会理论。荷马这样设想神的权力：特洛伊城前平原上发生的一切都只是奥林匹斯山上种种阴谋的反应。关于阴谋的社

---

[1] 译文引自陆衡等译《开放社会及其敌人》，中国社会科学出版社，一九九九年。

会理论，不过是这种有神论的翻版，对神（神的念头和意志主宰一切）的信仰的翻版。它发端于先否认上帝，然后问："谁占据他的位置？"于是上帝的位置让给了形形色色权贵人物和集团——邪恶的权势集团，他们策划了大萧条和一切我们蒙受的不幸，所以应当受到谴责……只有当阴谋理论家取得了权力的时候，它才变得像是一种说明实际发生的事情的理论。例如，当希特勒上台的时候，他相信"锡安长老阴谋论"的说法，企图用自己的反阴谋来战胜他们的阴谋。①

从心理学角度讲，阴谋论之所以会产生，是因为我们对很多事件的解释不满意，我们之所以不满意，是因为无法接受这样的解释。只消想一下莫罗事件②后，有关"大长老"（Grande Vecchio）的阴谋论就行了。人们自问，这帮三十出头的年轻人怎么可能策划出如此天衣无缝的行动？在他们背后应该有更强大的智囊。人们不会去想，那时其他三十出头的人正忙着管理公司，驾驶波音747，或者研发新的电子设备。真正的问题不在于这帮三十出头的人如何在法尼街上完美地执行了绑架计划，而恰恰在于他们正是这些杜撰"大长老"故事的人的后代。

波普尔之后，又有很多人对阴谋进行研究。比如丹尼尔·派普斯。他写了《历史的阴暗面》，林道出版社于二〇〇五年翻译出版了这本书。其实早在一九九七年它就问世了，只不过当时的书名比较直白——《阴谋：偏执狂风格是如何蓬勃发展以及它来自何方》。开篇引用了梅特涅的话，当他获悉俄国大使的死讯时，说道："他的动机何在？"

人们总会被阴谋迷得神魂颠倒。我们记得波普尔举过荷马时代的例子，但时间来到最近的几个世纪，我们也记得巴吕埃尔修道院长，他认为法国大革命是个有组织的阴谋：幸存的古老圣殿骑士团并入共济会，策划了这场革命。为使这一理论更加完整，西莫尼尼上尉还把犹太人也牵扯进来，为后来的《锡安长老会纪要》造势。

---

① 译文引自傅季重译《猜想与反驳：科学知识的增长》，上海译文出版社，一九八六年。
② 一九七八年，时任意大利总理阿尔多·莫罗被当街绑架，遭到扣押五十多天后被杀害，弃尸街头。

LE PÉRIL JUIF

LES PROTOCOLES DES SAGES DE SION

CHRISTIAN GOY

最近，我又发现了一个网站，它把近两个世纪发生的坏事都归咎于耶稣会。里面有篇若埃尔·拉布吕耶尔写的长文《耶稣会的邪恶世界》。正如题目暗示的那样，文章将从古至今发生的所有大事归因于耶稣会的世界阴谋。

纵观十九世纪的耶稣会，从巴吕埃尔院长到《天主教文明》①的创刊，再到布雷夏尼神父②的小说，都是"犹太人-共济会阴谋论"的灵感源泉。自由主义者、马志尼派、共济会会员以及反教权者很可能以其人之道还治其人之身，也鼓吹起"耶稣会阴谋论"。这还不够，在旁边"煽风点火"的还有帕斯卡的《致外省人信札》、焦贝蒂的《现代耶稣会》，以及米什莱和基内的作品，除此之外，还有欧仁·苏的小说《流浪的犹太人》和《人民的秘密》。

这么说来，其实也没什么特别的。拉布吕耶尔的网站只不过将他对耶稣会阴谋论的痴迷发挥到极致罢了。他设想的阴谋是荷马式的：耶稣会致力建立一个世界政府，来控制教皇和欧洲的君主；通过臭名昭著的巴伐利亚光照派（由耶稣会士自己创立，随后被他们斥为共产党），他们试图颠覆阻碍耶稣会活动的政权；在"泰坦尼克号"事件中，耶稣会也难辞其咎，因为这一事件使通过马耳他骑士团——也由耶稣会控制——的斡旋创立美国联邦储备银行成为可能，沉船事故中有三个世界上最富有的犹太人遇难——阿斯特四世、本杰明·古根海姆和伊萨多·施特劳斯，这一点绝非偶然，这三个人都反对建立美联储。通过和美联储合作，耶稣会又资助了两次世界大战，而梵蒂冈坐收渔利；至于肯尼迪遇刺事件，不要忘了，中情局也是秉承圣依纳爵·罗耀拉的精神建立的，耶稣会通过苏联的克格勃对其进行控制，由此可以推断出，肯尼迪是被耶稣会派出执行泰坦尼克号任务的同一批人所杀。

显然，所有新纳粹和反犹团体都受到耶稣会的启发，尼克松和克林顿背后有耶稣会的支持，俄克拉何马城的爆炸案也是耶稣会所为，红衣主教斯佩尔曼受耶稣会指使给美联储提供了两亿两千万美元，用以煽动越战，这里当然也少不了耶稣会通过马耳他骑士团控

《犹太之祸，〈锡安长老会纪要〉》封面
大概率为马特维·戈洛文斯基所著
1900 年
私人收藏

① *La Civilta Cattolica*，创刊于一八五〇年，意大利最古老的天主教期刊。
② Camillo Cesare Bresciani（1763—1871），意大利耶稣会修士，反犹主义者，著有小说《维罗纳的犹太人》。

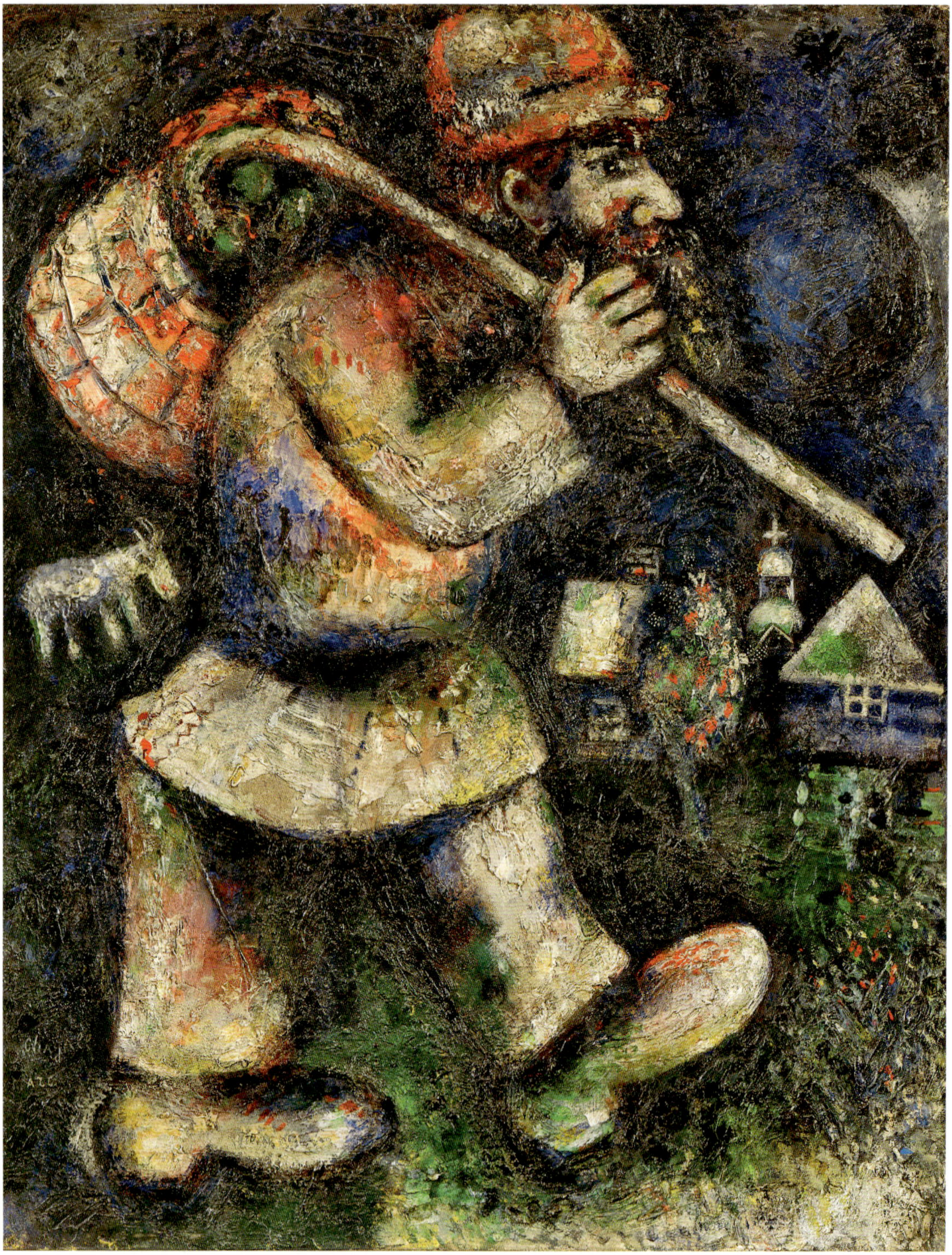

第 312 页

《流浪的犹太人》

1923 年

马克·夏卡尔

日内瓦，小皇宫博物馆

第 313 页

《耶稣会修士在秘密会议上
讨论账目》

19 世纪

查茨沃斯庄园，德文郡公爵收藏

制的主业会。

这让我们想起《达·芬奇密码》，这本丹·布朗根据"第一手资料"写成的小说促使许多忠实的读者去英法等国一探究竟，但显然，他们并没找到小说中提到的事物。作者在描述时错误百出，比如他说一个叫布永的戈弗雷的法国国王在耶路撒冷建立了郇山隐修会，而事实证明，这位戈弗雷从未称王；作者还说，教皇克雷芒五世为了铲除圣殿骑士团，给他遍布全欧洲的守卫下达了一个密封的命令，并规定在一三〇七年十月十三日这天才能拆封，而据史料记载，法兰西执行官和司法总管接收到的信息并非来自教皇，而是腓力四世发出的（况且，教皇的守卫是如何"遍布全欧洲"的也不得而知）；还有，丹·布朗混淆了一九四七年在以色列库姆兰发现的古卷（这部《死海古卷》既没有提到"圣杯的真实历史"，也没有提到"基督的事工"）和拿戈玛第经集（当中包含一些诺斯替教派的福音书）；在小说的最后，他还谈到了穿过巴黎圣叙尔皮斯教堂的子午线，声称这是一种类似古代日晷的装置，是曾经矗立在此地的异教古庙的遗迹，"玫瑰线"也在此出现，与巴黎子午线相对应，一直延伸到卢浮宫地下，在所谓"倒置的"玻璃金字塔下方，圣杯就埋在那里。因此时至今日，仍有无数探秘者到圣叙尔皮斯教堂"朝圣"，寻找"玫瑰线"。教堂负责人不胜其烦，不得不发出通告：

> 教堂地板上镶铜的黄铜条制成的"子午线"，是十八世纪名为"天文日晷"的科学仪器的一部分，经教会许可，由巴黎天文台的天文学家建造于此，用于测量地球轨道的相关参数……
>
> 与一本近日大获成功的小说所述不同，不曾有过异教古庙在此矗立，也从未有人把这条线叫作"玫瑰线"。该线与巴黎天文台的子午线无关，后者用作地图中标示巴黎东经与西经的参照。该天文仪器与宗教无关，只有一点除外——造物者上帝是时间之主。
>
> 同样请注意，耳堂两侧圆窗上的字母 P 和 S 分别代表 Pierre（彼得）和 Sulpice（叙尔皮斯）——教堂的两位守护神，而不是想象出的"郇山隐修会"（Prieuré de Sion）。

既然这样，这些谎言何以获得成功呢？因为它们向他人揭示了不为人知的知识。最近，法国经济学家弗雷德里克·洛登在《世界外交论衡》(*Le Monde Diplomatique*)上提出了一个假设，即阴谋论其实是民众因为迫切想知道正在发生的事情而产生的行为，因为他们发现自己常被完整的信息"拒之门外"。洛登援引斯宾诺莎在《神学政治论》（十七世纪）中的一句话："不要惊讶于民众对真相的一无所知及判断力的缺失，因为国家要务都是在暗中处理的。"即便如此，在国家机密、缄默和阴谋之间，还是有区别的。理查德·霍夫施塔特在《美国政治中的偏执风格》（一九六四年）中，把精神病学框架应用到社会思想层面来对阴谋论进行诠释。他认为存在两种形式的偏执狂，二者唯一的区别在于，患有偏执症的精神病人把周遭的世界看成对他一人的阴谋，而社会性的偏执狂则认为，神秘力量会对他所在的团体、国家和宗教进行迫害。我个人认为，社会性的偏执狂比精神性的更具危险性，因为前者会在成千上万人中蔓延传播，并且他们自认为是在不遗余力地和阴谋针锋相对，这就解释了过去和现今发生在这个世界上的许多事情。

　　就此问题，连帕索里尼也曾写下：我们之所以为阴谋痴狂，是因为它使我们不必面对沉重的真相。然而，当今世界阴谋家遍布可能会让我们变得漠不关心：如果一个人非觉得美国人没有登上过月球，那就随他去吧。二〇一三年，丹尼尔·乔利和凯伦·道格拉斯在网上发表了一篇文章，题为《阴谋论的社会影响》。文章指出，"暴露在阴谋论信息中的人的政治参与度要比那些接受反阴谋论信息的人低"。确实，要是我坚信世界历史的走向受到神秘团体的控制，比如光照派或彼尔德伯格集团，他们马上将建立一个全新的世界秩序，那我还能做什么呢？好吧，我投降，我既烦恼又愤怒。就这样，每个阴谋论都会将公众的想象引向莫须有的危险，从而使他们远离真相的威胁。正如乔姆斯基所说，想象一个"阴谋论的阴谋"，从这个假想的阴谋中获利最多的人，正是阴谋论想要打击的对象。也就是说，如果人们认为在"9·11"事件中，为使入侵伊拉克合法化，小布什谋划了这场袭击，他们就会在错误的幻想中徘徊，而不去分析布什介入伊拉克的真正动因，以及新保守主义对他个人及其政治策略产生的影响。

但我在这里想要讨论的不是"阴谋综合征"的传播,这一点大家都很清楚,而是用于解释和证明阴谋的"伪符号学"——我愿这样叫它——手段。

通常,阴谋论会利用一些涵义丰富的偶然事件建立不相关事件之间的联系。例如,如下一连串的巧合,即便它们没"堕落"成阴谋论,也和它沾边。我在网上看过这样的分析:林肯于一八四六年被选为国会议员,而肯尼迪是一九四六年;林肯于一八六〇年被选为总统,肯尼迪是一九六〇年;在入主白宫期间,二人的妻子都失去了一个孩子;二人都在星期五被暗杀,头部中弹,凶手都是南部邦联支持者;林肯的秘书叫肯尼迪,肯尼迪的秘书叫林肯;林肯的继任者安德鲁·约翰逊生于一八〇八年,肯尼迪的继任者林登·约翰逊生于一九〇八年;刺杀林肯的凶手布思生于一八三九年,刺杀肯尼迪的凶手奥斯瓦尔德生于一九三九年;林肯死于福特剧院,肯尼迪是在福特生产的敞篷车中遇刺的;林肯在剧院中被暗杀,凶手后来逃进一座仓库,而奥斯瓦尔德是从一座仓库向肯尼迪开枪,

然后逃进一座剧院；布思和奥斯瓦尔德都在审讯前被杀。最后，（相当庸俗的）锦上添花：在被刺前一周，林肯去了马里兰州一个叫梦露的小城度假，而肯尼迪被刺前一周在玛丽莲·梦露的床上。

围绕"9·11"中双子塔的倒塌，以及数字 11 的反复出现也产生了许多阴谋论。

为了自娱自乐，我们还会在网上发现：把一张五十美元的纸币对折，会得到一幅双子塔正在燃烧的图像，这正是共济会酝酿已久的阴谋（在美钞上发现共济会的标志并非偶然，因为《独立宣言》的起草人大部分都是共济会成员）。

不久前，受这些想象的启发，我仿照丹·布朗的《达·芬奇密码》写了一篇戏仿文章。如果仔细观察达·芬奇《最后的晚餐》，我们就会发现里面有十三个人，去掉耶稣和犹大（二人不久后都将死去）以后，还剩十一个。十一是 Petrus（彼得）和 Judas（犹大）字母数的总和，是 *Apocalypsis*（《启示录》）的字母数，也是 *Ultima coena*（《最后的晚餐》）的字母数。在耶稣两侧各有两位使徒，一个张开手掌，一个伸出一只手指，正好构成数字 11。最后，画中方形的镶边和窗户也构成了 11。除此之外，如果遵照神秘主义的基本原则给我们字母表中的二十六个字母标上序号，用累进数来代替字母，那么达·芬奇的名字 Leonardo da Vinci 就是 12+5+15+14+1+18+4+15+4+1+22+9+14+3+9 = 146，而 1+4+6 = 11。用同样的方法，*Matteo*（《马太福音》）字母序号相加是 74，7+4 = 11。11 乘 11 等于 121，从这个数中去掉 10（十诫）就是 111。

犹大（Giuda）名字的字母序号相加是 42，4+2 = 6，用上面的 111 乘以 6 得到 666，正好是《启示录》中记载的兽名数目。

因此，《最后的晚餐》在宣告犹大背叛基督的同时，也揭示了敌基督的降临。

当然，要想让这套计数规则行得通，我得把彼得（Pietro）写成拉丁语的 Petrus，马太写成意大利语的 Matteo，犹大一会儿写成意大利语的 Giuda，一会儿写成拉丁语的 Judas，《最后的晚餐》用拉丁语写成 *Ultima coena*，为了得到数字 111，我得从 121 中把十诫减去，而不是减去 5（圣五伤）或者 7（《七善行》，卡拉瓦乔油画，将七件善事结合在一个画面中）。不过命理学可不就是这样嘛。

《1865 年 4 月 14 日，华盛顿福特剧院林肯遇刺事件》
约 1900 年
私人收藏

《最后的晚餐》

1494—1498 年

列奥纳多·达·芬奇

米兰，圣马利亚感恩教堂

《抹大拉的马利亚前往马赛》

1307—1308 年

乔托

阿西西,圣方济各大教堂

作为结束，我想对雷恩堡的阴谋，一个至今还令人神往的秘密进行重构。这个秘密成立的前提是，认为耶稣和抹大拉的马利亚结为夫妻，建立了法国墨洛温王朝，以及至今"阴魂不散"的郁山隐修会。而这一阴谋只可能和圣杯的秘密有关。

这传说中的圣物"命运多舛"，几经流转，最近一个版本的传说源自纳粹作家奥托·拉恩的作品，相传圣杯在南法的蒙塞古，这片区域被一层神秘的面纱笼罩还要从布朗热·索尼埃神父的故事说起。自一八八五至一九〇九年，他担任一座位于南法、距离卡尔卡松大约四十公里的小村庄——雷恩堡——的神父。他把当地教堂内外翻新了一遍，建了一座伯大尼别墅供自己居住，还在山上仿照耶路撒冷的大卫塔修建了一座抹大拉塔。

后来有人计算，在当时，这些工程大约花了二十万法郎，相当于一个外省神父两百年的薪俸，以至于卡尔卡松的主教开始介入调查，随后把索尼埃神父调离。但神父拒绝了这一调令，选择隐退，直到一九一七年去世。

不过在索尼埃死后，谣言四起。据说在重修教堂期间，索尼埃发现了一笔巨大的宝藏。但事实上，这位精明的神父是通过刊登广告、承诺给捐资者已故的亲人做弥撒来敛财的，通过这数百场他从未做过的弥撒，他积累了巨额财产。正因如此，卡尔卡松的主教才会对他进行调查和指控。

索尼埃在去世前把手中的所有财产托付给女管家玛丽·德纳尔诺，后者为了给继承的财产升值，继续渲染神秘宝藏的传说。在一九四六年，玛丽的这笔财富被一个名叫诺埃尔·科尔比的人继承，他在村子里开了一家餐馆，还在当地报纸上散布"亿万富翁神父"的神秘消息，使寻宝者如潮水般涌来。

这时，另一个人物也登场了——皮埃尔·普朗塔尔，一个支持极右翼活动、建立过反犹主义团体的人。十七岁时他发起了"至尊加拉太人"（Alpha Galates）运动，与维希政权合作，但这并不影响他在解放后将其包装成游击队的抵抗组织。

一九五三年十二月，在因背信罪被关押了六个月以后（随后他又因奸淫未成年人被判处一年的监禁），普朗塔尔将他的郁山隐修会公之于世，声称据索尼埃神父发现的文件记载，它已有近两千年的历史。这份文件证实了墨洛温王朝的血脉尚存，普朗塔尔自称就是达戈贝尔特二世的后代。

普朗塔尔的骗局和一本书不谋而合，书的作者叫杰拉尔·德·塞德。早在一九六二年，他就已经写过诺曼底吉索尔城堡的圣殿骑士宝藏之谜。在那里，他认识了介于流浪汉和疯子之间的罗杰·洛莫瓦，后者曾在城堡做过园丁和守卫，为了寻找古代的宝藏，此人用两年的时间夜以继日地进行挖掘，直到——用他的话说——发现一条古老的地道，进入一间有石制祭坛的大厅，墙上绘有耶稣及十二门徒的画像，沿墙还摆放有一些石棺以及三十箱奇珍异宝。

受德·塞德启发而进行的探索，虽然发现了几条地道，但从未找到通往传说中大厅的路。与此同时，普朗塔尔联系到德·塞德，说自己手里不仅有无法公开的秘密文件，还有一张神秘大厅的地图。事实上，这张图是普朗塔尔根据洛莫瓦的描述一手炮制的。不过，这倒启发了德·塞德，他设想，圣殿骑士——就像在类似故事中经常发生的那样，也介入了这一事件。因此在一九六七年，他又出版了《雷恩堡被诅咒的宝藏》，这一回，媒体的注意力算是牢牢地被郁山隐修会吸引住了，普朗塔尔在此期间故意散布在各个图书馆的假羊皮卷复制品也变得炙手可热。后来，普朗塔尔承认，假羊皮卷系法国电台谐星、演员菲利普·德·舍里塞伪造，后者在一九七九年终于承认自己是这些赝品的作者，那些安色尔体文字是他从巴黎国家图书馆的文献中抄来的。

德·塞德发现，这些文献都令人不安地指向普桑的名画《阿卡迪亚的牧人》（同样的场景早在圭尔奇诺的画中也出现过），几个牧羊人发现了一座刻有 Et in Arcadia ego 铭文的墓碑。这是在提醒"勿忘你终有一死"，即使在美好的阿卡迪亚，死神也是不可避免的存在。不过，普朗塔尔坚称早在十三世纪，这句话就出现在他的家族徽章上了（鉴于他只是个服务员的儿子，所以这不太可能）。他还坚称出现在两位画家（普桑和圭尔奇诺）作品中的场景是雷恩堡（普桑出生于诺曼底，而圭尔奇诺从没有到过法国），而且画中的坟墓与位于雷恩堡和雷恩莱班之间的一座墓碑——直到一九八〇年代还可以看到——很像。但很不幸，这座坟墓后来被证实建于二十世纪。

无论如何，他由此推断出是郁山隐修会委托圭尔奇诺和普桑画了

《甚至在阿卡迪亚亦有我在》

约 1618—1622 年

圭尔奇诺

罗马,国立古代艺术美术馆

《阿卡迪亚的牧人》

约 1637—1638 年

尼古拉·普桑

巴黎,卢浮宫

这些画。但普桑画中的玄机还不止于此：假如对 Et in Arcadia ego 进行拆词重组，会得出这样一句话"I! Tego arcana Dei"，意思是"走吧！我将揭示上帝的秘密"。因此，"证据"表明这就是耶稣的坟墓。

德·塞德发现，在由索尼埃神父翻新的教堂门口刻着一句话——Terribilis est locus iste①——它令很多探险者望而却步。事实上，这句出自《创世记》第二十八节的话在很多教堂里都能看到，它说的是雅各梦见自己进入天堂后看到的景象。据拉丁文版的《圣经》记载，雅各在梦醒后说："这地方何等可畏！"但在拉丁语中，terribilis 还有"值得称颂、使人产生敬畏之情"之意，因此，这个表述和"可怕"没有半毛钱关系。

在雷恩堡教堂里，圣水钵的基座是一个跪着的恶魔——阿斯蒙蒂斯——的形象。同样，在很多罗马式教堂里都能看到魔鬼的形象。在阿斯蒙蒂斯上方有四位天使，在他们下面写着"凭借这个印记，你将征服他"（Par ce signe tu le vincras），这让人想起了君士坦丁的 In hoc signo vinces②。不过，多出来的 le（他）引得探秘者数了数这句话的字母数，一共是二十二个字母，和公墓入口处头骨的牙齿数相等，抹大拉塔的垛墙数也是二十二，通往塔的两个楼梯各有二十二级台阶。而 le 是 Par ce signe tu le vincras 的第十三和十四个字母，十三和十四合起来就是一三一四，而一三一四年正好是圣殿骑士团大团长雅克·德·莫莱被烧死的时间。然后再看其他的雕塑，注意这些圣人名字的首字母——Germain, Rocco, Anthony the Hermit, Anthony of Padua, Luce——首字母拼在一起就是 Graal（圣杯）。

如果德·塞德的书没有对记者亨利·林肯产生影响，雷恩堡的传说本该慢慢淡出人们的视线，后者为 BBC 制作了三集有关雷恩堡的纪录片。他和另一个神秘主义发烧友理查德·利，以及记者迈克尔·贝金特，一道出版了《圣血与圣杯》（一九八二年），很快风靡一时。简而言之，这本书借鉴德·塞德和普朗塔尔散布的信息，并进行艺术加工，"还原"了一个无懈可击的历史真相。书中说，郁山

---

① 拉丁文，这个地方可怕极了。
② 拉丁文，凭此印记，尔等必胜。

雷恩堡教堂入口魔鬼形象的圣水钵基座

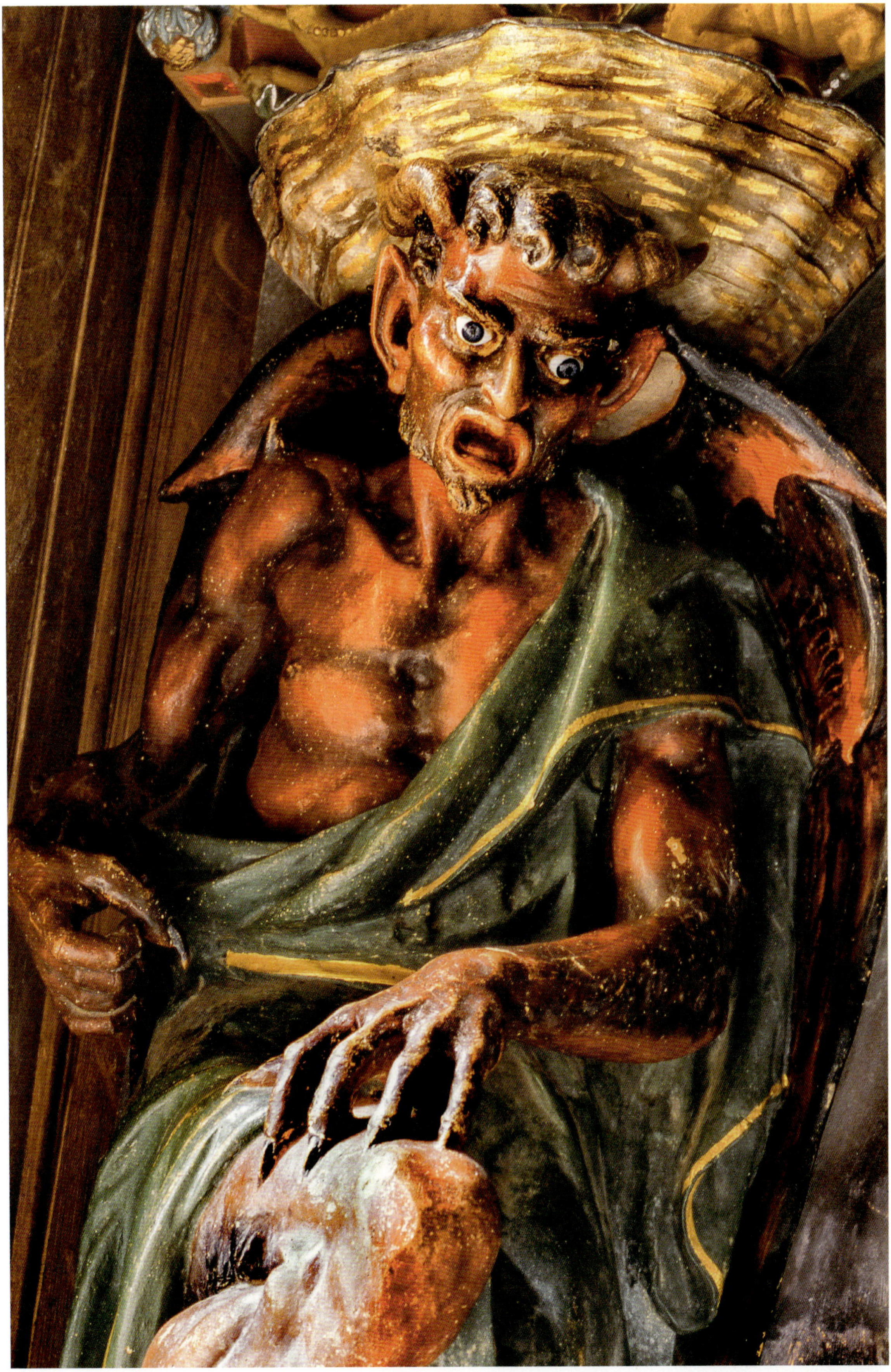

隐修会的创始人是耶稣的后裔,耶稣并未被钉死在十字架上,而是和抹大拉的马利亚结了婚,逃到法国,建立了墨洛温王朝。索尼埃神父发现的并非宝藏,而是一些文献,它们能证明哪些人是耶稣的血脉——Sang Real（圣血）,随着时间推移,它变成了另外一个词：Santo Graal（圣杯）。索尼埃的巨额财富其实是梵蒂冈教廷为隐瞒这个可怕的发现支付给他的"封口费"。除此之外,普朗塔尔早就宣称,千百年来,波提切利、达·芬奇、波义耳、弗卢德、牛顿、雨果、德彪西、让·科克多都是郁山隐修会的成员。就差阿斯泰利克斯①了。

所有这些假文件都为雷恩堡的传说蒙上了更加神秘的面纱,令它声名鹊起,成了众多朝圣者的目的地。唯一不相信这些传说的,最终竟成了恶作剧的始作俑者本人。当传说因为贝金特几人的小说不断发酵后,德·塞德在一九八八年出版的一本书里谴责了有关小村庄的不实消息。在一九八九年,普兰塔德也推翻了自己之前的言论,提出了"传说2.0版"：郁山隐修会直到一七八一年才在雷恩堡成立。此外,他修改了一些假文件,把罗杰-帕特里斯·佩拉特也加入修会长老之列,此人是法国总统弗朗索瓦·密朗特的朋友,后来因非法证券交易罪而受审。当普朗塔尔作为证人被传唤时,他却发誓,郁山隐修会的全部故事都是他捏造出来的。

从那以后,没人再把郁山隐修会的事当真了。然而,在二〇〇三年,丹·布朗的《达·芬奇密码》问世,它明显受到德·塞德、贝金特、利、林肯和其他神秘主义文学的影响。丹·布朗声称,自己写的所有东西都有史可考,但林肯、贝金特和利起诉他剽窃。然而,《圣血与圣杯》的序言写道,书中内容都是史实。那么,如果有人陈述了一个历史事实,比如恺撒在三月十五日被刺身亡,那么从公之于众的那一刻起,这件事就成了"集体财产",因此,讲叙恺撒在元老院身中二十三刀故事的人并不能因此被起诉剽窃。贝金特等人起诉丹·布朗抄袭的事实其实已经等同于公开承认书中所写的"史实"其实是想象的产物,是专属于他们的"文学财产"。当然,为了从丹·布朗的万贯家财中分一杯羹,会有人愿意签字承认自己不是父

---

① Astérix，法国漫画《高卢勇士传》的主人公。

亲亲生的,而是定期"造访"他母亲的几十个水手里某个人的种,我们完全能够理解贝金特等人。更诡异的是,在庭上,丹·布朗矢口否认自己读过林肯等人的书。对一个宣称自己的信息来源"如假包换"的作家来说,这是自相矛盾的,而这话,《圣血与圣杯》的作者们也说过。

  有关雷恩堡的故事,到这儿就快讲完了。和默主歌耶一样,直到今天,它仍是个热门朝圣地。这个例子告诉我们,一个传说被"翻新"且大行其道是多么容易,即使它早就被历史学家、法庭以及其他机构证伪。这让我们想到切斯特顿的一句话:"当人们不再相信上帝时,不代表他们什么都不信,而是代表他们已准备好相信一切。"这和波普尔的观点不谋而合,用它来反思阴谋论的种种症候,我想再好不过了。

二〇一五年于米兰艺术节

表现
"神圣"

Rappresentazioni del sacro

我是那种别人叫我做什么都乐意照做的人。伊丽莎白·斯加尔比跟我说，今年的主题是"看不见"，然后我就照做了。

鉴于我几年前在意大利符号学协会的大会上谈过与"神圣"有关的话题，我意识到，它正是最不可见的事物之一。因此，我决定谈谈将本身并不可见的东西变得可见的方法和手段。

几年前，我发现自己要在这里谈论"绝对"（因为"米兰艺术节"热衷于这类棘手的话题，这可不是我的错），也认识到，"神圣"通常被理解为某些超出日常经验，却又赋予经验以意义的情感或理念。有人会说，"神圣"就是"绝对"。但后者是某些哲学、宗教谈论的对象，因此它是哲学概念；而"神圣"被看作一种神秘的力量，是所有宗教思想和情感的源泉。如果说"绝对"孕育了哲学，那么哲学最多只能辨认出"神圣"的存在，或者至少辨认出它作为人类精神常量的显圣。简单来说，在轰鸣的雷声中，一棵树被闪电击中，如果不将其看成超验实体或意志的表现，那它只是一桩无意义的可怕意外。但当它变得神圣时，则会令人心生敬畏，就显得不那么可怕了。

因此，神圣展现出庄严、神秘、震颤、迷人的一面，它战胜理性，使人震撼惊愕，同时引发排斥和吸引。虽然无法用明确的概念描述，却可以感知，就像弗里德里希·施莱尔马赫面对无限时产生的依赖、脆弱、无力以及虚无的感情。

有时，对神圣的体验是难以名状的。于是人们拜倒在它脚下，为之上祭品，甚至用活人献祭。还有些时候，尤其是对没受过教育的人来说，他们更希望亲眼看到神圣，由此催生了对"显圣物"的需要——神圣以一种可见的形式示人，以便于我们理解。因此，为了以后有话可说，那些体验过神圣的人想要看到"令人战栗的神秘"，否则便只剩下体验的"果"——惊奇、错愕、慌乱和恐惧，

第 332 页
《天降吗哪》
18 世纪
朱塞佩·安杰利
威尼斯,圣斯达艾教堂

第 333 页
《圣保罗的皈依》
1601 年
卡拉瓦乔
罗马,人民圣母教堂

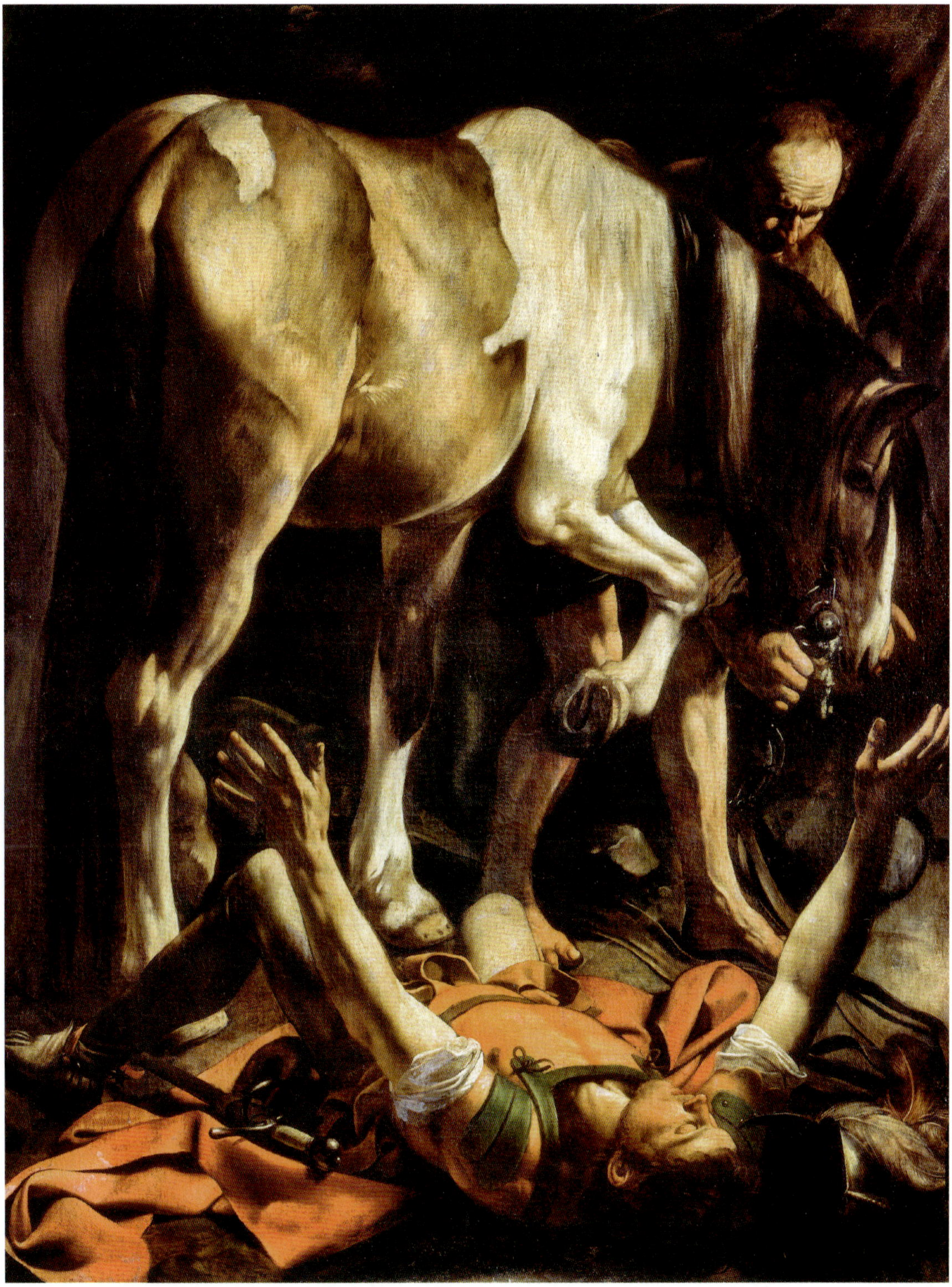

《十字架显圣》

1520—1524 年

拉斐尔及其弟子

梵蒂冈,君士坦丁厅

而这正是人们想要逃避的。

神圣并不总是以拟人化的形象出现。在一些文化中，它有许多不同的形式：可能是一棵树或一块石头，人们在其中感知到"其他"的东西。

但显而易见的是，头脑简单的人只想赋予神圣以容易辨认的人或动物的形象，要么以图腾的形式，要么用拟人化的方式，而后者往往令多数神秘主义者和神学家震怒。

因此，最根本的问题在于，为了使神圣能够显现，并赋予我们的体验以意义，人们可以用偶像、大杂烩或图像的形式谈论和证明它。那么，既然神圣难以定义、超出日常经验，我们又如何用图像表现它呢？

奥卡姆的威廉在一篇相当令人困惑的文章中说，图像只是一个符号，它的作用是允许我们唤起某个已经认识的实体，否则，我们眼前的图像就难以与被表现物对应。比如，如果我没见过赫拉克勒斯，一尊赫拉克勒斯的雕像便不会使我想起赫拉克勒斯。

这篇文章点出了一个（普通同意的）事实，即我们不能根据圣像来想象未知的事物。这似乎与我们的经验背道而驰，因为我们惯于用绘画、照片、嫌疑人人像拼图等手段识别人、动物或者未知事物，甚至从奥卡姆的威廉的时代起，君王们就已经把自己女儿的画像寄给国外订下婚约的堂兄弟。对这个令人尴尬的结论，可以从认识论的角度进行解释。对奥古斯丁来说，符号是使其他事物进入我们认知中的东西；根据亚里士多德主义的传统，至少直到阿奎那的时代，符号直接指向"概念"——而概念在那时也就等同于事物的图像。然而，对奥卡姆的威廉来说，事物真正的符号是概念，而不是指代它的词。概念是说明事物意义的自然符号，而词语则是通过与事物的直接关系被强加其上的："词语表示被概念表示的事物，但不表示概念！"（《逻辑大全》）

如果概念是某一事物的唯一符号，那么有形的表达（无论是一个词还是一个图像）仅仅是内在图像的表征。如果没有先于对象的直觉认识，那有形的表达就是空洞的。如果体验者的头脑里没有被体验的现实的唯一可能符号——精神符号，单凭语言或图像是无法——像在奥古斯丁的符号学中可能发生的那样——在接受者头脑中创造或催生任何东西的。

现在，我们可以反驳奥卡姆的威廉：任意一种再现（比如嫌疑人人像拼图）都会在我们脑海里产生一个精神符号，通过它我们得以认出对应的事物，这也是为什么即使我们和赫拉克勒斯与希特勒素未谋面，也能对他们进行想象。但是，奥卡姆的威廉的文章引出了一个有意思的问题：如果证人并没有真正见过作案者，那警方是无法制作其人像拼图的；就像如果伊丽莎白二世没坐在彼特罗·阿尼戈尼面前，那他也不可能画出她的肖像。因此，不存在没有任何人见过的事物的图像，这一点毋庸置疑。除非是半人马，人们用已知事物的组成部分创造了这个未知的形象。正因如此，我们能勾勒出希特勒甚至是米奇的形象，但不能画出一个圆心无所不在、圆周却无处可寻的圆。奥卡姆的威廉的图像理论在通过日常经验获得的事物图像上可能会遭到驳斥，对于超验事物的图像而言却完美成立。

第一个提出展现或命名神圣之不可能的人是伪丢尼修。他把太一看作深不可测、自相矛盾的，在他的作品中，神被定义为"无实体，无形象，无形式，无数量，无质量，无体积，看不见，摸不着，无处不在……它既不感知，也无法被感知……非灵魂，非理智，不偏不倚……非数，非序，非大非小……非物质，非永恒，非时间……非暗，非明，非错，非对"。凡此种种，字里行间全是着令人眼花缭乱的神秘失语症。（《神秘神学》）对神，伪丢尼修不知该如何称呼，于是叫它"传授奥秘的沉默""辉煌的黑暗"。但即使是"辉煌的黑暗"，也与经验相关联。那么，如何在经验之上建立构成经验的事物呢？

事实上，对伪丢尼修来说，神是无法用言语表达的。谈论它的唯一恰当方式是沉默。当有人说话的时候，是为了向那些无法领会神意的人隐藏神圣的奥秘。

不过，这种神秘主义理论一直被与之相反的显圣说驳斥。后者坚信上帝是万物之源，为万物命名，就像所有的结果都指向原因。因此，上帝被赋予了人、火、琥珀的形象，人们赞颂他的耳朵、眼睛、头发、脸庞、手、肩、双翼、胳膊、脊背和双脚，人们为他奉上王冠、宝座、圣爵、酒杯，以及其他充满神秘的器物。

然而，伪丢尼修提醒道，这些象征性的命名永远都不是完全恰当的。因此这些描述必须摒弃轻描淡写的夸张（在这里使用矛盾修辞法是合适的）：只能通过不同的相似性或不恰当的反差来指称神（参见《天阶序论》）。因此，有时一些较低等的事物也可以用来指称神，比如香膏、基石，有时神的意象甚至来自野兽，人们赋予他狮或豹的特性，将神描述为狮子或暴起的熊，直至赋予神蠕虫的形式。反差最大的一个例子出现在《信件十札》，里面说神怒气冲冲地出现了，"好比一个被酒放倒的勇士从睡梦中醒来"。

但在这里，人们还是通过在日常经验中可感知的事物来展现无法表达的神圣——这只是将神拟人化的各种尝试（长胡子的上帝，头上顶着三角形的光环），更别说将圣灵比作动物了。

由于只宣称"上帝不是什么"的否定神学很难自圆其说，于是在试着建立一种矛盾的肯定神学的过程中，我们最终接受了那些把上帝当作我们当中的一员来描述的表达。连《创世记》的开篇都说，如果上帝按照自己的形象造人，就意味着人也可以通过自己的形象想象上帝。

从某种程度上讲，基督教跨越了这种不可能性，让神化身为人。这种化身为人是一种符号学手段，借此人们可以想象、表现、理解上帝，连头脑最简单的人也不例外——不仅通过耶稣的形象，还通过那些已经成为神圣媒介的圣母马利亚和圣徒的肖像画。

不过，从这些例子中也能看到奥卡姆的威廉思想的影子，因为没有一个绘制、雕刻耶稣和圣母像的人见过本尊——绘制福音书人物肖像的艺术出现在耶稣受难的几世纪后——而且连圣手帕、维罗妮卡的面纱，还有都灵裹尸布（姑且认为这些都是真的），都出现得很晚。

如果说真有什么人有对神的直接体验的话，那就是神秘主义者了。他们虔信神圣无法感知，无法用图像诠释，于是他们用黑暗、深夜、虚空和寂静来描述自己的神秘体验。

所有伟大的神秘主义者都承认，即便在神秘的异象中——这已是难以言说的恩典，神也呈现为伟大的虚空。

加尔都西会修士德尼曾说："仁慈的上帝啊，你是光，是太阳，你的选民在那里甜蜜地休息，在那里入睡，进入梦乡。你像无垠的荒漠，完全平坦，一望无际，在其中，真正虔诚的心灵净化了所有特殊的爱，高处的光把它照亮，神圣的炽热使它充盈，心灵徘徊而

《天堂》

1582—1588 年

丁托列托

巴黎，卢浮宫

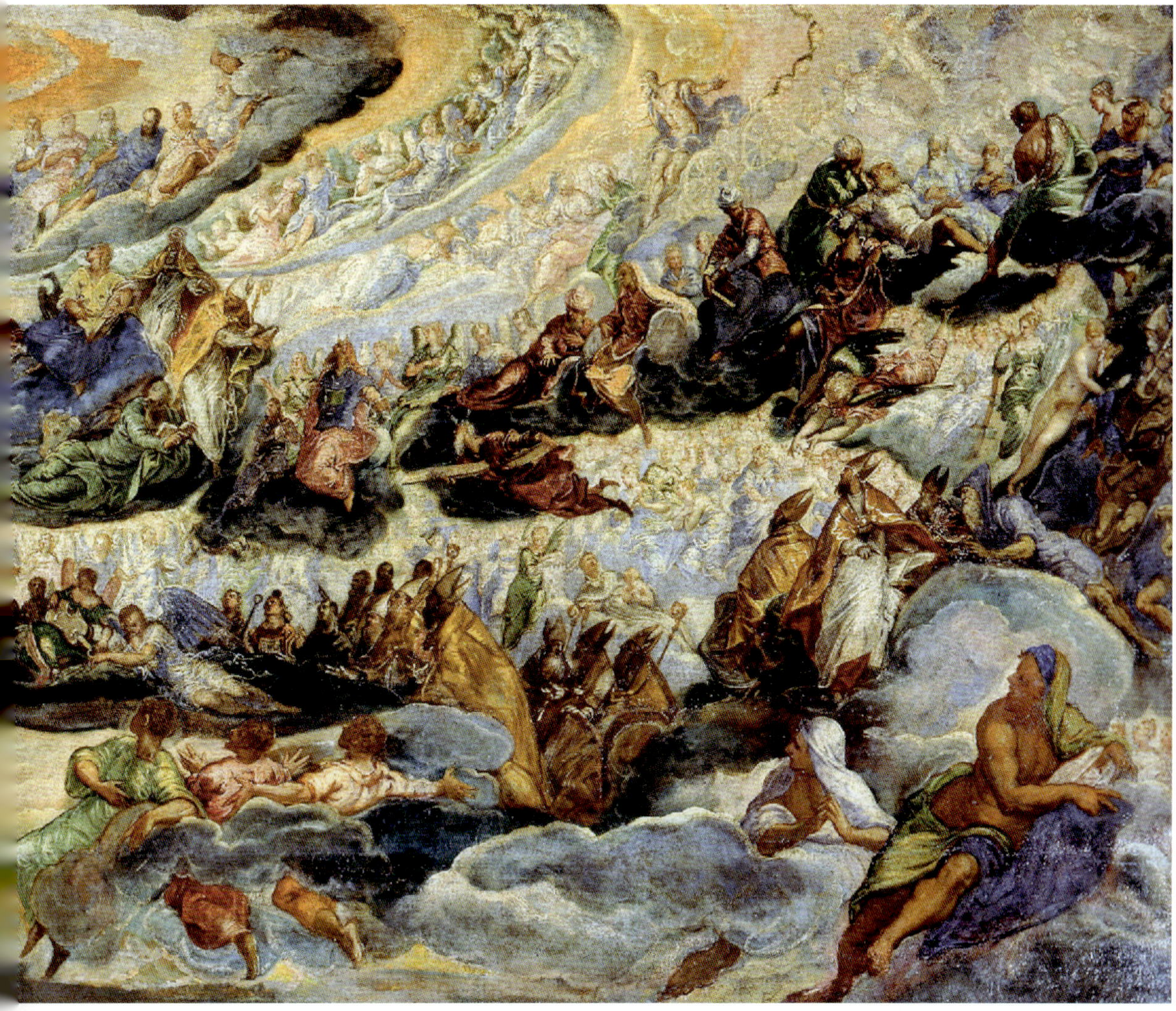

不迷路，迷路而不徘徊，它受福拜倒，又起身前行。"

埃克哈特大师①把沉默而空洞的神描述成无形的深渊，他想要进入那片朴素的土地，踏入寂静的荒漠，里面不存在差异，也不存在圣父、圣子和圣灵；他想进入无人涉足的最深处，在那儿，只需要一束光就够了，因为这片土地是简单的寂静，本身不可移动。灵魂只有跳进神那无形、不动的荒漠，才能达到至福。

埃克哈特的门徒陶勒尔在《布道》中写道：

> 灵魂得到净化，在神圣的黑暗中，在沉寂中，在难以言说和不可思议的统一中下沉。在这种沉沦中，平等或不平等都已不存在，灵魂在那深渊中迷失，对上帝和自身一无所知，无从知道平等与否，或其他任何事情；它已经投入上帝的统一中，因此忘记了所有不同。

陶勒尔说，有人通过闭合感官、忘记图像、忽视自身的方法来实现"大简"。感官会让人脱离自身，受到不相关景象的干扰，因此，每时每刻都要做自己感官的主人。我们读过一个神父的故事，他用一生去践行这种做法。五月的一天，他要出门，于是他戴上长袍的风帽，把眼睛遮住。当被人问到为什么要这么做时，他说："戴上帽子，我就看不到树了，这样我的灵魂不会被干扰。亲爱的孩子们啊，如果区区一片树林就足以扰乱观者的心，那么世间诸多俗物该是多么有害啊！"

圣十字若望在《攀登加尔默罗山》中写道：

> 一个灵魂为了要达到超性的神话，显然地，所有包含他本性的，亦即感官和理性，灵魂必须使之黑暗和消失。因为"超性的"，就是说超越本性之上，因而本性必然处于其下。
>
> 因为，这个神话与结合远超人类感官和能力所及，灵魂必须完善自己，又自愿地空虚自己，无论是从上或从下而来的……

---

① Meister Eckhart（约1260—1327），德国神秘主义哲学家、神学家。

经由外五官，神修人能够，也常常有超性的显现与对象。因为在视觉上，他们常能够呈显形象，及另一生命世界的人、某些圣人、好天使与坏天使的模样，还有一些非凡的光明与光辉。经过听觉，他们听到特殊的话语，有时来自他们看见的形象，有时看不见谁在说话。在嗅觉方面，他们有时闻到极甜蜜的芳香，却不知从何而来。味觉方面亦然，他们体验到非常美妙的味道。至于触觉，感受极深的愉悦，有时这么欢愉，仿佛全身的骨髓和骨头都为之欢乐、心花怒放且沐浴在愉悦中。这样的愉悦通常称之为心灵的傅油，因为此愉悦由心灵传达至纯净灵魂的肢体。对于神修人，这个感官的享受是很平常的事，因为这是心灵感官内爱情与虔敬的满盈洋溢，每人各以其方式领受之。

应该知道，虽然所有这些事情，能经由天主，发生在身体的感官上，但绝不可依赖它们，或接受它们，反而更应该完全逃避它们，毫不想望去检定它们是好或坏。因为它们愈是外在和身体的，愈不能保证来自天主。因为天主与心灵的交往愈适度与平凡，对于灵魂愈安全和有益，比传达给感官更好，感官的交往，通常会有许多的危险和欺骗……

因此，重视此类事的人是非常错误的，而且处在受骗的极大危险中，至少会完全阻碍灵修的成长……

因为，要获知在天主的神见和神谕上没有错误的这个困难之外，通常还有许多这类的神见和神谕是从魔鬼来的。因为它惯常鱼目混珠，装扮天主的作为对待灵魂。[1]

雅各·波墨也曾有过一次神秘体验，当波墨看到光照在一个锡瓶上时，一种类似主显的晕眩将他与宇宙内核相连。他看到了什么我们无从知晓，因为他从未透露。所有试图展现其神秘顿悟的图画，都是一些类似光线的圆形结构，难以破译。雅各·波墨在《论耶稣基督的降世》中写道：

---

[1] 译文引自加尔默罗圣衣会译《攀登加尔默罗山》，星火文化，二○一二年。

> 神的无底深渊只是一片寂静，里面什么都没有。它是无与伦比的永久和平、无始无终的深渊，不是目的也非终点，不是寻找也非找到，它什么都不是。它就像一只眼，是它自己的镜子。它没有实质，非光也非暗。它是一种魔法，拥有意志，但我们找不到亦不能追随它，因为它让我们心神不宁。我们这里所说的意志是指神性的深处，它没有源头。它包含在自身之中，脱离于自然之外，由此，我们必须沉默。

虽然我不是研究神秘主义历史的行家，但我谨慎地提出以下假设：这种对空无纯粹而难以言说的神秘体验似乎为男性神秘主义者所专有，据我所知，将上帝看成纯粹空无的女性神秘主义者寥寥无几，而信奉耶稣道成肉身的却大有人在。在女性神秘主义者当中胜出的，是显圣论，那些眼见耶稣显现的女人在字里行间无疑流露出一种情色的狂喜，将爱欲与十字架联系起来。

我们来看看圣玛丽亚·马格达茉娜·德·帕奇修女在《四十天》（一五九八年）中是怎么说的吧：

> 爱，爱，哦，爱，请让我放声言说，当我称呼你为爱，从东方到西方，从世界的每个角落，直至地狱，都能听到我的声音，使你可以被所有人所认识和爱戴；爱，爱，你是坚强的爱，有力的爱。爱，爱，只有你能够渗透、穿越、打破、战胜所有。爱，爱，你是天与地，火与气，水与血；哦，爱，你是上帝也是人，你是神圣而高尚的欢乐，也是古老又常新的真理。爱，你不被爱，也不被认识。但我依然看到一个人，懂得这种爱。

十六世纪，亚维拉的德兰修女[①]谈到了神圣之爱的美酒，它穿透她的身体，流淌在血液里，使她迷醉。基督，她那神圣的新郎，用一种难以言说的方式，一瞬间让她体验到天堂的所有美丽和荣耀：

[①] Teresa de Ávila（1515—1582），旧译德肋撒修女，西班牙天主教神秘主义者，加尔默罗会修女。

> 有时候，如果不是我全心全意地发出多情的呻吟，我不会意识到自己有多么激动……有一次，一个天使出现在我面前，有血有肉，英俊迷人，我看到他手里拿着一柄金制的长矛，矛尖上似乎有一团火。很多次，他似乎把长矛刺进我的心脏。当他把它拔出来时，我的心脏似乎也被他拔了出来，留我在对上帝的爱中燃烧……伤口的痛感是如此鲜活，让我忍不住呻吟，但这种难以言说的殉道，同时又让我感到甜蜜，这种痛苦并非是肉身的，而是精神的，尽管身体也以最完整的形式参与其中。

亚维拉的德兰修女在一首诗中如是说：

> 当我被甜蜜的猎人袭击
> 便向他屈服
> 在爱的臂膀中，我的灵魂坠落
> 哦，我的爱人
> 仅仅靠近你一些就多么欢乐
> 我渴望见到你
> 我渴望死去
> 你闯入我的胸腔
> 然后一瞬间
> 我的上帝啊
> 我真怕失去你

法国慈幼会的玛加利大修女在十五岁时就认为自己是"耶稣的未婚妻"，甚至还提到，有一天耶稣将全部重量压在她身上，在她反抗时，耶稣说："让我随心所欲地使用你，因为万事皆有其时。现在，我想让你成为我的爱人，为我痴狂，毫不抵抗，以便我能够享用你。"

在《生活自述》中她写道：

> 有一次，在神坛前，我稍微有了一点空闲——因为交付给我的工作向来让我喘不过气——我发现自己完全被神的显现渗

透。神的存在是如此强烈，以至于我忘了自己，以及自己身在何处。我沉浸在这神圣的灵魂中，把心交给他的爱。他让我在他神圣的怀里休息，让我发现他不可思议的爱，以及那颗圣心难以言说的秘密，之前他总是藏着不给我看……之后，他要我把心交给他，一如我从前的恳求。他把我的心放在他那伟大的心中，在那里我看到自己的心如原子般大小，在那炽热的火炉里燃烧。他把心取出，就像一团心形的火焰，物归原位，对我说："我的爱人啊，这是我爱的珍贵信物，将这最炽热的火焰的小小火星包裹在你肋间，充当你的心，灼烧你，直到你生命的最后一刻。它的火焰永不会熄灭，你只能通过血液获得一丝凉爽。"

然后我感到肋间剧痛。每个月的第一个周五，疼痛就会再次发作：圣心出现在我面前，好比光芒四射的太阳，耀眼的光直射我的心脏。我先是感到心被这火光点燃，好像要把我烧成灰烬，这时，我神圣的主人向我解释了他希望我做的事，还向我揭示了圣心的秘密。

又有一次，当圣体显现，当我将所有感受和力量汇集在一起，我感到超脱于自身之外，耶稣基督，我那甜蜜的主人，出现在我面前。他闪着荣耀之光，身上带着圣五伤，就像五个耀眼的太阳。从他神圣的身体里，尤其从他可爱的、火炉般的胸膛中，火焰喷薄而出。打开这"火炉"，我发现了他那颗圣洁慈爱的心——它正是火焰的源头。

我这人有时比较讲究，即使最微小的污渍也会让我反胃。就这一点，他经常责备我，以至于有一次，为清理一个病人的呕吐物，我不得不用舌头舔着吃了下去。我对上帝说："假如我有一千个身体，一千份爱，一千条命，为做你的奴隶，我愿意全部献祭。"自那之后，我发现自己乐在其中，愿意每天都这样在上帝的见证下战胜自己。他的仁慈给我力量，让我超越自己，对此我只有感激的份儿，却不明白他从中得到的快乐。事实上，如果我没弄错的话，第二天夜里，他让我把嘴唇贴在他圣心的伤口上待了两三个小时。很难去形容我到底感受到了什么，以及这恩典又在我灵魂中产生了什么影响。

这神圣的爱就是这样对待他低微的奴仆的。有一次，我在照顾一个痢疾病人时被恶心到了，他狠狠地责备我。为了弥补过错，我只好走过去倒出那病人的排泄物，然后把舌头浸在里面很长时间，用这些东西填满口腔。如果不是他提醒我要顺从，我会把这些全吞下去，但未经他的许可，我是不能吃任何东西的。

至于为什么女人会对男性神产生性欲，而男人却不会（他们可能体验同样强度的圣母显圣的迷醉），我无法解释。沙可①认为，癔症是一种只有女性才会得的病，但这一观点后来被推翻；或者我们可以说，女人拥有更加敏锐的身体感受；又或者原因纯粹是文化上的：男人并不被禁止发生性关系，恪守贞节是他们自主选择的结果，而女人则被迫远离几乎所有婚姻之外的性经验，在与显圣的神交合的过程中，她们被压抑的渴望得到了满足。关于这些我不是很清楚，而且也不想展开深谈。

我只能说，鉴于是圣女以拟人化的方式眼见神圣，那么参考她们的经历或许是恰当的做法。而在圣十字若望的《心灵的黑夜》中，我们迷失，缄默不语。

因此，毫无疑问的是，假如神圣真的难以言表，那它被表现出来其实是出于人类对亲眼见证神圣的需要（当然，最勇敢的神秘主义者不在此列）。不过，无论是通过莫测的本质还是少得可怜的目睹显圣的个人经验，神圣都是难以触及的，因而神圣只能以拟人的方法展现，同时也只能以所处的历史时期建立的模型为参照。

说到这儿，我就要谈谈随着历史的演进和审美趣味的变化，神圣的形式是如何流变的。

在中世纪，人们认为圣母应该拥有被紧身胸衣包裹的小小乳房，这便是世俗想象中的淑女和圣母的形象。

文艺复兴时期，荷尔拜因和拉斐尔笔下女子的丰腴让人联想到洛伦佐·洛托的圣母像。鲁本斯以透过圣母的衣衫隐约可见的肉感身体展现出维纳斯的美，这美也被丘比特可爱的婴儿肥衬托得更加明显。

---

① Jean-Martin Charcot（1825—1893），法国神经学家，现代神经病学的奠基人。

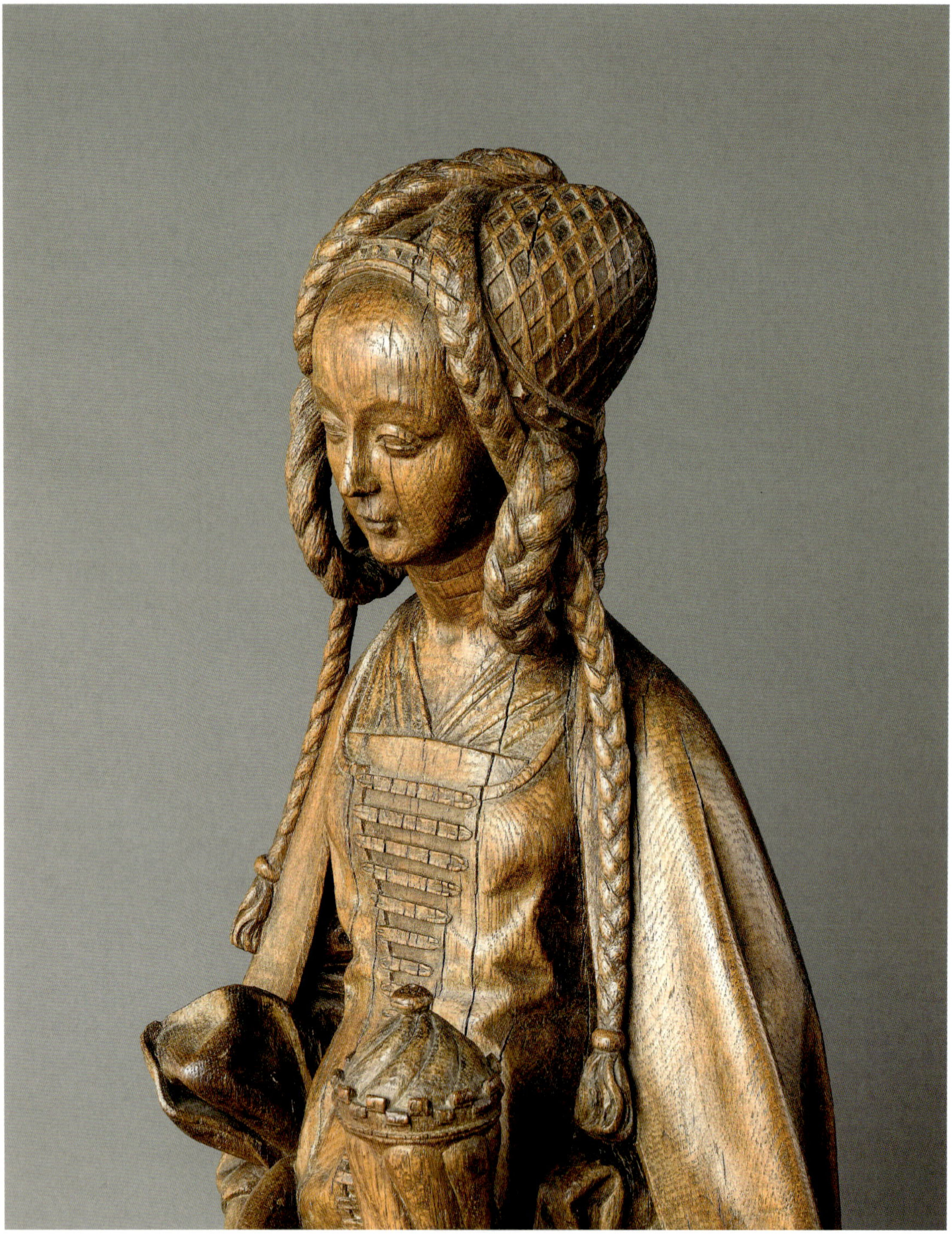

第 346 页

《抹大拉的马利亚半身像》

细节

15 世纪

巴黎，国立中世纪博物馆

第 347 页

《沉睡的维纳斯》

1508—1510 年

乔尔乔内

德累斯顿国家艺术收藏馆历代大师画廊

第 348 页

《维纳斯与丘比特》

1530 年

洛伦佐·洛托

纽约,大都会艺术博物馆

第 349 页

《圣家族》

1675 年

卡洛·马拉塔

罗马,首都博物馆

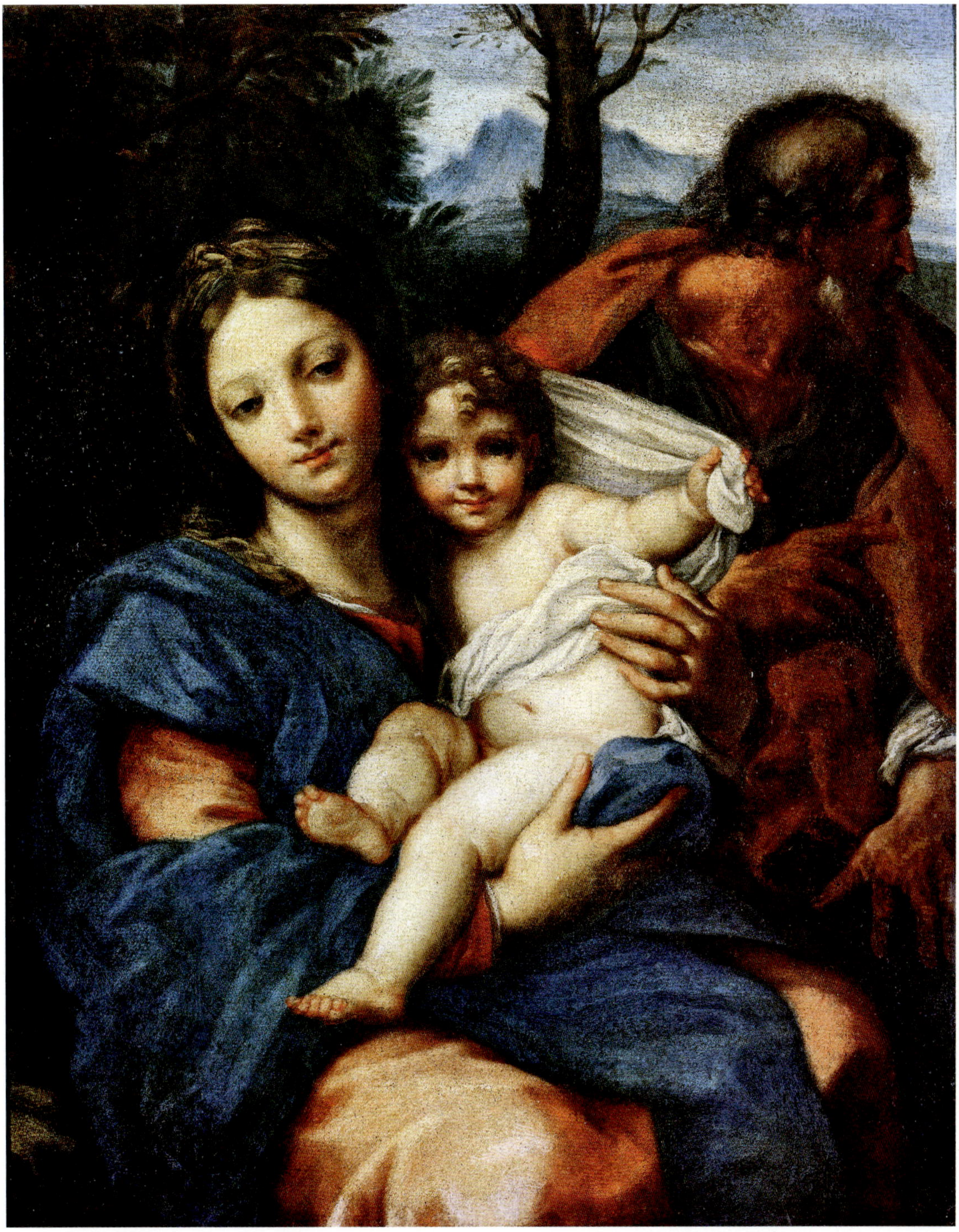

我们本可以就这个话题继续讨论和思考不同文化的风格是如何影响亚洲文化对神的塑造的。但我觉得，就此打住也够了：援引浪漫主义和颓废派所展现的男性美，以探究它对十九、二十世纪耶稣形象塑造的影响——更别说世纪末的颓废审美对圣像的影响了。

关于将圣心看作神之爱的显现的神秘主义观点，雷蒙德·弗思在《共同符号和私人符号》中指出，在玛加利大修女获得神秘体验的时期，人们已经知道心脏并非产生感情的地方。不过，无论是在她面前显现的耶稣，还是听她忏悔、帮她用可见的词汇表达神秘体验的神父，都没有打算用科学来解释上帝创造的世界的真正运行法则，而是选择和主流观点保持一致。直到今天，人们仍会谈论发自内心的爱和心碎——这似乎在暗示我们，流行歌曲才是通往神圣的唯一媒介。

在露德，圣母显现在伯尔纳德面前，从当时的照片中我们可以看到伯尔纳德·苏比鲁的真实相貌。教廷允许她在不同场合拍照，然而随着她圣女的名气与日俱增，我们看到摄影师把她拍得越发迷人，直到四十年代的好莱坞让詹妮弗·琼斯来饰演她。我还记得，几年后，当同一个琼斯出现在充斥着色情的《阳光下的决斗》中，整个天主教世界大惊失色。

同样，法蒂玛圣母显现事件中的几个牧童也并非优雅和美丽的模特，但五十年代的好莱坞知道怎么"包装"他们。接下来让我们看看先是真福者而后成圣的道明·沙维豪形象的演变。他初次登场时的形象是一个穿着得体但不考究的少年，因为总是跪着，裤子都变了形。随后，他的形象变得越发"高雅"，直到我们的时代，他被塑造成一个英俊、刚健的小伙子，甚至与同样早夭的真福罗兰·卫冠纳一起，成为银幕上的金童玉女。

更别说圣母像是如何流变的了。一尊古老的露德圣母像会使人想起十九世纪海耶兹画笔下的女人，法蒂玛圣母的某些肖像画也和其他时代的美女类似，但让我们想想如今默主歌耶圣母在信徒面前又是什么样的吧，她更像莫妮卡·贝鲁奇而不是当时的七苦圣母像。

同样的情况也发生在玛利亚·葛莱蒂身上，她是意大利天主教圣人，从宗教画上的虔诚刻奇形象逐渐变成了时下银幕上的当红女星。

现在我们来看一桩公案：法蒂玛圣母显现中第三个秘密的公布。有关这个秘密的文件是路济亚修女于一九四四年写的，彼时她早已脱了稚气，成为一名成熟的修女。文中引用了大量明显属

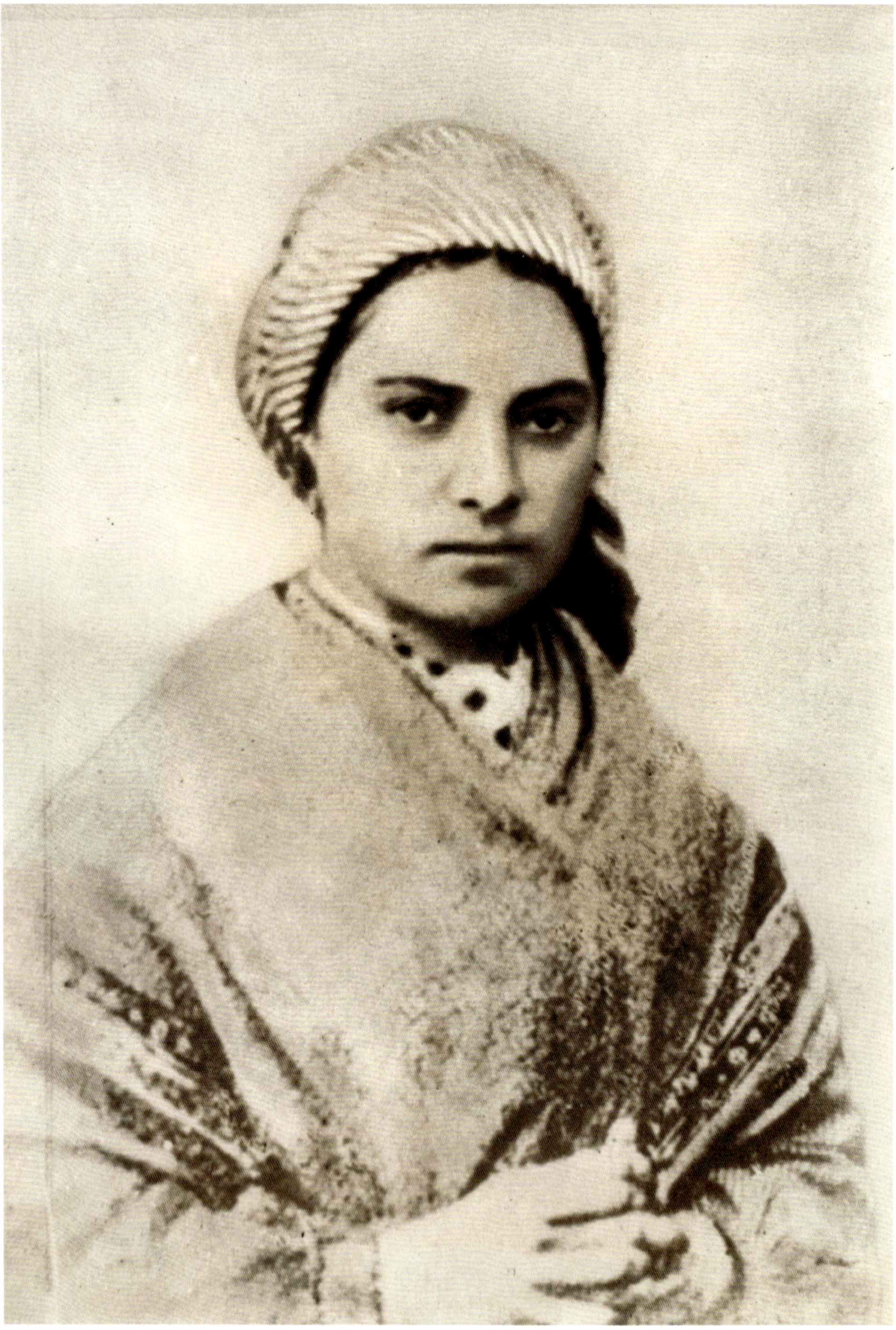

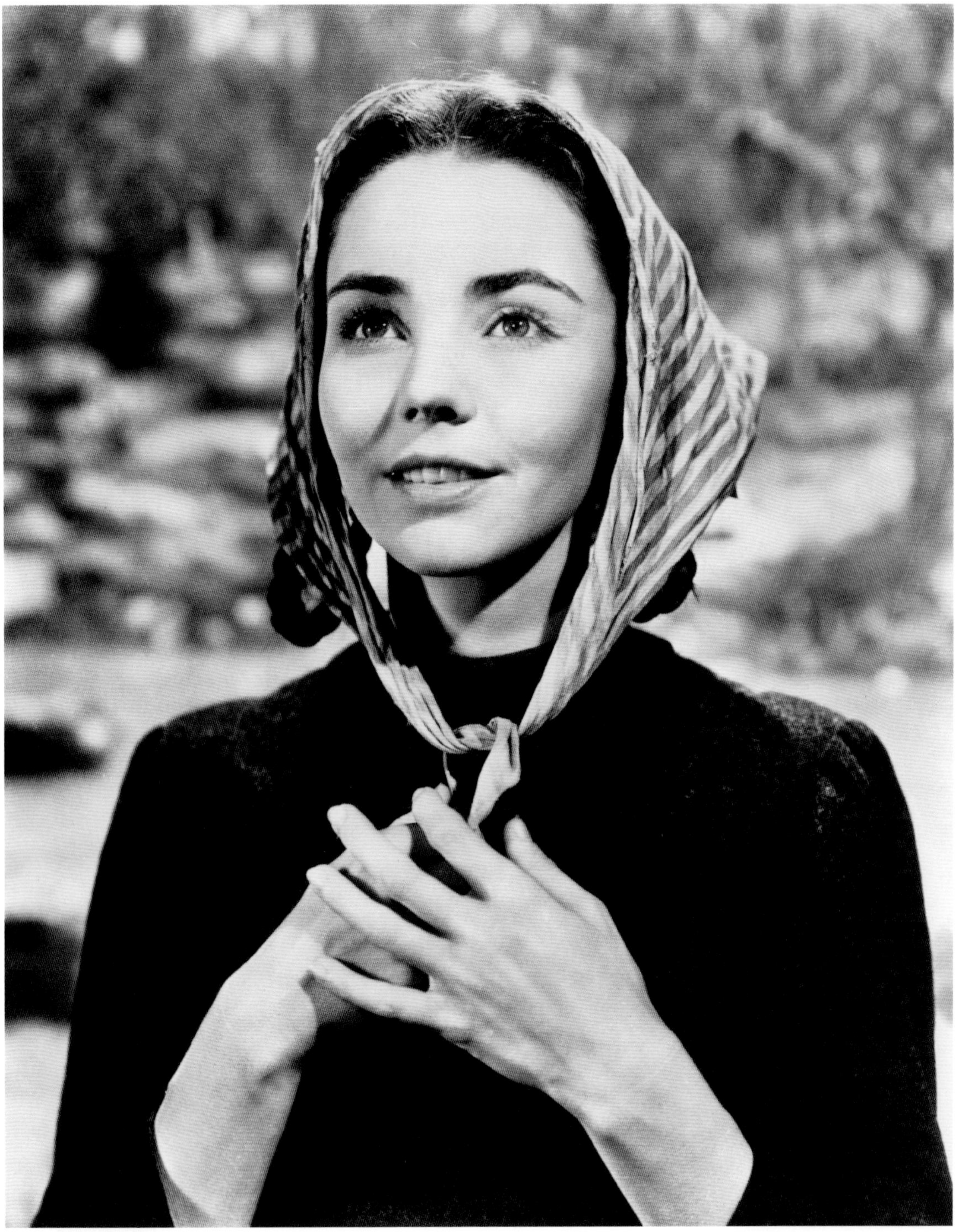

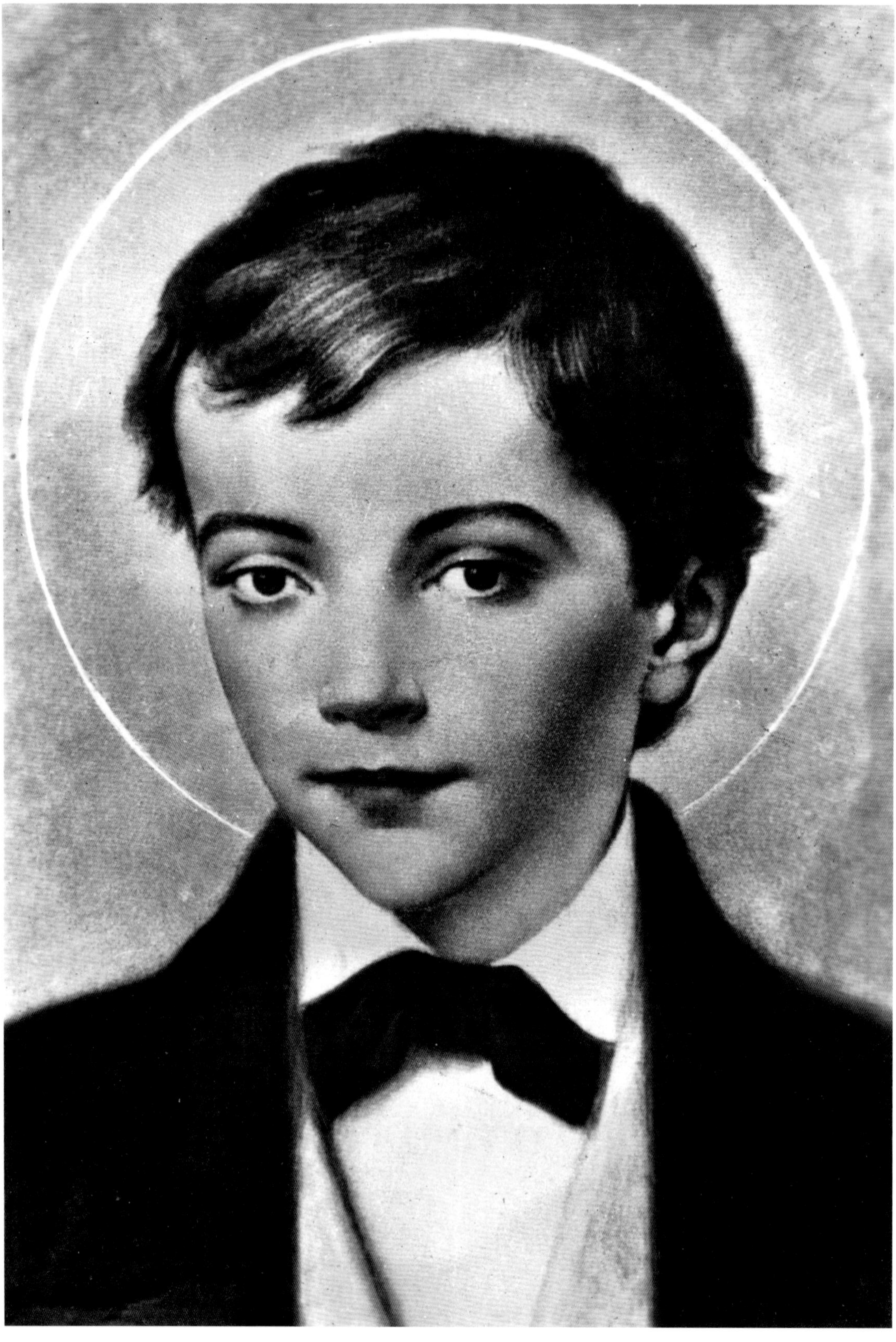

道明·沙维豪
肖像

默主歌耶圣母雕像

电影《太阳泪》中的莫妮卡·贝鲁奇

安东尼·福奎阿导演,
2003 年

于《启示录》的内容。路济亚修女说她在圣母左边稍高处看到一个天使，左手持剑，那把剑闪着光，同时喷射出火焰，似乎要把整个世界点燃，然而接触到圣母从右手朝天使释放的光辉时，火焰就熄灭了。天使伸出右手，指着大地，声如洪钟："赎罪，赎罪，赎罪吧！"随后，在一道强光中，孩子们看到了上帝，"就像在镜中看到从你面前经过的人"，还有一名身着白衣的主教（"我们预感，他就是圣父"），以及其他一些神职人员和善男信女，他们登上一座陡峭的山，山顶有一个巨大的十字架，由粗糙的树枝制成，好像是带着树皮的栓皮栲。在此之前，圣父穿过了一座满目疮痍的大城，他颤抖着，每走一步都摇摇晃晃，充满悲伤与痛苦，为沿途遇到的亡灵祈祷。到达山顶后，他跪在十字架前，被一群士兵用子弹和箭杀害，其他的主教、神父、信徒、不同阶级的世俗人士也遭受了同样的命运。在十字架两边有两个天使，手中各持一只水晶"喷壶"，收集殉道者的血，以此浇灌走向上帝的灵魂。

因此，路济亚修女看到一个手持火剑、想把世界烧掉的天使。有关向世界播撒火的天使，《启示录》第八章就曾提及，那是第二个吹号的天使（8∶8）。不过这个天使手里确实没有燃烧的剑，那剑是从哪来的呢（在传统肖像画中倒是有很多描绘持火剑的大天使），我们稍后再解答。随后，路济亚修女看到一束神光，仿佛在镜中，这个暗示并非出自《启示录》，而是源自《哥林多前书》（13∶12，"我们如今仿佛对着镜子观看，模糊不清。到那时，就要面对面了。"）

然后就是那个白衣主教：路济亚修女的版本中只有他一个人，而在《启示录》中，白衣主教有许多仆从，这些殉道者在不同的场景都出现过（6∶11，7∶9，7∶14），不过没关系。随后，我们看到神职人员上山的场景，而在《启示录》（6∶15）中，世上有权势的人都藏在山洞和石穴里。后来圣父穿过一座废城，看到尸首就倒在街上——城和尸首在《启示录》（11∶8）中出现过；在11∶13中，城因地震倒塌，而在18∶19中，描写的仍是这座巴比伦大城。

我们继续，据路济亚修女的说法，白衣主教和其他许多信徒被手持火器和刀剑的士兵杀害，在《启示录》（9∶7）中，这场杀戮是在第五个天使吹响小号时由身着铁甲的蝗虫完成的。最后是两个拿着水晶喷壶的天使,《启示录》中到处都是洒血的天使：在 8：5 中，他们用的是香炉；在 14：20，血从酒榨中流出；在 16：3 中，血又从一个碗中被倒出来。那在路济亚修女的叙述中为什么是一个喷壶呢？我后来想到，法蒂玛离阿斯图利亚斯并不远，中世纪时，正是在那里诞生了辉煌的莫扎拉布《启示录》细密画。在一些描绘吹号天使的画面中，小号可以被火剑等替换，这些小号如果与画面底部的喷流联系在一起可能会被误认为是某种喷壶；在其他一些画面中，我们看到天使任由血从粗糙的杯中流出，仿佛在浇灌整个世界。

有意思的是，如果看一下约瑟夫·拉青格——未来的本笃十六世（当时他还是枢机主教）——就法蒂玛圣母显现事件写的评论，我们会发现，他认为个人所见的幻象不足以作为信仰的明证，隐喻也不应被看作预言从字面解读。同时，他还含蓄地提到了与《启示录》的类比："'秘密'展现的画面，可能是路济亚修女从前在圣书里看到的，来自古老信仰的直觉。"因此，在《法蒂玛的讯息》这篇神学评论中，有一章的题目意味深长——"个人启示的人类学构造"，里面写道：

> 在这一领域中，神学人类学分为三种感知形式或者说"幻象"：第一种是感官的幻象，也就是外在的身体感知。其余两种分别是内在感知和灵魂感知。显然，在露德和法蒂玛等地发生的圣母显现，并非只是简单的外在感官感知：所看到的画面和人物并非像一棵树或一间房子那样置身于空间中，这一点很明显，因为不是所有人都能看到显圣的景象。同样，它也不是存在于头脑中的无图像的灵魂感知，这是高等级神秘主义的做法。因此，只能是第二种形式的感知——内在感知……所谓内在幻象并非幻想，而只不过是一种主观的想象，也就是说灵魂被某些超越了感官的实物触动，由此不可感、不可见的事物才能被看见……因此，我们大概可以理解为什么孩子会备受神启的"青睐"：他们的灵魂尚未堕落，内在感知力还未受损……正如我们所说，内在感知不是幻想，它也有边界。即使在外在感知中，也总是有主观因素的影子：我们看到的不是纯粹的事物，而是经由感官过滤、转译的产物。这一点在内在感知中更为明

显，特别是涉及超验的实体时。主体，也就是看到幻象的人更强烈地参与其中，用他所具备的认知水平和表现方式竭尽所能地去感知。对内在感知的转译过程，要比外在感知更为广泛，因为主体也作为必不可少的一部分参与了所显现的形象的塑造。他所看到的只可能是其能力许可范围内的形象。这种感知并非另一个世界的简单翻版，还受到主体能力和局限的影响。

在所有显圣事件中，这些理论都是成立的，包括法蒂玛的孩子们所见的幻象。孩子们描述的那些场景并不是简单的想象，而是对更高的内在本源的真实感知的结果，但我们不应该认为另一个世界的神秘面纱被揭开了，天堂以其纯粹的本质显现，正如我们希望有朝一日在与上帝的最终结合中看到的那样。因此我们可以说，这些景象代表了来自天堂的脉动和看到幻象的人——也就是孩子们——接受这种脉动的能力的综合。

这段话的意思，说白了，就是每个看到幻象的人看到的只是自己的文化教给他们的、符合一贯想象的东西。我觉得，以对现任教皇的认同结束我关于表现神圣的简短思考是十分适当的。

二〇〇九年

参考书目

Riferimenti bibliografici

在巨人的肩膀上

Aldhelm of Malmesbury. "Letter to Eahfrid." In James Ussher, *Veterum Epistolarum Hibernicarum Sylloge*, letter no. 13, 37–41. Dublin: Societatis Bibliopolarum, 1632.

Apuleius. Florida. In *Apologia. Florida. De Deo Socratis*. Trans. Christopher P. Jones. Loeb Classical Library, no. 534. Cambridge, MA: Harvard University Press, 2017.

Aristotle. "Logic." In *The Works of Aristotle*, vol. 1, trans. William David Ross. London: Encyclopædia Britannica, 1971.

Auraicept na n'Eces: The Scholar's Primer [7th century]. Trans. George Calder. Edinburgh: John Grant, 1917.

Dante Alighieri. *De vulgari eloquentia* [1304—1307]. "On the Eloquence of the Vernacular." In *De Vulgari Eloquentia: Dante's Book of Exile*, trans. Marianne Shapiro. Lincoln: University of Nebraska Press, 1990.

Diderot, Denis, and Jean Baptiste le Rond d'Alembert. *Encyclopédie ou dictionnaire raisonné des sciences, des arts et des métiers*. Paris: Briasson-David-Le Breton-Durand, 1751–1780.

Gregory, Tullio. *Scetticismo ed empirismo: Studio su Gassendi* [Skepticism and Empiricism: A Study of Gassendi]. Bari: Laterza, 1961.

Horace. *Epistles*. In *Satires. Epistles. The Art of Poetry*. Loeb Classical Library, no. 194. Cambridge, MA: Harvard University Press, 1926.

Jeauneau, Édouard. *Nani sulle spalle di giganti*. Naples: Guida, 1969.

Jerome, Saint. *Adversus Jovinianum* [c. 390]. "Against Jovinianus." In *Nicene and Post-Nicene Fathers*, trans. W. H. Fremantle, G. Lewis, and W. G. Martley, ed. Philip Schaff and Henry Wace, 2nd ser., vol. 6. Buffalo, NY: Christian Literature Publishing, 1893.

John of Salisbury. *The Metalogicon of John of Salisbury: A Twelfth-Century Defense of the*

Verbal and Logical Arts of the Trivium. Trans. Daniel D. McGarry. London: Peter Smith, 1971.

Merton, Robert K. *On the Shoulders of Giants*. New York: Free Press, 1965.

Nietzsche, Friedrich. *Untimely Meditations* [1876]. Cambridge: Cambridge University Press, 1997.

Ovid. *Ars amatoria*. Trans. B. P. Moore. London: Folio Society, 1965.

Ortega y Gasset, José. *Man and Crisis*. Trans. Mildred Adams. New York: W. W. Norton, 1958. Ortega y Gasset. *En torno a Galileo* [1933]. In *Obras completas*, vol. 5. Madrid, 1947.

Rifkin, Jeremy. *Entropy: A New World View*. New York: Viking, 1980.

Virgil the Grammarian [Virgilius Maro Grammaticus]. Epitomae; Epistolae. In *Virgilio Marone Grammatico: Epitomi ed Epistole*, trans. G. Polara. Naples: Liguori, 1979.

William of Conches. "Commentaries on Priscian's Institutiones grammaticae." In *Glosulae de magno Prisciano* [*Institutiones I-XVI*]. Versio altera, ed. Édouard Jeauneau Turnhout: Brepols.

美

Barbey d'Aurevilly, Jules. *Léa* [1832]. In *Le cachet d'Onyx*; *Léa*. Paris: La Connaissance, 1919.

Bernard of Clairvaux. *Apologia ad Guillelmum. Cistercians and Cluniacs: St. Bernard's Apologia to Abbot William*. Trans. Michael Casey. Kalamazoo, MI: Cistercian Publications, 1970.

Burke, Edmund. *A Philosophical Enquiry into the Origin of Our Ideas of the Sublime and Beautiful* [1757]. A new ed. London: printed for J. Dodsley, 1787.

Clement of Alexandria. *The Stromata, or Miscellanies*. In *Ante-Nicene Fathers*, vol. 2: *Fathers of the Second Century: Hermas, Tatian, Athenagoras, Theophilus, and Clement of Alexandria*. Ed. A. Roberts and J. Donaldson, rev. and arr. A. Cleveland Coxe, 299–368. New York: Christian Literature Publishing, 1885.

Formaggio, Dino. *L'arte*. Milan: ISEDI, 1973.

Guido Guinizelli. *Vedut'ho la lucente stella diana*. "I've Got the Bright Star Diana." In *An Anthology of Italian Poems 13th-19th Century*, trans. Lorna de' Lucchi. New York:

Alfred A. Knopf, 1922, 28-32, 348.

Hildegard of Bingen. *Selected Writings* [12th century]. Trans. Mark Atherton. London: Penguin, 2001.

Pacioli, Luca. *De divina proportione* [1509]. Sansepolcro: Aboca Museum, 2009.

Physiologus: A Medieval Book of Nature Lore [2nd-5th century]. Trans. Michael J. Curley. Chicago: University of Chicago Press, 2009.

Piero della Francesca. *De perspectiva pingendi*, 1472—1475. "On Perspective in Painting," Aboca Museum Editions, facsimile of the Treatise stored in the Panizzi Library in Reggio. http://www.codicesillustres.com/catalogue/de_prospectiva_pingendi/.

Plato. *Timaeus*. Trans. Benjamin Jowett. New York: Macmillan, 1959.

Pliny the Elder. *Natural History*. Trans. Horace Rackham; W. H. S. Jones. Loeb Classical Library. Cambridge, MA: Harvard University Press.

Proust, Marcel. *In Search of Lost Time* [1909—1922]. London: Everyman's Library, 2001.

Pseudo-Callisthenes. *The Romance of Alexander the Great* [3rd century]. Trans. Albert Mugrdich Wolohojian. New York: Columbia University Press, 1969.

Pseudo-Dionysius the Areopagite. *On the Divine Names and On the Mystical Theology*. Trans. C. E. Rolt. London: SPCK, 1920.

Shaftesbury, Anthony Ashley Cooper, Third Earl of. *Characteristics of Men, Manners, Opinions, Times*. Ed. Lawrence E. Klein. Cambridge: Cambridge University Press, 1999.

Sue, Eugène. *The Mysteries of the People, Or, History of a Proletarian Family across the Ages*. Trans. Daniel De Leon and Solon De Leon. New York: NY Labor News, 1904. Sue. *Les Mystères de Paris*. Originally serialized in ninety parts in *Journal des débats*, June 1842 to October 1843.

Thomas Aquinas. *Summa Theologiae: Latin Text and English Translation*. New York: McGraw-Hill, 61 vols., 1964—. Repr. New York: Cambridge University Press, 2006.

Xenophanes of Colophon. *Fragments*. Trans. J. H. Lesher. Toronto: University of Toronto Press, 1992.

且

Aesop Romance: The Book of Xanthus the Philosopher and Aesop His Slave, or the Career of

Aesop. Trans. Lloyd W. Daly. In *Anthology of Ancient Greek Popular Literature*, ed. William F. Hansen. Bloomington: Indiana University Press, 1988.

Baudelaire, Charles. *Les fleurs du mal* [1857]. *The Flowers of Evil*. Trans. Marthiel Mathews and Jackson Mathews. New York: New Directions, 1955.

Bonaventure of Bagnoregio. *Commentaria in quattuor libros sententiarum Magistri Petri Lombardi. Bonaventure on the Eucharist: Commentary on the 'Sentences.'* Trans. Junius Johnson. Wilsele, Belgium: Peeters, 2017.

Broch, Hermann. "Kitsch" (1933) and "Notes on the Problem of Kitsch" (1950). In *Kitsch: The World of Bad Taste*, ed. Gillo Dorfles. New York: Universe Books, 1968.

Brown, Fredric. "Sentry" [1954]. In *From These Ashes: The Complete Short SF of Fredric Brown*, ed. Ben Yalow. Framingham, MA: NESFA Press, 2001.

Burton, Robert. *The Anatomy of Melancholy* [1624]. Ed. Floyd Dell and Paul Jordan-Smith. New York: Tudor, 1948.

Céline, Louis-Ferdinand. *Bagatelles pour un massacre*. Paris: Éditions Denoël, 1937.

Choniates, Niketas. *O City of Byzantium: Annals of Niketas Choniates*. Dayton, OH: Wayne State University Press, 1984.

Collodi, Carlo. *The Adventures of Pinocchio* [1881]. Trans. Nicolas J. Perella. Berkeley: University of California Press, 1986.

De Amicis, Edmondo. *Cuore (Heart): An Italian Schoolboy's Journal*. Trans. Isabel F. Hapgood. New York: Thomas Y. Crowell, 1887.

de Vitry, Jacques. *The Exempla or Illustrative Stories from the Sermones Vulgares of Jacques de Vitry*. Trans. Thomas Frederick Crane. London: David Nutt, 1890.

Dickens, Charles. *Hard Times*. London: Bradbury and Evans, 1854.

Encyclopædia Britannica, ed. 1798.

Fleming, Ian. *Dr. No*. London: Jonathan Cape, 1958.

Fleming, Ian. *From Russia with Love*. London: Jonathan Cape, 1957.

Fleming, Ian. *Goldfinger*. London: Jonathan Cape, 1959.

Fleming, Ian. *Live and Let Die*. London: Jonathan Cape, 1954.

Gozzano, Guido. "Grandmother Speranza's Friend." In *The Man I Pretend to Be: The Colloquies and Selected Poems of Guido Gozzano*, trans. Michael Palma. Princeton, NJ: Princeton University Press, 1981.

Gryphius, Andreas. *Notte, lucente notte. Sonetti* [17th century]. Venice: Marsilio, 1993.

Guerrini, Olindo [nom de plume Lorenzo Strecchetti]. *Postuma: Il canto dell'odio e altri versi proibiti*. Rome: Napoleone, 1981.

Hegel, G. W. F. *Aesthetics: Lectures on Fine Arts*. Trans. T. M. Knox. Oxford: Clarendon Press, 1975.

Hildegard of Bingen. *Scivias* [12th century]. Trans. Columba Hart and Jane Bishop. New York: Paulist Press, 1990.

Homer. *The Iliad*. Trans. Caroline Alexander. New York: Ecco / Harper Collins, 2015.

Hugo, Victor. *Cromwell* [1827]. Trans. George Burnham Ives. Boston: Little, Brown, 1909.

Hugo, Victor. *L'Homme qui rit* [1869]. *The Man Who Laughs*. Trans. unknown. Boston: Little, Brown and Co., 1888.

Iamblichus. *Life of Pythagoras*. Trans. Thomas Taylor. Rochester, VT: Inner Traditions / Bear, 1986.

Lautréamont, Comte de [Isidore Ducasse]. *The Songs of Maldoror*. Trans. Alexis Lykiard. New York: Thomas Y. Crowell, 1972.

Lombroso, Cesare. *L'Uomo delinquente* [1876]. *Criminal Man*. Trans. Mary Gibson and Nicole Hahn Rafter. Durham, NC: Duke University Press, 2006.

Marinetti, Filippo Tommaso. "Technical Manifesto of Futurist Literature" [1912]. In *Modernism: An Anthology*, ed. Lawrence Rainey. Malden, MA: Blackwell, 2005.

Marx, Karl. *Economic and Philosophic Manuscripts of 1844*. Trans. Martin Milligan. Amherst, NY: Prometheus Books, 1988.

Nietzsche, Friedrich. *The Gay Science* [1882 / 1886]. Mineola, NY: Dover, 2006.

Palazzeschi, Aldo. *Il controdolore* [1913]. Florence: Salimbeni, 1980.

Perrault, Charles. *Little Red Riding Hood* [1697]. London: Moorfields, 1810.

Rosenkranz, Karl. *The Aesthetics of Ugliness: A Critical Edition* [1853]. Trans. Andrei Pop and Mechtild Widrich. London: Bloomsbury, 2015.

Rostand, Edmond. *Cyrano de Bergerac* [1897]. Trans. Christopher Fry. New York: Oxford University Press, 1975.

Sade, Donatien-Alphonse François de. *The 120 Days of Sodom* [1785]. In *The 120 Days of Sodom, and Other Writings*, trans. Austryn Wainhouse and Richard Seaver. New York: Grove Press, 1966.

Segneri, Paolo. *The Panegyrics of Father Segneri, of the Society of Jesus*. Trans. Rev. William Humphrey. London: Washbourne, 1877.

Shakespeare, William. *The Tempest*［1610］. New York：Simon and Schuster, 2004.

Shakespeare, William. *Macbeth*［1605—1608］. New York：Simon and Schuster, 2003.

Shelley, Mary. *Frankenstein*［1818］. Boston：Cornhill, 1922.

Sontag, Susan. *Against Interpretation*. New York：Farrar Straus and Giroux, 1966.

Spillane, Mickey. *One Lonely Night*. New York：E. P. Dutton, 1951.

Testamentum Domini［4th-5th century］. *The Testament of Our Lord*. Trans. from Syriac by James Cooper and Arthur John Maclean. Edinburgh：T. and T. Clark, 1902.

Thomas Aquinas. *Summa Theologiae: Latin Text and English Translation*. New York：McGraw-Hill, 61 vols., 1964—. Repr. New York：Cambridge University Press, 2006.

Wagner, Richard. "Judaism in Music"［1850］. In *Judaism in Music and Other Essays*, trans. William Ashton Ellis. Lincoln：University of Nebraska Press, 1995.

绝对与相对

Dante Alighieri. *The Divine Comedy*. Trans. James Finn Cotter. New York：HarperCollins, 1989.

Hegel, G. W. F. *Hegel's Preface to the Phenomenology of Spirit*. Trans. Yirmiyahu Yovel. Princeton, NJ：Princeton University Press, 2005.

Jervis, Giovanni. *Contro il relativismo*. Rome-Bari：Laterza, 2005.

John Paul II, Pope. *Encyclical Letter Fides et Ratio of the Supreme Pontiff John Paul II to the Bishops of the Catholic Church on the Relationship between Faith and Reason*. September 14, 1998. Vatican City：Libreria editrice vaticana, 1998. http://w2.vatican.va/content/john-paul-ii/en/encyclicals/documents/hf_jp-ii_enc_14091998_fides-et-ratio.html.

Joyce, James. *A Portrait of the Artist as a Young Man*［1916］. New York：B. W. Huebsch, 1922.

Keats, John. "Ode on a Grecian Urn"［1819］. In *John Keats: The Complete Poems*, ed. John Barnard. London：Penguin Classics, 1977.

Lecaldano, Eugenio. *Un'etica senza Dio*. Rome-Bari：Laterza, 2006.

Lenin, Vladimir Ilich. *Materialism and Empirio-Criticism*［1909］. Moscow：Progress Publishers, 1970.

Nicholas of Cusa. *De docta ignorantia*［1440］. *On Learned Ignorance*. Trans. Germain Heron.

London: Routledge and Kegan Paul, 1954.

Nietzsche, Friedrich. "On Truth and Lies in an Extra-Moral Sense" [1873]. In *Friedrich Nietzsche On Truth and Lying*, trans. Sander L. Gilman, Carole Blair, and David J. Parent. New York: Oxford University Press, 1989.

Peirce, Charles Sanders. "A Syllabus of Certain Topics of Logic." In *Collected Papers*. Cambridge, MA: Harvard University Press, 1965.

Pera, Marcello, and Joseph Ratzinger. *Senza radici: Europa, relativismo, cristianesimo, islam*. Milan: Mondadori, 2004.

Pseudo-Dionysius the Areopagite. *The Heavenly Hierarchy and The Ecclesiastical Hierarchy*. Trans. John Parker. London: James Parker and Co., 1899.

Ratzinger, Joseph. *Doctrinal Note on Some Questions Regarding the Participation of Catholics in Political Life*. November 24, 2002. http://www.vatican.va/roman_curia/congregations/cfaith/documents/rc_con_cfaith_doc_20021124_politica_en.html.

Ratzinger, Joseph. *Il monoteismo*. Milan: Mondadori, 2002.

Thomas Aquinas. *De aeternitate mundi. On the Eternity of the World*. Trans. Cyril Vollert, Lottie Kendzierski, and Paul Byrne. Milwaukee, WI: Marquette University Press, 1965.

美丽的火

Anonymous. *History of Fra Dolcino, Heresiarch* [13th century].

Aristotle. *The Physics, Books I-IV*. Loeb Classical Library, no. 228. Cambridge, MA: Harvard University Press, 1957.

Artephius, *The Secret Book of the Blessed Stone Called the Philosopher's* [c. 1150]. London: Tho. Walkley, 1624.

Bachelard, Gaston. *Psychoanalysis of Fire*. Trans. Alan C. M. Ross. London: Routledge and Kegan Paul, 1964.

Bàez, Fernando. *A Universal History of the Destruction of Books: From Ancient Sumer to Modern Iraq*. New York: Atlas, 2008.

Bhagavad-Gita: Krishna's Counsel in Time of War. Trans. Barbara Stoler Miller. New York: Columbia University Press, 1986.

Bonaventure of Bagnoregio. *Commentaria in quattuor libros sententiarum Magistri Petri Lombardi. Bonaventure on the Eucharist: Commentary on the 'Sentences.'* Trans. Junius

Johnson. Wilsele, Belgium: Peeters, 2017.

Buddha. "Adittapariyaya Sutta: The Fire Sermon" (SN 35. 28). Trans. Ñanamoli Thera. Access to Insight (BCBS Edition), 2010, http://www.accesstoinsight.org/tipitaka/sn/sn35/sn35.028.nymo.html.

Canetti, Elias. *Auto-da-Fé* [1935]. Trans. C. V. Wedgwood. New York: Stein and Day, 1946.

Cellini, Benvenuto. *My Life* [1567]. Trans. Julia Conaway Bondanella. Oxford: Oxford University Press, 2002.

D'Annunzio, Gabriele. *Il Fuoco* [1900]. *The Flame*. Trans. Susan Bassnett. New York: Marsilio, 1995.

Dante Alighieri. *The Divine Comedy*. Trans. Robert Hollander and Jean Hollander. New York: Doubleday, 2000—2007. (*Inferno*, 2000; *Purgatorio*, 2003; *Paradiso*, 2007.)

Eco, Umberto. *The Name of the Rose*. Trans. William Weaver. New York: Harcourt, 1983. Eco, *Il nome della rosa*. Milan: Bompiani, 1980.

Heraclitus. Fragments. In *The Art and Thought of Heraclitus: An Edition of the Fragments with Translation and Commentary*, trans. Charles H. Kahn. Cambridge: Cambridge University Press, 1979.

Hölderlin, Friedrich. *The Death of Empedocles* [1798]. Trans. David Farrell Krell. Albany, NY: SUNY Press, 2009.

John Scotus Eriugena. *Eriugena's Commentary on the Celestial Hierarchy*. Trans. Paul Rorem. Toronto: Pontifical Institute of Mediaeval Studies, 2005.

Joyce, James. *Portrait of the Artist as a Young Man*. New York: Viking and B. W. Huebsch, 1916.

Joyce, James. *Stephen Hero* [1944]. New York: Vintage / Ebury div. Random House, 1969.

Liguori, Alfonso M. de'. *Apparecchio alla morte, cioè considerazioni sulle massime eterne utili a tutti per meditare ed a' sacerdoti per predicare* [1758]. Cinisello Balsamo: Edizione San Paolo, 2007.

Malerba, Luigi. *Il fuoco greco* [1990]. Milan: Mondadori, 2000.

Mattioli, Ercole. *La pietà illustrata*. Venice: appresso Nicolò Pezzana, 1694.

Pater, Walter. *The Renaissance*. London: Boni and Liveright, 1873.

Pernety, Dom. *Dictionnaire Mytho-Hermétique* [1787]. Milan: Archè, 1980.

Plato. *Protagoras*. In *Laches, Protagoras, Meno, Euthydemus*. Trans. W. R. M. Lamb. Loeb

Classical Library, no. 165. Cambridge, MA: Harvard University Press, 1977.

Plotinus. *The Enneads*. Ed. Lloyd P. Gerson. Cambridge: Cambridge University Press, 2018.

Pseudo-Dionysius the Areopagite. *The Heavenly Hierarchy and The Ecclesiastical Hierarchy*. Trans. John Parker. London: James Parker and Co., 1899.

Ratzinger, Joseph. *The Message of Fatima*. June 26, 2000. http://www.vatican.va/roman_curia/congregations/cfaith/documents/rc_con_cfaith_doc_20000626_message-fatima_en.html.

Turba Philosophorum, Or Assembly of the Sagas[13th century]. Trans. Arthur Edward Waite. London: George Redway, 1896.

看不见

Allen, Woody. "The Kugelmass Episode." *New Yorker*, April 24, 1977.

Doumenc, Philippe. *Contre-enquete sur la morte d'Emma Bovary*[Counterinvestigation into the Death of Emma Bovary]. Paris: Actes Sud, 2009.

Doyle, Arthur Conan. *A Study in Scarlet*[1887]. New York: Random House, 2003.

Dumas, Alexandre. *The Count of Monte Cristo*[1844]. New York: Random House / Modern Library, 1996.

Dumas, Alexandre. *The Three Musketeers*[1844]. London: Wordsworth Editions, 1997.

Eco, Umberto. "On the Ontology of Fictional Characters." *Sign Systems Studies* 37, no. 1/2 (2009): 82–97.

Flaubert, Gustave. *Madame Bovary*[1856]. Trans. Eleanor Marx-Aveling. London: Jonathan Cape, 1930.

Gautier, Théophile. *Le capitaine Fracasse* [1863]. *Captain Fracasse*. Trans. F. C. de Sumichrast. New York: Collier, 1902.

Hugo, Victor. *Les misérables*[1862]. Trans. Lascelles Wraxall. London: Hurst and Blackett, 1862.

Isidore of Seville. *The Etymologies of Isidore of Seville*. Trans. Stephen A. Barney, W. J. Lewis, J. A. Beach, and Oliver Berghof. Cambridge: Cambridge University Press, 2006.

Shakespeare, William. *A Winter's Tale*[1611]. New York: Simon and Schuster, 2005.

Tolstoy, Lev. *Anna Karenina*［1873—1877］. Trans. Constance Garnett. New York：Thomas Y. Crowell, 1899.

悖论与警句

Aristotle. *The Physics*, *Books I-IV*. Loeb Classical Library, no. 228. Cambridge, MA：Harvard University Press, 1957.

Chamfort, Nicolas de. *The Cynic's Breviary: Maxims and Anecdotes from Nicolas de Chamfort*［1795］. Trans. William G. Hutchison. London：Elkin Mathews, 1902.

Kraus, Karl. *From Half-Truths & One-and-a-Half-Truths：Selected Aphorisms*. Trans. Harry Zohn. Chicago：University of Chicago Press, 1990.

Isidore of Seville. *The Etymologies of Isidore of Seville*. Trans. Stephen A. Barney, W. J. Lewis, J. A. Beach, and Oliver Berghof. Cambridge：Cambridge University Press, 2006.

Lec, Stanisaw J. *Unkempt Thoughts*［1957］. Trans. Clifton Fadiman. New York：St. Martin's Press, 1962.

Pitigrilli［Dino Segre］. *Dizionario antiballistico*［1953］. Milan：Sonzogno, 1962.

Pitigrilli［Dino Segre］. *L'esperimento di Pott*. Milan：Sonzogno, 1929.

Scusa l'anticipo ma ho trovato tutti verdi. Ed. A. Bucciante. Turin：Einaudi, 2010.

Smullyan, Raymond. *To Mock a Mockingbird: And Other Logic Puzzles*. New York：Alfred A. Knopf, 1985.

Wilde, Oscar. *The Importance of Being Ernest*［1895］. London：Leonard Smithers, 1899.

Wilde, Oscar. *The Picture of Dorian Gray*［1890］. In *The Picture of Dorian Gray: An Annotated, Uncensored Edition*, ed. Nicholas Frankel. Cambridge, MA：Belknap Press of Harvard University Press, 2011.

Wilde, Oscar. *The Writings of Oscar Wilde: Epigrams: Phrases and Philosophies for the Use of the Young*. London：A. R. Keller & Co., 1907.

假话、谎言与捏造

Accetto, Torquato. *Della dissimulazione onesta*［1641；On Honest Dissimulation］. Ed. S. S. Nigro. Turin：Einaudi, 1997.

Arendt, Hannah. "Lying in Politics: Reflections on The Pentagon Papers." *New York Review of Books*, November 18, 1971.

Aristotle. *The Metaphysics*. London: Penguin Classics, 1999.

Bacon, Francis. Essay 6: "Of Simulation and Dissimulation" [1625]. In *The Essays of Francis Bacon*. Ed. Clark S. Northrup. Boston: Houghton Mifflin, 1908.

Battista, Giuseppe. *Apologia della menzogna* [1673]. Palermo: Sellerio, 1990.

Bettetini, Maria. *Breve storia della bugia: Da Ulisse a Pinocchio*. Milan: Raffaello Cortina, 2010.

Constant, Benjamin. *Des réactions politique* [1797]. "On Political Reactions." In *Political Writings*, trans. Biancamaria Fontana. Cambridge: Cambridge University Press, 1988.

Descartes, René. *Le monde ou traité de la lumière* [1667]. "The Treatise on Light." In *The World and Other Writings*, trans. Stephen Graukroger. Cambridge: Cambridge University Press, 1998.

Eco, Umberto. *The Prague Cemetery*. Trans. Richard Dixon. Boston: Houghton Mifflin Harcourt, 2011. Eco, *Il Cimitero di Praga*. Milan: Bompiani, 2010.

Eco, Umberto. "Strategies of Lying." In *On Signs*, ed. Marshall Blonsky. Baltimore: Johns Hopkins University Press, 1985.

Eco, Umberto. *A Theory of Semiotics*. Bloomington: Indiana University Press, 1976. Eco, *Trattato di semiotica generale*. Milan: Bompiani, 1975.

Gracián y Morales, Baltasar. *The Art of Worldly Wisdom*. Trans. Christopher Maurer. New York: Doubleday, 1992. Facsimile edition: Gracián, *Oráculo manual y arte de prudencia* [1647]. Zaragoza: Institución Fernanto el Católico, 2001.

Kant, Immanuel. *Critique of Practical Reason and Other Works on the Theory of Ethics*, 4th ed., trans. Thomas Kingsmill Abbott. London: Kongmans, Green and Co., 1889.

Lucian of Samosata. *True History* [2nd century]. Trans. Francis Hickes. London: A. H. Bullen, 1902.

Machiavelli, Niccolò. *The Prince* [1532]. Trans. William K. Marriott. New York: E. P. Dutton, 1958.

Sartre, Jean-Paul. *Being and Nothingness* [1943]. Trans. Hazel E. Barnes. New York: Philosophical Library, 1948.

Scusa l'anticipo ma ho trovato tutti verdi. Ed. A. Bucciante. Turin: Einaudi, 2010.

Swift, Jonathan. *Gulliver's Travels into Several Remote Regions of the World* [1726]. London:

George Routledge, 1882.

Swift, Jonathan / John Arbuthnot. *The Art of Political Lying*. New York: Editions Dupleix, 2013.

Tagliapietra, Andrea. *Filosofia della bugia: Figure della menzogna nella storia del pensiero occidentale*. Milan: Bruno Mondadori, 2001.

Webster, Nesta. *Secret Societies and Subversive Movements*. London: Boswell, 1924.

Weinrich, Harald. *Metafora e menzogna: Sulla serenità dell'arte* [Metaphor and Lie: On the Serenity of Art]. Bologna: Il Mulino, 1983.

论一些不完美的艺术形式

Augustine. *De civitate Dei. The City of God*. In *The Works of Aurelius Augustine, Bishop of Hippo*, ed. Marcus Dods, vol. 1. Edinburgh: T. and T. Clark, 1871.

Chateaubriand, François-René de. *Itinéraire de Paris à Jérusalem et de Jérusalem à Paris* [1811]. *Itinerary from Paris to Jerusalem*. Trans. Anthony S. Kline. CreateSpace Independent Publishing Platform, 2015.

Croce, Benedetto. *La poesia: Introduzione alla critica e storia della poesia e della letteratura* [1936]. Milan: Adelphi, 1994.

Diderot, Denis. *Oeuvres completes*, vol. 16: *Salon de 1767, Salon de 1769* (Beaux Arts III). Critical edition annotated by E. M. Bukdahl, M. Delon, and A. Larenceau. Paris: Hermann, 1990.

Dumas, Alexandre. *The Count of Monte Cristo* [1844]. New York: Random House / Modern Library, 1996.

Dumas, Alexandre. *The Three Musketeers* [1844]. London: Wordsworth Editions, 1997.

Greimas, Algirdas Julien. *De l'imperfection* [On Imperfection]. Périgueux: P. Fanlac, 1987.

John Scotus Eriugena. *De divisione naturae. Periphyseon: The Division of Nature*. Trans. I.-P. Sheldon-Williams and John J. O'Meara. Paris: Bellarmin, 1987.

Leopardi, Giacomo. *Zibaldone di pensieri* [1817—1832]. Critical edition, ed. G. Pacella. Milan: Garzanti, 1991.

Levi-Montalcini, Rita. *In Praise of Imperfection*. Trans. Luigi Attardi. New York: Basic Books, 1988. Levi-Montalcini. *Elogio dell'imperfezione*. Milan: Garzanti, 1987.

Montaigne, Michel Eyquem de. *Essays of Montaigne* [1580—1588]. Trans. Charles Cotton.

New York: Edwin C. Hill, 1910.

Moravia, Alberto. *The Time of Indifference*. Trans. Angus Davidson. New York: Farrar, Straus and Young, 1953. Moravia. *Gli indifferenti*. Milan: Alpes, 1929.

Pareyson, Luigi. *Estetica*[1954]. Milan: Bompiani, 1988.

Proust, Marcel. *Pleasures and Days*[1896]. Trans. Andrew Brown. London: Hesperus Press, 2004.

Shakespeare, William. *Hamlet*[1600—1602]. New York: Simon and Schuster, 2012.

Shakespeare, William. *Romeo and Juliet*[1594—1596]. New York: Simon and Schuster, 2004.

Tanizaki, Junichiro. *The Key*[1956]. Trans. Howard Hibbett. New York: Alfred A. Knopf, 1961.

Thomas Aquinas. *Summa Theologiae: Latin Text and English Translation*. New York: McGraw-Hill, 61 vols., 1964—. Repr. New York: Cambridge University Press, 2006.

William of Auvergne. "De Bono et Malo" [13th century; "On Good and Evil"]. Transcription of Latin manuscript: J. Reginald O'Donnell. "Tractatus Magistri Guillelmi Alvernensis *De Bono Et Malo*." *Medieval Studies* 8 (1946): 245–299.

揭秘

Ancient and Mystical Order Rosae Crucis (AMORC). *Manuel Rosicrucien*. Paris: Éd. rosicruciennes, 1984.

Baillet, Adrien. *La Vie de Monsieur Descartes*. Paris: Daniel Horthemels, 1691.

Barruel, Augustin. *Mémoires pour servir à l'histoire du jacobinisme*, 5 vols. Hamburg: P. Fauche libraire, 1798–1799.

Brown, Dan. *The Da Vinci Code*. New York: Doubleday, 2003.

Casanova, Giacomo. *The Story of My Life*[1789—1798]. Trans. Stephen Sartarelli and Sophie Hawks. London: Penguin Classics, 2001.

Di Bernardo, Giuliano. *Freemasonry and Its Image of Man*. Trans. Guy Aston and Giuliano di Bernardo. Tunbridge Wells, UK: Freestone, 1989. Di Bernardo. *Filosofia della massoneria*. Venice: Marsilio, 1987.

Eco, Umberto. *Foucault's Pendulum*. Trans. William Weaver. San Diego: Harcourt, Brace, Jovanovich, 1989. Eco. *Il pendolo di Foucault*. Milan: Bompiano, 1988.

Guénon, René. *Perspectives on Initiation*. Trans. Henry D. Fohr, ed. Samuel D. Fohr. Hillsdale, NY: Sophia Perennis, 2001. Guénon. *Aperçus sur l'Initiation*. Paris: Éditions Traditionelles, 1946.

Ibn Khaldun. *The Muqaddimah: An Introduction to History*. Trans. Franz Rosenthal. Princeton: Princeton University Press, 1994.

Johannes Valentinus Andreae. *Fama fraternitatis*［1614］. In *Manifesti rosacroce: Fama fraternitatis, Confessio fraternitatis, Nozze chimiche*, ed. G. De Turris. Rome: Edizioni Mediterranee, 2016.

Luchet, Jean-Pierre-Louis de. *Essai sur la secte des illuminés*. Paris, 1789.

Maier, Michael. *Themis aurea*［1618］. Frankfurt am Main, 1624.

Mazarin, Jules. *The Politicians' Breviary*［1684］.

Neuhaus, Henry. *Avertissement pieux et très utile des Frères de la Rose-Croix, à sçavoir s'il y en a? quels ils sont? d'où ils ont prins ce nom? Et a quelle fin ils ont espandu leur renommée?*［*Pious and Very Useful Warning about the Brothers of the Rose Cross; Namely, If There Are Any? What Are They? Where Did They Take This Name? And to What End Have They Sought Renown?*］. Paris: au palais, 1623.

Ratzinger, Joseph. *The Message of Fatima*. June 26, 2000. http://www.vatican.va/roman_curia/congregations/cfaith/documents/rc_con_cfaith_doc_20000626_message-fatima_en.html.

Simmel, Georg. "The Sociology of Secrecy and of Secret Societies." *American Journal of Sociology* 11 (1906): 441–498.

Yates, Frances. *The Rosicrucian Enlightenment*. London: Routledge and Kegan Paul, 1972.

阴谋

Baigent, Michael, Richard Leigh, and Henry Lincoln. *The Holy Grail*. London: Jonathan Cape, 1982.

Brown, Dan. *The Da Vinci Code*. New York: Doubleday, 2003.

Chiesa, Giulietto, and Roberto Vignoli, eds. *Zero. Perché la versione ufficiale sull'11/9 è un falso*［*Zero: Why the Official Version about 9/11 Is a Fraud*］. Casale Monferrato: Piemme, 2007.

Gioberti, Vincenzo. *Il gesuita moderno*［1846］. Milan: Bocca, 1942.

Hofstadter, Richard. *The Paranoid Style in American Politics and Other Essays*. London: Cape, 1964.

Jolley, Daniel, and Karen M. Douglas. "The Social Consequences of Conspiracism: Exposure to Conspiracy Theories Decreases Intentions to Engage in Politics and to Reduce One's Carbon Footprint." *British Journal of Psychology* 105, no. 1 (2014): 35-56.

Pascal, Blaise. *Lettres provinciales* [1656—1657]. *The Provincial Letters*. Trans. A. J. Krailsheimer. Harmondsworth, UK: Penguin, 1967.

Pipes, Daniel. *Conspiracy: How the Paranoid Style Flourishes and Where It Comes From*. New York: Free Press, 1997.

Polidoro, Massimo, ed. *11/9: La cospirazione impossibile*. Casale Monferrato: Piemme, 2007.

Popper, Karl. *Conjectures and Refutations: The Growth of Scientific Knowledge*, 3rd rev. ed. London: Routledge and K. Paul, 1969.

Popper, Karl. *The Open Society and Its Enemies*. London: G. Routledge and Sons, 1945.

Sède, Gérard de. *The Accursed Treasure of Rennes-le-Chateau*. Trans. Henry Lincoln. Paris: Éditions de l'Oeil du Sphinx, 2013. Sède. *Le trésor de Rennes-le-Chateau* [1967]. Paris: J'ai lu, 1972.

Spinoza, Baruch. *Tractatus Theologico-Politicus* [1670]. *Theologico-Political Treatise*. Trans. A. H. Gosset. London: G. Bell, 1883.

Sue, Eugène. *The Mysteries of the People, Or, History of a Proletarian Family across the Ages*. Trans. Daniel De Leon and Solon De Leon. New York: NY Labor News, 1904. Sue. *Les Mystères de Paris*. Originally serialized in ninety parts in *Journal des débats*, June 1842 to October 1843.

Sue, Eugène. *The Wandering Jew*. London: Routledge, 1879/1880. *Le Juif Errant*, serialized 1844-1845.

William of Ockham. *In libros Sententiarum* [Commentary on the Sentences of Peter Lombard].

表现"神圣"

Alacoque, Marguerite Marie. *The Autobiography of St. Margaret Mary Alacoque* [second half of 17th century]. Charlotte, NC: Tan Books, 1986.

Böhme, Jakob. *The Incarnation of Jesus Christ* [1620]. Trans. John Rolleston Earle. London: Constable, 1934.

Firth, Raymond. *Symbols Public and Private*. Ithaca, NY: Cornell University Press, 1973.

John of the Cross, Saint. *The Ascent of Mount Carmel* [1618]. In *The Complete Works of Saint John of the Cross*, 3 vols., trans. Edgar Allison Peers. London: Burns, Oates and Washbourne, 1934–1935.

Mary Magdalene [Maria Maddalena de'Pazzi]. *I quaranta giorni* [1598]. Palermo: Sellerio, 1996. Selections from *The Forty Days in Maria Maddalena de'Pazzi*. Trans. Armando Maggi. New York: Paulist Press, 2000.

Pseudo-Dionysius the Areopagite. *On the Divine Names and On the Mystical Theology*. Trans. C. E. Rolt. London: SPCK, 1920.

Ratzinger, Joseph. *The Message of Fatima*. June 26, 2000. http://www.vatican.va/roman_curia/congregations/cfaith/documents/rc_con_cfaith_doc_20000626_message-fatima_en.html.

Tauler, Johannes. *Sermons* [1300—1361]. Trans. Maria Shrady. Mahwah, NJ: Paulist Press, 1985.

Teresa of Ávila, Saint. *The Book of My Life* [1562]. Trans. Mirabai Starr. Boston: New Seeds, 2007.

William of Ockham. *Summa logicae*. In *Ockham: Philosophical Writings, A Selection*, trans. Philotheus Boehner. Edinburgh: Nelson, 1957.

图片版权

ADAGP, Paris/ Scala, Firenze: pp. 89, 93, 177, 183, 202; Archives Charmet/Bridgeman Images: p. 310; Archivi Alinari, Firenze: p. 189; Authenticated News/Getty Images: p. 230; Beaux-Arts de Paris/RMN-Réunion des Musées Nationaux/distr. Alinari: p. 180; Bridgeman Images: pp. 164, 171, 220, 248, 277, 300; Cameraphoto/ Scala, Firenze: p. 332; Christie's Images / Bridgeman Images: p. 156; Christie's Images, Londo/ Foto Scala, Firenze: pp. 26, 247; Collection Christophel/Mondadori Portfolio: pp. 163, 165; De Agostini Picture Library, concesso in licenza ad Alinari: p. 120; De Agostini Picture Library/Bridgeman Images: p. 79; De Agostini Picture Library/Scala, Firenze: pp. 64, 144; 188, 211, 250, 282; Erich Lessing / Contrasto, Milano: pp. 37, 312; Fine Art Images/Archivi Alinari, Firenze: p. 306(上); Foto Ann Ronan/Heritage Images /Scala, Firenze: p. 103; Foto Art Media/Heritage Images/ Scala, Firenze: p. 231; Foto Austrian Archives / Scala, Firenze: p. 352; Foto Fine Art Images/Heritage Images/Scala, Firenze: p. 123; Foto Scala Firenze - su concessione dei Musei Civici Fiorentini: p. 59; Foto Scala, Firenze - su concessione dell'Opera del Duomo di Orvieto: p. 243; Foto Scala, Firenze - su concessione Ministero Beni e Attività Culturali e del Turismo: pp. 30, 33, 60, 61, 114, 224, 228, 318, 322; Foto Scala, Firenze: pp. 40, 148, 291, 319, 323, 334, 349, 350; Foto Scala, Firenze/Bildagentur für Kunst, Kultur und Geschichte, Berlin: pp. 99, 347; Foto Scala, Firenze /Fondo Edifici di Culto - Ministero dell'Interno: p. 333; Fototeca Gilardi, Milano: pp. 68, 70; Getty Images/ Fred W. McDarrah: p. 47; Getty Images / Hulton Archive: p. 76; Godong/UIG/Bridgeman Images: p. 292; Granger/ Bridgeman Images: p. 281; Guido Cozzi / Sime: p. 265; Iberfoto/Archivi Alinari: p. 137; Leemage/Corbis/ Getty Images: p. 280; Mary Evans Picture Library, London / Scala, Firenze: pp. 219, 354; Mary Evans/Scala, Firenze: pp. 155, 288; Michèle Bellot / RMN-Réunion des Musées Nationaux/ distr. Alinari: p. 297; Mondadori Portfolio: p. 151; Mondadori Portfolio/Akg Images: pp. 25, 45, 57, 71, 162; Mondadori Portfolio/ Electa/Sergio Anelli: pp. 236; Mondadori Portfolio/ Leemage: p. 158; Mondadori Portfolio/Rue Des Archives/ Pvde: p. 30; Mondadori Portfolio/Rue Des Archives / Rda: p. 262; Mondadori Portfolio / Rue Des Archives / Tallandier: p. 74; Photo by Luc Roux/ Sygma via Getty Images: p. 357; Photo by Silver Screen Collection / Getty Images: p. 353; Photo by Studio Paolo Vandrasch, Milano: p. 268; Photo Josse/ Scala, Firenze: pp. 126, 287, 306(下), 338–339; Prismatic Pictures/Bridgeman Images: p. 212; RMN-Grand Palais (musée de Cluny-musée national du Moyen-Âge)/Jean-Gilles Berizzi/distr. Alinari: p. 346; RMN-Réunion des Musées Nationaux/Centre Pompidou, MNAM-CCI / Philippe Migeat/distr. Alinari: p. 33; RMN-Réunion des Musées Nationaux/ Gérard Blot/distr. Alinari: p. 36; RMN-Réunion des Musées Nationaux/Jean-Gilles Berizzi/distr. Alinari: p. 28; RMN-Réunion des Musées Nationaux/René-Gabriel Ojéda/distr. Alinari: p. 133; Sarin Images / The Granger Collection /Archivi Alinari, Firenze: pp. 109, 316; Science Photo Library, London/Contrasto: p. 32; Stephane Frances/Onlyfrance /SIME: p. 215; Tate, London / Foto Scala, Firenze: pp. 105, 140; The Art Institute of Chicago / Art Resource, NY/ Scala, Firenze: pp. 196, 255; The British Library Board/ Archivi Alinari, Firenze: p. 274; The Metropolitan Museum of Art /Art Resource, NY/Scala, Firenze: p. 348; The Morgan Library & Museum/Art Resource, NY/Scala, Firenze: p. 128; The Museum of Modern Art, New York/Scala, Firenze: p. 46, 244; The National Gallery, London/ Scala, Firenze: p. 89; The Stapleton Collection/Bridgeman Images: p. 286; Trustees of the Wallace Collection, London / Scala, Firenze: p. 208; UIG/Archivi Alinari: p. 132; White Images / Scala, Firenze: pp. 39, 66, 272, 284, 291, 325; World History Archive/Archivi Alinari: p. 295.

© 2017 Cy Twombly Foundation; © 2017 Glasgow University Library: p. 176; © 2017 The M. C. Escher Company - The Netherlands. Tutti i diritti riservati: pp. 174, 179; © Alberto Savinio, by SIAE 2017: p. 236; © Carnage NYC: p. 200; v Devonshire Collection, Chatsworth / Reproduced by permission of Chatsworth Settlement Trustees /Bridgeman Images: p. 313; © Look and Learn/Bridgeman Images: pp. 101, 152; © FLC, by SIAE 2017 p. 32; © Giorgio de Chirico, by SIAE 2017: p. 148; © Keith Haring Foundation 2017; © Marc Chagall, by SIAE 2017: p. 312; v Meret Oppenheim, by SIAE 2017: p. 244; © René Maritte, by SIAE 2017: pp. 82, 93, 177, 183; © Roland Topor, by SIAE 2017: p. 202; © Salvador Dalì, Gala-Salvador Dalì Foundation, by SIAE 2017: p. 189; © Succession Picasso, by SIAE 2017: p. 28; © The Andy Warhol Foundation for the Visual Arts Inc. , by SIAE 2017: p. 45; © The Saul Steinberg Foundation/ Artists Rights Society (ARS), New York, by SIAE 2017: p. 95; © 2005 Will Eisner Studios, Inc. Used by permission of W. W. Norton & Company, Inc.: p. 304.

L'editore è a disposizione degli aventi diritto per eventuali fonti iconografiche non identificate.